कैलाश वानखेड़े

कैलाश वानखेड़े का जन्म 11 जनवरी, 1970 को इन्दौर, मध्य प्रदेश में हुआ। उनके दो कहानी-संग्रह 'सत्यापन' और 'सुलगन' प्रकाशित हैं। 'उजला अँधेरा' उनका पहला उपन्यास है। मराठी, पंजाबी, अंग्रेज़ी आदि भाषाओं में उनकी कहानियों के अनुवाद हुए हैं।

उन्हें 'हंस कथा सम्मान' तथा 'मधुकर सिंह स्मृति सम्मान' से सम्मानित किया गया है।

सम्प्रति : भा. प्र. से. मध्य प्रदेश में कार्यरत

ई-मेल : kailashwankhede70@gmail.com

उजला अँधेरा

कैलाश वानखेड़े

राजकमल पेपरबैक्स

राजकमल पेपरबैक्स में
पहला संस्करण : 2025

राजकमल पेपरबैक्स : उत्कृष्ट साहित्य के जनसुलभ संस्करण

राजकमल प्रकाशन प्रा. लि.
1-बी, नेताजी सुभाष मार्ग, दरियागंज
नई दिल्ली-110 002
द्वारा प्रकाशित

शाखाएँ : अशोक राजपथ, साइंस कॉलेज के सामने, पटना-800 006
पहली मंजिल, दरबारी बिल्डिंग, महात्मा गांधी मार्ग, प्रयागराज-211 001
1, अनमोल सोराबजी सन्तुक लेन, धोबी तलाव, मरीन लाइंस, मुम्बई-400 002
वेबसाइट : www.rajkamalprakashan.com
ई-मेल : info@rajkamalprakashan.com

विकास कंप्यूटर एंड प्रिंटर्स
ट्रॉनिका सिटी-201 102
द्वारा मुद्रित

मूल्य : ₹299

UJLA ANDHERA
Novel by Kailash Wankhede

ISBN : 978-93-6086-231-2

सावित्रीबाई, ताराबाई, मुक्ताबाई

और

दुनियाभर के पानीदार मन को

1

"पता है तब क्या हुआ?" आजी ने अँधेरे में पिता से कहा। मैं चौकन्ना हुआ। पिता सुन रहे हैं, आजी की बातें। पिता इतना मगन होकर कभी नहीं सुनते। वे सुनाने वाले व्यक्ति हैं लेकिन आज अभी चुपचाप सुन रहे हैं।

अँधेरे में आजी की बातों की तरफ़ मेरे कान हमेशा लगे होते हैं। आजी को सुनने, समझने में लगा रहता हूँ। इसी समय माँ ने चूल्हे की आग जिस तरह से जलाई, उस तरीक़े को समझना है, सीखना भी है। यह बेहद ज़रूरी है कि आग न बुझे। आग जलाने के तरीक़े हर किसी को आ जाएँ। आग सदा जलती रहे। रोशनी बनी रहे। माँ की जलाई आग घर को रोशनी का अर्थ बताने लगी थी। इस रोशन आग को देखते हुए आजी की बात सुन रहा हूँ।

अभी रात है। बात है। नींद है। सपने हैं। और मेरा पूरा जीवन साबुत बचा हुआ है। चूल्हे की आग से रोशन कमरे में मुझे लगता है कि चूल्हा सदा जलता रहे। चूल्हे की आग की महक में आजी और पिता की बातें होती रहें।

अँधेरे से भरा हुआ चौथा दिन गुज़र चुका है। कहते हैं लोग, हमारी पूरी उम्र गुज़र गई लेकिन कभी लगातार इतना पानी बरसते हुए हमने नहीं देखा। हर तरफ़ पानी ही पानी भरा हुआ है। वो इस तरह बरस रहा है कि अपने-आप को, आसमान को पूरी तरह से ख़ाली कर रहा हो। हम लोगों का घर से बाहर निकलना मुश्किल हो गया है। अब हर कोई चाहता है कि बरसात की धारा रुक जाए। थोड़ी-सी धूप मिल जाए। पीने को थोड़ा-सा साफ पानी मिल जाए। यह कोई नहीं सोच रहा है कि खाना मिल जाए। खाने का विचार अभी घर-मन से बाहर ही भीग रहा है। उसे घर-मन में दाख़िल करना मुश्किल लग रहा है।

घर और मन के अन्दर अँधेरा ही अँधेरा है। सब चुप हैं कि अब अँधेरा कुछ भी सोचने नहीं देगा। ज़बान ख़ामोश हो गई है। बोलने का मन है लेकिन ज़बान, होंठों को छूकर वापस भीतर चली जाती है। कौन किससे क्या कहे? यह किसी को भी समझ में नहीं आ रहा है। कहने-सुनने के लिए पुरानी बातों के सिवा कुछ भी बचा नहीं है, जो सोने से पहले कही-सुनी जाती हैं।

गीले कपड़ों के ढेर से घर में बदबू आना शुरू हो गई है।

सभी के बदन पर जितने कपड़े हैं वे सब अधगीले हैं। पहने हुए कपड़ों को अगर निचोड़ा जाए तो पानी की बूँदें उनमें से बाहर निकलकर घर में छिपने के लिए सुरक्षित जगह ढूँढ़ने लगेंगी। गीले कपड़ों से गीले मौसम में सर्दी के साथ खाँसी हो रही है। खाँसते-खाँसते नाक टपकना शुरू हो जाती है, तो नाक पोंछने के लिए घर से बाहर भागते हैं। खाँसते हुए बेदम हो रहे हैं। थूकते वक़्त पेट के भीतर सारी ताक़त लग रही है। बलगम बाहर फेंकने के लिए घर से बाहर निकलते ही ठंडी हवा, बारिश की ढेर सारी बूँदों को अपने साथ लेकर घर में दाख़िल हो जाती है। हवा अपने डेरे की तलाश में हमारे घर में छलाँग लगाती हुई आ रही है।

घर के भीतर पानी घुस रहा है। गली नाले से होता हुआ पानी अन्दर आ चुका है। हम उसे लगातार बाहर फेंकने में लगे हुए हैं। सबके हाथों में बर्तन हैं। जिसे जो भी बर्तन मिला उससे ज़मीन पर पसरे हुए मटमैले पानी को बाहर कर रहा है। पहले घर टपकता था तो टपकने वाली जगह के नीचे बर्तन रखे जाते थे। अब उन जगहों पर बर्तन रखा जाना सम्भव नहीं है। बर्तनों को अकेला छोड़ दिया जाएगा तो वे घर में भटक रहे पानी में घूमते-घामते गली में चले जाएँगे। भटक जाएँगे, इसलिए उनको पकड़कर रखा गया है।

मैं ख़ुद को भी बर्तन समझने लगा हूँ। बस एक दुविधा बनी हुई है कि कौन सा बर्तन समझूँ? गिलास, तपेली या लोटा?

लोहे की बाल्टी का वज़न ज़्यादा होने से उसका उपयोग टपकते हुए पानी के लिए नहीं करते हैं। यह बाल्टी पिता की जान मानी जाती है। इसमें घड़े से पानी डाला जाता है फिर पिता नहाते हैं। नहाने के बाद बाल्टी को धोकर उसमें पीने के लिए पानी रखा जाता है। गली में सिर्फ़ हमारे घर में है लोहे की बाल्टी। इस बाल्टी को धोते हुए माँ पूरी सावधानी के साथ इस तरह से धोती है जैसे पिता को नहला रही हो।

बोल्ट को दनादन ठोंककर बाल्टी को इतना मज़बूत बनाया गया है कि पानी की एक बूँद भी तल में से निकल नहीं सकती है। उस बाल्टी को हमारे घर में एक मनुष्य की तरह देखा-समझा जाता है। घर में ख़ाली जगह दिखती नहीं है लेकिन बाल्टी घर के अन्दर ही रहती है। किसी एक व्यक्ति के बैठने लायक़ जगह पर उसे रखा जाता है।

इस वक़्त उसे उलटा करके बैठने के लिए आसन बनाया हुआ है, जो चुभता है। उस पर लकड़ी के टुकड़े रखने से चुभन कम करने की कोशिश की जाती है।

सुबह हुई। बारिश बन्द हो गई। जागने के बाद मुझे पता चला अधगीले कपड़ों में पिता घर से बाहर छाता लेकर निकल गए। उनके जाने की बात सुनकर थोड़ी देर के बाद मैं भी घर से गली में निकलकर सड़क पर आ गया हूँ। कई दिनों से घर में लगातार बन्द होने से पैदा हुई खीज के साथ ग़ुस्से को विवशता से भरा हुआ देख रहा हूँ।

आसमान में काले बादल घूम रहे हैं। हवा बन्द है। सड़क पर कीचड़, पानी के साथ बदरंग होकर पसरा हुआ है। कीचड़, पानी इस तरह से एक-दूसरे के हो गए हैं कि अब वो कीचड़ कीचड़ न रहा, न पानी ही पानी। किसी चलते हुए पहिये के नीचे आ जाने के बाद उस कीचड़ में से मोटी धार फूटती है। पहिये की गति तय करती है कि कितनी दूर, किस तरह से पानी कीचड़ के साथ उछलेगा या वहीं दबकर कसमसाने लगेगा। बहुत हुआ तो फिर छिटककर चलते हुए आदमी के कपड़े पर लिपट जाएगा...छपाक से...

"ओ अन्धा है क्या, अबे देख के चल...सड़क पर इनसान भी हैं।" उस आदमी ने कहा जिसकी बढ़ी हुई दाढ़ी का रंग सफ़ेद है। सफ़ेद रंग के कपड़े पर पीलापन चढ़ा हुआ है। जिस तरह से उनके चेहरे का तेज़ उतरा हुआ है उसी तरीक़े से उनके बदन से जवानी उतरी हुई है। उसके शरीर से पोषक तत्त्व भागे हुए हैं। इन सबके बावजूद वो अपने-आप को इनसान कह रहा है, मान रहा है।

उस बूढ़े को अनसुना कर तेज़ आवाज़ सनसनाती हुई आई, "ओ दाढ़ी वाले, हट बे रास्ते से...। सड़क तेरे बाप की है बुड्ढे? ओ हटता क्यों नहीं बे?" अभी पहली आवाज़ का असर बना हुआ है कि दूसरी आवाज़ कर्कशता और बदतमीज़ी के साथ घुसती हुई चली आई, "अबे ओ पग्गल बाबा, हट जरा।"

सफ़ेद दाढ़ी वाला उन दोनों को देखता रहा। न ग़ुस्सा है न डर। इस बदतमीज़ी से उन पर कोई फ़र्क़ नहीं पड़ा। वो बूढ़ा सड़क से हटता नहीं है। सड़क पर चलता जा रहा है कि सड़क पर ही चलना है। उसे सड़क से नीचे उतरना नहीं है। सड़क पर जैसे गाड़ियाँ चलती हैं वैसे ही वह भी सड़क पर चल रहा है। बूढ़े को लगता है कि सड़क पर चलते हुए वह अपने मानवीय अधिकार का उपयोग कर रहा है।

सबका ध्यान उस तरफ़ नहीं है। सड़क पर सबकी नज़र नहीं जाती है। अगर नज़र जाती भी है तो उधर देखते नहीं हैं। इसलिए बहुत कुछ नहीं दिखता है। सड़क पर जो देखेगा उसे विचार आएगा। विचार के अलावा ग़ुस्सा, दया, प्रेम या और कुछ और भी आ सकता है। ग़ुस्सा अर्थात ज़बान से कीचड़-पानी के सम्मिश्रण-सा कुछ निकलेगा। वो सामने वाले के दिल-दिमाग़ पर चिपक जाएगा। वो कितना सहेगा और क्या कहेगा? यह उसके कपड़े, गाड़ी और बदन तय करेंगे। इन दिनों यह मान लिया गया है कि फ़ालतू पचड़े में न पड़ने के लिए चुप रहने की क़ाबिलियत निहायत ज़रूरी है। निर्णायक वक़्त में चुप्पी सबसे भली होती है, ख़ामोशी को अनिवार्य मान लिया गया है।

इन चार से पहले वाले चार दिन की रिमझिम को मिलाकर आठ दिन हो गए हैं। इसके बाद बारिश का जीवन इस तरह धीरे-धीरे स्थगित हो रहा है। यह सब होते हुए दिख रहा है इसलिए मान लेते हैं। जिनका जीवन नहीं दिखाई देता है, जिसे देखना नहीं चाहते हैं, उस हमेशा के लिए स्थगित हो चुके जीवन के बारे में लोग नहीं जानते हैं। न जानना चाहते हैं।

सूरज ने अपनी किरणों के साथ अपना कामकाज सँभाल लिया है। धीरे-धीरे रोशन और ख़ुशनुमा लगने लगा है दिन। पिता घर से इसलिए निकल गए कि पेट की आग के लिए पैसे-पानी का इन्तज़ाम किया जा सके।

उस पथरीली ढलान वाली सड़क के किनारे वाली जगह पर आज सुबह सबसे पहले झाड़ू लगाकर धूल-कंकड़ को ढूँढ़-ढूँढ़कर इकट्ठा नहीं किया गया। जबकि हर रोज़ सड़क और सड़क के किनारे को धूल-कंकड़ से साफ़ कर उस जगह पर पानी छिड़का जाता है। लोहे की छोटी बाल्टी से पानी छिड़कने का काम पिता पूरे मनोयोग से करते हैं। पानी की टंकी के निरन्तर टपकने वाले नल से बाल्टी में पानी भरकर पिता ही लाते हैं। पानी की बाल्टी चौथी बार भरने के बाद दुकान की बाईं ओर रखी जाती है। सड़क किनारे इस ख़ाली जगह पर वे इसे दुकान लगाना कहते हैं।

सड़क किनारे की ज़मीन पर चादर के तीन टुकड़ों को बिछाकर अपना काम करते हैं। बाक़ी दूसरे लोग इसी तरह से अपना काम-धन्धा चलाते हैं। इस दुकान का न कोई दरवाज़ा होता है न दीवार। छत के होने का तो सवाल ही नहीं उठता है। फिर भी इसे दुकान कहा जाता है।

सड़क के किनारे पर साफ़ की गई ज़मीन पर लोहे का स्टोव रखने के बाद आग भाग न जाए इसलिए तीन तरफ़ से उस पर रोक लगाने के लिए अवरोधक लगाया जाता है। यह अवरोधक मीठे तेल के लोहे के डिब्बे के पतरे को काटकर बनाया गया है। डिब्बे को इस तरह से काटा गया है कि अब उसका नाता-रिश्ता, डिब्बे के मूल से जोड़ा नहीं जा सकता। अब वह स्टोव का साथी बन गया है। पेट में जाने वाले तेल का संरक्षक अब केरोसिन की आग से चारों तरफ़ से घिरा हुआ है। जीवन भी अचानक इस खाने के तेल के डिब्बे की तरह ही बदल जाता है। आग को हवा से बचाने वाला अभिभावक।

बाल्टी में से थोड़ा-सा पानी लेकर तगारी में डाला जाता है। फिर ट्यूब घिसने वाले लोहे के ब्रश को कपड़े से साफ़ करने के बाद वे चारेक पाने, औज़ार जमाना शुरू करते हैं। औज़ार जमाते वक़्त पिता पूरी तरह से डूब जाते हैं। पंचर चेक करने के लिए पम्प से हवा भरते वक़्त पिता के चेहरे पर सुकून आता है। अपने भीतर से हवा को निकालकर उस ट्यूब में भरने-सा। ज़िन्दगी के किसी हिस्से का किसी अन्य में जाने का अहसास करते हुए वे बिना किसी हड़बड़ाहट के, तनाव के अपना काम करते हैं। एकाग्रचित्त होकर, अपने लक्ष्य पर पूरी तरह से केन्द्रित होते हुए, ट्यूब को पानी से भरी तगारी में डुबोकर, दबाकर देखते हैं। जहाँ पर हल्का-सा बुलबुला निकलता है, वे उसे साफ़ कर उस ट्यूब को फिर से देखते हैं।

सही जगह तसल्ली से चेक कर, रंगीन पेंसिल से ट्यूब के छेद के इर्द-गिर्द गोलाकार निशान बनाते हैं। फिर अगला हिस्सा देखते हैं। एक जगह पंचर देखकर आगे की अपनी यात्रा नहीं रोकते हैं। ट्यूब में और भी छेद हो सकते हैं, यह विश्वास उनके भीतर भरा हुआ रहता है। जो ट्यूब को पूरी तरह से चेक करने की सम्पूर्ण प्रक्रिया के वक़्त निकलता है। कोई साइकिल वाला अगर कह देता, "बस यही एक होगा। अब आगे छेद मिलना मुश्किल है," तो उसे अनसुना कर देते हैं पिता। वो बोलने वाला फिर बोलता जाता है, "रात भर में हवा कम हो जाती है,

मतलब एक छोटा-सा पंचर हो सकता है। अब रहने दो।" पिता नहीं मानते हैं उसकी बात। नहीं सुनते उसकी सलाह। वे पूरा ट्यूब चेक करते हैं। सामने वाला कुछ भी कहे, वे अपनी उसी तयशुदा जीवन-लाइन पर चलते हैं। बड़े भाई को कहते हैं, "घंटे-आधे घंटे के बाद कोई आकर यह न कह दे कि पंचर तो बराबर पकाया ही नहीं गया है। यह बात हमें नहीं सुननी है। हमारा काम है पूरी तरह से चेक करना और तसल्ली से पंचर पकाना।"

पंचर पकाने के लिए स्टोव में हवा भरता है भाई। पिन से घासलेट के निकास द्वार को चेक करता है। उसमें बार-बार पिन डालने के बाद हवा भरता है। घासलेट की नन्ही बूँदों के फ़व्वारे को आग की जलती हुई तीली दिखाई जाती है।

स्टोव भभकते हुए जलना शुरू कर देता है। उस आग पर लोहे का चौकोर तवा रखा जाता है। आग जैसे ही रंग बदल लेती है वैसे ही पिता बड़े भाई से कहते हैं, "जा तो ज़रा। चार कड़क चाय बनवा के ला।"

आग बनाने के बाद भाई को चाय लेने जाना ही है, यह बात सभी जानते हैं फिर भी पिता भाई को बोलते हैं। उनको बोलना ही है। भाई को जाना ही है। यह सब एक के बाद एक जैसा ही हर रोज़ घटित होता था।

कहने को तो वो चाय का ठेला है लेकिन वहाँ पोहे, कचौरी, समोसा, भजिये के साथ सेव भी बेची जाती है। वो हाथ ठेला यहाँ से दिखता है। वो सड़क पार है। उसे इशारा करके चाय का ऑर्डर दिया जा सकता है लेकिन पिता अपनी चाय बनवाते हैं। बनी-बनाई चाय पिता को पसन्द नहीं। अपने लिए अलग से चाय बनाने के लिए ज़रूरी है अपना आदमी वहाँ पर खड़ा हो। मन मुताबिक़ चाय बनवाने के लिए भाई का जाना ज़रूरी है। भाई वहीं खड़े-खड़े अख़बार पढ़ने लग जाता है। उधर चाय बनती है, इधर ख़बरें पढ़ी जाती हैं। चायवाला 'नई दुनिया' ख़रीदता है जबकि पिता 'नवभारत' मँगवाते हैं। 'नई दुनिया' कई हिस्सों में बँटकर कई लोगों के हाथ में चला जाता है। पूरी 'नई दुनिया' एक साथ कभी भी किसी के हाथों में नहीं होती है। 'नव-भारत' का भी यही हाल है। कहीं पर नव तो कहीं भारत। कौन सा हिस्सा नई दुनिया का है और कौन सा नव-भारत का? समाचार तो एक जैसे होते हैं वो तो अन्दर से पता चलता है कि उसमें 'सम्पादक के नाम पत्र' हैं या फिर आपके पत्र। नई दुनिया के पन्ने इतने हाथों में होते हैं कि पढ़ने वाला एक वक़्त में पूरा अख़बार नहीं पढ़ सकता।

वहाँ खड़े-खड़े ताक़ते हुए पढ़ना मुश्किल होता है। ऐसे पढ़ना इतना मुश्किल होता है कि पैर दुखने लग जाते हैं या फिर पढ़ने का वक़्त ही नहीं मिलता। उधर उबल जाती है चाय तो पढ़ना छूट जाता है भाई का। पूरी तरह से छूट चुकी है, भाई की पढ़ाई।

गरमागरम चाय बिना वक़्त गँवाए पिता के होंठों पर आने की ज़िम्मेदारी भाई की है। चाय को लेकर भाई इतनी तेज़ी से आता है कि 'नई दुनिया' या एक पन्ना तो नीचे गिर ही जाता है या 'नई दुनिया' को रखने के लिए कोई जगह नहीं मिलती है, तो भाई 'नई दुनिया' को कचौरी समोसे के ऊपर इस तरह रखता है जिसे लोग फेंककर आना कह सकते हैं।

इमरान चाचा अख़बार में इस तरह से खो जाते हैं कि उन्हें पता ही नहीं चलता आसपास क्या हो रहा है। पढ़ते हुए कोई आदमी इतना बेसुध हो सकता है! यह मुझे आश्चर्य में डालती है। अख़बार पढ़ने में तल्लीन लोगों को देखकर मैं हैरान रह जाता हूँ, सोचने लगता हूँ कि आख़िर इसमें ऐसा क्या है? उस पन्ने पर ऐसा क्या लिखा हुआ है कि उसे पढ़कर, पढ़ने वाले को चैन मिलता है। किसी को पढ़ते हुए देखने का सुख और सवाल को हासिल करता हूँ।

इमरान चाचा की दुकान लकड़ी के पटिये बिछाकर बनी हुई है। इस दुकान की लाइन में पाँच दुकानें इसी तरह लकड़ी के पटिये से बनी हुई हैं। सुबह के साढ़े नौ बज चुके हैं। अब तक लोग दुकान पर आने लगते हैं लेकिन आज सन्नाटा है। बारिश की बूँदें आ-जा रही हैं। इतना धीमा बरस रहा है कि कोई अगर एक जगह खड़ा हो जाए तो वह अपने हाथों से ही मुँह साफ़ कर ले लेकिन फ़िलहाल यह पानी चेहरा साफ़ करने के बजाय कीचड़ को ज़िन्दा रख रहा है। बाक़ी को मरने के लिए छोड़ देता है।

पिता ने पंचर पकाने के औज़ार आधे-अधूरे निकाल लिये हैं। प्लास्टिक के थैले में से निकला हुआ सामान निकल आया है। पानी से भरा तसला तैयार हो गया है। अब दुकान बन गई है। पंचर पकाने के लिए कोई साइकिल लेकर आ जाए तो उसे इन्तज़ार नहीं करना होगा उसका काम नहीं रुकेगा। जो भी हो उस साइकिल की मरम्मत हो जाएगी लेकिन पिता का काम रुक गया।

हर साल 15 अगस्त को आज़ादी के दिन और 14 अप्रैल को डॉ. आम्बेडकर के जन्मदिन की सुबह पिता नुक्ती के पीले लड्डू बँटवाते हैं। इस बार ऐसा लगता है

कि आज़ादी का दिन कीचड़ में ही निकलेगा। हो सकता है गलने वाला हो। अगस्त बारिश का भी अपना महीना होता है। उसे भी जी भरकर बरसना है। उस बारिश के कीचड़ को बारिश के साथ हमारी गली में आकर हमारे साथ रहना है।

बरसते दिनों में साइकिलें भी उतनी नहीं चलतीं, न पंचर होती हैं। साइकिलें पंचर नहीं होतीं, तो पंचर पकाने के लिए भी नहीं आतीं। जब बरसता है पानी तब सूरज नहीं निकलता। धूप नहीं खिलती लेकिन एक छाते के साथ पिता ज़रूर दिखते हैं। वे रोज़ ख़ाली हाथ घर लौटने लगे हैं जबकि किराने का सामान उधारी में आ रहा है। हम उधारी नहीं करते हैं, यह दुकानदार जानता है। दुकानदार हमारे घरवालों को जानता है। वो जानता है कि किराना दुकान की उधारी के न पैसे रुकेंगे न पैसा लौटाने में देर होगी। ज़रूरत का सामान बहुत ज़रूरत होने के बावजूद बहुत कम मात्रा में आ रहा है। जानते हैं घरवाले इस बहुत कम आ रहे सामान के बहुत कम पैसे अब बहुत ज़्यादा लग रहे हैं। उधारी चुकता करने के लिए घर में पैसे नहीं आ रहे हैं। जिस समय हाथ तंग है तब क्या पिता हर साल की तरह इस बार लड्डू बाँटेंगे? यह मेरा सवाल था जो बोला नहीं गया लेकिन जवाब इमरान चाचा को देखकर पिता ने दिया, "लड्डू तो बाँटेंगे, तू जा और दो किलो लड्डू बनवाने का ऑर्डर लछमीप्रकाश दूधवाले को दे के आ।"

मुझे लगा अभी कुछ बोलने के बजाय रुकना चाहिए। घर के भीतर सब्ज़ी बनाने के लिए तेल नहीं है और पिता लड्डू बँटवा रहे हैं। हमें सुबह-सुबह चाय के साथ टोस्ट खाने को नहीं मिल रहे और पिता ज़माने भर के बच्चों को लड्डू खिलाएँगे। यह बड़ा अजीब लग रहा है। घर की बहुत सारी बातें याद आ रही हैं।

पिता मेरी समझ से बिलकुल बाहर हो गए हैं। मेरे लिए पहली बार 15 अगस्त अर्थात आज़ादी के दिन का अर्थ खुलना शुरू हुआ। पहली बार इतनी बारिश देखी। पहली बार घर के भीतर के पानी और गली के बहते पानी को एक साथ भागते देखा। मेरे क़दम दुकान की तरफ़ जा रहे हैं लेकिन दिमाग़ बन्द हो गया है। अभी आज़ादी का दिन नहीं आया। सूरज निकला है लेकिन अभी बादल हैं काले-काले। बादलों की आवाजाही तेज़ हो रही है। चलते-चलते थोड़ी ही देर बाद ही अँधेरा होने लगा है लेकिन अभी भी बहुत कुछ दिख रहा है। सड़क पर बहते पानी और कीचड़ के साथ टूटे-फूटे सामान इधर-उधर अटके हुए हैं, जिन्हें देखते हुए चल रहा हूँ।

प्लास्टिक, लकड़ी की छोटी-छोटी चीज़ें हैं। प्लास्टिक के टुकड़ों को उठाने वाले बच्चे-महिलाएँ सड़क पर दिख रहे हैं। प्लास्टिक के टूटे-फूटे टुकड़े उनके लिए आग हैं जो उन्हें बेचने के बाद मिलेगी। यह वह अनाज है जो पैसों के बदले मिलेगा। इन बिखरे हुए टूटे-फूटे प्लास्टिक, लकड़ी के टुकड़े और कपड़ों की चिन्दियों को देखते हुए पिता का चेहरा याद आ रहा है। उनके दिमाग़ में क्या इस तरह की टूटी-फूटी चीज़ें हैं? जिन्हें बेचकर वे अपने घर का चूल्हा जलाने के बजाय बस्ती के बच्चों को ख़ुश होते देखना चाह रहे होंगे? गली के मोड़ पर तिरंगा फहराते हुए, 'जन गण मन' गाते हुए क्या उनके मन का जन, गण बनने लगेगा?

उधार के पैसों से सलामी देने की हसरत रखने वाले पिता मेरी समझ में बिलकुल भी नहीं आ रहे हैं। इस वक़्त नाले को उफनते हुए आश्चर्य से देख रहा हूँ। बस्ती से लगा हुआ यह नाला इतना बड़ा कैसे हो गया? मटमैले रंग का पानी कचरे के ढेर को बड़ी तेज़ी से बहाते हुए ले जा रहा है। पानी की गति को देखकर मैं रुक गया हूँ। पानी को देखने लगा हूँ। लहराता हुआ पानी अपनी तरफ़ खींच लेता है। नदी-नाला उफनता है तो इनसान को रुक जाना चाहिए, हर रात पिता के क़िस्से में से निकली हुई इस बात ने मुझे रोक लिया।

फिर से रात बिना बुलाए हमारे घर में चली आई। चला गया घर के भीतर का पानी। आजी की बातों के बीच तयशुदा वक़्त पर माँ जरमन की सफ़ेद थाली में सब्ज़ी डालने लगीं। रोटी पक रही है। पिता की आदत गरमागरम रोटी खाने की है। तय वक़्त पर गरम रोटी चाहिए, वो भी सीधे गरम तवे से उतरी हुई होनी चाहिए। हर हाल में गरम रोटी पिता की थाली में सीधे आ जानी चाहिए। चूल्हे पर तपते हुए तवे के ऊपर वाली रोटी सिंकने के बाद पिता के मुँह के बीच किसी जगह पर न ठहरे, न रोटी रखने वाले कपड़े पर उतरे। रोटी तवे से सीधे प्लेट में चाहिए। हाँ, सब्ज़ी भले ही थोड़ी-सी ठंडी हो जाए तो चल जाएगा। खाना निर्धारित समय पर ही होना ज़रूरी है।

समय बताने के लिए घर की किसी भी दीवार पर घड़ी का कोई काँटा नहीं है। समय बताने वाली इकलौती घड़ी ले दे के पिता के हाथ में बँधी रहती है। जिसे उनके अलावा और कोई नहीं देख सकता। पिता जानते हैं कि वक़्त हो गया है। घड़ी के बजाय ढलते दिन का कूबड़ माँ को वक़्त बता देता। माँ की पक्की सहेली शाम है जो आने से पहले माँ को बता देती है। शाम होने के बाद माँ घर के भीतर काम

करने वाली मशीन में बदल जाती है। माँ की ज़बान बोलना बन्द कर देती है। हाथ तेज़ी से काम करना शुरू कर देते हैं।

बिखरा हुआ है घर। बिखरी हुई चीज़ों को समेटती हुई माँ को देखकर लगता है, घर को ठीक रखना क्या सिर्फ़ माँ की ड्यूटी है? बाक़ी लोग चीज़ों को बिखरने के लिए बने हुए हैं! चूल्हे के आसपास लकड़ियों का ढेर लग गया है। आटे के बिखरे हुए असंख्य कणों को आपस में मज़बूती से जोड़ने के लिए माँ लोहे की बाल्टी में पानी भरकर चूल्हे के पास रख देती है। बाल्टी में से पानी निकालती जाती है। आटे के सफ़ेद-सफ़ेद अनगिनत सूक्ष्म कणों की घेराबन्दी के लिए जरमन की बड़ी थाली में पानी डालती है। अपने दोनों हाथों से उनको जोड़ती जाती है। आटा गूँथने के वक़्त माँ का सारा ध्यान आटे के सफ़ेद कणों में होता है। आटे की थाली के भीतर सफ़ेद कण अँधेरे में चमकते हैं। अँधेरे के भीतर जलती हुई बत्ती की सोहबत मिलने के बाद तो सफ़ेद कणों की रोशनी कई गुना बढ़ जाती है। उस रोशनी से भरे हुए आटे के कणों पर डाला हुआ पानी माँ के अरमानों पर डाला जाता है? माँ पानी डालते-डालते अचानक कुछ समय के लिए रुक जाती है। आटे के सफ़ेद कणों की सफ़ेदी जाने का ग़म तो है ही इससे बड़ा ग़म उन कणों की स्वतंत्रता, उनकी वैयक्तिकता के समाप्त होने का भी है। स्वतंत्रता के साथ रंग भी चला जाता है। दुःख की पतली-सी रेखा माँ के माथे पर आकर बैठ जाती है। वो धीरे-धीरे बड़ी होने लगती है। पानी की एक बूँद सैकड़ों कणों के अस्तित्व को मिटा देती है। फिर लगता है एक बूँद सारे कणों को जोड़ती है। पानी की बूँद फिर दिखती नहीं है, तब आटा दिखता है। हल्का पीला रंग बनने की चाहत में माँ भी आटा बन जाती है। छोटा-सा गोला बेलन से दबकर गोलाकार बनता हुआ, इधर-उधर भागने के लिए कसमसाता है कि उसे गोल नहीं बनना है जबकि बेलन उसे गोल बनाना चाहता है, इसलिए उसे दबाता है। दबाकर गरम तवे पर डाल दिया जाता है। पानी से भरे हुए मन-सा लगातार सूखता जाता है और आखिरकार तपाया जाता है। अब उसे नया नाम मिलता है, उसे रोटी कहना शुरू कर दिया जाता है। वो थोड़ी-थोड़ी सी जल जाती है लेकिन पूरी तरह जलने से बच जाती है। जैसे माँ अपने-आप को बचा लेती है।

माँ जानती है कि पानी की बूँद एक वक़्त के बाद आटे में मिलकर समाप्त हो जाती है। तवे पर झनझनाकर, गोलाकार होकर अदृश्य हो जाती है, भाप बनकर उड़ जाती है।

रह जाती है रोटी। रोटी में पानी, गरम तवे के माध्यम से अपने लिए आग लेकर अपने हिस्से की गरमाहट रोटी को दे देता है। स्कूल की दुनिया में अलग-अलग जगह की माँओं के जलने के क़िस्से सुनता हूँ, डर जाता हूँ।

दूसरों के घर में जलने वाली दूसरों की माँओं के जलने के क़िस्से में मेरे मन में रोटी जल जाती है।

रोटी जलने से माँ जल सकती है?

हमारे घर में खाना खाने का काम टुकड़ों में होता है। घर के सारे लोग एक साथ खाने के लिए बैठ नहीं सकते। थाली इतनी बड़ी नहीं है कि उसके भीतर सारे घरवालों के लिए एक बार में आटा गूँथा जा सके। गेहूँ के आटे को टुकड़ों में गूँथकर दूसरी प्लेट के भीतर रख दिया जाता है। फिर माँ आटे को गूँथने का काम शुरू कर देती है। जैसे ही दूसरा गोला गूँथा जाता है, वैसे ही चूल्हे के भीतर पहले से जमाई हुई लकड़ियों को जलाने के लिए जलती हुई चिमनी से आग ली जाती है।

रोशन चिमनी से आग लेने के लिए काग़ज़ ही माध्यम बनता है। आग लेने के लिए काग़ज़ ज़रूरी है। जब आग की ख़ुशबू घर से बाहर निकलती है तब लगता है, काग़ज़ से ही आग जलनी चाहिए, कि रोशनी फैलनी चाहिए।

चिमनी से आग लेने के लिए काग़ज़ को पेंसिल की लम्बाई तक गोल-गोल किया जाता है फिर उस काग़ज़ को आग से मिलवाया जाता है। आग काग़ज़ के नुकीले हिस्से से आती है, इसे जलाना कहते हैं। काग़ज़ जलता है फिर वो चूल्हे में अपने को जलाकर लकड़ी को जलाता है। इस तरह आग का रूप बढ़ने लगता है। काग़ज़ माँ की तरह ही जलकर ख़ुद को जलाता है। काग़ज़ का जीवन समाप्त होता जाता है। क्या एक दिन माँ भी काग़ज़ की तरह राख हो जाएगी?

आज आटा लगाने के बाद माँ को बाहर जाना पड़ा। बेहद असहज होती हुई, तनाव से भरी हुई माँ ने प्लास्टिक के छोटे डब्बे में पानी भरा। इस वक़्त माँ संडास नहीं जाती हैं। सुबह की रोशनी से पहले संडास जाकर हमारे घर के जागने से पहले माँ वापस आ चुकी होती है। न ख़ाली डिब्बे को रखने की आवाज़ आती है न माँ के क़दमों की। उस वक़्त जलाने के लिए सूखी हुई लकड़ी को उठाने की आवाज़ आती है। माँ अपने अगले चौबीस घंटे के लिए सुबह की नित्यक्रिया सम्पन्न कर चुकी होती है। उसके बाद कभी नहीं जाती। इस वक़्त भी जाना नहीं चाहती होगी।

नहीं जाने के तमाम जतन करने के बाद भी जब रोकना मुश्किल से मुश्किल हो गया होगा तब माँ ने संडास जाने का फ़ैसला किया होगा।

"चल तो ज़रा।" माँ ने कहा। उनके हाथ में पानी से भरे, छोटे डिब्बे को देखकर बिना कुछ पूछे ही उनके साथ चल दिया।

हमारे घर से बहुत दूर है संडास। तंग गलियों से होकर कच्ची सड़क से होकर फिर खुला मैदान आता है। उसके बाद तंग गली पार करने के बाद आता है शौचालय। अँधेरे में स्मृति के आधार पर सफ़र तय करते हैं। स्मृति के आधार पर लोग अपने जीवन का सफ़र पूरा कर लेते हैं। बने-बनाए रास्ते, विचार, मानसिकता उनके भीतर इस तरह से समाई होती है कि न उनको न किसी और को दिखाई देती हैं। जैसे वो साँस हो जो बिना जाने समझ ली जाती है। उसी तरह से बिना सोचते हुए चलते रहते हैं। बिना विचार किये, बिना हस्तक्षेप किये उनका सफ़र समाप्त हो जाता है। जीवन बीत जाता है। पता ही नहीं चलता कि आख़िरी बार कब विचार किया था, साँस कब ली थी।

कब ली थी आख़िरी बार साँस?

याद है?

अँधेरे में शौचालय बेसुध होकर सोया पड़ा हुआ है। माचिस की तीली से रोशनी करती हुई माँ शौचालय के भीतर देखती है। कहीं कोई महिला बैठी तो नहीं है। माँ अँधेरे में माचिस की तीली से ढेर सारी रोशनी बिखेर देती है। इतनी रोशनी में कोई चेहरा दिखता है तो माँ आगे बढ़ जाती है। टट्टी का ढेर और बदबू का दूसरा नाम है शौचालय। एक-एक दरवाज़े को खटखटाने के बाद जो दरवाज़ा खुला है, ख़ाली है, वह जगह पूरी तरह से टट्टी से भरी और सनी हुई होगी। पहले से आई हुई महिलाओं का गू पड़ा हुआ है। अँधेरे में अक्सर यह हो जाता है कि कोई महिला, इस घने-डरावने अँधेरे के डर के साथ कई घंटों से रोके हुए मल को रोकने में असफल हो जाती है। वहीं छोटे से गलियारे में हग देती है। एक हारी हुई दुनिया के भीतर की असफलता पूरे देश की विफलता है। उस गलियारे के गू से बचते हुए शौचालय के भीतर पैर रखने वाली जगह पर ही कर देती है। कर क्या देती है, निकल जाती है। माँ जैसी औरतें बहुत हैं गली में। बस्ती में। देश में। परदेस में। जो हगना-मूतना रोककर जीती हैं। पानी कम पीती हैं कि अपने जीवन को ही कम-कम जीती हैं।

वापस घर आकर अपने पैरों को अच्छी तरह से धोते हुए माँ ने कहा, "जा, ज़रा चूल्हा जला।"

मैंने आग कई बार जलाई थी लेकिन चूल्हे के भीतर कभी भी आग नहीं जलाई थी। काग़ज़ जलाना, जलते हुए देखना, काग़ज़ को राख होते हुए देखना, धीरे-धीरे उस राख को टूटते हुए देखना, बस मैंने अब तक यही किया था।

काग़ज़ की राख के टूटे हुए टुकड़े उड़ने लगते हैं। बिखरकर खो जाते हैं। राख नहीं दिखती है। याद रह जाता है काग़ज़ का जलते रहना। राख कहाँ जाती है? आदमी धीरे-धीरे राख बनता जाता है लेकिन उसे वह नहीं दिखता है। इसका पता उसके साथ वालों को भी नहीं चलता है। राख़ होने की तरफ़ बढ़ते आदमी को तो यह भी समझ में नहीं आता है कि उसमें अभी कितनी आग बाक़ी है। वो अपनी आग नहीं बन पाता। राख तो फूँक मारने से बिखर जाती है। आदमी अपने-आप बिखर जाता है। उसे इसका पता ही नहीं चलता है। वह जलते हुए काग़ज़ की तरह धीरे-धीरे अपने को राख के टुकड़े में बदलते हुए अपनी पहचान को, अपनी ज़िद, अपने इरादे, अपने सपने को जलते हुए राख बनता जाता है। इसी तरह के लोगों को अपने आसपास देखता हूँ।

आग जलाने के लिए काग़ज़ के टुकड़े को मसलकर सीधा करना होता है, वो मुझसे नहीं हो पाया। बहुत देर हो चुकी है। खाने का वक़्त बीत चुका है। अब कुछ भी बोलना मतलब पीठ पर हाथ पड़ने के साथ गाल पर चाँटा भी पड़ सकता है, तो चुपचाप काग़ज़ को मसलकर आग के पास ले गया। काग़ज़ थोड़ा-सा जलता है, फिर बुझ जाता है। एक बार...दो बार...तीन बार...लेकिन ये क्या? काग़ज़ लगातार जल नहीं रहा है जबकि काग़ज़ गीला भी नहीं है, चिमनी जल रही है फिर वैसे ही काग़ज़ क्यों नहीं जल रहा है, जैसे माँ के हाथ से जलता है। माँ चूल्हे की आग कैसे झटपट जलाती है?

"मेरसे नहीं होता माँ। ये जल ही नी रिया।" मेरी आवाज़ पिता के हाथों पिटाई के डर के साथ निराशा से भरी हुई है।

"बता, क्यों नी जल रिया?" माँ ने अपने गीले हाथ, साड़ी से पोंछते, सुखाते हुए उम्मीद से कहा।

"मेरको नी पता।" मैंने वह अधजला काग़ज़ माँ के हाथ में दे दिया। साड़ी से हाथ पोंछने के बाद भी गीले हाथ हल्के से गीले हैं। माँ के गीले हाथों का कोमल

स्पर्श मेरे हाथ से दिमाग़ के भीतर गया। उसने असफलता से पैदा हुई झुँझलाहट को मिटा दिया। माँ का स्नेहिल स्पर्श ताज़िन्दगी हमारे भीतर बना रहता है। असफलता, निराशा के दिनों में उम्मीद का नाम है माँ का स्पर्श। मुझे लगने लगा, अब इसके बाद जब कभी डर, ग़ुस्सा या असफलता से भरा रहूँगा, तनाव में डूबा होऊँगा तब माँ के हाथों को छू लूँगा तो सब ठीक हो जाएगा। सुकून चैन आ जाएगा। यह मान लिया मैंने।

"इसे तो तूने डंडा बना दिया...गिल्ली का डंडा..." मुस्कराते हुए बोली माँ। माँ ने उस डंडे जैसे बने काग़ज़ को ढीला किया। फिर आग के सामने रखा। आग उस काग़ज़ के भीतर धीरे-धीरे आने लगी। जलते हुए काग़ज़ को लकड़ियों में रख दिया। लकड़ियाँ एक के ऊपर एक रखी हुई हैं। उन लकड़ियों के भीतर जलते हुए काग़ज़ को देखकर लगा कि माँ ने जादू किया। जो काग़ज़ मुझसे जलकर फटाक से बुझ जाता था, वो काग़ज़ फटाफट जल रहा है। मुझे ताज्जुब हुआ। उस जलते हुए काग़ज़ को देखता ही रह गया। माँ के इशारे पर जलती आग को देखते हुए वहीं खड़ा रह गया। माँ के चेहरे पर आग की रोशनी है। सुनहरी रोशनी को देख रहा हूँ। सुरमई आँखों से जगमगा रहा हूँ।

मैंने आग जलाने के तरीक़े का पहला पाठ सीख लिया।

2

पिता हर रोज़ हमें देखकर कुछ न कुछ बोलते ही रहते हैं। बोलना, उनके लिए साँस लेने की तरह ज़रूरी काम बन गया है। वे साइकिल के पहिये को चलाकर देखते हैं कि कहाँ पर बल आ गया है, कहाँ से टेढ़ा हो गया है। पहिये की तरह हमें भी देखते हैं। पिता ने पूछा, "तू पत्थर से ही क्यों खेलता है?" पिता का सवाल पत्थर की तरह ही लगा।

जवाब सूझा नहीं, तो सवाल के जवाब में सवाल उनके सामने फेंक देता हूँ, "तो किससे खेलूँ?"

ट्यूब का पंचर पकाने के लिए पिता लोहे के स्टोव में हवा भर रहे हैं। उनके सामने एक आदमी खड़ा है। उसकी साइकिल के अगले पहिये का पंचर पकाने के लिए ट्यूब निकाला हुआ है। वे ट्यूब में हवा भरते हैं। हवा भरने के लिए पम्प चलाते हैं। पिता की साँस तेज़ हो गई है, जो होती ही रहती है। सब जानते हैं कि साँस फूलने के बाद वे ठीक से बोल नहीं सकते। पिता मेरे सवाल के जवाब में कुछ नहीं बोले। उनके पास जवाब नहीं था। उनके पास अभी उस पत्थर का विकल्प नहीं था। वे अपने काम में लगे रहे। वे साँस को सामान्य करने में और ट्यूब में कितनी हवा बाक़ी है, चेक करते हुए पंचर ट्यूब देख रहे हैं। हवा भरने के बाद लोहे की छोटी तगारी में उस ट्यूब को डुबोते हुए पिता हमें देखते हैं। छोटे-छोटे बुलबुले उठ आने की उम्मीद में इसे देखने का खेल, हम खेल लेते हैं। जैसे ही कोई बुलबुला उठता है, पिता की ख़ुशी के समानान्तर मेरे चेहरे पर चमक आ जाती है। बुलबुलों की बढ़ती संख्या पिता के चेहरे पर चमक लाती है। पानी की सतह पर बुलबुलों की उछल-कूद देखते हुए लगता है कि इस खेल में हम अपना जीवन जी लेते हैं। इस जीवन-मरण के खेल में चमक के साथ उदासी की परत चढ़ते ही, नये बुलबुलों के कारण आश्चर्य में हम फिर खो जाते हैं।

अमूमन चार जगह से बुलबुले निकलने के बाद पिता सोचते हैं, बस अब नहीं। क्योंकि इसके बाद हो सकता है कि ट्यूब बदलने की बात आए। वो साइकिल वाला पंचर बनवाने के बजाय किसी ट्यूब वाली दुकान से ट्यूब ख़रीदने चला जाएगा तो अब तक की गई सारी मेहनत पंचर हो जाएगी। अगर मेहनत ही पंचर हो जाएगी तो उस पंचर को कौन पकाएगा?

तीसरा ही पंचर है इसलिए ग़म नहीं है। डर नहीं दिखा। ट्यूब पर पेंसिल से निशान बनाने के बाद पिता ट्यूब को कपड़े से साफ़ करते हैं। फिर पंचर वाली जगह को लोहे के ब्रश से घिसने लगते हैं। ट्यूब घिसते हुए कभी हमें तो कभी ट्यूब को देखते हैं। ट्यूब का पंचर तो पक जाएगा, लड़के के पंचर कौन पकाएगा? पिता की सोच को गोपाल तोड़ता है, वो मेरे अनुत्तरित सवाल को फिर सामने रखते हुए पूछता है, "पत्थर से नहीं खेलें तो? तो...?"

"तो?" सब जानते थे इसका जवाब "तो?" से आगे बढ़ नहीं पाएगा। गोपाल पत्थर उठाता है। जेब में रख लेता है। अब पत्थर से खेलना नहीं हो सकता है।

अब पत्थर से खेलेंगे तो पत्थर से किसी का ख़ून निकल सकता है। किसी का ख़ून निकालने की सोच भी नहीं सकते हैं। हम सब दुकान से अपने घरों की तरफ़ वापस जाने लगे हैं।

हम एक-एक कर अपनी-अपनी झोंपड़ियों में घुस गए। बमुश्किल सात मिनट घरों में रुकने के बाद हम सब फिर से बाहर निकलते हैं। दिमाग़ में पंचर पकाने की दुकान का पम्प भी है जो लगातार हवा भरता था। सुरेश को स्टील के उस चमचमाते पम्प में ग़ज़ब का आकर्षण दिखता है। उसे लगता है कि उसके पास भी एक पम्प होना चाहिए।

"तू पम्प का क्या करेगा बे? साइकिल है क्या तेरे पास?" रोटी के सूखे टुकड़ों को खाते-खाते गोपाल बोला। तंग गली में खड़े होकर वह अपनी झोंपड़ी से बाहर आकर प्रकाश को बुलाने के लिए अपने होंठों को अँगूठे और तर्जनी से दबाते हुए सीटी बजा रहा है। गली में अगर चार लोग एक साथ निकलते हैं तो एक को आगे जाने के लिए दूसरे को पीछे खड़ा होना पड़ता है। जहाँ ज़मीन पर बारहों महीने कीचड़ रहता है। सभी अपने घर से बाहर नहाने-धोने का पानी निकालते हैं, बहाते हैं। नाली नहीं है। ज़मीन उतार पर है, जो पानी को अपने साथ ले जाती है। उस ज़मीन पर चलते हुए प्रकाश बाहर निकला। सुरेश ने कोई जवाब नहीं दिया। गोपाल ने ताना मारते हुए प्रकाश से कहा, "हग रहा था क्या अन्दर?"

"तू हगता है क्या घर के अन्दर?" प्रकाश बोला।

"कभी-कभी।" सूखी हुई रोटी का टुकड़ा चबाते-चबाते बोला गोपाल। उस वक़्त उसने गम्भीरता ओढ़ ली।

"गन्दे। जब तू ऐसा चेहरा बनाता है, तो पकड़ में आ जाता है। स्साले तू झूठ बोलता है।" सुरेश ने हस्तक्षेप किया।

"तू तो सच्ची-सच्ची बता। तू क्या कर रिया था?" सुरेश बोला, लेकिन अनसुना कर गोपाल ने पैंट की दाईं जेब में सूखी हुई रोटी का चूरा इकट्ठा करने के लिए हाथ डाला। उसका पूरा ध्यान चूरे को समेटने में लगा हुआ है। नज़र प्रकाश से जवाब चाह रही है। प्रकाश कुछ छिपाने की कोशिश में है कि क़दम चलने लगे। प्रकाश हँस न सका। वो उदास है। वो उदासी के कारण को छिपा रहा है। सच बोलना नहीं है इसलिए चुप भली।

यह सवाल था। जो अनुत्तरित रह गया।

≈

रात में सोने से पहले पिता या आजी अपनी बात कहते हैं। उनके पास उनका अपना जीवन है। उस जीवन का इतिहास है। इतिहास सुनाना उन्हें अपना कर्तव्य लगता है। आजी चाहती है कि मेरे पिता सुनाना शुरू करें। पिता की थकान या उदासी है, जो उन्हें ख़ामोश कर देती है। इसलिए आजी बोलती है, बताती है। उन्होंने इस बात की परवाह नहीं कि कौन सुन रहा है, कौन क्या समझ रहा है। इतिहास अनुभव के साथ अगली पीढ़ी तक पहुँच जाए, इस विचार से आजी बोलती थी। आजी पिता के भीतर दबी बैठी हुई बातों, यादों को बाहर निकलवाने के लिए सवाल करती है। उस अँधेरे में खो चुके बेटे को बाहर निकालने के लिए कहती मनाती थी। कुछ देर बाद पिता बोलना शुरू करते हैं।

आज पिता ने कहना शुरू किया, "हम चार-पाँच लोग...पाँच थे हम। फिर कभी दो-चार जुड़ जाते, अलग हो जाते। हम आपस में बात करते थे। कभी यहाँ बैठते तो कभी वहाँ। एक ठिकाना या घर नहीं होता। जितने मिल जाएँ उतने लोग। उसमें से हम तीन ही थे जो बाबासाहेब की बात करते थे। हम तीनों ने मिलकर फ़ैसला कर लिया कि हमारे लिए बाबासाहेब ने इतना सब कुछ किया है, अपनी पूरी ज़िन्दगी लगा दी है, तो हम भी कुछ करें। हमारे सामने कोई बड़ा काम नहीं था। 'कुछ तो करना चाहिए' यह एक मक़सद था। एक छोटा-सा सपना था। हमारे पास एक बड़ा जीवन था। हम अपनी ज़िन्दगी को, अपने लोगों को अपने हाल पर अकेला छोड़ नहीं सकते।"

पिता कहते जा रहे हैं। रात अँधेरी होती जा रही है। आजी और पिता हर रात अपनी ज़िन्दगी के अपने उस वक़्त को फिर से हमारे साथ जीते हैं। कई बार लगता था कि वे चाहते हैं कि उस वक़्त अगर हम उनके साथ होते तो...इस 'तो' के अहसास को मैं महसूस करने लगा हूँ। थकान के कारण पिता को नींद आ रही है फिर भी वे बोलने लगे, "जब भी हम गाँव जाते तो वहाँ कलापथक वालों को गाते-बजाते देखते थे। कलापथक देख-सुनकर हमारा एक छोटा-सा ग्रुप शहर में बन गया। मानिकराव के पास ख़ुद की ढोलक थी। मानिकराव ढोलक बजाते थे। बजाते क्या थे कि दिमाग़ के अन्दर बँधी हुई नसों को खोल देते थे। मानिकराव की दोस्ती थी साहेबराव के साथ। साहेबराव को हारमोनियम बजाने का शौक़ था।

उसका पुराना हारमोनियम गाँव में ही रह गया था। बाद में पता चला कि हारमोनियम ग़ायब हो गया। अब नया हारमोनियम ख़रीदने के लिए उसके पास पैसे नहीं थे। हममें से किसी के पास इतने पैसे नहीं थे कि नया हारमोनियम ख़रीद सकें।

यशवन्त गाता था। उसका गला बहुत अच्छा था। हमारा कला पथक इस तरह से तैयार हो रहा था। मैं सुर में साथ देता तो कभी छोटे पीतल के घुँघरू, जो लकड़ी के छोटे हिस्से से बँधे रहते थे, उन्हें एक हाथ से दूसरी हथेली पर बजाता। परात, थाली बजाने के काम आती लेकिन वो शाम को प्रैक्टिस के लिए नहीं मिलती थी। सबके घर खाना पकाना पहला काम माना गया था। रोटी बनाने वाली थाली रहती थी चूल्हे के पास। खाना पकने के बाद बड़ी मुश्किल से थाली हमें मिलती थी। कभी कोई बच्चा लाकर देता था।

जो सामान हमको ख़रीदना था उस सामान को ख़रीदने के लिए पैसा कहाँ से आए? पैसा जमा करें तो कैसे करें? यह सारी खटपट हमारी बातचीत में चलती रहती थी।

नया बाजा ख़रीदने की हैसियत हमारी नहीं थी। हमारे लिए सबसे ज़रूरी हारमोनियम ही था लेकिन हमने मान लिया था कि नया हारमोनियम हमारी औक़ात से बाहर है। इसलिए हम लोग पुराना हारमोनियम ख़रीदने की जुगाड़ में लगे रहते थे। वह जो राजवाड़ा है ना उसके पास कबाड़ी बाज़ार है। जैन मन्दिर के पास वाली गली में बाज़ार लगता था। हर रोज़ लगने वाला बाज़ार था। था तो कबाड़ी का बाज़ार लेकिन वहाँ घर की तमाम ज़रूरतों का सामान मिलता। जूना पुराना सामान मिलता था। किसी के काम न आने पर वो कबाड़ी के हाथ से होकर यहाँ तक पहुँचता था। वहाँ तमाम तरह की पुरानी चीज़ें मिला करतीं। एक बार मेरको एक बड़ा रेडियो दिखा। उस रेडियो को ख़रीदने का मन हो गया लेकिन उसका भाव पूछने की हिम्मत ही नहीं हुई। उसे देखने रोज़ जाता था। हर रोज़...कुछ भी नहीं ख़रीदना फिर भी रोज़ जाना, एक आदत-सी बन गई थी। वहीं जाकर पता चला कि यहाँ तो पुरानी किताबें भी मिलती हैं। किताबें, रेडियो, ज़ंजीर और भी ढेर सारी चीज़। मेरको लगता था कि ये पुरानी किताबें, रेडियो बिकने के बजाय किराए से देने का इन्तज़ाम होना चाहिए। रेडियो चार दिन के लिए किराए पे हो। किताब दो दिन के लिए किराए पे मिलनी चाहिए। दुनिया में सबके पास रेडियो, सबके पास किताब होनी चाहिए।"

बोलते-बोलते पिता चुप हो गए। पिता खो गए। लगा जैसे उन्होंने कोई बहुत बड़ी बात कह दी। एक सपना जो अधूरा रह गया था जिसे पूरा होना चाहिए। पिता का सपना मुझे बहुत बड़ा सपना लगने लगा। एक तरंग थी जिसकी रोशनी के साथ सुनने, कहने और पढ़ने का सुर-ताल लग न पाने की एक अधूरी हसरत को किसी स्टेशन की तलाश थी। उसका सीधा प्रसारण अभी पकड़ में नहीं आ रहा है। कुछ यादें सपनों के साथ इस क़दर बँधी हुई होती हैं कि वक़्त की तमाम उलझनों के बावजूद बनी रहती हैं।

तो इस तरह बात होती थी। इस तरह रात होती थी। बात और सपने दिखते नहीं। ज़बान के बजाय दिल के भीतर धड़कता हुआ कोई सपना होता था। कोई फ़िल्म चलती थी। सब उस सपने में पड़े रहते थे। ये सपना, हसरत और संकल्प है, यह तब पता चलता जब सुनने का क्रम टूटता। कोई पेशाब करने के लिए उठता, दरवाज़ा खोलता। बाहर जाकर पेशाब करता। उसके बाद पेशाब करने के लिए एक-एक कर उठते, वापस घर आकर सो जाते। पेशाब करने के लिए गली पार करनी पड़ती। घुप्प अँधेरे में अन्दाज़ा लगाकर पैर चलते। लड़कियाँ-औरतें तो शाम से पानी ही नहीं पीती थीं। अँधेरी गली से निकलकर सड़क पर जाना औरतों के लिए मुश्किल है। डर था। घरों में पेशाब करने के लिए जगह नहीं है, मोरी बनी नहीं है। इसलिए सोने से पहले पेशाब करने के लिए घर से बाहर जाना रोज़ का नियम बन गया।

पिता कहने लगे, "कबाड़ी बाज़ार में हम लोगों ने बहुत कोशिश की लेकिन... "

हमने इसके बाद पिता की आवाज़ नहीं सुनी। लगा वे कबाड़ी बाज़ार के भीतर चले गए। जूना पुराना जिसे भंगार या कबाड़ कहा जाता है, उस ढेर में हारमोनियम की तलाश करने लगे हों। वे अपने-आपकी तलाश में इस तरह से उलझ गए कि बिखरने लगे। इन दिनों पिता बोलते-बोलते अचानक चुप हो जाते। इस चुप्पी में इतना अन्धकार होता कि घर के भीतर की रोशनी का तो अस्तित्व ही दिखाई नहीं देता। हमारी गली में कोई जलती हुई चिमनी नहीं दिखती थी। जैसे सारी रोशनी एक साथ चली गई हो। पूरी दुनिया की रोशनी अगर एक साथ चली जाए तो? पूरी दुनिया में कितना अन्धकार हो जाएगा? कितना?

उतना अँधेरा हमारे घर में, हमारी गली में, हमारे मन में मौजूद है।

उतना, उससे ज़्यादा अँधेरा पिता के भीतर से होता हुआ हमारे आसपास पसर चुका। कुछ नहीं दिख रहा है। लगा कि जब पिता और उनके साथियों को शाम

ढले रजवाड़े की बग़ल में हारमोनियम नहीं मिल रहा था तो उन्हें तब कैसा लगता रहा होगा?

उम्मीदें, हसरतें, कितने दिन साथ-साथ चलती हैं? कितने दिन उसमें जान रह सकती है? कितना मुश्किल होता है उनको अपने साथ बनाए रखना। धड़कते हुए मन-मछली को अकाल की तपती धूप में ख़ुद को बचाए रखना कितना मुश्किल होता होगा?

"महीनों हो गए थे, कामकाज छोड़कर हम राजवाड़े के आसपास घूमते थे, किसी हाथठेले पर, किसी बोरी में, किसी पोटली में नज़र आ जाए हारमोनियम, कि तलाश-यात्रा समाप्त हो जाए। लेकिन सच तो यह है कि यात्राएँ और तलाश कभी भी समाप्त नहीं होती हैं, वे सतत चलती रहती हैं।" पिता कहते-कहते चुप हो गए। लगा कि वे कई साल पीछे जाकर वापस राजवाड़े के पास कबाड़ी बाज़ार में आकर खड़े हो गए हों। वे अकेले पड़ते दिखे।

पिता ने कहा था, "कभी भी राजवाड़े के अन्दर नहीं गया था, राजवाड़ा को अन्दर जाकर देखने का मन नहीं हुआ। हज़ार बार बल्कि हज़ारों बार राजवाड़ा के आसपास गया लेकिन राजवाड़े के अन्दर नहीं गया। राजवाड़े के अन्दर ऐसा क्या था जो हमारे लिए होगा? इन राजवाड़ों के भीतर हमारे लिए कुछ नहीं हुआ था। हमारे लिए राजवाड़े के अन्दर कुछ नहीं था तो फिर क्यों जाना? क्यों उसे देखना?"

कई रातें, कई बातें ख़त्म हो गईं। वो तमाम जागी हुई रातें और अधूरी बातें अगली पीढ़ी तक विरासत की तरह आ गईं। आजी और पिता की बातें, जो हम सुनते थे, वो बातें हमें सोने नहीं देतीं। बेचैन करतीं।

पिता कहने लगे, "गुरुवार को जो हाट लगता था उसमें भी एक कोने में कबाड़ की ऐसे ही चीज़ों को ख़रीदने-बेचने का काम हुआ करता था। हम बहुत बार इधर से उधर गए लेकिन हमें कबाड़ में हारमोनियम नहीं मिला।"

पिता के गले में हारमोनियम का तार झंकृत होते-होते अचानक अटक-सा गया। वे चुप हुए। बहुत देर तक कोई नहीं बोला। पिता फिर बोलने लगे, "कबाड़ीवाले के पास ही हारमोनियम मिलेगा, यह पता नहीं कैसे किसके दिमाग़ में आया था। हम सारे के सारे लोग कबाड़ीवाले के आगे-पीछे घूमा करते थे। उसके पास कोई हारमोनियम आ जाए तो हम लोग उसको ख़रीदेंगे। टूटा-फूटा हारमोनियम भी चलेगा।

उसे सुधार लेंगे। हारमोनियम ख़रीदना है, मतलब कबाड़ीवाले पर लगातार निगाह रखनी है। हम लोगों की हालत यह हो गई थी कि जब भी कोई हाथठेले पर कबाड़ीवाला...क बा ड़...कबाड़ीवाला, लोहा लंगड़वाला, भंगारवाला इस तरह से बोलते हुए चिल्लाता तो हम उसके पीछे-पीछे हो जाते। उससे बात करते हुए उसे यह बताते कि अगर पुराना हारमोनियम मिल जाए तो हमको बताना। किसी को बेचना मत। हम लोग इसका अच्छा दाम देंगे। इस तरह की तमाम बातों के साथ-साथ तमाम कबाड़ियों से हमारे दोस्ताना सम्बन्ध बन गए। कई बार तो यह लगता कि हम ख़ुद ही कबाड़ ख़रीदने-बेचने का काम करने लग जाएँ। लेकिन हम कबाड़ी नहीं बन पाए।"

बोलते-बोलते पिता रुक गए। जैसे कोई एक मन था जो अटक-सा गया। एक सवाल जो सुनने वाले के दिमाग़ में आ सकता था। उसका जवाब देते हुए वे फिर बोले, "कबाड़ी नहीं बन पाए क्योंकि कबाड़ ख़रीदने के लिए पैसे नहीं थे। जितने पैसे होने चाहिए, उतनी जमा पूँजी नहीं थी हमारे पास। कबाड़ ख़रीदने के लिए ज़रूरी थोड़े से पैसे भी नहीं थे हमारे पास...।" पिता की आवाज़ में उदासी चली आई। यह नाकामी नहीं अभाव के किसी दहकते दावानल में अकेले होते जाते आदमी की विवशता है।

विवशता को हावी होने नहीं दिया गया। उम्मीद से भरकर पिता बोले, "आख़िरकार हम लोग एक दिन सफल हो ही गए। एक टूटा-फूटा सा हारमोनियम एक कबाड़ी वाले से ख़रीद ही लिया।

पहले-पहले हम साहेबराव के घर बैठ जाते थे। वहीं पर शुरुआती दौर में रियाज़ करते थे। इमरान भाई हमारे पास आकर बैठने लग गए। इमरान से पहली मुलाक़ात मानिकराव के घर में हुई थी। वह सिर्फ़ सुनने के लिए खड़ा रहता था। हम लोग शुरुआती दौर में कभी फ़िल्मी गाने तो कभी क़व्वाली की नक़ल करते थे। वामनदादा के पोवाड़े गाते थे। बचपन का कोई शौक़ था कोई सपना दबा हुआ था, वह बाहर आ गया। जब हम लोग गाते-बजाते तो कुछ लोग खड़े-खड़े हमें देखते सुनते थे। एक भरोसा हुआ, हम गा सकते हैं। बजा सकते हैं। फिर हम तीन इमली के झाड़ के नीचे बैठने लग गए। एक साथ बैठने वाले तीन दोस्त की तरह वे बड़े-बड़े इमली के झाड़ थे। सड़क की चौड़ाई बढ़ाने से रोक चुके इन झाड़ों के बीच इतनी जगह थी कि दस-बारह लोग एक साथ बैठ सकते थे। हमने इस जगह को रियाज़ करने का स्थान बना लिया।

हर बार इतवार आता था। हम लोग शाम को इकट्ठा होते थे। घंटा-दो घंटा, फिर तो टाइम की कोई पाबन्दी नहीं रही। जब तक निढाल नहीं हो जाते, हम लोग गाते-बजाते थे।

जब कभी गाँव जाते तो गाँव के कलापथक वालों के साथ मिल-बैठ जाते। एक कॉपी में गाने लिखते। हमारे पास पुरानी कॉपी थी जो एक कबाड़ीवाले से मिली थी। वो एक मोटी-सी कॉपी थी। रजिस्टर था जिसमें वामन दादा कर्डक सहित बाक़ी लोकशाहिरों के गीत क़व्वाली कविता पोवाड़ा लिखने लग गए।

रेलवे स्टेशन पर छोटी-छोटी किताबें दुकान में हुआ करती थीं। उनको देखना, पलटना और किताबों को वापस रख देना यही हमारा काम हुआ करता था।

कबाड़ की दुकानों में हाथठेले पर कबाड़ी वाली जगह पर हमने वाद्ययंत्र के साथ-साथ किताबों की भी तलाश शुरू की। जो किताबें हमें चाहिए थीं वे नहीं मिलती थीं। जो हमें पढ़ना नहीं था वो सारी किताबें दिखती थीं। बिकती थीं। और जो रद्दी कहलाती थीं उसमें जो कुछ किताबें ऐसे ही हम अपने घर लाते थे। रद्दी में से कुछ तो पढ़ने को मिलेगा? इस तरह से घर में पढ़ने-लिखने का सपना देखा गया। घर में किताबें रखने का सिलसिला शुरू हुआ।

अब धुन सवार हुई कि वामनदादा कर्डक की कोई एक किताब मिल जाए। हमें उनके गानों की किताब मिली नहीं। हमें जो किताब दिखती थीं उसमें हिन्दी फ़िल्मों के गाने होते थे या भजन। हमें इनकी ज़रूरत नहीं थी।

रेल में पहली बार एक पतली-सी एक किताब ख़रीदी थी। वो किताब रफ़ी मुकेश के सुपरहिट गानों की थी। उस किताब के पीछे छापने वाले का पता लिखा हुआ था। पढ़ा तो पता चला कि वो तो इसी शहर का है। बक्षी गली में दुकान है। वहाँ का दुकानदार इस तरह की किताब छापा करता है। सरदार त्रिलोकसिंह नाम के आदमी से मिलने का मन हुआ। इतनी सारी किताब छापनेवाले आदमी से मिलना चाहिए। हम सोचने लगे कि इनके पास जाएँगे और वामनदादा के पोवाड़े गाने उनसे छपवाएँगे।

गाँव से वापस आने के बाद कई दिन तक तो हिम्मत बाँधने में लग गए कि त्रिलोक सिंह से मिलेंगे तो क्या कहेंगे? वो किताब छापने से मना करेगा तो? हिन्दी किताब वाला मराठी की किताब क्यों छापेगा?

एक दिन मानिकराव ने कहा, हम भी गाने लिखने लग जाएँ। हिन्दी में गाने लिखेंगे। एक न एक दिन हमारे लिखे हुए भीम गीत की किताब हिन्दी में आएगी।"

"और कहाँ जाएगी?" हँसते हुए साहेबराव ने पूछा। उस वक़्त खिल्ली उड़ाते हुए साहेबराव नाम का आदमी संसार का सबसे बुरा आदमी लगा था। उसके बोलने का तरीक़ा और इशारे बहुत गन्दे थे।

"बस, रेल में जाएगी।" मानिकराव के चेहरे पर संजीदगी थी। सपने का यात्री अपने रास्ते जा रहा था।

"बिकेगी?" अगला सवाल साहेबराव ने फिर उछाल दिया।

"टेशन, हाट, रेल में बिकेगी। और वैसे नागपुर, बम्बई, महू में तो ढेर सारी बिकेगी।" मानिकराव ख़रीदने वालों की भीड़ दिखाने में लग गया। किताबें ख़रीदने वालों की भीड़ में साहेबराव के अलावा बाक़ी सब शामिल हो गए। मानिकराव को लगा, जिसको किताब ख़रीदनी होती है वो कोई एक किताब तो ख़रीद ही लेता है। जिसे पढ़ना हो वो टाइम और पैसा निकाल लेता है। मानिकराव ने नागपुर, बम्बई और महू का नाम बताकर सारी बात पलट दी। इन जगह पर डॉ. बाबासाहेब आम्बेडकर, बुद्ध, फुले और संविधान की किताबें बड़ी संख्या में बिकती हैं। उन पर लिखी हुई किताबें ही किताबें होती हैं। ऐसे ही किताबें लोग ढूँढ़ते हैं। ख़रीदते हैं। जिसे जितनी दाम में चाहिए उतने क़ीमत वाली वो ख़रीद लेते हैं।"

"कुछ नहीं भोत सारे तो बस किताब उलटते-पुलटते हैं। ख़रीदते नहीं है।" आशंका और हक़ीक़त से भरी हुई आवाज़ आई थी साहेबराव की।

"अपनी पसन्द की किताब देखते हैं। जो पसन्द आती है उसका दाम देखते हैं। उतना पैसा नहीं होता है तो आगे चले जाते हैं। उस वक़्त उसका दुःख सबसे बड़ा होता है जो चाहकर भी अपनी पसन्द की किताब ख़रीद नहीं पाता है। सबसे दुखी इनसान वो ही होता है।" पिता ने कहा, मैंने तब यही बोला था।

"हमारे पास कहाँ है इतना पैसा?" अचानक किशनराव बोला था।

"हमारे पास इरादे हैं। हम किताब छपवाना चाहते हैं।" मानिकराव अभी भी अपने हौसलों पर सवार था।

उसे लगता था कि इस बात को आगे बढ़ाया जाए। हक़ीक़त बनाया जाए, तब एक उदासी से भरा हुआ वाक्य किशन ने कहा, "और कुछ नहीं कर पाते।"

"बहुत कुछ किया। बहुत कुछ करना बाक़ी है। अभी तो जवानी आई है।" हँसते हुए मानिकराव बोला। साहेबराव ने मानिकराव की खिल्ली उड़ाते हुए बोला, "जवानी चढ़ गई इसे तो।" इस पर मानिकराव हँसता हुआ बोला था, "दारू तो नहीं चढ़ी, फिर जवानी चढ़ जाए तो काम बन जाए।"

"काम बन जाएगा। सब्र करो। अभी भी छोटी-छोटी मूल किताबों की ज़रूरत है।" मैंने कहा था, मुझे मानिकराव की बात पर पहले तो हँसी आई थी लेकिन धीरे-धीरे लगने लगा कि हम छोटी-छोटी पतली-सी किताबें छपवा सकते हैं। जिसे ख़रीदने और पढ़ने में सबको आसानी रहेगी।"

तभी साहेबराव बोला, "किताब का ख़र्चा कैसे निकालें? अभी तो पैसा नहीं है तो किताब कैसे छपेगी?"

मानिकराव बोला, "हम सब किताब बेचने जाएँगे। किताबें बेचेंगे।"

"हम सबमें कोई भी मैट्रिक पास नहीं है। सबसे ज़्यादा कौन पढ़ा है? चलो बताओ।" किशन अटका हुआ था। वो फिर बोला, "मैंने तो दूसरी क्लास के बाद जाना छोड़ दिया। साहेबराव पाँचवीं फ़ेल है।"

"तू दूसरी पास है कि फ़ेल?" मानिकराव बोला।

"याद नहीं। परीक्षा दी कि नहीं, यह भी पता नहीं। तूने तो सातवीं पास की थी न।" किशन के भीतर एक ग़ुस्सा है। नाराज़ी है। पढ़ाई के मसले पर एक अपराधबोध है। वो बोलने लगा, "कितना चाहा था माँ ने कि पढ़ाई कर लूँ लेकिन मैं नहीं माना तो नहीं माना।"

स्कूल से भागना उसे याद आ गया था। वह अपने गाँव के मराठी स्कूल में पढ़ता था। उसके घरवाले महाराष्ट्र के अपने गाँव को छोड़कर यहाँ आए। हिन्दी स्कूल में उसका एडमिशन करवाया। हिन्दी कभी न पढ़ी न सुनी थी। हिन्दी में पढ़ाने वाले सर को लगता था इसे कुछ नहीं आता। वो हमेशा डाँटते। सबके सामने डाँटते। अपमान और दर्द को कितनी बार सहन किया जा सकता है? कितने दिन? कितने घंटे? कितने मिनट?

किशन स्कूल से हर बार भागकर आता तो घरवाले डाँटते, उसकी पिटाई करते। उधर वो सर भी स्कूल में मारने लगे। पढ़ने के नाम पर दोनों जगह पिटाई? वो बोलता था, अरे मेरेको तेरी भाषाच समझ नी आती, तो मई क्या करूँ बे? सीधे गाँव से शहर में लाकर कोई कैसे पढ़ सकता भला?" उदास आवाज़ में लगा गले में भाषा अटक गई।

गले को चीरते हुए भाषा अटक गई है। उस घाव से घायल किशनराव का रोने का मन हुआ। कुछ देर बाद परेशानी में घिरा हुआ किशनराव बोला, "भाऊ तेरेको एक टेंशन बताता हूँ। दिन-रात ये वाली बात मेरे मन को खाती रहती है। मेरको भोत डर लगता है कि मेरी पोरगी हिन्दी में पढ़ पाएगी या मेरी तरह अनपढ़ रह जाएगी?"

"हुशार है रे तेरी बेटी। कितना बड़बड़ करती है। बोलती रहती है। दिमाग़ वाली है।" मैंने किशन को तसल्ली देने के लिए बोला था। किशन नाउम्मीदी से भरा हुआ था। वो बोला, "पता नी स्कूल का वो ही सड़ियल मास्टर होगा या वो सुधर गया होगा।"

"अबे अब ज़माना बदल गया है," मानिकराव ने कहा।

"ज़माना? क्या बदला? कितने नये स्कूल बन गए? इतने सारे लोग शहर में आ गए हैं लेकिन एक वो ही सरकारी स्कूल दिखता है। तीस साल बाद भी कुछ नहीं बदला। तीस-चालीस साल में एक भी नया सरकारी स्कूल नहीं खुला। बता कहीं खुला नया स्कूल?" दर्द, परेशानी और निराशा के बीच किशन का ग़ुस्सा फूट पड़ा था।

"अब होगा। अब हम कुछ करेंगे।" उम्मीद और सपने से भरा हुआ मानिकराव बोला। फिर कुछ रुककर मानिकराव ने कहा, "अपने गाने हम ख़ुद लिखेंगे। किताबों की तलाश में अब अपनी किताब लिखेंगे। पढ़ने के लिए गाएँगे। बजाएँगे। अपनी लिखी हुई किताब बच्चों को पढ़ाएँगे। कुछ करेंगे। हम लोग ऐसे ही बिना कुछ किये नहीं मरेंगे।"

एक उम्मीद मज़बूत हुई कि कुछ करेंगे। बिना कुछ किये ऐसे ही नहीं मरेंगे।

बात सही लगी। रास्ता भी निकाल लिया, अब कोई सवाल नहीं। जब हम सब किसी बात पर एकमत होते हैं तो उसके लिए कोशिश करते हैं।

किताब छपवानी है।

"किताब छपवाना अब हमारी ज़िन्दगी का मक़सद बन गया।"

पिता बरसों पहले के अपने सपने, अपने लक्ष्य में खो गए। उन विचारों की चमक उनकी आँखों में थी कि ख़ुशहाल जीवन की नदी पार हो रही थी। उनके साथ-साथ लगा कि हम लोग भी ज़िन्दगी तैर लेंगे, जी लेंगे।

इस रात में हम पिता के उस ज़माने में चले गए थे। 35 साल पहले के वक़्त को देखने, सुनने लग गए।

हम सब ख़ुशनुमा सपने की यादों की बहती हुई नदी में तैरते हुए सो गए।

3

सर्पाकार

सड़क को पार कर खुले मैदान में पहुँचना नहीं चाहता हर कोई। खेल मैदान को कचराघर बनाया जा रहा है। मेरी उम्र बढ़ती जा रही है। खेल मैदान उससे ज़्यादा तेज़ गति से कचराघर बनता जा रहा है। देखते-देखते पाँचेक साल हो गए। बढ़ते हुए कचरे के खुले ढेर में से कुछ-न-कुछ उड़ता हुआ दिखता है। सड़क पर चलने वाले की नज़र तो जाती है लेकिन वह तब अपना दिमाग़ बन्द रखता है। उसे क्या पड़ी कि क्या उड़ रहा है? क्या-क्या सड़ रहा है? खेल का मैदान जीते-जी धीमी मौत से मरता जा रहा है। खेल, बच्चे और खेल मैदान किसी के लिए भी मायने नहीं रखते हैं। उनकी चिन्ता कर उसे बढ़ावा देने के लिए न क़दम आगे बढ़ते हैं न कोई आवाज़ उठाता है।

मैदान और लोगों का दिमाग़ क्यों सड़ रहा है? क्यों सड़ाया जा रहा है? यह किसी को पता चलता है? कचरे का ढेर कहाँ-कहाँ बढ़ रहा है? दिमाग़, सोच, व्यवहार और न जाने कहाँ-कहाँ पर बड़े-बड़े ढेर हो गए कि भरे पूरे शरीरों में सड़न ही सड़न भर गई लेकिन कोई मानता ही नहीं।

सड़क पर चलनेवालों को लगता है कि वो सीधा जा रहा है लेकिन वह नीचे की तरफ़ घूमता हुआ जाता है। कोई भी सड़क सीधे-सीधे कहीं नहीं जाती है। लोग उसके घुमावदार रूप को नहीं जान पाते कि वो नक्शे पर किस तरह दिखती है। विकास को चौड़ी सड़क से मापने वाले की तरह, जो नहीं जानना चाहते हैं कि नीचे जा रहे हैं। उन्हें लगता है आगे जा रहे हैं। बस वे जा रहे हैं।

सड़क के कन्धे के नीचे ढलान है। ढलान के निचले हिस्से से चिपका हुआ नाला बहता है। दिन हो या रात उसे कोई फ़र्क़ नहीं पड़ता। यहाँ तक कि जब गला सूखने के दिन आते हैं उस मौसम में भी नाला तर रहता है, भरा रहता है। बहता रहता है। उन दिनों पीने का पानी मिलना मुश्किल होता जाता है।

नाले के उस तरफ़ घुमावदार कोने से खेल मैदान का कोना मिलता है। उधर पक्की दीवारें हैं। दीवारों पर पलस्तर है। सफ़ेदी को ओढ़कर दीवार खड़ी है। दीवार से दीवार जुड़ी हुई है। जहाँ तक नज़र जाती है वहाँ तक इन दीवारों के बीच में से कोई रास्ता नहीं जाता। कोई गली, कोई सूराख़ नहीं दिखता।

सफ़ेद झक दीवारों में खिड़कियाँ बहुत सारी हैं। दीवारों की इन खिड़कियों में से नहीं दिखता, उस कमरे के भीतर क्या है, कौन है। रोशनी देने वाली खिड़कियाँ अज्ञानता से पीड़ित लगती हैं। सड़क से खुले मैदान से, खिड़की से भीतर नहीं देखा जा सकता। खिड़की है, यह सब मान लेते हैं। खिड़कियाँ बहुत बनाई हैं, रोशनदान का दावा करने के गुमान में। बाहर खड़े होने वाला, जो सड़क से विकास नापता है, वह ताउम्र जान नहीं पाता कि खिड़की, रोशनी का साथ लेकर क्या दिखाती है।

सीमेंट की खिड़कियाँ, उत्सुकता के साथ आश्चर्य की वस्तु हैं। जिस पर टकटकी लगाए लड़के को सुनाई देती है डाँट की, कर्कश आवाज़, "क्या देख रहा है बे? चोर...चोरी करने के लिए आया है। भाग...भाग स्साले..."

आवाज़ सुनते ही भागने लगता है कि दिखता नहीं डाँटनेवाला। अपराधी कहने वाले, चोर घोषित करने वाले, पक्की बिल्डिंग वाले को क्यों लगता है कि उसके घर की तरफ़ देखने वाला हमारी गली वाला चोर ही होगा, जो आज नहीं तो कल उसके घर चोरी करेगा। उसके घर को उसकी खिड़की को जब उसका पड़ोसी देखता है, तो क्या वह चोर नहीं हो सकता है? हमारी बस्ती में रहने वाला लड़का भविष्य में अपराधी कैसे बन सकता है? उसका गुनाह क्या यह है कि वह पक्की बिल्डिंग में नहीं रहता? उसके कपड़ों को, चेहरे को देखकर उसे अपराधी घोषित करने वाले, ऐसा सोचते हैं तब उनके दिमाग़ में कौन सी विरासत बोलती है? जो चोर नहीं हैं, न चोर बनना चाहता है, उसे चोर-बदमाश बोल-बोलकर उसके दिल-दिमाग़ में कौन सी गन्दगी भरने का काम किया जाता है? उसके सपनों में क्या बोया जाता है?

≈

पिता इस रात सुनाने लगे, "प्रशान्त बहुत अच्छा गाता था। जब वह गाता तो वक़्त के साथ सब कुछ रुक जाता था। मज़ाल है कि राह चलते हुए आदमी के पैर रुक न जाएँ। प्रशान्त की आवाज़ हर किसी को बाँध लेती थी। जकड़ लेती थी। दिमाग़ की नस फूलने लग जाती थी। प्रशान्त गाते वक़्त किसी की आँख में नज़र डाल देता तो सुनने वाले के भीतर आग जलने लग जाती। प्रशान्त को सुनते हुए बहुत सारे लोगों की आँखें ज़मीन में गड़ने लगती थीं। लोग अपनी उँगली को धरती से जोड़ लेते थे। ज़मीन पर कुछ तो भी बनाने लगते थे। मिट्टी को उकेरने में लग जाते थे।

चित्रकारी करने के इरादे में कुछ लोग तो मिट्टी खोदते थे। मिट्टी खोदकर कुएँ की कल्पना कर पानी निकालने का उनका मन होता था। हाथों से मिट्टी को हटाते-हटाते क्या उन्हें लगता था कि इस दौरान उन्हें कोई पत्थर मिल जाएगा? नुकीला पत्थर? किसी नुकीले पत्थर की तलाश में थे क्या वे? आख़िरकार इतने से वक़्त में मिट्टी हटाकर गड्ढा बनाते हुए क्या वे लोहे की चाहत रखते थे?

पानी, पत्थर, लोहा या फिर चित्र? किसकी तलाश थी उन्हें? वे लोग भीमगीत सुनते हुए क्या बनाना चाहते थे?

उनके पास न काग़ज़ था, न क़लम, न ही रंग थे, न ब्रश, फिर वो चित्र कैसे बनाते? चित्र बनाने की ख़्वाहिश हर मन में होती है। कोई उसे सुन-समझ लेता, कोई करने की कोशिश करता। सपने तो सबके होते हैं, भले ही साधन सुविधा न हो। उनके सपने थे या अधूरी इच्छा कि वे नाख़ून के सहारे चित्र बनाते-बनाते खुदाई करते हुए शिल्प कलाकारी करने लग जाते थे। उस वक़्त उनकी आँखें नम होती थीं। उनके कान लाल होने लगते थे। उड़ ना जाए मन। शरीर जल न जाए इसलिए लोग धरती से, मिट्टी से अपने-आप को जोड़कर रहते थे। अपनी आग इस तरह मिट्टी में मिलाते।

अगर हम उस बस्ती में नहीं रहते। अगर वहाँ मिट्टी नहीं होती। अगर हम पत्थरों के बीच रहते तो चित्र ज़मीन पर बनाने के बजाय पत्थर पर बनाते। हम लोगों की चित्रकारी वहीं मिट्टी में दफ़न हो गई।

प्रशान्त को सुनने के लिए प्रशान्त की आँखें देखने के लिए बड़ा जिगरा चाहिए था। बड़ा जिगरा। प्रशान्त गाता था तो सुनने वाले के भीतर कुछ-न-कुछ चटकता, टूटता, जुड़ता या फिर सुलग जाता था। ऐसा हो ही नहीं सकता कि प्रशान्त को सुनने के बाद किसी पर कोई असर न हो। उसके गाने सुनने के बाद किसी का मन साबुत बच जाए, यह सम्भव नहीं। उन भीम गीतों में ताप इतना होता था कि वह गाते ही जगमगाने जलने लगता था। वो लोगों को रोशनी दिखाने का काम करने लगता था। उस रोशन वक़्त में लगता था यहाँ क्यों है? हम कौन हैं?

सब अपने-आप से यही सवाल करने लगते थे, "हम कौन हैं?"

कौन हैं हम? उसी वक़्त सुनने वाले अपने-आप को बड़ा ताक़तवर समझने लगते थे। प्रशान्त गाता था तो लगता था कि उसका पूरा शरीर गा-बजा रहा है।

उसकी आवाज़, उसके शरीर के कम्पन का अहसास हर किसी की धड़कन में घुल-मिल जाता था।"

पिता पानी पीने के बाद कहने लगे, "बरसों बाद सुना कि प्रशान्त की तबीयत ख़राब है, तो लगा कि मेरी तबीयत ख़राब होने लगी है। बिना कुछ सोचे-समझे प्रशान्त से मिलने के लिए सीधे स्टेशन पहुँच गया। रेलगाड़ी रात के एक बजे थी। मेरे से रहा भी नहीं जा रहा था। अन्दाज़न शाम के चार बज रहे होंगे। फिर मैं बस की तलाश करने लगा। प्रशान्त से मिलना ही है। कुछ भी सूझ नहीं पड़ रहा था। घर पर किसी को बताया नहीं। जाने का बोल ही नहीं पाया। दिमाग़ चल नहीं रहा था। किसी से बात करने का मन नहीं हो रहा था। बस चलता ही गया।

शहर में रहने के बावजूद इस शहर से किसी जगह बस से नहीं गया था। ज़रूरत ही न पड़ी। अपनी तो पैसेंजर रेलगाड़ी ही सब कुछ थी। छुक-छुक करती हुई धीरे-धीरे रुकते हुए चलती थी, अकोला-अजमेर पैसेंजर और इटारसी-भुसावल पैसेंजर।

जल्दी जाना था इसलिए मेरे पैर बस के लिए चल रहे थे। इसके पहले कभी भी बस स्टैंड के अन्दर नहीं गया था। बस स्टैंड के अन्दर से रास्ता जाता था। उस रास्ते से आना-जाना करते थे। कभी साइकिल से उतरकर नहीं देखा था कि बस स्टैंड अन्दर से कैसा लगता है। जब बस से जाना ही नहीं है तो फिर क्यों रुकना? क्यों देखना?

अब बस स्टैंड जाकर समझ नहीं आ रहा था कि हो क्या रहा है? प्रशान्त की आवाज़ कानों में गूँज रही थी। ज्वालामुखी का नाम था प्रशान्त और वो मेरे भीतर फूट रहा था। मैं उसे सँभाल नहीं पा रहा था।

मुझे कुछ भी पता नहीं था। कहाँ पर टिकट काउंटर है? कहाँ पर बैठते हैं लोग? कहाँ करते हैं इन्तज़ार...!

इस तरह से जीवन जिया था कि ज़िन्दगी में बहुत कुछ जानने-देखने का मुझे वक़्त मिला ही नहीं। हमारे पास बहुत काम थे इसलिए भी इस तरह का कोई ख़याल नहीं आया था। यह जानना था कि कौन सी बस गाँव जाती है? इधर-उधर बसें खड़ी थीं। इतनी सारी बसें...जवानी में, ज़िन्दगी में पहली बार इतनी बसें एक साथ एक जगह देखी थीं। अब घबराहट धीरे-धीरे बढ़ने लगी। हर बस के पास जाता था। बस के माथे पर रखी हुई तख़्ती पढ़ता। शहरों के नाम थे बड़े-बड़े अक्षर में।

दो शहरों के लिखे हुए नाम के बीच वाली जगह में छोटे अक्षरों में छोटे शहरों के नाम थे। शहरों के नामों के बीच गाँव का नाम नहीं था। छोटे गाँव के पास वाले बड़े गाँव का भी नाम लिखा हुआ नहीं था। गाँव ग़ायब था। गाँव का नाम बहुत ढूँढ़ा पर मिला नहीं। हम जैसे लोग शहरों में तो हैं लेकिन ग़ायब हैं। हमारा पता किसी को नहीं है। लोगों को पता नहीं है कि हम भी इसी शहर में रहते हैं। हम भी उनकी तरह ही मनुष्य हैं।

अपने गाँव के पास रुकने वाली बस याद आई। जब मलकापुर रेलवे स्टेशन से उतरते थे तो पैदल-पैदल बस स्टैंड आते थे। वहाँ पर टिकट काउंटर से टिकट कभी नहीं ख़रीदा। बस, सीधे जा के मोतला की बस में बैठ जाते थे। ख़ाकी वर्दी वाला कंडक्टर एल्युमिनियम की पेटी में से रंग-बिरंगे टिकट फाड़ता। फिर उनको एक साथ रखकर उनमें छेद करता फिर देता। यह सब कुछ आदत में आ गया था। बस स्टैंड के काउंटर पर जाने का कभी मौक़ा ही नहीं मिला। फिर मैंने बस स्टैंड पर यह किया कि सिर्फ़ लाल रंग वाली बस देखने लगा। गाँव जाते वक़्त लाल रंग की बस में ही बैठते थे। उसे एसटी कहते हैं, एसटी को ढूँढ़ते-ढूँढ़ते, सोचते हुए दो घंटे कब निकल गए, पता ही नहीं चला। और थकान कितनी भर गई थी? याद नहीं। पानी की भी याद आई ही नहीं। भूख का तो सवाल नहीं उठता। सुबह से कुछ भी खाया नहीं था। बस, बस मिल जाए तो पानी पी लूँगा यही सोचते-सोचते चलता जा रहा था। बस देखता रहा।

लाल रंग की सारी बसों पर लिखे हुए शहरों के नाम पढ़ लिये। किसी भी नाम में अपने गाँव, तालुके का नाम पढ़ने को नहीं मिला।

फिर थक-हारकर काउंटर के पास चला आया। बैठने की जगह नहीं थी। लाइन लगी हुई थी। भीड़ ही भीड़। पता नहीं लोग कहाँ-कहाँ जाने वाले थे। किस काम के लिए जाना चाहते थे? हड़बड़ी में थके हुए लोग इन्तज़ार में थे। अपनी बारी का इन्तज़ार करते हुए। सरकते लोगों में परिचित चेहरा ढूँढ़ने लगा था। कोई जान-पहचान का मिल जाए तो उनसे पूछ लूँगा कि कौन सी बस जाने वाली है। अब वहीं खड़े-खड़े लोगों के चेहरे देखने लगा। आदमी, औरत, बच्चे, पेटी, बैग, पोटली सब कुछ था लेकिन अपना-सा कोई नहीं था। कुछ भी देखा-जाना-पहचाना नहीं लग रहा था। न आदमी, न औरत, न कोई पेटी, न थैली, सब अनजान। सब जाने वाले थे।

जाने के लिए खड़े लोग खड़े-खड़े वहाँ से जा चुके थे, जहाँ उनको जाना था। कोई ऐसा मिला-दिखा नहीं, जो अभी भी अपने मन के साथ यहीं पर हो। मैं ख़ुद ही कौन से होश में था। वे लोग यहाँ नहीं थे, उनके चेहरे बता रहे थे। उनमें से कोई ऐसा चेहरा नहीं दिख रहा था जिससे जाकर पूछ लो, बात कर लो। उनको बता दूँ। तब पता नहीं मेरा चेहरा भी शायद ऐसा हो गया था कि कोई मुझसे नज़र नहीं मिला रहा हो। यह जानकर कि मैं अजनबी हूँ। कोई उलझी हुई सूरत हूँ कि मैं उनके जैसा नहीं दिख रहा हूँ जबकि उसी शहर का हूँ। इसी देश का हूँ। इसी धरती का हूँ।

मेरी पहचान क्या है! अब लगा ख़ुद को भी जानता नहीं हूँ।

ऐसा ही सोचता रहा। कोई उम्मीद से भरी हुई आँखें या फिर चेहरे होते तो उनसे सवाल करता। उनसे जवाब की उम्मीद होती। उनसे रास्ता मिल जाता। बातों के सफ़र में साथ होता लेकिन उनमें से ऐसा कोई नहीं था। ऐसा एक भी नहीं मिला। किससे कहूँ? जिससे पूछ लूँ कि मेरी बस कहाँ है? किस बस से जाने के बाद प्रशान्त मिलेगा? उस वक़्त हिम्मत नहीं थी। मेरे साथ साहस नहीं था। प्रशान्त मेरे पास नहीं था।

हाँ, यही सच है कि भूल गया था कि एक ज़बान भी है मेरे पास। पूछ सकता था किसी से भी लेकिन पूछ न सका। परिचित जैसा कोई मिल जाए, उसी को ढूँढ़ रहा था। इसी में सब समय निकल गया। रात होने लगी तब मन डाँवाँडोल होने लगा। बस से जाऊँ या ट्रेन से? बस का किराया बहुत था। इतना कि हफ़्ते भर का घर ख़र्च चल सकता था। घर चल सकता है, जैसे ही हिसाब दिमाग़ में आया, पीने के पानी के लिए उठा। अब तक न जाने कितनी बार प्याऊ के नल के सामने से निकल चुका था लेकिन प्याऊ की तरफ़ ध्यान ही नहीं गया कि पानी पीना चाहिए। पेट में पानी नहीं था। गला सूख गया था। प्यास और टेंशन जब एक साथ हों तो दिमाग़ काम करना बन्द कर देता है।

प्याऊ पर जाकर पानी पीने के बाद मुँह धोया। इधर-उधर पूछने पर पता चला कि पूछताछ वाला काउंटर है। वहाँ जाकर मालूम पड़ा कि बस रात के नौ बजे हैं। बस अभी आई नहीं है अगर अभी आती भी है तो टुकड़े-टुकड़े में जाना पड़ेगा। डेढ़ घंटे के बाद वाली बस बरानपुर के लिए है। वहाँ से फिर दूसरी बस से आगे जाना होगा।

बस में बैठ गया। बरानपुर पहुँचा तो रात के दो बज गए। बरानपुर बस स्टैंड पर बहुत कम लोग थे। कुछ लोग सोए हुए थे। बैठे हुए लोगों के पास अब बैठने वाली जगह नहीं थी। बैठने के लिए, चाय पीने के लिए गया। चाय पीते-पीते ही मैंने पूछा, मलकापुर की बस कितने बजे जाती है? पता चला सुबह साढ़े पाँच बजे जाती है। अब क्या करूँ? यह वही बस है जो रात बारह बजे निकलने वाली थी। इसके अलावा कोई बस नहीं है। वापस आकर बैठ गया। आँख कब लगी पता ही नहीं चला।

थक गया था मन। तन सो गया था।

सुबह आँख खुली तो मालूम पड़ा साढ़े पाँच बजे वाली बस तो जा चुकी। पैसे गिने तो पता चला, गाँव चला तो जाऊँगा लेकिन वापस नहीं आ पाऊँगा। वापसी के लिए नहीं हैं पैसे। अभी अगर खाना खाया तो गाँव जाने के भी वान्दे पड़ जाएँगे। अब यहाँ क्या करूँ? चला जाता हूँ। भूख से मर नहीं जाऊँगा। प्रशान्त को देख आऊँगा।

सुबह में धूप आ चुकी थी। साढ़े सात वाली दूसरी बस आ गई। मराठी में आवाज़ तेज़ी से आई। "दूसरी आली...। येरे...। चल...।" बस के माथे पर लिखा हुआ था रावेर से मलकापुर। हाँ, यही है। ख़ुश हुआ। लगा बस अब पहुँच गया गाँव। बस देखते ही मन ही मन गाँव चला गया। प्रशान्त का चेहरा देखना था। उसकी आवाज़ सुननी थी। उसके भीतर कहाँ से आग निकलती है, यह जानना था। प्रशान्त बस कुछ देर तेरे साथ बैठना है। आँख भर आई थी। पता चला रोने लगा हूँ। चुपचाप आँसू बह रहे थे।

बस में बैठ गया। बस थोड़ी देर बाद जाने वाली थी। पूरी बस भरी हुई दिखी। बस चलाने से पहले चाय-नाश्ते की दुकान पर चाय पीते-पीते अचानक ड्राइवर गिर पड़ा। तमाशबीनों के लिए यह घटना एक अवसर की तरह आई। धीरे-धीरे बस ख़ाली होने लगी। उसके चारों तरफ़ भीड़ जमा हो गई। पता चला ड्राइवर को हार्टअटैक आ गया है। थोड़ी देर बाद ड्राइवर को अस्पताल ले गए। इस बस के लिए दूसरा ड्राइवर नहीं मिला। पता चला अब चार-पाँच घंटे से ज़्यादा टाइम लगेगा। महाराष्ट्र सरकार की बस है। जब तरह-तरह की बातें सुनी तो लगा कि अच्छा हुआ नहीं गया। वरना घर वापस आने के लिए उधार माँगना पड़ता। गाँव में कौन उधार देता? किसके पास इतने पैसे रहते हैं कि वो उधार दे दे। उधार देने वाला कोई एक भी चेहरा, नाम याद नहीं आया।

बस स्टैंड से पैदल निकल पड़ा। घूमते-घूमते जामा मस्जिद के पास पहुँच गया। मस्जिद बाहर से ही देखी थी। मस्जिद के अन्दर कभी नहीं गया था। यहाँ तक कि किसी मन्दिर, चर्च, गुरुद्वारे के अन्दर कभी नहीं गया था। सोचने लगा और मैं कहाँ-कहाँ नहीं गया हूँ?

बस स्टैंड गया लेकिन काउंटर नहीं देखा। ज़िन्दगी में अब सामने मस्जिद आई तो ख़ुद को पता चला कि मस्जिद तो देखी थी लेकिन अन्दर नहीं गया था। अन्दर क्या होता है? अल्लाह के नाम पर क्या रखा होता है? तस्वीर होती नहीं, मूर्ति का सुना नहीं। फिर पैर ठिठके। कभी सोचा ही नहीं। क्यों नहीं सोचा? सोचते-सोचते रुक गया। बाईं ओर एक बड़ा झाड़ था। वहीं जाकर बैठ गया। मन बेचैन था। थोड़ी देर बाद जब ठीक लगने लगा तो आसपास देखने लगा। फिर लगा कि एक बूढ़ा बहुत देर से मेरे को देख रहा था। उसके पास गया। उसने कुछ नहीं पूछा। मैंने उसे सब कुछ बता दिया।

बूढ़ा ढेर सारी बातें बताने लगा। ये मस्जिद है ना, रज़ा अली ख़ान ने बनवाई थी। मस्जिद के उस जगह पर उनके ख़ानदान का नाम लिखा हुआ है। उसमें सबसे नीचे लिखा है राजा का नाम। यह राजा, मस्जिद, सराय बनाने और अपनी प्रजा की अमन-चैन के लिए काम करता था। वह नहीं चाहता था युद्ध हो। लड़ाई हो। मारकाट मचे। बर्बाद हो। जो है उसमें ज़िन्दगी तलाश करें। राजा से प्रजा ख़ुश थी। लोग अच्छे थे। इस नगर पर न जाने कितने हमले हुए। यह नगर अच्छा था इसलिए लूटने और क़ब्ज़ा करने के लिए सरदार हो या राजा सब आते गए। सदियों से लूटपाट होती रही। नगर को इससे दुखी होना ही था। फिर वो अपने दम पर खड़ा होता गया। जलाने-मिटाने की हसरत रखने वालों के गुनाह का चश्मदीद गवाह है यह नगर। इसकी कोई ग़लती नहीं। ग़लती इतनी है कि यह अच्छी महफ़ूज़ जगह है। यहीं से उत्तर-दक्षिण पूरी तरह से बँट जाते। यह दक्षिण का दरवाज़ा है। दक्षिण में उत्तर वाले यहीं से जाते-आते।

रज़ा अली जैसा ज्ञानी, न्यायप्रिय राजा को यह नगर मिला जिसकी दूसरे राज्य को जीतने की ख़्वाहिश नहीं थी। उसने किसी पर आक्रमण नहीं किया फिर भी अकबर ने जब हमला किया तो इस राजा ने अपनी ख़ानदानी उपाधि शाह को छोड़कर अकबर का राज मंजूर किया। चाहता तो लड़ सकता था। राजा ने सोचा लड़ता तो प्रजा को तकलीफ़ होती। जीतता या हार जाता। जो भी हो। भला सोचा। राजा ने अपनी लड़की की शादी अकबर के शहज़ादे के साथ करवा दी।

अकबर ने बदले में अबुल फ़ज़्ल की बहन की शादी राजा रज़ा से करवा दी। इस चक्र में रज़ा उलझ गया। राज्य बचाना था। अब सम्बन्ध बना लिये तो उन सम्बन्धों की लाज रखनी थी। बादशाह अकबर को लगा अब दक्षिण जीतेंगे। दक्षिण की लड़ाई लड़ने से रज़ा अली ख़ान ने इनकार कर दिया। अकबर की अधीनता मंजूर करने के बावजूद अकबर की बात नहीं मानी कि अहमदनगर पर आक्रमण हो लेकिन वक़्त और विवशता क्या नहीं करवाती? दक्षिण जीतने के लिए अकबर ने बेटे को आक्रमण करने के लिए भेज दिया। ससुर थे राजा साहब रज़ा अली ख़ान उन्हें लगा, चलो इस लड़ाई में दामाद का साथ देते हैं। दामाद आगे बढ़ जाएगा जीतकर, मैं लौटकर आ जाऊँगा, अपनी प्रजा के पास। अपने बुरहानपुर में। वे लाव-लश्कर लेकर चल पड़े।

फ़ारूक़ी वंश वाला राजा जिसके पूर्वज ने बुरहानपुर को राजधानी बनाई थी। उस राजा रज़ा अली ख़ान ने 1586 में तोप बनवाई थी। पीछे से बारूद भरने वाली। ये तोप मुल्क की ही नहीं दुनिया की पहली तोप थी जो इस तरीक़े से बनी थी। मस्जिद बनाने वाले ने अपने नायाब दिमाग़ का इस्तेमाल तोप बनाने में किया। उस राजा ने बारूद का ज़िम्मा सँभाला इस युद्ध में। दामाद जीत जाए यह तमन्ना थी। बारूद का ज्ञान था इसलिए बारूद से लड़ाई जीतने का ख़्वाब लेकर गया। बारूदखाने में न जाने कैसे विस्फोट हुआ, वापस आई राजा अली ख़ान की मैयत। यहीं बुरहानपुर में दफ़नाया गया। जाना था कहाँ? पहुँच गए कहाँ? क्या इरादा था क्या हो गया।

चुप था बूढ़ा। चुप था मैं। चुपचाप उठा। उसी गली से सड़क पर आया।

मज़दूरों के चौक के बारे में पूछा तो एक आदमी बोला, "उधर से जाना, वहाँ मदद है।"

मैंने बोला, "मदद क्या है? मुझे मज़दूरी चाहिए।" उस शरीफ़ आदमी ने समझाते हुए कहा, "इस शहर में काम के लिए जिस जगह से मज़दूर को ले जाते हैं उस जगह को मदद कहते हैं। मदद है हाट में। तू तो वहाँ जा। वहाँ बहुत से मज़दूरों को काम मिल जाता है। कुछ-न-कुछ काम मिल ही जाएगा।"

मैं पूछते-पाछते मदद की जगह पर पहुँच गया। जहाँ सड़क किनारे खड़े मज़दूरों को मदद मिलती है। उस जगह को मज़दूर चौक, मज़दूर चौराहा नहीं बोला जाता। उसे सिर्फ़ मदद कहते हैं। मदद नाम सुनकर मुझे बड़ा अच्छा लगा। मदद मतलब मज़दूरी। काम, रोज़गार, पैसा।

उस सड़क किनारे खुली जगह थी वहाँ काम की तलाश में आए हुए लोगों की भीड़ थी। काम करवाने वाले लोगों से काम बताकर काम का पूछते। मज़दूरी कर, पेट भरने, घर चलाने का सपना देखने वाले लोग आगे आते, बात करते और मज़दूरी का मोल-भाव कर तय करते। दोनों को अगर मंजूर होता तो दोनों साथ साथ चले जाते।

वहाँ ताँगे थे। कुछ घोड़ों के साथ तैयार खड़े थे तो बाक़ी घोड़े घास खाने के लिए बाँध रखे थे, खूँटे से। अगर घोड़ों को बाँधा नहीं जाता तो भी वे भागते नहीं। उनकी आँखों के पास जिस तरह से कपड़ा लटका रहता है। अँखोड़े से उनके देखने-समझने की सारी बुद्धि भ्रमित हो चुकी होती है। वे कहीं नहीं जाते। मान लिया गया कि अब वे कहीं जाना नहीं चाहते।

मेरको मकान बनाने वाली मज़दूरी मिली। चूना और रेत मिलाकर माल बनाना था ताकि उससे कारीगर ईंट को जोड़ सकें। दीवार बना सकें। उनका काम करना मंजूर किया और सत्तर रुपये की मज़दूरी तय हुई।

मैं बोला, "अगर पहले मेरको खाना खाने के पैसे दे दो, तो मज़दूरी अच्छे से कर लूँगा। वो आदमी भला था। बोला, ठीक है, चल मैं ले चलता हूँ।

उस आदमी के पीछे-पीछे हो लिया। हम माँडा गली पहुँचे। रूमाली रोटी बनाने वाले के मटके लाइन से लगे हुए थे। मटके के नीचे आग जलाने के लिए मोटी-मोटी लकड़ियाँ थीं। तेज़ आग की लपट मटके से बाहर निकल रही थी। इस तेज़ आग में औंधे मुँह रखे हुए गरम मटकों पर फटाफट माँडा सेंक रहे थे।

मैंने ग़ौर से देखा वो मिट्टी के बने हुए मटके नहीं थे। वो लोहे की ऐसी बड़ी और मोटी कड़ाही थी जिसे उलटा रखा हुआ था। पत्थर लगाकर उसे आधार दिया गया था। कहना चाहिए कि वो पत्थर पर रखी हुई उलटी कड़ाही थी जबकि हमारे गाँव में माँडा बनाने के लिए मटके को आधा काटा जाता था। मटके का मुँह काटकर उसे उलटा कर रख दिया जाता। उसके नीचे आग जला देते।

माँडा जिसे रूमाली रोटी भी बोलते हैं, पकने के बाद रूमाल की तरह लपेट कर ढेर लग रहा था। सवा रुपये में दो माँडे ख़रीदे, फिर सत्तार की दुकान से सब्ज़ी ख़रीदी, चार रुपये में। मटन की भाजी लेकर चला गया। मज़दूरी वाले घर पहुँचकर पहला काम किया खाना खाने का।

दिन भर मज़दूरी की। रात को वापस माँडा गली आया। ढाई रुपये के माँडे ख़रीदे और चार रुपये की भाजी लेकर रेल के स्टेशन पे आया। गाँव जाने के बजाय वापस अपने घर जाने के इरादे के साथ टिकट लेके रेलगाड़ी का इन्तज़ार कर रहा था कि लगा, यहीं खाना खाना चाहिए। मेरे आसपास कुत्ते घूमने लगे। कितना भी भगाओ, वो ले दे के यही मेरे पास आ जाते। तो फिर मैंने खाना नहीं खाया।

बरानपुर से खंडवा वाली पैसेंजर ट्रेन में बैठने को जगह नहीं मिली, तो खाना भी खा नी सका। मेरे पास खाना था, पैसा था लेकिन जगह नहीं थी। पैसेंजर में ठूँस-ठूँसकर भरे हुए थे लोग, क्या करें? सब मजबूरी के मारे लगते थे। भूखे-प्यासे लोगों की भीड़ में पता नहीं कितनों के पास खाना है और न जाने कितने के पास पैसे थे।

पैसेंजर जब खंडवा पहुँची तो भोत रात हो गई थी। अब दूसरी रेलगाड़ी अजमेर कालाकुंड से घर जाना है। अभी वो रेलगाड़ी नहीं आई। पता चला लेट है। तो खंडवा के टेशन (स्टेशन) पे खाना खाया। पानी पिया। थक गया था। ट्रेन लेट है लेकिन न सो सकते न इन्तज़ार में जाग सकते। मिनट पाँच मिनट की झपकी लगती फिर हड़बड़ा जाता। समझ नहीं आ रहा था कि क्या करूँ? यहाँ इतनी दूर वापस आने के बाद फिर लगा वापस प्रशान्त से मिलने जाऊँ या अपने घर। घर इसलिए जाना था कि जाने से पहले घर पे किसी को बताया नहीं था। घरवालों तक मेरे होने की ख़बर कैसे पहुँचे? कोई साधन नहीं था ख़बर भिजवाने का। दोस्त और घरवालों के बीच उलझ गया था। बीच जगह आकर लटक गया था।

ग़लती तो मेरी थी। प्रशान्त से मिलने जाना था तो घर पर बताता। उधार-पधार करके रुपये लेता और जाता।"

अपराधबोध के दोनों तटों से घिरे हुए दिखे पिता, इतने बरसों बाद भी वे इससे मुक्त नहीं हो पाए हैं। वे प्रशान्त से मिलने के लिए भागते हुए दिख रहे हैं। उन्हें अपना घर वापस बुला रहा है। कहाँ जाऊँ कुछ भी समझ नहीं आ रहा है। रेलवे स्टेशन पर इधर से उधर जाने वाली रेलगाड़ियों की सीटियाँ और पटरी की आवाज़ों के बीच होने वाले अनाउंसमेंट में जैसे पिता को सुनाया जा रहा हो कि अब आप अपने घर जाइए।

पिता प्रशान्त में खो चुके थे।

अभी कहाँ हो? यह पूछना था पिता से लेकिन सब समझ गए कि वे इस वक़्त कहीं नहीं हैं। कहीं भी नहीं। वे ऐसे किसी स्टेशन पर हैं जहाँ सिंगल पटरी है। वहाँ पैसेंजर को इस तरह एक साइड में खड़ा किया जाता है कि वो जीना और चलना भूल जाती है। उसे याद नहीं रहता कि उसका काम चलना है, दौड़ना है। उसमें बैठे हुए यात्रियों को उस पैसेंजर में बैठने की सज़ा सुनाई जाती है। इन सज़ायाफ़्ता यात्रियों को बताया नहीं जाता है कि उन्हें क्यों दंड दिया गया है। घर से बाहर जाने की सज़ा क्यों दी गई है।

ऐसी जगह खड़ी रेलगाड़ियों से निकलकर कहीं नहीं जा सकते हैं। पूरी सज़ा काटनी होगी, चलेगी रेल तब जा सकेंगे अपने घर, काम पर।

कुछ देर ख़ामोशी ने वक़्त को सँभाला। मैंने उठकर पानी पिया और आजी को पानी दिया। आजी ने पानी पीने के बजाय पिता को दिया। मना करने वाले पिता ने चुपचाप पानी पिया। कुछ देर रुककर फिर बोलने लगे।

"कालाकुंड पैसेंजर में बैठकर वापस घर आ गया।

राजा उलझन और उम्मीद में मर गया था।

मैं भी उसी दिन मर गया। प्रशान्त से मिलने नहीं जा सका।"

पिता बोलते-बोलते चुप हो गए। इस पैसेंजर का कोई ड्राइवर नहीं है। इस गली की गाड़ी को कहाँ जाना है? किसी को नहीं मालूम। घर में अँधेरा है। एक चिमनी, दीया भी नहीं जलता है, जब सोने के लिए बिस्तर में सब घुस जाते हैं। उस अँधेरे वक़्त के लिए मान लिया जाता है कि हमें रोशनी की ज़रूरत नहीं है। बिस्तर में घुस गए तो इस सुरंग के भीतर न हवा है, न जीवन है। वहाँ कुछ देर कुछ बातों के अलावा गाँव और ज़िन्दगी के नाम पर तकलीफ़ ही तकलीफ़ मिलती है। तकलीफ़ों को अब रोशनी में देखना नहीं चाहता है कोई, जो बीत गया, वो अँधेरे में ही रह जाए। भूल जाए।

हमारे अँधेरे, हमारा जीवन, हमारी गली, हमारी बस्ती से बाहर वाले इनसानों को पता ही नहीं चलता। उन्हें ये सब मालूम नहीं है फिर भी उन्हें लगता है कि वे सब, सब कुछ जानते हैं। क्या जानते हैं वे?

घरवाले जानते थे कि अँधेरी रात के इस सुरंग का सफ़र, जीवन ख़त्म होने का सफ़र है। बचे हुए दिनों को बचाते हुए सो जाना है कि मर जाना है, सब एक जैसा ही है।

एक जैसी ही बात है, जीने के लिए जागना और जागते हुए मर जाना। कब नहीं मरते हम? रात अँधेरे में सोते हुए? दिन उजाले में काम करते हुए?

कब जीते हैं हम?

जीवन कब जिया?

जीवन के मायने कब पता चले?

पता चले भी कि नहीं?

पता नहीं।

4

ठंड है। नवम्बर का महीना है। गली से दूर कहीं पर तेज़ आवाज़ में गाना बज रहा है। उस गाने में डूब गया हूँ। कोने में गाना सुनते-सुनते लेट गया। दीवार देखते हुए गाने में फ़िल्म के बारे में खो गया। पता नहीं चला कि माँ कब से आवाज़ दे रही थी। अचानक पता चला, मेरे सामने माँ खड़ी है। ग़ुस्से से बोली, "कब से बोल रही हूँ। सुनता ही नहीं। काम भी नी करता।"

समझ नहीं पाया। उमर हो गई है, यह पहले सुनता था। सुनता था कि बारह साल का हो गया हूँ। उम्र के कारण या ये कौन सा कारण है कि क्या चूक हुई? क्या हुआ। इतनी नाराज़ क्यों हो गई माँ। माँ को सुनते हुए मेरा मन टूट गया। माँ के ग़ुस्से से उदास हो गया हूँ। मुझे लगा, बेवजह डाँट पड़ी है। मैंने कौन सा गुनाह किया? सोचने लगा। बोला नहीं, बस निगाह नीची की। माँ डाँट रही है...

यही ख़याल मेरे सिर पर लगातार हथौड़े चला रहा है। डाँट क्यों पड़ी? जवाब नहीं है मेरे पास। ज़बान चुप है। मेरे भीतर अपमान से भरी हुई उदासी भर गई। बर्फ़ की सिल्ली हो गया हूँ। इतनी जल्द बर्फ़ में बदल जाऊँगा, यह मैंने नहीं सोचा था। न बोल पाया न हिल पाया। बस वहीं का वहीं पड़ा रहा। आँखें नम हो गईं। गाने में डूबा हुआ मन एक साफ़ जानदार नदी में बह रहा था। तैरते-बहते हुए अब गले में कोई नुकीली लकड़ी का ठूँठ अटक गया है। लगता है बेवजह कोई भी बात सुन नहीं सकता हूँ। उस मामले में मेरा क्या क़ुसूर है? यह समझ नहीं पाया।

सब्ज़ी जलकर राख हो गई थी। उसका धुआँ घर में भर गया था। उस धुएँ का मुझ पर असर कुछ नहीं हुआ। उस जली हुई सब्ज़ी के परिणाम बहुत कुछ निकलने वाले थे। इसी आशंका, डर से माँ भरी हुई थी। उस डर को निकालने के लिए मुझे चुना गया था। उस वक़्त घर में मैं ही था। बच्चे आसान शिकार होते हैं, यह माँ जानती होगी क्योंकि वो भी एक आसान शिकार थी। शिकारी का भय आपको शिकारी बना देता है। उस भय से भरी हुई माँ का शिकार बनने के कारण मेरे आँसू लुढ़कने लगे। इतना उदास नहीं होना था मुझे लेकिन हो गया। आवाज़ निकल नहीं रही थी। जब कुछ समझ में नहीं आया तो एक गिलास पानी पीकर घर के भीतर के अँधेरे को लेकर बाहर निकल गया। बिना कुछ बोले, घर छोड़ दिया।

'कहाँ जा रिया?' ग.ली के मुहाने पर श्यामलाल काका की आवाज़ आई। मैंने तपाक से कहा, 'कहीं नी।' मुझे नहीं पता कि कहाँ जाना है? कहाँ जा रहा हूँ। बस जा रहा हूँ।

बस्ती के आख़िरी छोर पर श्यामलाल काका रहते हैं, वो गाँव से बाहर के हिस्से में रहते हैं जबकि हम शहर से धकियाए हुए वे लोग हैं जो इस जगह आकर बस गए। श्यामलाल काका का गाँव और हमारी बस्ती एक-दूसरे के क़रीब हो गए। श्यामलाल काका हमारी बस्ती के पास से जाते थे, इस पगडंडी से होकर ही सड़क मिलती है जिसे डामर की सड़क कहते। हमारी बस्ती शहर का वह हिस्सा बन गई थी जो गाँव से जुड़ तो गई थी लेकिन इसे गाँव नहीं मानते हैं। जबकि शहर में शामिल नहीं है।

श्यामलाल काका हमारी दुकान से साइकिल की हवा चेक करवाते थे। साइकिल में हवा पूरी भरी रहे इसलिए वे ख़ुद पम्प उठाकर हवा भरते थे। बदले में पिता उनसे पैसे नहीं लेते थे। हँसता हुआ चेहरा है श्यामलाल काका का। उनके चेहरे से हँसी बिछड़ती नहीं। उनके क़िस्से की डोर टूटती नहीं। एक बात शुरू करके उसमें कई बातें जुड़ती जाती हैं। वे बोलते जाते हैं। उनका बोलना इस तरह का रहता है कि मन करता है उन्हें सुनते रहो।

वे किसी सरकारी ऑफ़िस में काम करते हैं। इस क्षेत्र में वे सबसे बड़े आदमी माने जाते हैं। एक तो सरकारी नौकरी, ऊपर से मिलनसार होने से उनके सम्बन्ध सभी के साथ अच्छे हैं। कहते हैं लोग श्यामलाल काका पाँचवीं पास थे, इसलिए उनकी नौकरी लग गई थी।

घर वापस आया तो अँधेरा और गहरा हो चुका था।

अँधेरे के आने का समय बदल गया था। अब शाम जल्दी होने लगती है। किसी कोने में छिपा हुआ अँधेरा अचानक झपट पड़ता है। मैंने सोचा नहीं था सात बजे इतना अँधेरा हो जाएगा। लेकिन यह मेरे लिए अच्छा है। मेरे चेहरे पर अभी भी उदासी देखी जा सकती है। दो सवाल या एक बात करने से पता चल सकता है कि मेरे भीतर अभी भी उदासी की बर्फ़ जस की तस है। अभी भी वक़्त का लम्बा सूरज निकल जाने से मेरे भीतर कोई परिवर्तन नहीं हुआ है। मैं सुबह का चेहरे और भाव से भरा हुआ हूँ। वही मन हूँ जो गाना सुनते-सुनते किसी नदी में बह रहा था और अचानक ऊँचाई से ज़मीन पर गिर पड़ा हूँ।

अँधेरे से लड़ती हुई ढिबरी मेरी हक़ीक़त बताने के लिए नाकाफ़ी थी। न बोलूँ कुछ भी, यह दबाव मुझ पर हावी हो गया है। चुप ही सबसे भली। ज़बान खुलेगी तो आँसू भी मन का साथ देने के लिए उसके संग निकलेंगे। तब ख़ुद को सँभालना मुश्किल हो जाएगा।

आजी ने माँ से कहा, "पता नहीं कितने दिन से बीमार है। तू चली जा।"

माँ चुप है। चूल्हे की आग के साथ कुछ बह रहा है भीतर ही भीतर। घने अन्धकार को चूल्हे की रोशनी रोक रही है। रोटी बनती जा रही है। मेरी उदासी कम होती हुई इस जिज्ञासा में बदल गई कि कौन है बीमार? क्या हुआ?

आजी ने फिर कहा, "मैं बोलती हूँ उससे। तू अपनी तैयारी कर ले।"

अचानक मैंने कहा, "खाना कौन पकाएगा?" जबकि मुझे यह जानना था कि बीमार कौन है। जिसके लिए माँ जाने वाली है। माँ को जाना चाहिए, ऐसा आजी क्यों बोल रही है। माँ समझ गई होगी क्या मेरी उदासी को? मेरे इस सवाल में सिर्फ़ अपनी उपस्थिति दर्ज कराने का दबाव था। मैं वापस घर आ गया हूँ, यह बताना था। हड़बड़ाहट में बोली गई बात यहाँ अनर्थ कर गई। न माँ ने कुछ कहा न आजी ने। एक चुप्पी छा गई। आग जल रही है। तवा गर्म है। रोटियाँ बनाई जा रही हैं। मुझे भूख लगी है लेकिन खाना कौन पकाएगा? जैसे सवाल ने मुझे चुप कर दिया। एक अपराधबोध आकर मेरे भीतर दाख़िल हो गया है। थोड़ी देर बाद माँ ने कहा, "चल खाना खा ले।"

जैसे अँधेरे में जलते हुए चूल्हे की पड़ोसन हो माँ। पानी से बुझाई हुई आग-सी माँ का चेहरा देख न सका लेकिन आवाज़ में फ़िक्र है। नाराज़गी नहीं दिख रही है। आश्वस्त होने पर मैंने पूछा, "बीमार कौन है?"

आजी बोली, "तेरी आजी। वह बीमार है। उसे देखने जाने के लिए गाँव जाने का बोल रही हूँ।"

"आजी को क्या हुआ?" माँ की माँ के बारे में पूछे जा रहे सवाल का जवाब माँ के पास नहीं है।

"यही तो मालूम नहीं। बस इतना मालूम पड़ा कि भोत बीमार है।" आजी बोली।

"रोग, बीमारी का नाम मालूम ही नहीं पड़ता। बस इतना मालूम पड़ता है कि कोई बीमार है।" माँ रोटी बेलते हुए बोली। आजी की बीमारी का नाम-पता नहीं चला। घर में, परिवार में, यहाँ तक कि बस्ती में रोग का नाम कहा-सुना नहीं जाता। बस बोला जाता है—'बीमार है, तबीयत ख़राब है। हालत बिगड़ गई।' बीमारी का नाम ग़ायब होता है। बीमारी का नाम सामने आता ही नहीं है। बीमारी का नाम जानते नहीं गाँव वाले, हमारे बस्ती वाले। हम सब क्या-क्या नहीं जानते हैं?

न जानने का कारण क्या है? वे अस्पताल जा नहीं सकते? डॉक्टर से इलाज करवा नहीं सकते? मजबूरी की बीमारी में आदमी बीमार हो जाता है। बीमार रहता है। उसे याद नहीं रहता है कि वह बीमार है। किसी को पता ही नहीं चलता कि वो बीमार है। उसे इलाज चाहिए। उसे दवा, इंजेक्शन चाहिए। उसे अस्पताल चाहिए। अस्पताल क्यों नहीं है हमारे आसपास? क्यों मरने के लिए हम सब विवश हैं? क्यों छोड़ दिया गया है हमें अपने हाल पर?

रोग, बीमारी और मौत की बातों से लगने लगा कि गाँव में आजी की मौत हो जाएगी। बीमारी के बाद मौत ही होती है यह हमने मान लिया। यह सभी ने देख लिया। सब बरसों से जानते आए हैं, तमाम ज़रूरतों की तरह इलाज हमारे हिस्से में नहीं आया। बीमारी से ठीक होने का क़िस्सा अभी तक मैंने नहीं सुना। यह पता है कि हम तक बीमारी तो पहुँच गईं लेकिन हमारी पहुँच डॉक्टर तक नहीं हो पाई है। हमारी बस्ती और माँ के गाँव के लिए अभी तक डॉक्टर बन नहीं पाए।

5

बड़े भाई ने पाँचवीं पास की थी। हमारी बस्ती से तीन किलोमीटर दूर इस स्कूल के अलावा दूसरा कोई बड़ा स्कूल नहीं है। आगे स्कूल की पढ़ाई के लिए दूर जाने के बजाय पिता ने भाई को फ़ुलटाइम का सहयोगी मज़दूर बना दिया। इस ज़माने में भाई पाँचवीं तक पढ़ पाया है। पढ़कर मज़दूर बन गया भाई। भाई स्कूल से आने के बाद दुकान पर बैठने लग गया था। पिता की ग़ैर-हाज़िरी में कोई एक आदमी बना रहे। लेकिन मुझे आगे पढ़ने से रोका नहीं गया। न दुकान पर बैठने के लिए बोला गया।

बस्ती के निरक्षर और आधी-अधूरी पढ़ाई करने वालों का एक झुंड बना हुआ है। मैं उस झुंड में सबसे छोटा हूँ इसलिए उन लोगों के साथ हँसी-मज़ाक़ में शामिल नहीं हो पाता हूँ। फिर भी उनके पास कभी-कभार चला जाता हूँ। कभी-कभार कुछ बोल देता हूँ, कुछ सुन लेता हूँ। वे नहीं चाहते कि मैं ज़्यादा देर तक रुककर उनकी बातचीत में शामिल हो जाऊँ। मैं अब आठवीं क्लास में पढ़ रहा हूँ। मुझे लगता है कि बड़ा हो गया हूँ पर ये झुंड वाले मुझे बड़ा मानने को तैयार नहीं हैं।

संजय, श्यामलाल काका का बेटा, बड़े भाई का दोस्त, बड़े भाई से छोटा और मुझसे थोड़ा बड़ा है। उसके लिए "ओ श्यामलाल की औलाद!" चन्दन की ज़बान पर यह ताना हमेशा होता है।

श्यामलाल काका हड़बड़ी में थे। पिता ने पूछ ही लिया, "बड़े भिया, इतनी जल्दी कायको मचा रहे हो?"

श्यामलाल ने साइकिल को आगे सरकाते हुए कहा, "बेटे की शादी का इन्तज़ाम करना है, अभी चलता हूँ भिया। फिर आके बताता हूँ।"

वे जाने लगे तो पिता ने कहा, "अबे उसकी कोई उमर है शादी की? उसको थोड़ा बड़ा तो होने दे।"

"वो बड़ा हो गया है..." बोलते-बोलते साइकिल के पैडल पर पैर मारकर चल पड़े श्यामलाल।

पिता सोचने लगे कि ये कल का बच्चा इतना बड़ा हो गया कि शादी की बात हो रही है। इतना बड़ा मतलब कितने साल का हो गया है? अचानक लगा कि ज़िन्दगी के कितने साल कम रह गए?

अचानक ही उम्र का बोझ बढ़ गया। श्यामलाल के बेटे संजय से बड़ा है मेरा बड़ा भाई। उसके बड़े होने का सोचते-सोचते पिता खो गए। बड़ा बेटा भी क्या शादी लायक़ हो गया?

उधर झुंड में हम जब शाम को सब एक साथ बैठे थे तब नारायण ने संजय से पूछ ही लिया, "अबे ये तो बता शादी करके क्या करेगा?"

संजय मुस्कराया। जवाब नहीं दिया। उन सबमें सबसे कम उम्र वाला संजय ही है।

चन्दन बोलने लगा, "अबे अब्बी तक क्या उखाड़ लिया तूने?"

संजय के चेहरे से मुस्कराहट उतर गई। प्रकाश ने सँभलते हुए कहा, "अबे अब करेगा न।" और सभी हँसने लगे।

"क्या करेगा बे संजे?" चन्दन पीछे पड़ जाता है तो चुप नहीं होता। वो लगातार बोलता है, जब तक कि उसको अपने मन मुताबिक़ उत्तर नहीं मिलता है।

"अब सब करेगा, सब।" प्रकाश के बजाय सुनील ने चन्दन को देखते हुए कहा।

"सब बोले तो?" चन्दन ने तीखेपन के साथ आँख मिलाते हुए संजय से बोलते-बोलते अपना चेहरा सुनील की तरफ़ किया। तब रमेश ने बीच में बोलते हुए कहा, "अबे उसे घोड़े पे तो बैठने दे।"

"घोड़ी पे बैठते हैं बे। घोड़े पर दूल्हा नहीं बैठता है, कुछ मालुम-धालुम है ही नी।" चन्दन ने ज्ञान देने के अन्दाज़ में कहा।

"घोड़ी ही क्यों? मतलब सीरियसली पूछ रहा हूँ," राजेश ने बेहद गम्भीरता से कहा। तब माहौल हँसी-मज़ाक़ से दूर होकर गम्भीर हुआ। थोड़ी देर की इस गम्भीरता को तोड़ते हुए सुनील ने हँसते हुए कहा, "घोड़ी बनाने की प्रैक्टिस करने के लिए?"

"सच में? दूल्हा घोड़े पे क्यों नहीं बैठता? राजेश जिज्ञासा के समुद्र के भीतर उतर चुका है। घोड़ा और घोड़ी के बीच का अन्तर जानते हैं सब लेकिन किसी को भी दूल्हे को घोड़ी पर ही बैठाने के मायने समझ नहीं आ रहे हैं।

"अबे घोड़ा घोड़े पे बैठेगा तो क्या ख़ाक सोचेगा? 'वो सब' सोचने के लिए घोड़ी पर बिठवाते हैं।" चन्दन ने 'वो सब' शब्द पर ज़ोर देकर कामुकता के अन्दाज़ में कहा तो सब हँस पड़े।

"अजीब बात है यार। दूल्हे को घोड़ी पे बैठाने का कोई कारण समझ नहीं आ रहा मेरेको।" राजेश सोचने लगा। सब मानकर चलते हैं कि दूल्हा घोड़े पे ही बैठता है लेकिन घोड़ी की बात सुनकर लगा कि ये क्या परम्परा है? इस परम्परा की जड़ में क्या होगा?

युद्ध में घोड़े, हाथी की बात सुनते थे। घोड़े तेज़ दौड़ते हैं इसलिए घोड़े की सवारी करते हैं लेकिन अब शादी करने के लिए घोड़ी पर बैठने का रिवाज क्यों बना होगा? शहर की सड़कों पर घोड़ी पर बैठे दूल्हे याद आ गए। सड़क पर गाड़ी चलती है लेकिन दूल्हा घोड़ी पर चढ़कर सड़क से जाता है। किसी गाड़ी में बैठकर बरात क्यों नहीं निकलती है? घोड़ी पर सवार होने के पीछे कौन सी ताक़त या मर्दानगी वाला कोई खेल होगा? पूछना चाहा कि शादी के समय दूल्हा घोड़ी पर क्यों सवार होता है? क्या शादी को युद्ध माना गया? या दुल्हन को इनसान न मानकर घोड़ी माना गया होगा?

आख़िर इसके पीछे क्या सोच है? या रही होगी? इन लोगों के बीच में से मैं निकल आया। सोचने लगा कि किससे पूछना चाहिए? मेरे सामने किसी का चेहरा नज़र नहीं आ रहा है।

अगले दिन पहिये में हवा भरते हुए श्यामलाल काका ने कहा, "रिश्तेदारियाँ बहुत फैली हुई हैं। सबके घर जाना बहुत मुश्किल है लेकिन जो ख़ून की रिश्तेदारी है उनके घर तो जाना ही पड़ेगा।" अपने हाथ से पम्प चलाते हुए श्यामलाल काका के पैर, पम्प को सँभालने में लगे हुए हैं। उस वक़्त उन्होंने पिता की तरफ़ नहीं देखा।

"कहाँ-कहाँ जाओगे श्यामलाल?" पिता को पता है कि काका की रिश्तेदारियाँ गाँव-गाँव में फैली हुई हैं। वे रिश्तेदार आसपास के गाँव-खेड़े के अलावा खंडवा, देवास, उज्जैन ज़िले के भी हैं। वहाँ तक जाना मतलब कई दिन लगने हैं। ये सब अकेला आदमी कैसे करेगा? श्यामलाल काका के चेहरे पर ये परेशानियाँ उभर चुकी हैं। इसका कोई हल नहीं है इसलिए वे रातभर सफ़र करते हैं। ऑफ़िस से शाम को निकलकर हर रोज़ किसी न किसी जगह जाते हैं और अगले दिन वापस लौट आते हैं।

आज कुछ ज़्यादा ख़ुश दिख रहे हैं श्यामलाल काका। उनको देखते ही पिता ने मुझे चाय लेने भेज दिया। पिता ने मज़ाक़ में पूछ लिया, "थकान उतर गई क्या?"

"थकान तो शादी के बाद ही उतरेगी भिया।" लम्बी साँस लेते हुए श्यामलाल काका ने कहा।

"फिर आज की ख़ुशी का राज़ क्या है भिया?" पिता हँसी-मज़ाक़ पर आ गए। 'भिया' भी उसी तरह से बोला।

"मंत्रीजी के घर जा रहा हूँ, वे भोपाल से कल रात में आ गए हैं। आज छुट्टी ले ली है। उनको गाँव जाकर उनके हाथ में ही पत्रिका देनी है।"

"छुट्टी? मतलब पगार कटेगा?" पिता चिन्तित दिखे। उन्होंने काँच के गिलास की चाय, जिसे कट कहते हैं, में से घूँट लेते हुए कहा।

"रिश्तेदारी के आगे पैसों का क्या मोल? जाना तो पड़ेगा ही फिर वे हमारे क्या पूरे समाज की नाक हैं। उनको तो बुलाने उनके गाँव जाना ही पड़ेगा।" ख़ुशी, उम्मीद और गर्व भाव से भरे हुए श्यामलाल काका ने कहा।

"कहाँ है मंत्रीजी का गाँव?" चाय ख़त्म हो गई थी। मेरे हाथ में काँच के दो गिलास ख़ाली होकर आ गए।

"उज्जैन में पड़ता है।"

"श्यामलाल, हमारा मन भी बहुत भर जाता है कि तुम उनके रिश्तेदार हो। भोत बढ़िया भिया, चलने दो अपनी साइकिल।" पिता ने साइकिल के टायर को दबाते हुए कहा। टायर दबाते-दबाते पिता को लगा कि हवा ज़्यादा भर गई तो बोले, "थोड़ी हवा कम भरा कर भाई वरना किसी दिन ट्यूब फट जाएगा।"

"ट्यूब का क्या है? मेरे हिसाब से हवा ज़्यादा भरी हुई नहीं है, बस गर्मी का डर लगता है।" बोलते हुए श्यामलाल काका ने पैडल पर इस तरह पैर चढ़ाया कि अब जाना ही होगा वरना गर्मी बढ़ जाएगी और पिता को लग रहा है कि कहीं श्यामलाल काका को गर्मी चढ़ न जाए।

चढ़ाव पर चढ़ाते हुए श्यामलाल काका खड़े होकर दोनों पैडल चला रहे हैं कि पूरा दम लगा रहे हैं। मैं उन्हें हँसते और ताक़त लगाते हुए देख रहा हूँ कि आगे बढ़ने के लिए इस चढ़ाई को चढ़ना ही होगा।

6

"ओ पगगल! हट रास्ते से। दिखता नहीं बे...। पीछे से गाड़ी आ रही है।" अचानक तेज़ी से बजते हुए हॉर्न के साथ बूढ़े से कहता है राह चलता हुआ एक आदमी। लेकिन बूढ़ा टस से मस नहीं हो रहा है। वो अपने बेफ़िक्र मन के साथ अपना तन ले जा रहा है।

लगातार हॉर्न बजाने वाला ड्राइवर समूचे ग़ुस्से, खीज के साथ तेज़ गति से ब्रेक लगाता है। मेटाडोर के टायर सड़क पर घिस जाते हैं। तेज़ गति से चलने वाले पहिये एकाएक नहीं थमते, वे घिसटते हुए जाते हैं। अपने निशान सड़क पर छोड़ देते हैं। मेटाडोर रुक जाती हैं। फिर भी बूढ़ा सड़क पर से नहीं हटता है। ड्राइवर चिल्लाकर बूढ़े को गाली देता है। लगातार गालियाँ देता हुआ ड्राइवर गाड़ी से नीचे उतरता है। चीख़ते हुए कहता है, "मरने का शौक़ है तो मेरे आगे क्यों मरता है बे?"

"जीना है। शान से जीना है। शान से सड़क पर चलना है। सड़क सबके लिए है। सब लोग सड़क पर पैदल चलें।" बोलते हुए बूढ़ा सड़क पर चलता जा रहा है। ऐसा लगा कि वो नारा लगाते हुए चलता जा रहा है।

मेटाडोर के ड्राइवर को समझ नहीं आ रहा है कि क्या बोले। वह झुँझलाकर अपने-आप से बोलने लगता है, "अजीब आदमी है। सड़क पर पैदल चलने को अपना हक़ बताता है। खसक गया है बुढ़ऊ।" वह अपनी गाड़ी से यह सोचकर उतरा था कि बूढ़े को खरी-खोटी सुनाएगा लेकिन अपना इरादा बदलकर वो गाड़ी स्टार्ट करने के लिए आगे बढ़ता है।

उधर सामने सड़क पार करते हुए साइकिल वाले आदमी के चेहरे से लगता है कि उसका बस चलता तो वह अपनी साइकिल के हैंडल से अपने हाथों को छुड़ाकर छाया में खड़े होने के लिए दौड़ लगाता। वह साइकिल नहीं छोड़ पा रहा है। वह साइकिल पर सवार नहीं है। वो साइकिल लेकर पैदल चल रहा है। साइकिल का उपयोग वो हाथठेले की तरह कर रहा है। उसकी साइकिल के पैडल पर टीन की चद्दर टिकी हुई है जो हवा का हल्का-सा साथ मिलते ही गोल हो जाती है। उसे सीधे रखने की जद्दोजहद में इस आदमी का चेहरा खिंच गया है।

उसका मुँह खुल जाता है तो लगता है वह हवा को इस उम्मीद में मुँह में भर रहा है कि ताक़त मिले। साँवले रंग की परत को खो चुके इस दुबले-पतले आदमी का सीना बाआसानी देखा जा सकता है, जहाँ पर पसलियाँ इस तरह से दिख रही हैं कि वे शरीर के बजाय टीन की चद्दर बन गई हैं, जिस पर पसीना धार बनकर बह रहा है। नालीदार चद्दर की नाली से छत का पानी बहकर गली में चला जाए इस उम्मीद के साथ टीन की चद्दर वह ले जा रहा है। अपने सीने में हवा भर जाए तो ख़ाली पेट के भीतर 'भरा हुआ' के अहसास के साथ साँस तेज़ चलाता है। साइकिल पर टीन के चद्दर ले जा रहे आदमी को देखकर मेरी निगाह उस आदमी के लिए छाया तलाश करने लगी। तपती हुई धूप में पैदल चलना मुश्किल लग रहा है। ये आदमी लोहे की चद्दरों को ले जा रहा है। थका हुआ पस्त आदमी, अपने घर की छत के लिए चद्दर ले जाता हुआ अपने जीवन के बड़े सपने को हक़ीक़त करता हुआ दिख रहा है।

छाया मिल जाए कहीं, छाया दिख जाए तो यह आदमी वहाँ कुछ देर के लिए खड़ा हो सकता है। उसके हिस्से की छाया, सुकून की तलाश करते हुए मैंने उम्मीद नहीं छोड़ी। निगाह दूर तक ले गया। सड़क के दोनों ओर कोई पेड़ नहीं मिला। कोई छाया नहीं मिली। वो आदमी अपने सूखते हुए होंठों को ज़बान की थूक से किफ़ायत के साथ गीला करने लगा। लगा उसके गले के भीतर यह अहसास बोल रहा है कि ज़ोर से प्यास लगी है। पानी कम बचा है ज़बान में। ज़बान गीलापन नहीं खींच सकती भीतर से। आँखों में चाहकर भी गीलापन नहीं आया तो साइकिल वाला अपने पैरों को देखने लगा। फटी हुई स्लीपर के भीतर से सड़क की गरमी चप्पल की बद्दी के साथ तलुए को जलाने लगी है। आदमी चलता जा रहा है कि रुकना नहीं है। सुनना नहीं है अपने तन की। मन उसे चलाता जा रहा है।

हफ़्ते भर से गरमी बढ़ती जा रही है। सुबह होते ही दोपहरी का अहसास होता है। सुबह उठकर लगता है कि नींद अधूरी रह गई। एक बार जाग जाने के बाद सोने का मन नहीं करता। अजीब-सी चिड़चिड़ाहट में भरे हुए मन को कोई चहचहाट सुनाई नहीं देती है। अलबत्ता घर के भीतर आवाज़, सूरज की गरमी से तपी हुई आती है। जिससे चिपकती उससे चिपकी ही रहती। निकलती नहीं, कि जला देती है। जले हुए हिस्से को निकाल देती है। कितने हिस्से जल गए इस बाल मन के?

7

बिजली का कनेक्शन लेना है। वो लोहे का बिजली का खम्भा दूर है जिसके सिर पर बँधने हैं तार। इस तार से जुड़कर रोशनी लाने का सपना सुनता आया हूँ। बचपन से अभी तक मैंने सुना। यह भी सुना कि इतने पैसे कहाँ से आएँगे? घर में बिजली से रोशन होने वाला बल्ब, हमारे सब के जीवन का सामूहिक सपना है। वो सपना लटका हुआ दिखता है।

सबसे बड़ी समस्या यह है कि हमारी बस्ती में बिजली का एक भी खम्भा नहीं है। वहाँ से यहाँ तक का केबल तार का सफ़र शुरू नहीं हुआ। पूरा मोहल्ला इन्तज़ार में है कि सरकार एक खम्भा लगा देगी तो सरकारी रोशनी मिल जाएगी। इसके साथ ही घरों के भीतर कनेक्शन लेना शुरू कर देंगे।

कहते हैं लोग कि नेताओं ने हर बार वादा किया था लेकिन अफ़सरों ने पूरा नहीं किया। वे इस बस्ती को अपनी कार्ययोजना में शामिल नहीं कर रहे हैं। काम किसने होने नहीं दिया? जो काम नहीं कर रहे हैं, वे लोग अदृश्य हैं।

दरअसल हमारी बस्ती खंडवा रोड से तीन किलोमीटर दूर है। राजमार्ग से हमारे बस्ती तक आने के लिए सड़क नहीं है। घुमावदार पगडंडी है जिस पर बरसात में चलने के नाम पर नानी को अपनी नानी याद आ जाती है। वहाँ से घर तक पहुँचना हर किसी के बूते की बात नहीं है। घुमावदार गली कब किस दिशा में ले जाए यह पता नहीं चलता है। कभी कोई पूरा चक्कर लगाने के बाद भी उसी जगह आकर खड़ा हो जाता है, जहाँ से उसने चलना शुरू किया था। यहाँ आकर कोई सीधे जाकर कहीं नहीं पहुँच सकता। जब इनसानों का ये हाल है तो बाक़ी चीज़ें कैसे सीधे पहुँच सकती हैं?

हमारा घर लोहे के खम्भे से बहुत दूर है। इसलिए केबल की लाइन लम्बी, बहुत लम्बी लगेगी। उतनी लम्बी केबल का ख़र्चा और ज़्यादा लगेगा।

कनेक्शन लेना ही है, यह हमारे घर ने तय कर लिया। आस, कब तक इन्तज़ार करेगी?

पिता ने बिजली वाले ऑफ़िस में जाकर कनेक्शन के लिए आवेदन दे दिया।

≈

पिता ने एक बार कहा था, "एक बार की बात है जब मैं मोतला हाट गया था। वहाँ पे प्रशान्त को सुना तो सुनता ही रह गया। क्या ग़ज़ब का बजाता, क्या ख़ूब गाने बनाता और गाता। कलाकार है बड़ा। फ़नकार। लोकशाहिर हैं। जो जानता है जिसके लिए गा रहा हूँ उसके मन के पास चला जाऊँ। प्रशान्त हर इनसान के पास, हर गाँव नहीं जा सकता था इसलिए उसने हाट चुना। हाट में प्रशान्त दिन भर गाता। ख़ुद ढोलक बजाता और साथी मजीरा। हाट में आने वाले लोग ज़रूरत का सामान ख़रीदते। प्रशान्त को लगता था कि लोग सामान ख़रीदने नहीं आते। लोग हाट में अपने रिश्तेदारों, दोस्तों से मिलने-बतियाने आते हैं। प्रशान्त ने एक बार कहा था कि बाज़ार में इनसान अपने-आप से मिलने आता है लेकिन बाज़ार उसे मिलने नहीं देता है ख़ुद से। ये जो व्यापारी हैं ना, वो उसे उलझाने के लिए ही सारा तामझाम रचते हैं, उसके भीतर की तलाश को भटकाकर उसकी भूख को बढ़ाते हैं, समझाते हैं कि उसके लिए क्या अच्छा होगा, उसे क्या चाहिए?

जो व्यापारी करता है वही काम पुरोहित करते हैं। दोनों के तरीक़े एक जैसे ही हैं।

प्रशान्त उनको वास्तविक ज़रूरत बताता। भूख जगाता था। उनको क्या-क्या नहीं बताता था। सब कहता, बोलता और गाता था।"

पिता बता रहे थे कि वे प्रशान्त के मुरीद हो गए थे। उस दिन बहुत बातें की। उसको सुनने के लिए भीड़ लग जाती। खड़े-खड़े लोग सुनते। उसमें डूबते और वो गाता जाता। बातों ही बातों में पिता ने प्रशान्त को अपनी गली में इस शहर में आने को बोला था। शुरुआत में प्रशान्त काका हमारे घर ही रुकते थे। वे शुरुआती दौर में खरबड़ी गाँव से दो दिन के लिए आते थे। फिर धीरे-धीरे उनके आने के दिनों में अन्तराल कम होने लगा और रुकने के दिन बढ़ने लगे।

दिन भर उनका गाना उनकी बातें सब चलती रहतीं। देर रात तक लोग प्रशान्त को सुनने के लिए इकट्ठा होते। प्रशान्त की आवाज़, उसकी अदायगी इस तरह की है कि कोई एक बार सुनने के लिए रुक जाए तो वह रुका ही रहता। प्रशान्त अपने गानों में बाबासाहेब, बुद्ध, कबीर, फुले, चोखामेला, तुकाराम, सोयराबाई

के लिखे हुए गीत भजन अभंग के कुछ हिस्से को जोड़कर अपने हिसाब से गाते। डॉ. आम्बेडकर के विचार, भाषण और सपने में से कुछ हिस्से को मिला-जुलाकर प्रशान्त बीच-बीच में इस तरह से सुनाता है कि लगता है कि सदियों से सोए हुए व्यक्ति को जगा रहा है। प्रशान्त गाते-गाते अचानक खड़ा हो जाता। तेज़ी से किसी एक व्यक्ति को समझाने लगता। बोलते-बोलते भीड़ में घुस जाता। भीड़ में लोगों से बातें करने लग जाता। उसकी बातें बाबासाहेब की बातें होतीं। सावित्रीबाई, जोतिराव फुले की होती। जो इस समाज को एक जैसा और बेहतर बनाना चाहते थे उनकी बातों को वह कहता-सुनाता और समझाता।

विदर्भ में पिता के गाँव के पास के सबसे बड़े गाँव का नाम है मोतला। मोतला के साप्ताहिक हाट में पैर रखने की जगह नहीं मिलती। गुरुवार का यह हाट आसपास के गाँव वालों को अपनी ज़रूरत की सारी चीज़ें एक जगह एक साथ देता है। यह हाट रिश्तेदारी को दोस्ती को नई चमक देता है। दु:ख को दबा देता है। हाट में तकलीफ़ के साथ सपने लेकर आने वालों के लिए प्रशान्त ने अपने एक साथी के साथ गाना-बजाना शुरू किया था।

फिर हमारे शहर में प्रशान्त काका जब आते तो आसपास के मोहल्ले या बड़े गाँव में क़व्वाली के कार्यक्रम में क़व्वालियाँ सुनने के लिए जाते। पिता ने बताया था, "प्रशान्त ने आसपास के गाँव बस्ती में जाकर कबीर के गायन को सुनना, लिखना और गाना शुरू कर दिया। दोपहर के वक़्त में फ़िल्मी गाने सुनता। नये गाने तैयार करता। प्रशान्त के पास हर बार दो-चार नई किताबें होतीं, जब भी थोड़ा-सा वक़्त मिल जाता वो पन्ने पलटने लग जाता। जैसे जीने के लिए साँस ले रहा हो। उसकी धड़कन किताबों से धड़कती है। वह किताब के बिना जीवन जी नहीं सकता। पढ़ते-पढ़ते उसके चेहरे के भाव देखो तो उत्तेजना, ग़ुस्सा, उदासी, ख़ुशी सामने वाले पर सब छा जाती है।

ऐसा भी होता है कि पढ़ते-पढ़ते प्रशान्त रोने लगता है। आँसू बिना आवाज़ के टपकने लगते। कई बार तो वो दहाड़ मार के रोता। इतनी ज़ोर से रोता कि लगता, इसका सबसे प्यारा रिश्तेदार या दोस्त मर गया हो।"

रोने की बात से मैं सोचने लगा, मुझे कब-कब रोना आता है? मेरा मन रोने को करता है लेकिन मैं रो नहीं पाता। मेरी आँखों से आँसू बहते नहीं। बस आँख गीली होने लगती है, वो भी इतना कि गीले हाथ से चेहरे पर हाथ फेरने जितना।

अगर रोना आ भी जाए तो रोना रोकने के लिए अचानक से मैं अपनी पूरी ताक़त लगा देता हूँ। आँसू मेरे भी टपकते हैं, लेकिन वो अँधेरे में, एकान्त में, कि कोई देख न ले। यह कहाँ से सीख लिया मैंने कि मुझे रोते हुए कोई न देख ले? क्या हो जाएगा अगर किसी ने मुझे रोते हुए देख लिया तो?

रोना क्या अपराध है? रोना, ऐसा गुनाह है जिसे करते हुए किसी को नज़र न आए। किसी को पता न चले। सबसे छिपाकर, छिपकर रोने का मन क्यों करता है?

मेरा मन करता है कि मैं ज़ोर से पूछूँ, "प्रशान्त काका, मुझे यह बताओ कि सरेआम, पूरे मन से, शिद्दत से रोने की हिम्मत कहाँ से कैसे मिली? जब जी चाहा, तब रो लिया, जहाँ चाहा वहाँ रोया। यह हिम्मत कैसे कर लेते हो प्रशान्त काका?

प्रशान्त काका को छोड़कर किसी को नहीं देखा कि वो जितना चाहता है उतना रोया हो, जैसा चाहा वैसा रोया हो, उसके भीतर से जैसे कोई जलस्रोत फूट पड़ता हो।

जो भी जहाँ गाते-बजाते हुए मिलता, प्रशान्त काका उसके साथ हो लेते। बस्ती में, गली में आने वाले भीख माँगकर अपना गुज़ारा करने वाले लोगों के साथ भी प्रशान्त की संगत रहती। प्रशान्त किसी इमारत में काम करने वाले, कचरा बीनने वाले, लोहे के औज़ार बनाने वाले के साथ रहता। काम कम बातें ज़्यादा होतीं। सामने वाला उदास होता तो प्रशान्त काका गाने लगते। बजाने को कुछ मिल जाए तो ठीक नहीं तो अपने हाथ को ही ढोलक बना लेते। आवाज़ निकालना है, गाना है यही जीवन का लक्ष्य बन गया। न जाने कहाँ-कहाँ भटकना, न जाने किस-किस के साथ जाना...किसी के भी पीछे-पीछे चले जाते हैं प्रशान्त काका।

प्रशान्त काका सभी के साथ बैठ जाते, खाना खाते, गाना गाते। इस दौरान जो विचार आता या बातें होतीं तो उनको लिखना, उसे गाने में बदल देना, यही काम था प्रशान्त काका का।

प्रशान्त काका की तलाश यात्रा सतत चल रही है। पिता प्रशान्त काका का ध्यान रखते। उनकी जेब में कुछ पैसे डालते। पिता के लिए प्रशान्त एक दीपक थे। उम्मीद और लगन का नाम थे। न जाने उनका कौन सा रिश्ता था जो बिना जान-पहचान वाले का इतना ख़याल रखते। सच तो यह है कि पिता उन दिनों एक सम्पूर्ण मनुष्य थे।

प्रशान्त काका दुबले-पतले उम्र पच्चीस-तीस के आसपास, बाल ज़रूरत से ज़्यादा लम्बे। आजी बाल कटवाने के पीछे लगी रहती। आजी को लगता था कि बाल बढ़ाने ही हैं तो ज़रा तमीज़ से बढ़ाए। प्रशान्त काका को सलीक़े पसन्द नहीं। वो बात सुनते और कहते, "बाल कटवाने से कोई आदमी बन जाता है क्या? बाल हैं ही बढ़ने के लिए। उनको जीने दो। जब बोझ लगने लगेंगे तो कटवा लूँगा। अभी तो ज़िन्दगी भी बोझ नहीं लग रही है, मावशी।"

बताते हैं प्रशान्त काका ने सातवीं बोर्ड की परीक्षा दी थी। दो पेपर दे न सके। फिर से सातवीं कक्षा में न बैठने का फ़ैसला कर लिया। प्रशान्त ने अगले साल ज़िद की कि उसे आठवीं क्लास में बैठने दिया जाए। लेकिन स्कूल वालों ने सातवीं फ़ेल को आठवीं कक्षा में बैठाने से इनकार कर दिया। प्रशान्त का कहना था कि सातवीं की किताबों को दुबारा पढ़ने से क्या मतलब? इन किताबों को रटने से क्या फ़ायदा? स्कूली किताबें पढ़ना, ज़िन्दगी बर्बाद करना है। सातवीं में पढ़ी हुई किताबों की बातों से क्या समझ आता? कोई क्या बन पाता है? क्या ज्ञान मिलता?

प्रशान्त को लगने लगा था अपने लिए इतना पढ़ना ही बहुत है। पढ़-लिख लेते हैं, यही बहुत है। इसके अलावा स्कूली किताबों में कुछ नहीं रखा। जिनको अफ़सर नौकर बनना है सेना में, या कुछ करना है वो आगे पढ़ें। प्रशान्त स्कूल को बच्चों की ज़िन्दगी से खिलवाड़ करने वाली जगह मानते। स्कूल बच्चों को बहुत कम देता है—राई बराबर। और एक भरपूर ज़िन्दगी को सोख लेता है। निचोड़ लेता है। इसके बाद आदमी में बाक़ी कुछ नहीं रह जाता। स्कूल बच्चे को ऐसा कुछ बना देता है जिसमें वो अपने-आप को अनफ़िट मानने लगता है। पूरा जीवन अनफ़िट हो जाता है। ऐसी ड्रेस जिसकी कमर या तो बहुत टाइट हो या फिर बेहद ढीली-ढाली। उसे लगातार कसना पड़ता है या लगातार ढीला करना पड़ता है। स्कूल किसी को भी ख़ुद अपने नाप की ड्रेस बनने नहीं देता। ड्रेस को सरकाओ, सँभालो और जीने के बजाय उसकी तरफ़ ध्यान दो...पूरा ध्यान उसी पर लगा रहता है। चलते, बैठते, बात करते, सोते, जागते, हर बार अपनी ढीली या टाइट ड्रेस की तरफ़ ध्यान जाता। ज़िन्दगी जीने के बजाय ऐसे काम में लग जाते हैं जिसका जीवन में कोई मतलब नहीं। जीवन मन से जीने का नाम है। तन पर क्या है, कैसा है, इस पर माथापच्ची करने और शर्मसार होने में ज़िन्दगी को क्यों बर्बाद करना? वो भी कपड़े, ड्रेस के लिए?

प्रशान्त ने ऐसी स्कूली ड्रेस बनने से इनकार कर दिया था।

8

प्रशान्त काका ने पिता से कहा कि वे इसी शहर में बसना चाहते हैं। हमारी गली के सामने वाली लाइन में पाँचवाँ झोंपड़ा ख़ाली हो गया है। उसमें रहने वाले साहेबराव गाँव वापस चले गए थे। साहेबराव की उस ख़ाली झोंपड़ी में प्रशान्त काका ने अपना डेरा डाला।

वे घर में लुंगी पहनते।

यहाँ इस घर में रहने के मुश्किल से दसेक दिन बाद एक महिला उनके साथ आई। उनका नाम, पता, माता-पिता, गली-मोहल्ला कुछ भी किसी को मालूम नहीं। प्रशान्त काका ने किसी को नहीं बताया।

सब जानते हैं कि प्रशान्त काका ने शादी की तरह शादी नहीं की। एक-दूसरे के गले में हार नहीं डाले, न बैंड बजा न ढोल। न कोर्ट-कचहरी, न बुद्ध विहार, न किसी के सामने कोई रस्म हुई। न घोड़ी पर सवार हुए न बरात निकाली। ऐसा कोई भी तरीक़ा नहीं अपनाया गया जिससे साबित हो सके कि उनकी शादी हो गई।

फिर भी वे एक साथ एक झोंपड़े में रहने आ गए।

वह कौन है?

यह एक सवाल है लेकिन इससे निकले हुए सैकड़ों सवाल शाम तक फैल-पसर-बिखर गए।

—ऐसा कोई करता है?

—ऐसा तो होता ही नहीं।

—इस समाज का क्या होगा?

मुझे लगा कि सबसे बड़ा सवाल बना, इस देश का क्या होगा?

जिसके जो मन में आया, जिसे जो चिन्ता हुई, जिसे जो डर लगा, सब बाहर आ गया। वह इस तरह निकला कि प्रशान्त काका का और महिला को सबके सामने जवाब देना होगा।

शाम गई। रात हुई। प्रशान्त काका घर से बाहर निकले तो सबसे पहले हमारे घर आए। रात में प्रशान्त काका के साथ आई उस महिला ने अँधेरे वक़्त में घूँघट किया हुआ है। उस महिला को काकू बोलूँ ऐसा आजी ने मुझसे कहा।

काकू पर नाराज़ होते हुए आजी ने कहा, "ये क्या ओढ़ रखा है? इसे हटा। प्रशान्त, तू बोला क्या घूँघट करने का?"

प्रशान्त काका बोले, "मैं नहीं बोला। मैं..."

"फिर?...ये घूँघट हटा। हम लोग चेहरा छिपाकर नहीं रहते। हमारे साथ रहना है तो ये हटाना पड़ेगा। बोल, मंज़ूर है?" आजी ने ममतामयी हँसी के साथ उनके गालों पर हाथ फेरते हुए कहा।

"हव।" काकू ने शरमाते हुए कहा और घूँघट हटा दिया।

काकू के बारे में गली में तरह-तरह की बातें कही गईं। कुछ की कही-सुनी बातों में से कुछ मैंने, बहुत कुछ प्रशान्त काका ने और कुछ काकू ने सुनी।

—घर घुस गई।

—बिना शादी के अपने पसन्द के आदमी के साथ जीने लग गई।

—अपने पति को छोड़कर भाग आई।

सच बस्ती नहीं जानती। सच क्या है? मुझे नहीं पता। सच किसी को पता नहीं चला। सुनाने वालों ने इसे सच की तरह सुनाया। सुनने वालों ने कोई सवाल नहीं किया। वे सुनते रहे कि अपने को क्या?

बड़ी संख्या उनकी थी जिन्होंने काकू को अपना माना।

अच्छा हुआ अब प्रशान्त यहीं रहेगा।

—प्रशान्त अब ज़्यादा इधर-उधर नहीं जाएगा।

—अच्छी जोड़ी है।

—बिना तामझाम के साथ रहना, बड़ा अच्छा है।

—फ़ालतू का ख़र्चा बच गया।

—उधारी क़र्ज़े में लुटने से बच गया।

गली में सुबह-सुबह अपने-अपने घरों में झाड़ू लगा चुके। पीने के पानी की तलाश में परिवार के सदस्य आ-जा रहे हैं। उस वक़्त आजी ने कहा, "जिसे जिसके साथ रहना है रहे। इससे किसी को क्या लेना-देना? अरे जब दोनों राज़ी तो क्या करेगा क़ाज़ी? क़ाज़ी बनाए अपने घर में भाजी।"

आजी की बातों में एक हँसी, एक इशारा है, एक चेतावनी है कि इस बारे में कोई बात न करे। गली में काका या काकू के ख़िलाफ़ अगर बोला तो वो बातें गाली हैं, यह अच्छी तरह से समझा दिया गया।

काकू को फिर कभी घूँघट में नहीं देखा गया।

9

सुबह हम घर से निकल रहे थे तब यशवन्त धनोरा के हाथ में लाल झंडा था। पिता के साथ वे मिल में काम करते हैं। जब काम का बुलावा आता तभी मिल में काम करने जाते थे। इस कारण वे भी पिता की तरह ही कभी-कभार मिल में काम करने जाते। अभी झंडे को हाथ में उठाकर बोलने वाले यशवन्त धनोरा के साथ सिर्फ़ बच्चे थे। छोटे बच्चे हँसते-खिलखिलाते हुए उनके पीछे-पीछे चल रहे थे।

"दुनिया के मज़दूरों" ज़ोर से बोलकर धनोरा चुप हो जाते तो बच्चे बोलते, "एक हो जाओ।"

हमारे घर के पास पहुँचने पर यशवन्त धनोरा बड़े ज़ोर से बोले, "मज़दूर दिवस", तब पिता ने बच्चों के साथ पूरी ताक़त से कहा, "ज़िन्दाबाद, ज़िन्दाबाद।"

मेरा भी मन था कि मैं ज़िन्दाबाद बोलूँ, मुझे लगा था कि मैं भी उन बच्चों के साथ चलते हुए "एक हो जाओ" बोलता रहूँ लेकिन मेरे क़दम आगे नहीं बढ़े। मेरी ज़बान ख़ामोश है। पिता कुछ देर तक यशवन्त धनोरा के साथ चलते हुए नारे लगाते रहे। फिर कुछ देर बाद पिता के पीछे-पीछे मैं चुपचाप चलता रहा।

गली से सड़क पर आकर पिता संजय की बरात में शामिल होने के लिए साइकिल पर सवार हुए। पिता के साथ जाने के लिए मैं साइकिल के पीछे कैरियर पर बैठ गया। बड़े भाई ने संजय की बरात में जाने से इनकार कर दिया था।

चलते-चलते जहाँ छाया दिखती वहाँ पर कुछ देर रुकते फिर चलते। एक जगह हमने चार और सेव के साथ रोटी खाई इस तरह पिता ने 20 किलोमीटर से ज़्यादा दूरी की साइकिल से यात्रा की। पिता के साथ साइकिल पर इतनी लम्बी दूरी का सफ़र पहली बार कर रहा हूँ। गर्म हवा के थपेड़े खाता हुआ ख़ुश हूँ। प्यास की, छाया की याद नहीं आई। चेहरे पर गर्म हवा सुखदायक लग रही है। हम चल रहे हैं। इसी में आनन्द आ रहा है।

एक मई की तपती हुई दोपहर में दूल्हा संजय जीप में आया। जीप संजय के पिता के ऑफ़िस की है। राजमार्ग की सड़क से दतोदा गाँव क़रीब दो किमी. दूर है। संजय सरकारी जीप में से उतरकर अब घोड़ी पर बैठ गया है।

दूल्हा और घोड़ी दोनों को देखकर अजीब-सा रोमांच महसूस कर रहा हूँ। मैं भीड़ में शामिल हो गया हूँ। ख़ुश हूँ। ख़ुशी का कारण इतना है कि इस तरह से, इतनी दूर जाकर ख़ुशी मनाते लोगों के साथ हूँ। ख़ुशियों से भरे हुए माहौल में सब चल रहे हैं। हम सबके साथ चल रही है गर्म हवा।

बराती पश्चिम दिशा की तरफ़ चले जा रहे हैं। सूरज का असर कम हो रहा है। धूप के तीखेपन को भूलकर नाचते-गाते चल रहे लोगों के साथ मैं भी चल रहा हूँ। पिता पता नहीं कहाँ हैं?

बरात में बैंड बाजा नहीं है। मैंने सुना कि बैंड बाजे वालों ने इस गाँव का नाम सुनकर आने से मना कर दिया था। इसलिए बैंड बाजे के बजाय ढोलक वाले हैं। ढोलक वाले ढोलक को गले में लटकाकर पूरी ताक़त से ढोलक बजा रहे हैं। बराती नाच रहे हैं। नाचते हुए चिल्ला रहे हैं। नाचते-नाचते अचानक कोई उछलता, कूदता, यही देखकर मैं हैरत से भरकर रोमांचित हो जाता।

रुक-रुककर नाचने के कारण बरात रुक जाती। कुछ लोग आगे आ जाते, नाचने वालों को हाथ जोड़कर मनाते लेकिन उत्साह से भरे हुए नाचने वाले नहीं मान रहे हैं, वे नाचते-गाते हुए अपनी मन की कर रहे हैं। इस तरह से बरात सरकते हुए आगे बढ़ रही है जबकि सूरज दौड़ते हुए डूबने के लिए तेज़ी से जा रहा है।

नाचने वालों के कारण कच्ची सड़क की धूल आसमान में दिख रही है। आसमान का रंग नीला है। बादलों में सफ़ेदी आ-जा रही है। बादल बाप जैसे बूढ़ा होता जा रहा है। बरात के बाशिन्दों में बचपन का जोश भरा हुआ है।

श्यामलाल काका कभी आगे तो कभी पीछे दिखते। उनके चेहरे पर विनम्रता अब दयनीय लग रही है। श्यामलाल काका बोल रहे हैं, "चलो भाई, चलो...। देर हो रही है।" वे बोलते-बोलते हाथ जोड़ते हुए भागदौड़ कर रहे हैं। अब उनके चेहरे पर ख़ुशी नहीं दिख रही है। किसी अज्ञात भय से भरे हुए काका जल्द से जल्द बरात को गाँव में दाख़िल करना चाह रहे हैं।

सबसे ज़्यादा अनसुना उन्हें ही किया जा रहा है। इस विवशता, दयनीयता और डर के साथ उनके चेहरे को देखता जा रहा हूँ। उनके भीतर से ख़ुशी, उत्साह पूरी तरह से जा चुका है। डर हावी हो गया है। ऐसा क्या हुआ? मुझे समझ में नहीं आ रहा है। लेट हो गए तो क्या, इतना डरना? डूबते सूरज की उदासी से भरा हुआ है

उनका चेहरा, उनकी आवाज़ में अब शादी की ख़ुशी के बजाय कुछ हो न जाए की आशंका बोल रही है। वे थके हुए हैं, अब टूटते नज़र आ रहे हैं। धीरे-धीरे मेरी ख़ुशी कम होती जा रही है। इधर पिता झल्लाने लगे हैं। वे रात होने से पहले वापस घर जाना चाह रहे थे। पिता को लगा था कि गाँव में बरात पहुँचते ही वे वापस निकल पड़ेंगे लेकिन ऐसा होना लगातार असम्भव होता जा रहा है। उनके चेहरे पर ग़ुस्सा तमतमाने लगा है। वे बड़बड़ा रहे हैं। वे नाचने वालों को गालियाँ दे रहे हैं, उन्हें बेवक़ूफ़ कह रहे हैं।

इस आधे से अधिक सफ़र की बरात में अचानक कुछ लोग लाठियाँ लेकर सामने से आ गए। उन लोगों ने आते ही गालियाँ देनी शुरू कर दी। गालियाँ देते हुए वे लाठियाँ चलाने लग गए। मुझे कुछ भी समझ में नहीं आ रहा है। दूल्हे को घोड़ी से उतार दिया। उन्होंने घोड़ी वाले की पिटाई शुरू कर दी। वे लगातार पीटते हुए कह रहे हैं, "तूने इन लोगों को घोड़ी देने की हिम्मत कैसे की?"

ग़ुस्से में लगातार चिल्ला रहे हैं। वे सब आक्रामक और नाराज़ हैं कि दूल्हे को घोड़ी पर क्यों बैठाया गया। वे इस क़दर क्रोध में हैं कि पूरी बरात को खदेड़ने में लग गए।

अफ़रा-तफ़री मच गई। लाठियाँ और गालियाँ दनादन बरस रही हैं। थोड़ी देर के बाद तो तलवारें लहराने लगी हैं। मैं उस भीड़ का हिस्सा बन गया हूँ। जिनके पास तलवार और लाठी का जवाब नहीं है। निहत्थे लोगों ने उन्हें रोकना चाहा लेकिन लाठियाँ इस क़दर चलीं, तलवार इस तरह से दिखीं कि बराती उनका सामना नहीं कर पा रहे।

तमाम ख़ुशियाँ धूल में मिल गईं। वे जो हँसियों-ख़ुशियों को सहन नहीं कर पाए थे उन्होंने लाठियों से बरातियों को बेदम कर दिया। तलवार की चोट शरीर से ज़्यादा मन पर लगी। गालियाँ सुनकर बराती अपमानित हुए, प्रताड़ित हुए। ढोलक के चमड़े को फोड़ दिया गया। ढोलक वाले को भी घोड़ी वाले की तरह पीटा गया। वे लोग उसे बोल रहे हैं, "तू इस गाँव में इनके साथ आया कैसे? तेरी माँ का भोसड़ा..."

ढेर सारी गालियाँ हैं। ग़ुस्सा है। लाठियाँ हैं, लहराती तलवारें हैं। बरातियों में से कुछ लोग इनका सामना कर रहे हैं। वे लाठी खा रहे हैं। उनको तलवार से मारा जा रहा है। मैं इसका कारण समझ नहीं पा रहा हूँ कि किसी को ख़ुश देखकर कोई इस

तरह भी इतने दु:ख से भर सकता है। अपनी ज़िन्दगी से इस क़दर नाराज़ हो सकता है। हमलावरों का दु:ख, ग़ुस्से और गालियों से भर गया था कि वे मनुष्य नहीं लग रहे हैं। वे जानवर भी नहीं लग रहे हैं। उनके हाथ-पैर हैं। दिमाग़ नहीं है। उनके भीतर मन नहीं है। वे परम्परा के वाहक हैं। वे बस अपनी घृणा को ग़ुस्से से भरकर लाठी और तलवार से परम्परा का संरक्षण कर रहे हैं। लड़ रहे हैं। प्रथा को बचा रहे हैं।

किसलिए?

उनके लिए यह एक युद्ध है। ऐसा युद्ध जिसे जीतकर भी वे कुछ नहीं बना सकते। वे मनुष्यता और समता को ख़त्म करने वाला युद्ध लड़ रहे हैं। निहत्थों पर वे कायर वार कर रहे हैं। वे अपनी विरासत में मिले ज्ञान का उपयोग करते हुए आगे बढ़ रहे हैं। उनके लिए यह बरात ऐसे शत्रुओं की है जिनकी ख़ुशियाँ नहीं देखी जा सकतीं। उनके लिए ये मज़दूर, बेगार ही हैं, जो सब कुछ सहन कर, चुपचाप काम करें, न हँसें, न ख़ुश हों। वे इन्हें किसी हल, मूठ, फावड़ा, गैतीं, कुल्हाड़ी जैसे औज़ार की तरह समझते हैं, जिसके भीतर न दिल धड़कता है न मन होता है, बस चुपचाप काम करें। काम यह भी है कि परम्परा का पालन करते हुए सिर झुकाए हर बात मानें जो उनके पूर्वजों की लिखी, कही, सुनी और की गई थीं।

परम्परा का पालन करते हुए हमलावर भागती हुई बरात को भगाते हुए बड़ी पक्की सड़क तक आ गए।

ख़ुशियों से भरी बरात ने जहाँ से चलना शुरू किया था वहीं पर आकर बराती बदहवास से खड़े हो गए। वे लोग गला फाड़कर बोल रहे हैं—

—"इस गाँव में घोड़ी पे आने की हिम्मत कैसे कर दी श्यामलाल?

—औक़ात भूल गया है तू?

—तेरको लगा मंत्री तेरा रिश्तेदार है, तो बेटे को घोड़ी पे बिठा लेगा, निकाल लेगा बारात?

—भूल गया स्साले यहाँ के रीति-रिवाज?

—अबड़ा (अपवित्र) दिया।

—तू गाँव में घोड़ी पे बरात लेके आया तो आया कैसे?

—अब देखते हैं तुम्हारे लोग इस गाँव में कैसे रहेंगे?"

वे लोग लगातार चीख़ते-चिल्लाते जा रहे हैं।

कुछ बरातियों के ख़ून निकल रहा है। किसको कितनी चोट आई है, अभी पता नहीं चल रहा है उन्हें उठाकर चलते हुए दूसरे बराती हाथ जोड़ रहे हैं। लगातार कुछ बोल रहे हैं।

सूरज अस्त हो गया। हम सब पस्त हो गए। सड़क पर ट्रक-बस आ-जा रहे हैं। हमारी ख़ुशियाँ पता नहीं कहाँ चली गईं। कुछ लोगों को इतनी चोट लगी है कि ख़ून निकल रहा है। वे चल नहीं पा रहे। कुछ चोटिल लोग अभी भी कच्चे रास्ते से खंडवा रोड की तरफ़ आते हुए दिख रहे हैं। हमारी बस्ती के सामने से जाने वाली सड़क का नाम वहाँ से पता नहीं कहाँ तक खंडवा रोड है।

तीखी गर्मी के मौसम में इस तरह का जानलेवा हमला अचानक हुआ। भगदड़ के बाद सड़क पर बराती बदहवास हैं। पानी अभी सबसे ज़रूरी है लेकिन पानी नहीं है। लाठियाँ थीं। तलवारें थीं। गालियाँ थीं। गाँव के हिंसक लोग थे। उन्होंने तय कर लिया कि पानी भी पीने नहीं देंगे। वे चिल्लाते हुए जा रहे हैं।

औक़ात, धर्म, जाति, नीच, हिम्मत, ख़ून, परम्परा, बल्लटे जैसे शब्दों से बनी हुई गालियाँ चीख़-चीख़कर दी जा रही हैं। इन शब्दों के अर्थ घृणा, द्वेष, नफ़रत से भरे हुए हैं।

मुझे बार-बार लग रहा है कि वे मनुष्य नहीं हैं। वे गालियाँ देने वाले अपने-आप को इस क़दर अपमानित महसूस कर रहे थे कि घोड़ी पर बरात वाली बात दूसरे गाँव के लोगों को पता चल जाएगी तो वे अपना मुँह दिखाने लायक़ नहीं रहेंगे। उनकी मर्दानगी पर सवाल होंगे। उनके लिए जीवन जीना असम्भव हो जाएगा। उनके रहते हुए श्यामलाल की हिम्मत कैसे हो गई कि उसने अपने बेटे की बरात घोड़ी पर बैठाकर निकालने की सोची। और तो और वो इतनी दूर कैसे बरात लेकर आया? आधा रास्ता कैसे तय कर लिया?

सदियाँ गुज़र गईं फिर भी इस गाँव में श्यामलाल काका की जाति का दूल्हा कभी भी घोड़ी पर सवार होकर नहीं आया था।

अब तक मेरी समझ में आ चुका है कि गाँव में श्यामलाल काका के लोगों की शादियाँ चुपचाप हो जाती थीं। घोड़ी पर बैठना, बैंड बाजा बजाना, गाँव भर घूमने का अधिकार सिर्फ़ हिंसक अतीतजीवियों के पास है। उनके पास लाठियाँ, गालियाँ और परम्परा से भरी हुई, सड़ी हुई गर्वोक्त मानसिकता है।

हम लोग चल रहे थे दक्षिण दिशा की तरफ़। एक-दो किलोमीटर दूर सिमरोल थाने पर श्यामलाल काका पहुँच चुके। बरात थाने के बाहर राष्ट्र के राजमार्ग पर है, सड़क पर आ गए। राजमार्ग पर पसीना बह रहा है। कुछ लोगों का ख़ून टपक रहा है। ख़ून, पसीना एकाकार होता हुआ यह बता रहा है कि हम लोग, इन गाँव वालों से अलग है। हमलावरों का गाँव पर क़ब्ज़ा है, उनका अपना क़ानून है। गाँव एक स्वतंत्र राष्ट्र है, जहाँ क़ानून और लोकतंत्र नहीं रहता है, जहाँ मनुष्यता नहीं होती हैं। वहाँ मनुष्य निवास नहीं करते। परम्परा को ढोने वाले अमानवीय हिंसक लोगों का आधिपत्य है। मैंने पहली बार अबड़ा नामक शब्द सुना था। इसका अर्थ पता नहीं इसलिए अर्थ पूछना है। अबड़ा बोलते हुए वे अपमान और ग़ुस्से से भरे हुए थे।

पुलिस नहीं चाह रही कि हम लोग थाने के परिसर में बैठें। लेकिन कहाँ जाएँ? तभी बरातियों में से एक ने कहा, "अब थाने के अन्दर चलते हैं।"

इतना सुनते ही एक पुलिस वाला बोला, "अभी तो यहीं बैठो। देखते हैं क्या करना है?" इतना बोलकर थाने के अन्दर चला गया।

दूसरे पुलिस वाले ने ग़ुस्से से कहा, "बाहर रुको अभी, बाहर। बाहर, उधर, अरे, उधर।"

"अरे मार दिया रे, ये देखो तलवार से मारा।" एक बूढ़ा ज़ोर से चिल्लाया तो पुलिस ने धमकाते हुए कहा, "मर तो नहीं गया बे। बैठ उधर। चल उधर, दूर।" गाँव वालों की घृणा पुलिसवाले की ज़बान से निकलती हुई दिख रही है।

थाने में धीरे-धीरे बराती इकट्ठा होने लगे। तलवार की धार से सात-आठ ज़ख़्मी हुए हैं। निहत्थे बरातियों में लाठियों से पिटने और चिल्लाकर तलवार लहराने से डर बिठा दिया गया है। उन ख़ौफ़नाक यादों के साथ कुछ लोग अभी भी सहमे हुए हैं। ज़ख़्मी हालात में बैठे हुए लोग हैं। लाठी और भगदड़ की वजह से कई चेहरों पर भीतर का दर्द सामने आ गया है।

"हमारा इलाज तो करवा दो।" एक जवान व्यक्ति बोला, जो हमारी बस्ती का नहीं है। बस्ती में से श्यामलाल काका और उनके चचेरे भाई के परिवार के अलावा हम बाप-बेटे हैं, बाक़ी सब दूसरी जगह के लोग हैं। पुलिसवालों की भावना दिखने लग गई कि हम लोग उनके लिए एक बड़ी भारी आफ़त है। इस आफ़त से जितनी जल्दी हो उतनी जल्दी छुटकारा मिल जाए।

थाने के कमरे के भीतर से पुलिसवाले की आवाज़ आई, "अस्पताल में इलाज होता है, वहीं जाओ। यहाँ क्यों आए हो?"

"रिपोर्ट लिखवाने। हम पर हमला हुआ है। हमारी बरात निकालने नहीं दी।" श्यामलाल काका आगे आकर बोले। छोटे से कमरे से बाहर निकलकर दो पुलिसवाले सामने आए।

सड़क और थाने के बीच थोड़ी-सी ख़ाली जगह है, थोड़ी छाया है। जिनका ख़ून निकला वे और जो बूढ़े हैं वे सब एक साथ छाया में आ गए हैं, बाक़ी सड़क किनारे पर बैठ गए। लू रोकने के लिए सिर पर बाँधने वाले कपड़ों से ख़ून रोकने के लिए बाँध दिया गया। फ़िलहाल ख़ून बहना बन्द हो गया है लेकिन थकान और शरीर की कमज़ोरी हावी होना चाहती है। मौसम के अलावा ख़ून की परम्परा के लोग हावी होना चाह रहे हैं।

गर्मी के मारे बुरा हाल हो गया है। राजमार्ग पर ट्रकों के साथ बस तेज़ी से आ-जा रही हैं। उनकी तेज़ गति, तीखी कर्कश और कानफोड़ू हॉर्न की आवाज़ की वजह से सड़क किनारे बैठना मुश्किल हो गया है। यहाँ बैठना जानलेवा भी हो सकता है। जिस तेज़ी से गाड़ियाँ हॉर्न बजाती हुई, तेज़ गति से घूमती हुई आती हैं, उससे सड़क पर बैठे हुए लोगों को लगता है कि गाड़ी फिर वो ट्रक हो, बस या मेटाडोर हो, वो सीधे उन पर चढ़ जाएगी। कुछ देर बाद अन्ततः राजमार्ग के किनारे से उठकर पुलिस स्टेशन के सामने गड्ढे जैसी जगह पर बैठने के लिए विवश हो गए।

सड़क का यह हिस्सा घुमावदार है। सड़क पर थोड़ी-थोड़ी देर में जाम लगता रहता है। घुमावदार राष्ट्रीय राजमार्ग की सड़क से थोड़ी दूर बना हुआ है पुलिस थाना। गड्ढेनुमा जगह में ऊँचे स्थान पर थाने की बिल्डिंग बनी हुई है। पीले रंग की बिल्डिंग ही थाना है, यह उसकी दीवार के ऊपर लिखे हुए शब्दों से पता चलता है।

पुलिस थाना, जैसे कोई नाम सरनेम सहित हो। नाम सरनेम तय करता है कि कौन क्या है? किसी का नाम सरनेम सुनने-पढ़ने के बाद ही उसके साथ वैसा व्यवहार किया जाता है।

पुलिस थाने की सीमा पर हरियाली का सपना देखने वालों ने पौधे लगवाए होंगे। उन पौधों को संरक्षण देने के लिए लोहे के कँटीले तार लगाए गए थे। जिसके अब कँटीले अवशेष बाक़ी हैं। पौधों का नामोनिशान नहीं हैं। अब नाममात्र की बाड़ में

से हर कोई आ-जा सकता है। लेकिन यह पुलिस स्टेशन है इसलिए हर कोई इधर से आने-जाने की हिम्मत नहीं कर सकता है। पुलिस का नाम और वर्दी के साथ उसका इतिहास बिना बोले ही डर के साथ व्यवहार के नियम, क़ायदे, सबक़ की शक्ल में दिखने लग जाते हैं। थाने की बाईं तरफ़ जीप, मेटाडोर, साइकिल ज़ब्त कर सड़ने के लिए रखे हुए हैं। धूल से सने हुए ये वाहन बरसों से पड़े हैं। वो सड़ने के लिए विवश हैं। उसे कोई नहीं हटाता है।

वे हिंसक गाँव वाले इसी तरह की गाड़ियाँ हैं जो सड़ने के लिए परम्परा के पास पड़ी हुई दिखती हैं। उनको सुधारने के लिए कोई आगे नहीं आता। उनके दिमाग़ और मानसिकता पर किसी ग्रन्थ, कोई रीति-रिवाज, रूढ़ियाँ, उसी कँटीली बाड़ की तरह हैं जो अब दूर से दिखाई नहीं देती हैं लेकिन उसके होने का अहसास अभी भी ज़िन्दा हैं, जो वक़्त आने पर मारने-काटने के लिए पगलाते हुए भागते हैं। वे लगातार सड़ रहे हैं लेकिन उन्हें समझना, समझाना मुश्किल है।

थाने के उधर कोने में नीम है। सड़क और थाने के बीच एक बरगद का बड़ा पेड़ है। पुलिस थाना गाँव की आबादी से बहुत दूर है।

यह सबको पता चल चुका था कि बरातियों पर हमला करने वालों ने गाँव बाहर वाले टोले के घरों की तोड़फोड़ कर दी। श्यामलाल काका के जाति वालों के घरों में पानी के बर्तन फोड़ दिये थे। उसमें से पानी निकाल फेंक दिया गया था। इसके बाद उन हमलावरों की भीड़ ने राशन की दुकान पर केरोसिन से भरे हुए लोहे के टैंक में से केरोसिन लूट लिया। उस टोले के एकमात्र कुएँ में केरोसिन डाल दिया। अब वो पानी पीने लायक़ नहीं बचा। वे चाहते तो इसी घासलेट से दुल्हन के घरवालों का, रिश्तेदारों का घर जला सकते थे लेकिन उन्होंने पीने के पानी को निशाना बनाया। गर्मी के मौसम में पीने के पानी का एकमात्र स्रोत, जीवन का गला चीर दिया। इस तरह उस बस्ती को पानी से दूर कर दिया। पानी दूषित करना घर जलाने से ज़्यादा घातक होता है, यह माना और जीवन देने वाले पानी को क्रूरतापूर्वक जान से मार डाला।

बरातियों के साथ दूल्हा बैठा हुआ है।

दो घंटे के बाद हम बेसहारों के लिए पीने के पानी का इन्तज़ाम हो गया। श्यामलाल काका के रिश्तेदार हंडों में पानी भरकर लाए। उन्होंने दूसरे गाँवों से पानी का इन्तज़ाम किया।

कुछ लोग अपने-अपने घरों की तरफ़ लौट चुके हैं। रात का अँधेरा बढ़ता जा रहा है, बहुत देर बाद श्यामलाल काका दिखे। वे शायद रिश्तेदारों, दोस्तों, अपने ऑफ़िस वालों तक अपनी बात पहुँचा रहे हैं। घटना की जानकारी देने के लिए वे कुछ लोगों को बस से भेज चुके हैं। हाथ जोड़कर विनीत भाव से, ज़बरदस्ती उन लोगों के हाथों में रुपये दे रहे हैं, कह रहे हैं, रास्ते में कुछ खा-पी लेना भिया।

वक़्त इतनी तेज़ी से गुज़र रहा है कि बरातियों में से कुछ लोग अपने-अपने हिसाब से इस घटना और समाज के सोच-व्यवहार का विश्लेषण कर अब आगे क्या करना चाहिए में लग गए।

उधर पेशाब करने के लिए जगह बन गई है। इतने लोग हैं कि पेशाब करने के लिए पाँच-छह जगहें तय हो गईं। पेशाब करने के लिए किसी ने न रास्ता बताया था न जगह। दो-चार लोग उधर दिख ही जाते। वे बैठकर पेशाब करते। ज़रूरत रास्ता बना देती है, रास्ता बता भी देती है। वहीं पर मैं भी पहुँच गया हूँ। अब नई ज़रूरत के लिए नया रास्ता क्या बन रहा है?

वहाँ चार लोग हैं। वे आपस में बात कर रहे हैं। एक आदमी ने कहा, "कब तक बैठे रहेंगे यार?"

इस सवाल को सुनकर मैंने उनकी बातें सुनना शुरू किया। दूसरा आदमी बोला, "अब और सहन करना, अपनी नज़र में अपने-आप को ही अपराधी बना देना है। अपराध यह है कि हम सब अब तक चुप रहे थे। सहन कर रहे थे, लेकिन अब यह घटना जीने नहीं देगी। और तो और अगली पीढ़ी भी हमें माफ़ नहीं करेगी। अगली पीढ़ी कहेगी, क्यों जी रहे थे? किसके लिए इस तरह जी रहे थे?"

पहला आदमी बोला, "हमें कुछ करना पड़ेगा। बरात तो निकलेगी।" वे लगातार बातें कर रहे। निराश होते हुए भी उनके भीतर उम्मीद दिख रही है। उनकी बातें बता रही है कि वे जीवन जीने के सपने को हक़ीक़त कर लेंगे। वो गाँव के सार्वजनिक रास्ते पर से जाने की राह बनाने के संकल्प ले रहे हैं। गाँव का रास्ता सरकारी रास्ता है। सार्वजनिक रास्ते पर ख़ुशियाँ मनाते हुए जीने का सपना देखने वाले वे दो-चार नहीं, सब हैं। सब चाहते हैं कि जिसे वे अपना गाँव कहते हैं, उस गाँव के रास्ते पर वे भी बाक़ी लोगों की तरह जाएँ और जिएँ। यह उनके जीवन का सबसे बड़ा सपना है। इक्कीसवीं सदी में इस सपने को हक़ीक़त करना, मुझे बहुत बड़ा, बहुत ही बड़ा सपना लगने लगा। मैं थाने की तरफ़ चलने लगा।

लौटते हुए आते-जाते कुछ लोगों की बात सुन रहा हूँ। इस अँधेरे समय में लगातार बोला जा रहा है। सुना जा रहा है। किसी तरफ़ चार लोग हैं, तो कहीं-कहीं दो ही और कोई बड़ा समूह दिखाई देता है। उन सबकी बातें और सवाल की आवाज़ आ रही है।

"शाम से लेके पूरी रात गुज़रने वाली है लेकिन प्रशासन कुछ नहीं कर पा रहा है।"

"करना नहीं चाहता। वे चाहते ही नहीं कि बदलाव हो।"

"इतनी पुलिस है फिर भी डर रहे हैं।"

"पुलिस, प्रशासन सब डरते हैं। सब कायर, डरपोक हैं। वे जैसा है वैसा ही चलने देना चाहते हैं।"

"क्यों चाहते हैं?"

"पता नी। लेकिन ग़रीब को डंडा मारने में पुलिस पीछे नहीं रहती। अपराध करे नी करे पुलिस का डंडा हमेशा हमें पीटने के लिए तैयार रहता है। हम लोगों के भीतर पुलिस का इतना ख़ौफ़ है कि समझ ही नहीं आता कि हम आज़ाद देश के लोग हैं। पुलिस भी हमें ही अपना दुश्मन क्यों समझती है?"

"पुलिस किसी की नहीं होती।"

"पुलिस, पैसेवालों की होती है।"

"पैसेवाले कौन होते हैं?"

"पैसेवालों की जात क्या होती है?"

"पैसेवालों की जाति पैसा होता है।"

गाड़ी, बिल्डिंग, फ़ैक्ट्री, बड़े खेत ज़मीन किस जाति वाले की होती है?

"क्या यह वाक़ई सच है कि पैसेवालों की जाति नहीं होती?"

"पैसेवालों की जाति होती है। उनके पास उनकी जाति होती है। ज़मीन होती है। बिल्डिंग होती है। गाड़ी होती है। उनकी सरकार होती है।"

इसके बाद कोई कुछ नहीं बोला।

इस ख़ामोशी में विचार विश्लेषण होता दिख रहा है। बोलने वाले इन लोगों के चेहरे दिख नहीं रहे हैं। वे सवालों का जवाब शान्ति से चाह रहे हैं। ग़ुस्सा सवाल में है। उनका कोई भरोसा था जो हर साल 15 अगस्त, आज़ादी के दिन बनता था।

वो अब वैसा नहीं रहा। अब वे राष्ट्रीय राजमार्ग की सरकारी जगह पर मूतने के बाद थूक भी रहे हैं।

बराती सिमरोल थाने की तरफ़ जा रहे हैं। थाने से आगे का रास्ता दाईं ओर से महू की तरफ़ जाता है। मैं सीधे खंडवा रोड की तरफ़ जा रहा हूँ। ये दक्षिण में जाता है। इसी दिशा में माँ का गाँव है, जहाँ नानी रहती है। इसी दिशा से धुआँ उड़ाती हुई, सीटी बजाती हुई, घूमती हुई छुक-छुक करती हुई रेलगाड़ी है। इन्हीं पहाड़ और पेड़ के पास से रेलगाड़ी जाती है। इनसान के लिए पहाड़ काटे, रास्ते बनाए। पटरी बनाई, बनाए पुल कि सब चलें, सब बढ़ें लेकिन रास्ता इतना पथरीला और घुमावदार दिखने लगा कि इस रास्ते पर आसानी से जाने वाले कोई और हैं। बाक़ी हम जैसे इन रास्तों पर चलते-चलते ही भटकते जाएँगे, पता नहीं कहाँ के कहाँ पहुँच जाएँगे?

सड़क किनारे बीड़ी पीते हुए आदमी ने कहा, "इतनी पुलिस है फिर भी वह बरात के साथ नहीं है। हमारे साथ नहीं है। पुलिस हमारी नहीं है। प्रशासन हमें कुछ भी समझ नहीं रहा।"

जिसके हाथ में पीले रैपर वाली माचिस की डिब्बी है, उसने डिब्बी खोलकर माचिस की तीली निकाली। डिब्बी के एक हिस्से पर तीली घिसी। वो जलने लगी। जलती हुई तीली उसने सड़क पर फेंक दी।

वो आदमी तीलियाँ जलाता जाता और सड़क पर फेंकता जाता। उसे लग रहा है कि कब तक चुप रहेंगे?

पुलिस वालों की संख्या बढ़ती जा रही है। उन्होंने झुंड बना रखे हैं। उनके भीतर झल्लाहट और थकान के साथ गालियाँ हैं। हाथ में लाठियाँ हैं।

एफ़आईआर दर्ज नहीं हो पा रही है। शादी करवाने के लिए सुरक्षा इन्तज़ाम करने के बजाय लगातार कहा जा रहा है कि घोड़ी लेकर बरात निकाली ही क्यों?

बहुत देर के बाद थानेदार आया। आते ही थानेदार ने तैश में कहा, "तुम लोगों ने सारा कामकाज ठप्प कर दिया। सरकारी काम में बाधा डाल रहे हो। तुम्हारे पास यहाँ धरना देने का परमिशन है?"

"परमिशन? काहे की परमिशन?" बरातियों में से एक आदमी उसी तेज़ी से, तपाक से बोला। उसका सब्र टूट चुका है। उसकी तीखी आवाज़ असरदार लग रही है।

"धरना, जुलूस, हड़ताल करने की परमिशन लगती है। इतना भी नहीं मालूम?" बोलते-बोलते थानेदार का ग़ुस्सा बढ़ता जा रहा है। जैसे वो कहीं से पिटकर आया हो कि उसे लताड़ मिली हो। पहले वाले के ग़ुस्से को सन्तुलित किया जा सके इसलिए वो बरातियों से बदला लेना चाह रहा हो।

"नहीं मालूम साब।" बेहद सज्जनता से एक बूढ़ा बोला।

"ये भी मालूम है कि नी, सरकारी काम में रुकावट डालने, इललीगल तरीक़े से इकट्ठा होने पर सज़ा हो सकती है। पता है?" थानेदार ने सूचनात्मक रूप से धमकाते हुए अपने ग़ुस्से को स्थिर करते हुए कहा।

"हमारी बरात को रोकना, क्या हमारे काम में रुकावट डालना नहीं है? क्या उनको सज़ा हो सकती है?" प्रौढ़ उम्र का व्यक्ति विनम्रता से थानेदार के सामने आकर बोला।

"तलवार से हमला करने वालों के ख़िलाफ़ रिपोर्ट क्यों नहीं लिखते?" उस आदमी के आगे आने और बोलने के बाद तीसरे आदमी ने खड़े होकर हस्तक्षेप किया।

माहौल को ठंडा करने की उम्मीद से भरे हुए थानेदार को लगा कि धमकाने का उसका दाँव अभी काम नहीं कर रहा है। वो बोला, "कारवाई तो सब पे होगी। जो भी क़ानून तोड़ेगा, फिर वो तुम हो या वो।"

"जो हमारी रिपोर्ट नहीं लिख रहे हैं, क्या उनपे भी कारवाई होगी?" उस तीसरे आदमी ने कहा, जिसकी उम्र चढ़ रही है। जिसके चेहरे पर मासूमियत और प्रौढ़ता आसपास हैं, जो एक-दूसरे के क़रीब आकर गले मिल रही हैं।

"क्या बोला रे? फिर से बोल तो?" थानेदार ने दो क़दम आगे बढ़ते हुए उत्तेजित होकर कहा। उसे लगा अभी नहीं रोका तो मामला हाथ से छूट जाएगा। कंट्रोल करना बहुत ज़रूरी है।

"वही तो बोला मैं। एट्रोसिटी का केस गाँव वालों पर तो होना ही चाहिए। साथ ही उन पुलिस वालों के ख़िलाफ़ भी केस बनना चाहिए जिन्होंने रिपोर्ट नहीं लिखी।" संयम और ग़ुस्से से भरा हुआ वो पहला वाला आदमी फिर बोला जो सबसे पहले बोला था। तीसरा आदमी स्थिर है। उसका शरीर उसकी ज़बान का साथ दे रहा है लेकिन भीड़ अस्थिर होने लगी। पहले वाले आदमी की माँग अनोखी लगने लगी तो अधिकांश को समझ ही नहीं आया कि गाँववालों से और पुलिसवालों से दुश्मनी मोल लेकर क्या करेंगे, कहाँ जाएँगे?

तभी एक बूढ़े होते आदमी ने आगे आकर बोला, "दिलीप काहे इतनी बात बढ़ा रहा है?"

"क्या ग़लत बोला?" उसने जिसे दिलीप नाम से बोला गया था, वो ही पहला आदमी है, वह बोलते-बोलते आक्रामक हो गया।

थानेदार ने माहौल को पकड़ने की कोशिश करते हुए कहा, "काहे नेतागिरी करने लग गया है रे?" थानेदार को पता है अब सार्वजनिक रूप से ज़्यादा बोलना उचित नहीं है। इस आदमी को तो बाद में सबक़ सिखाया जाएगा। इसकी ये मज़ाल कि हमारे ही सामने हम पुलिसवालों के ख़िलाफ़ केस दर्ज करवाने की बात कर रहा है? इसको तो बाद में देखना चाहिए वरना अभी कोई पंगा न हो जाए। बवाल के डर से चुप हो गया थानेदार। भीड़ के बजाय अपने पास खड़े दो पुलिस जवानों से कहा, "यहाँ बैठे हुए सभी लोगों के नाम-पता नोट करो। ये कौन हैं, इनके बाप का नाम, उम्र, धन्धा, जात सब डिटेल चाहिए।"

थानेदार भीड़ को डराने के लिए नये हथियार के साथ मैदान में कूद पड़ने की रणनीति पर आ गया। दो पुलिसवाले थाने के भीतर काग़ज़ लेने चले गए। जैसे वक़्त तेज़ी से जा रहा हो, उतनी तेज़ी से वे थानेदार के पीछे-पीछे थाने में घुसे।

वो पुलिस वाले घंटे भर बाद भी बाहर नहीं आए। बोलने और करने में कितना अन्तर होता है यह दिखने लग गया।

सायरन की आवाज़ दौड़ती हुई तेज़ी से आई। सायरन वाली जीप आगे जाकर रुक गई। लालबत्ती वाली सफ़ेद रंग की एम्बेसेडर कार तेज़ी से आकर थाने के सामने रुक गई। भीड़ में हलचल मची। लोग उठ खड़े हुए। सफ़ेद कुर्ते-पजामा में बुज़ुर्ग से व्यक्ति उतरे। वे मंत्री हैं। हाथ जोड़ने का दौर शुरू हुआ। उनकी गाड़ी के आगे सायरन बजाती हुई जीप में पुलिस है। वो मंत्री के आसपास चल रहे हैं कि लोगों को मंत्री से दूर कर रहे हैं। उन्हें यह समझाया गया होगा कि मंत्री को जनता से दूर रखो। मंत्री, श्यामलाल काका के दूर के रिश्तेदार हैं। उनको शादी के मंडप में पहुँचना था, पर पहुँच गए थाने में।

थाने के भीतर पुलिस अधिकारी श्यामलाल काका को मंत्रीजी के सामने समझा रहे हैं कि बरात घोड़ी के बजाय जीप से निकालो। हम सब पुलिसवाले तुम्हारे साथ हैं। श्यामलाल काका के रिश्तेदारों से थानेदार ने पूछा, "तुम लोगों का कोई दूल्हा कभी इस गाँव में घोड़ी पर बरात लेकर गया था?"

"नहीं," यह जवाब एक बुज़ुर्ग ने दिया।

थानेदार बोला, "प्रेम-मोहब्बत से रहना चाहिए। जो परम्परा चली आ रही है, उसका पालन करना चाहिए। अपनी ख़ुशी है, ख़ुशी का यह मौक़ा ज़िन्दगी में एक बार आता है। इस मौक़े को गाँव के गुंडों के हवाले क्यों करना?"

वे बोलते हुए बड़ी सहजता से समझा रहे हैं। थानेदार का व्यवहार, तरीक़ा पूरी तरह से बदल गया। थानेदार ने कहा। "दुश्मनी क्यों मोल लेना? अपन भले अपना घर भला। इन गुंडों के ख़िलाफ़ थाने में केस दर्ज है। एक और केस दर्ज होने से उन्हें कोई फ़र्क़ नहीं पड़ेगा। श्यामलाल जी, अपने को फ़र्क़ पड़ेगा, बहुत पड़ेगा। कोर्ट-कचहरी के चक्कर लगाने पड़ेंगे। वकील के हाथ जोड़ने के साथ उसकी जेब भरनी पड़ेगी। बीवी-बच्चों को देखोगे कि कोर्ट-कचहरी, थाने, वकील के पीछे-पीछे जाओगे...। और एक बात बताऊँ कि इतने चक्कर लगाओगे कि ये जो छोटी-सी नौकरी है न, वो भी चली जाएगी।"

थानेदार विनम्रता और तोल-मोलकर मिठास भरते हुए समझा रहा है। दरअसल वो धमका रहा है। उसने कहा, "दूसरे पक्ष वालों को भी बुला लेता हूँ। समझौता कर लो। उनके ख़िलाफ़ एफ़आईआर की ज़िद मत करो। अब माननीय मंत्रीजी आप ही समझाइए इन्हें। पुलिस, कोर्ट-कचेरी से किसी को न्याय मिला है आज तक?"

मंत्री राधाकिशन चौहान सब सुन रहे हैं। श्यामलाल काका चुप हैं। वे पसोपेश में हैं। शादी की ख़ुशी क्यों बर्बाद करना से लेकर पुलिस-कोर्ट वकील के चक्कर लगाने की कल्पना से धीरे-धीरे डर रहे हैं कि समझ रहे हैं। कितने दिन काम पर नहीं जाऊँगा? कितनी पगार कटेगी? कितना टेंशन मिलेगा और आख़िर में क्या मिलेगा?

न्याय मिलेगा भी?

मुझे लगा कि थानेदार मामले को भटका रहा है। लोगों को डरा रहा है। यह सोच रहा हूँ कि जवान होता हुआ एक आदमी बोला, "समझौता? हमने कौन सा गुनाह किया है?"

थानेदार ने उसी तैश में आकर कहा, "कौन कह रहा है तुम लोगों ने गुनाह किया है? अरे दोनों पक्ष मिलें बैठें, बातें करें, ग़ुस्सा थूकें, प्यार-मोहब्बत से रहें। बस इतना चाहता हूँ।" लोगों से ग़ुस्से से पहली लाइन बोलकर समझाने के लिहाज़ से अगला वाक्य बनाया और इसी अन्दाज़ में बोलकर पलटते हुए मंत्रीजी के सामने

हाथ जोड़ते हुए नम्रता से कहा, "मैं कुछ ग़लत कर रहा हूँ क्या मंत्रीजी? आख़िरकार सरकार क्या चाहती है? सब मिल-जुलकर रहें। यही चाहती है न सरकार? क्या मैं ग़लत बोल रहा हूँ मंत्रीजी?" इस पूरे वक़्त में तहसीलदार चुप है।

थानेदार मंत्रीजी को जानता होगा कि मंत्रीजी बेहद सीधे-सादे सज्जन व्यक्ति हैं। 'मंत्री' पद धारण करने वाले वे इन लोगों के बीच के एक आदमी हैं जो चुप रहता है। कुछ भी नहीं करता। इस बनी-बनाई धारणा को तोड़ने की कोशिश करते हुए आख़िर में मंत्री बोले, "बरात तो जाएगी। आप इन्तज़ाम करो।"

अनपेक्षित आदेश सुनकर थानेदार के माथे पर शिकन आई। थानेदार ने तत्काल सँभलते हुए विनम्रता से कहा, "सर, सब इन्तज़ाम हो जाएगा। हमने पुलिस बल बुला लिया है। एक-दो घंटे में ज़िले से यहाँ पहुँच जाएगा। आसपास के थाने का बल आ रहा है। हम दूल्हे को ले जाएँगे। वो दूल्हा हमारा भी बेटा है उसकी बरात निकालना हमारा फ़र्ज़ है।" थानेदार की विनम्रता में सज्जनता और अपनत्व से भरा हुआ चेहरा दिख रहा है। थानेदार, भीड़ और मंत्रीजी से बोल रहा है। वो जानता है कि अब वाद-विवाद करना बेकार है। अब कुछ भी न बोलना बेहतर है। उसने बरात निकालने की बात कहकर माहौल को शान्त करने की पूरी कोशिश की। अब नया सवाल कोई नहीं कर सकता है। भीड़ में से निकलते हुए थानेदार ने सोचा।

पिता बोले, "उन लोगों ने पिटाई की, हाथ-पैर तोड़े हैं, उनके ख़िलाफ़ केस दर्ज नहीं होगा?"

"अब ये आ गए समझदार, हमें सिखाएँगे? तुम तो इनके रिश्तेदार लग नहीं रहे हो? फिर क्यों भड़का रहे हो इनको? भीड़ को उकसाने, भड़काने की सज़ा मालूम है?" ग़ुस्से में बोला थानेदार। अपमानित करने और धमकाने वाले अन्दाज़ में। तब श्यामलाल काका ने ज़ोर से कहा, "ये मेरा दोस्त है, भाई है। रिश्तेदार से बढ़कर है, क्या ग़लत बोला इसने?"

आहत हुए पिता को मरहम-सा लगा श्यामलाल काका का बोलना।

"मैंने कब कहा कि ये तुम्हारा दुश्मन है। ये तो मेरे भी बड़े भाई हैं, भाई।" थानेदार ने हँसते हुए कहा।

रात बढ़ती जा रही है। लोग बेचैन होते जा रहे हैं। दूर-दूर से आए हुए लोग अब वापसी की बात सोच रहे हैं। वे ये भी जानते हैं कि यहाँ से अभी ख़ाली हाथ लौट गए तो अपनी पूरी ज़िन्दगी में और अगली पीढ़ियों के हाथ कुछ नहीं लगना है।

थाने के भीतर की पुरानी बड़ी घड़ी के काँटों की टिकटिक सुनाई नहीं दे रही है। उसके काँटे लगातार बता रहे हैं, वक़्त तेज़ी से आगे बढ़ रहा है। वे काँटे, ज़हरीले काँटों के होते हुए भी अपनी ड्यूटी पूरे मन से कर रहे हैं। उस ख़ामोशी के बीच, मंत्रीजी के सामने पानी रखा गया। चाय लाने के लिए ज़ोर से बोला गया।

कुछ देर बाद थानेदार, मंत्री को बता रहा है, "वायरलेस से पता चला है कि पुलिस बल आने वाला है। अँधेरे में बरात को ले जाना मुश्किल है। पता नहीं कौन कहाँ से वार कर दे। पत्थरबाज़ी कर दे। किसी की जान चली गई तो बरात एक तरफ़ धरी रह जाएगी।"

मंत्री ख़ामोश हैं। थाने की पीली दीवारों से पीला रंग पपड़ी बनकर उखड़ने लगा है। अस्त-व्यस्त, बिखरा हुआ सामान यहाँ-वहाँ रखा हुआ है। कुछ पोटलियाँ बाँधकर रखी हुई हैं। उन पर पड़ी हुई धूल बता रही है कि बरसों से थाने की सफ़ाई नहीं हुई। मकड़ियों के जाले बढ़ते जा रहे हैं। पीले बल्ब की रोशनी चेहरे के अपने वास्तविक रंग के बजाय किसी और रंग में दिखा रही है। इस दूर-दराज़ वाली बिल्डिंग में बिजली लाने के लिए कई खम्भे गाड़े गए हैं। आबादी से दूर, इतनी दूर थाने की बिल्डिंग बनाने का क्या मक़सद होगा?

उधर घोड़ीवाले को मनाने में लगे हैं लोग। उसे दूसरी बरात में जाना है। उसे दुगुना-तिगुना पैसा देने की बात हो रही है। वो और घोड़ी घबराई हुई है। घोड़ी को सँभालना उसके लिए मुश्किल हो रहा है। उसकी आवाज़ में डर ही डर है। थाने के भीतर से वर्दीवाला निकलता है। सीधे जाकर घोड़ीवाले को डाँटता है कि घोड़ी को कंट्रोल में क्यों नहीं रख रहा। पुलिसवाला चिल्लाते हुए बोला, "स्साले तेरे को और घोड़ी को जेल में ठूँस दूँगा। रोते रहना ज़िन्दगी भर।"

मंत्री थानेदार के कमरे में बैठे हुए हैं। मंत्री को समझाने के लिए सीएसपी और एसडीएम आ गए हैं। आते ही सीएसपी शुक्ला ने सैल्यूट मारकर हाथ जोड़ते हुए कहा, "मेरी तबीयत ख़राब थी सर। अस्पताल में एडमिट था। अभी ईसीजी करवाकर भागते हुए आ रहा हूँ।" फिर बिना रुके वो मंत्रीजी से निवेदन करते हुए कहते हैं, "सर यह लॉ एंड ऑर्डर का मामला है। यह परम्परा का मामला है। सदियों से चली आ रही परम्परा को तोड़ना मुश्किल है। यह एक गाँव, एक थाना या एक ज़िले का मैटर नहीं है। इस गाँव क्या, आसपास के ज़िलों के सैकड़ों गाँवों में आपके

समाज का दूल्हा घोड़ी पर चढ़कर बरात नहीं ले जाता। सर, कई ज़िले हैं, मालवा हो या राजस्थान सब जगह यही परम्परा चली आ रही है। अगर हमने ज़िद की तो सैकड़ों गाँव के हज़ारों लोग बरात रोकने के लिए आ जाएँगे। मैंने तो यह भी सुना है कि वे दूसरे समाज वाले इकट्ठा होना शुरू हो गए हैं। उनके सामने आपके समाज के लोग कमज़ोर पड़ जाएँगे।"

सीएसपी शुक्ला ने न जाने कितनी बातें लगातार कर लीं। विनम्रता, धमकी, डर, आज्ञा के तहत शामिल किये जाने वाले तमाम उदाहरण देते हुए वो चाह रहे हैं कि अब मामला सुलझ जाए। सुलझने की एकमात्र राह यह है कि सालों से चली आ रही परम्परा का पालन किया जाए। एक गाँव में एक साथ रहना है तो ज़िद छोड़ी जाए। घोड़ी पर बैठने के बजाय किसी और तरीक़े से बरात निकालकर शादी की रस्म पूरी कर ली जाए।

रात के 11 बज गए लेकिन पुलिस बल आया नहीं। लोग इन्तज़ार करते-करते थक गए। अब असहनीय होने लगा। मंत्री विवश लगने लगे हैं। वे थाने के भीतर आकर घिर गए। इधर रिश्तेदार, जाति के लोग बड़ी उम्मीद लगाए बैठे हैं। आज़ादी के इतने सालों बाद भी उनकी जाति का दूल्हा घोड़ी पर बैठकर अपने गाँव में बरात नहीं ले जा सकता। मंत्री बनने के बाद भी अगर उनके रिश्तेदार की बरात घोड़ी से नहीं निकली तो क्या मतलब रह जाता है मंत्री बनने का? परम्परा, कई ज़िले, प्रदेश और लॉ एंड ऑर्डर की बातें इतनी बड़ी कर दी गईं कि बरात को महज़ रस्म अदायगी का एक छोटा-सा हिस्सा बता दिया गया। एक छींक के बराबर रह गया घोड़ी से बरात ले जाना।

पुलिस और प्रशासन टकराव नहीं चाहता। हालात बिगड़ गए तो कौन ज़िम्मेदार होगा? मंत्री की मौजूदगी में अगर हिंसक संघर्ष हो गया तो यह मामला गाँव की बरात का मामला नहीं रह जाएगा। वे जानते हैं, इसका असर पूरे प्रदेश पर पड़ सकता है। बड़ा राजनीतिक मुद्दा बन जाएगा। नौकरी पर बन आई है। वे चाहते हैं बातचीत से मसला सुलझ जाए।

सीएसपी ने प्रस्ताव रखा, "श्यामलालजी, एक काम करते हैं कि दूल्हे राजा को जीप में बिठाते हैं। मेरी सरकारी जीप आपकी जीप से आगे चलेगी। हम सायरन बजाते हुए चलेंगे। हम आपके लिए पायलट वाली गाड़ी बन जाएँगे। इसके अलावा एक-दो गाड़ी का इन्तज़ाम कर सभी बरातियों को गाड़ी से ले चलते हैं। सरकारी गाड़ी से।"

श्यामलाल काका बोले, "यह बात तो ठीक है कि पुलिस हमारे साथ चले लेकिन दूल्हा तो घोड़ी पे ही बैठेगा। बरात तो पैदल ही चलेगी।" सीएसपी का ग़ुस्सा उफ़ान पर है लेकिन मंत्री के कारण वो अपना ग़ुस्सा दबाता है। तभी थानेदार को लगता है ये दो कौड़ी की औक़ात वाला पुलिस से मोलभाव कर रहा है। इसकी मजाल तो देखो। थानेदार को अपनी वर्दी, ओहदा, रुतबा कमतर लगने लगा। जिस आदमी की हैसियत बात करने की नहीं है वो आदेश देने के अन्दाज़ में बोल रहा है। अफ़सर के भीतर का परम्परावादी अहंकार चढ़कर बोल रहा है। थानेदार अपने अहंकार को निरन्तर दबा रहा है, अपने मन को अपनी लाठी से पीटना कितना मुश्किल होता है ये उसके चेहरे से समझा जा सकता है।

थाने के भीतर बैठे अन्य लोगों ने भी श्यामलाल काका का समर्थन किया। सीएसपी बोले, "पुलिस अफ़सर को किसी बरात में सायरन बजाते हुए देखा है? बरात के आगे-आगे सायरन कभी नहीं बजा, इसके पहले कभी नहीं हुआ। अब होगा हमारे बेटे की बरात में।"

"ये अगर परम्परा नहीं है तो फिर यह कैसे होगा?" भीड़ में से दिलीप बोला। सीएसपी ने जलती हुई आँखों से उसे देखा।

"आपके लिए हम कुछ भी करने को तैयार हैं। हुकुम दो।" थानेदार पृथ्वी सिंह ने आगे आकर बोलने का मोर्चा सँभाला।

बरातियों ने कुछ भी कहना उचित नहीं समझा। पुलिस से बात करना बेकार है। सब चुप रहे।

पुलिस बल आना शुरू हो गया है। आसपास के थानों को अलर्ट कर मुख्यालय से अतिरिक्त पुलिस बल आ गया है। अँधेरे में पुलिस बल में तेज़ी से बढ़ोतरी होती जा रही है। रात के साढ़े बारह बज गए हैं और किसी निष्कर्ष पर नहीं पहुँच पा रहे हैं।

"अच्छा ये बताओ, घोड़ी पे चढ़ने से क्या दूल्हे के सिर पे सींग उग आएँगे?" थानेदार ने बेहद सहजता से हँसते हुए कहा। वे ग़ुस्से और माहौल को ठंडा करना चाह रहे हैं।

"ये तो नी पता कि लाडे को सींग आएँगे कि नी। गाँव वाले जो मूँछ पे ताव दे रहे थे उनकी मूँछ ज़रूर कट जाएगी।" श्यामलाल काका के एक रिश्तेदार ने कहा।

"उनकी नाक-मूँछ कटने से तुम लोगों का कलेजा ठंडा पड़ेगा? अरे अपना काम है बरात निकालना। ख़ुशी के मौक़े को ख़राब करने पे क्यों तुले हो?" एसडीएम को भी समझ नहीं आ रहा कि वो क्या कहकर इन्हें राज़ी करवाए। एसडीएम के सवाल का जवाब किसी ने नहीं दिया।

चुप रहे लोग।

चुप हो गए थानेदार, सीएसपी, एसडीएम, तहसीलदार।

लेकिन चुप बैठने से हल नहीं निकलेगा। इसलिए एसडीएम ने कहा, "घोड़ी पर चढ़ने की ज़िद पे क्यों अड़े हो? घोड़ी पे बैठने से क्या हासिल होगा?"

इस सवाल का जवाब किसी ने भी देना नहीं चाहा। वे चुप हो गए।

अतिरिक्त पुलिस अधीक्षक सोलंकी पुलिस बल के साथ थाने पर पहुँच गए।

फिर से बातचीत का सिलसिला शुरू हुआ। पुलिस बल के आ जाने से बरातियों में जोश आ गया। उन्हें लगा कि अब बरात निकलेगी। पुलिस बल के साथ दूल्हा घोड़ी पर सवार होगा। अब हम सब नाचेंगे, ढोल बजाएँगे और गाँव में से पैदल चलकर बरात निकालेंगे।

अतिरिक्त पुलिस अधीक्षक सोलंकी ने लोगों से खड़े होकर कहा, "जुलूस निकलने के रास्ते तय होते हैं। किसी भी धार्मिक जुलूस का मार्ग बदला नहीं जाता। परम्परागत रास्ते से ही जुलूस निकलता है। यह परम्परा है। इसका पालन सदियों से हो रहा है, हो रहा है कि नहीं?"

समूह के मन परिवर्तन के लिए उनके सामने पासे की तरह फेंका गया सवाल है, जिसमें सहमति में सिर हिलता या ज़बान से हाँ निकलती। लेकिन ऐसा कुछ नहीं हुआ। उनके सवाल की दिशा में जाने के बजाय बरातियों में से दिलीप की आवाज़ आई, "हम इस बेरहम परम्परा में जीना नहीं चाहते। हमें क़ानून के राज में जीना है।"

≈

"कौन रोक रहा है? हम साथ में चलेंगे।" एडिशनल एसपी ने कहा। जब किसी ने कुछ नहीं कहा तो थोड़ी देर के बाद सीएसपी ने आँखों से इशारा किया। पुलिस के तीनों अफ़सर और एसडीएम, तहसीलदार थाने के कमरे से बाहर निकल गए।

अफ़सर आपस में बात कर रहे हैं कि मंत्रीजी का गाँव में आने का कार्यक्रम तो निरस्त हो गया था फिर अचानक कैसे चले आए। वे एक-दूसरे से नाराज़ व सूचना न देने के मसले पर अटके हुए थे। मंत्री नहीं आ रहे हैं, यह सोचकर अफ़सर अपने-अपने घर चले गए थे। मामला बवाल बन जाएगा, यह किसी ने नहीं सोचा। थानेदार को छोड़कर बाक़ी सब अफ़सर इतनी देर से आए थे कि ऊपर वालों को क्या जवाब देंगे? इसकी भी चिन्ता और उलझन थी।

सड़क पर बसों का आना-जाना कम हो गया है। ट्रकों की संख्या बहुत बढ़ गई है। दक्षिण भारत से उत्तर भारत में आने के लिए ट्रक सामान लादकर आ रहे हैं। ट्रक पर रंग, लिखावट और सजावट को इतना देखा कि समझ गया, जो गाढ़े और गहरे रंग के हैं, जिनमें सजावट के लिए तरह-तरह की चीज़ लगाई गई है, वे ट्रक दक्षिण के हैं। जिनमें चित्रकारी है, इन्तज़ार करती महिला है, जिनपे दो-चार लाइन में शायरी लिखी हुई है वे ट्रक पंजाब, दिल्ली तरफ़ के दिखते हैं।

ये अफ़सर कहाँ के हैं? ये कहीं के नहीं हैं। ये कहीं भी नहीं जाना चाहते। वे रुकना चाहते हैं। सबसे अलग बात जो मुझे रोमांचित कर रही है वो यह है कि हमारी बस्ती वाले पुलिस को देखकर घबरा जाते थे, आज उनसे सीधे-सीधे बोल रहे हैं। न डर, न हिचक, न घबराहट, वे पुलिस स्टेशन में आकर अपने मन की बोल रहे हैं। वे आर-पार की बात कर रहे हैं। बरात लेकर आए हैं तो जाएँगे ही। बरात के जाने के लिए सुरक्षा इन्तज़ाम करने का बोल रहे हैं।

सुनने और करने वाले अफ़सर पुलिस स्टेशन और राष्ट्रीय राजमार्ग से दूर, बाहर चले गए कि ऊपर वाले से बात कर रहे हैं। ऊपर वाला सो रहा होगा। जिसके इशारे, आदेश से वे संचालित होते हैं।

क्या पुलिस प्रशासन अब सुबह का इन्तज़ार कर रहा है? बराती सुबह का इन्तज़ार नहीं कर रहे। अब अँधेरा और उजाला दो अलग बात नहीं रही। चलना है तो फिर चलना ही है।

आधे घंटे से ज़्यादा वक़्त हो गया है। अफ़सर वापस लौटकर नहीं आए।

भीड़ में से किसी ने कहा, "सुबे होने वाली है और उनकी निकलने वाली है। इसलिए इतना टेम लग रिया है।" इस बात पर एक ज़ोर का ठहाका सुनाई दिया।

"पेट तो अपना भी ख़ाली होने का बोल रिया है भिया।" जिनको नहीं जानता हूँ वे बोले, "अपना पेट तो ख़ाली डिब्बा है। कल से खाया नहीं। सोचा था पंगत में लपक के सूतेंगे। हाय रे पंगत।" इतना कहते ही हँसी का फ़व्वारा फूटा। अभी हँसी की ज़रूरत है। उम्मीद और थकान से भरे हुए लोगों के चेहरे, ज़बान पर हँसी बोलने-खेलने लगी है।

मैं कुछ देर सोता फिर जागता जा रहा हूँ। इस तरह बहुत कुछ नींद ले चुका हूँ। पिता से सटकर वहीं बैठे-बैठे सो जाता था। किसी ट्रक का तेज़ हॉर्न नींद को भगाकर मुझे जगा देता तो मेरे भीतर की नींद दुबारा सुला देती। बहुत सारे ऐसे लोगों की आँखों में नींद है लेकिन उसे वे आने नहीं देना चाह रहे हैं। लगा वे न जाने कितने सालों से गहरी नींद में सोए हुए हैं, बेसुध थे इसलिए आज जागना चाह रहे हैं।

लौटते हुए पुलिस के बड़े अफ़सरों को भीड़ देख रही है। वे लोगों को देखने के बजाय बोलना चाह रहे हैं। लेकिन अफ़सर बोल नहीं पा रहे हैं।

अफ़सरों को समझ नहीं आ रहा है कि अब क्या करें? कोई ऊपर वाला उन्हें रास्ता नहीं बता रहा है। इसलिए किस रास्ते पर चलें? वे तय नहीं कर पा रहे हैं। उन्हें रास्ता चाहिए लेकिन वे नया रास्ता बनाना नहीं चाह रहे। उन्हें लग रहा है कि कोई आकर कह दे, इधर जाना है तो वे चल देंगे। सारा मामला ख़त्म कर देंगे लेकिन वे और ऊपर वाले, वक़्त, अँधेरा, परम्परा और सदियों से बनी हुई पगडंडियों से ही जाना चाह रहे हैं जबकि सड़क बन गई। यह सड़क चौड़ी और बड़ी है। इसे राष्ट्र का राजमार्ग कहते हैं। आज़ादी मिल गई है। अब किसी प्रकार का भेदभाव नहीं होगा, सब एक समान हो गए हैं। जगह-जगह सुनते हैं, हम सब एक हैं। "हम सब भाई-भाई हैं।" जो जहाँ चाहे वहाँ जा सकता है लेकिन जहाँ जाना चाहती है बरात, वहाँ जा नहीं पा रही है। पुलिस ले जाना नहीं चाह रही है। घोड़ी खड़ी-खड़ी ऊँघ रही है। उसके मालिक के हाथ में लगाम है। मालिक सोया पड़ा हुआ है। उसे दारू पिला दी गई है। उसका पेट भरा हुआ है लेकिन लगाम उसी के हाथ में है। उसकी मर्ज़ी के बिना घोड़ी हिल नहीं पा रही है। कोई और है, जो कहीं और है, उसके इशारों के बिना अफ़सर कुछ नहीं कर पा रहे हैं।

तभी एक आदमी ज़ोर से बोलता है, "पुलिस की लगाम किसके हाथ में है? क्या प्रशासन सोया पड़ा है?"

वापस आकर मंत्री को इन बड़े अफ़सरों ने समझाना शुरू कर दिया है। पुलिस अफ़सर ने कहा, "माननीय आप उम्रदराज़ हैं। आराम करें। हम बरात निकाल लेंगे। रात का अँधेरा ख़तरनाक हो सकता है, बरात निकालने के लिए उजाला ज़रूरी है। ज़रूरी लग रहा है, दिन निकलना।"

पुलिस के अफ़सर और एसडीएम, मंत्री से लगातार निवेदन कर रहे हैं। उधर थाने से बाहर श्यामलाल काका को अफ़सरों ने समझाया कि इतने बड़े आदमी को थाने की खटारा कुर्सी पर बैठाकर रखोगे? फिर मंत्रीजी की इज़्ज़त क्या रह जाएगी? तुम्हारे रहते हुए मंत्री की नाक कट जाएगी। अँधेरे में बरात निकालने से क्या होगा?

इज़्ज़त औक़ात की दुहाई देते हुए अफ़सर मंत्री और बरातियों को समझाने में कामयाब हो रहे हैं कि मंत्री का थाने में इस तरह बैठना ठीक नहीं है। यह मंत्री पद को शोभा नहीं देता। थाने पर चोर-डकैत, बदमाश आते हैं, बैठते हैं। वहाँ पर मंत्री जैसा इज़्ज़तदार आदमी घंटों बैठा रहे तो क्या ज़माने को अच्छा लगेगा? क्या सोचेगा ज़माना कि तुम्हारी जाति के मंत्री हैं तो कहीं भी, कैसे भी बैठ सकते हैं? अपनी नहीं तो मंत्रीजी की इज़्ज़त का ख़याल करो।

इज़्ज़त जैसे शब्द ने असर किया। मंत्री को ज़िले के रेस्ट हाउस में आराम करने के लिए बेइज़्ज़ती के विचार से राज़ी करवा लिया गया। रेस्ट हाउस यहाँ से बहुत दूर है, दूसरी दिशा में है।

जीवन और राजनीति के अन्तिम पड़ाव पर बैठे हुए मंत्री राधाकिशन चौहान रवाना हुए तो उनकी थकी हुई उम्र के चेहरे पर सरकार की मौत का मातम छाया हुआ है। बहुत देर रहने के बाद मंत्रीजी बहुत दूर चले जा रहे हैं। शहर के दूसरे कोने पर। श्यामलाल काका को लगता है कि मंत्रीजी का जाना ठीक है।

सायरन बजाती हुई गाड़ियाँ उम्मीद को विदा कर रवाना हो गई। धूल उड़ती हुई आसमान में चली गई। जो थोड़ी-बहुत रोशनी दिख रही थी उस पर धूल चढ़ना शुरू हो गई।

धूल की परवाह किये बिना बरातियों ने पैसा इकट्ठा करना शुरू किया। बस स्टैंड के पास वाली दुकानें खुल गईं। चाय बननी शुरू हुई। भूखे पेट को शान्ति मिल गई। मुझे सबसे अच्छा लगा कि हर आदमी पैसा दे रहा है। इस बात ने यहीं पर बैठने के इरादे को मज़बूत किया। इस लड़ाई के लिए हर जेब में से पैसा निकला। जिसने जितना देना था, उतना दिया। इस तरह फिर से एक नई हलचल शुरू हुई।

इस अँधेरी रात में अँधेरा अँधेरे की तरह नहीं दिख रहा। अँधेरे में देखने की शक्ति अब आँखों ने हासिल कर ली है। चाँद पूरा नहीं है। आधे से ज़्यादा बड़े चाँद और तारों की रोशनी इतनी है कि अँधेरा कहना रोशनी का अपमान होगा। पेड़ की पत्तियाँ दिख रही हैं, वो बड़ा पेड़ बरगद का है, उस विशाल पेड़ की पत्तियाँ चमक रही हैं। पत्तियों की चमक सड़क किनारे बैठे हुए लोगों के चेहरे पर दिख रही है। जीवन चल रहा है। हमारी बस्ती के अँधेरे जैसा नहीं है यह अँधेरा, यह अँधेरा अब उजाला लग रहा है। हमारी गली में अँधेरा इस तरह नहीं आता। सूरज भी आते हुए नहीं दिखता है तब आसमान बहुत छोटा सा लगता था।

यहाँ आसमान बड़ा, बहुत बड़ा लगने लगा है कि आसमान देखने के लिए सड़क किनारे चलते ही जा रहा हूँ कि चलते ही जाना है। आगे जाता हूँ, फिर लौटकर आता हूँ कि आसमान को जी भर कर देख सकूँ। इतने बड़े आसमान को कभी इस तरह नहीं देखा था। इस वक़्त पूरे मन से पूरा आसमान देखने में लगा हुआ हूँ। अपने भीतर आसमान को भरने में लगा हूँ।

मेरे दिमाग़ में अबाड़ा, अबड़ाना शब्द अटका हुआ था। इसका अर्थ पूछना है। समझना है कि इस जिज्ञासा को सवाल बनाकर रख देता हूँ। एक बुज़ुर्ग बोलते हैं, "इन लोगों को लगता है कि हम उनको, उनके बर्तन, घर को छू लें तो वो उनका धरम भरष्ट हो जाता है।" तभी दूसरे आदमी ने कहा, "अपवित्र हो जाते हैं।" मैंने कहा, "वो तो रास्ता है, सबके आने-जाने का रोड है। वो कैसे भ्रष्ट हो सकता है?"

बुज़ुर्ग बोले, "उनको लगता है यह उनका रास्ता है। इस पर हम चलेंगे तो रास्ता अपवित्र हो जाएगा। अभी तक तो उनको, उनके बर्तन को छूने से वो लोग अपवित्र हो जाते थे। यह सार्वजनिक रास्ता है, उसे वे अपना रास्ता बता रहे हैं। इस पर सिर्फ़ उनकी घोड़ी, बरात निकल सकती है। इस पर हम लोगों की बरात घोड़ी से नहीं जा सकती है।"

दूसरे आदमी ने थूकते हुए कहा, "ये ख़ुद शुद्ध बचे हुए हैं? भ्रष्ट कहीं के..."

इस अँधेरी रात में लगा, यह आदमी ढेर सारी गालियाँ देना चाह रहा है। तभी थाने के सामने एक ट्रक रुका। ट्रक के केबिन में से प्रशान्त काका और काकू उतरे। उन्हें देखते ही मैंने चिल्लाकर पुकारा, "प्रशान्त काका।" उनके हाथ में ढपले को देखकर काका को मैंने झट से पहचान लिया।

प्रशान्त काका से मिलने दौड़कर गया। मुझे गले लगाने के लिए प्रशान्त काका झुक गए। ढपला काकू के हाथों में देकर मुझे सीने से लगा लिया।

काकू के साथ चलते हुए प्रशान्त काका ढपला बजाने लगे। बरातियों ने प्रशान्त काका को ढपला बजाते देखा तो उनमें नया जोश आ गया। अँधेरे वक़्त में प्रशान्त काका के ढपले की थाप बजी। लोग उठ खड़े हुए कि मुझे लगा अब सब ठीक हो जाएगा। मैं अधूरी नींद, थकान और भूख को भूल गया।

प्रशान्त काका ढपला बजाते रहे। इस वक़्त हवा में ठंडक आ गई थी। गाड़ियों की संख्या कम होने से उनका शोर और तनाव कम होने लगा। प्रशान्त काका ने गाना शुरू किया—

जरा हलके-हलके गाड़ी हाँको मेरे राम गाड़ी वाले
...
...
है जी गाड़ी अटकी रेत में,
म्हारी मजल पड़ी है दूर,
गाड़ी अटकी रेत में,
मेरी मजल पड़ी है दूर,
धर्मी-धर्मी पार उतर गया,
दूसरी लाइन लेनी चकनाचूर,
रे भैया धीरे-धीरे गाड़ी हाँको, मेरे राम गाड़ी वाले...

प्रशान्त काका ने कबीर को मन से गाते-गाते समूह को गाने के लिए प्रेरित किया। सब गा रहे हैं। यह सामूहिक गान बन गया। प्रशान्त काका मालवी में कबीर की वाणी गा रहे हैं। मालवा निमाड़ में भी कबीर हर ज़बान पर है, हर मन में है। कबीर इतना समाया हुआ है कि अपना पूरा जीवन स्वाभिमान के साथ जिया जा सकता है। अब कबीर के बोल को ज़बान से सड़क पर उतरते हुए दिख रहे हैं।

कबीर से इस तरह मेरी मुलाक़ात हुई। उनको सुनता रहा कि प्रशान्त काका गाने लगे—

कबीरा कुआँ एक है और पानी भरें अनेक
भांडे ही में भेद है, पानी सबमें एक...
"काहे को कीजै पांडे छूत विचार
छूत ही ते उपजा सब संसार...
हमरे कैसे लोहू तुम्हारे कैसे दूध।
तुम कैसे बाह्मन पांडे, हम कैसे सूद..."
"...एक बूँद, एकै मल मूतर,
एक चाम, एक गूदा।

कबीर के होते हुए ये लोग सड़क पर क्यों बैठे हुए थे? ये बोलने वाले कबीर कहाँ हैं? इस कबीर को गली-चौपाल-खेत-सड़क से दूर कौन ले गया?

कहाँ ले गए कबीर को? उस जगह आम आदमी का प्रवेश वर्जित कर दिया कि वो अन्दर न बैठ सकता है न सुन सकता है। ये कबीर वहाँ नहीं जाते। वे किसी और कबीर को लाते और गाते-बजाते हैं।

पुलिस स्टेशन के भीतर नींद ली जा रही है। बाहर कबीर गाए जा रहे हैं।

सड़क पर पुलिस अब ट्रक, गाड़ियों को आसानी से आने-जाने की व्यवस्था करने के लिए यातायात पुलिस बन गई। राजमार्ग पर जगह-जगह पुलिस लग गई है। सीटी और गालियों की आवाज़ गूँजने लग गई। वे ड्राइवरों पर चिल्ला रहे हैं, उनकी माँ-बहनों को गाली देते हुए उनकी अक़्ल पर सवाल कर रहे हैं। उनका गुस्सा निकल रहा है। इस बहाने वे बरातियों को निशाना बना रहे हैं। राष्ट्रीय राजमार्ग पर गाड़ियाँ सरकती हुई आ-जा रही हैं।

पुलिस के लिए अब मनुष्य के बजाय गाड़ियों का आसानी से आना-जाना प्राथमिकता बन गया। जाम लग गया तो जाम लगने के कारण सामने आएँगे। सबको दिख जाएगा। सब जान न सकें कि राष्ट्रीय राज मार्ग को रोक दिया गया है।

रात बढ़ती जा रही है। बात ख़त्म नहीं हो रही है। इसी वक़्त मैंने सुना कि दो लोग कह रहे हैं, थाने को आग लगा देना चाहिए तब सरकार जागेगी। यह बात मैंने पिता को बताई। पिता ने सुना तो वे विचलित हुए। मुझसे कहा, "चल कौन बोल रहा है, उससे बात करता हूँ। ऐसा करना तो दूर बोलना, सोचना भी नी चाहिए।"

दोनों आदमियों को ढूँढ़ने में लग गए। इतनी भीड़ में उस आदमी की तलाश में हम भटकते रहे लेकिन वो बोलने वाला आदमी नहीं मिला। आशंका मिली और वो बढ़ने लगी।

अब बरातियों के अलावा दूसरे लोग भी आते जा रहे हैं। यह काका के साथ काकू का असर लगने लगा कि आसपास के गाँवों की महिलाओं की भीड़ जुटने लग गई। थाने से आगे और आसपास जो भी जगह जिसे मिली वो वहीं बैठ गया। गाना गाने में शामिल होने लगा। काकू गा रही हैं, काकू बातें कर रही हैं। काकू के इस रूप को देखकर मुझे ख़ुशी हो रही है। वो अपनी पूरी जान लगाकर गा रही हैं और लोगों को प्रोत्साहित कर रही हैं। काकू के हाथ में एक छोटा-सा गोल आकार बजाने वाला बाजा है, जो मैंने कभी नहीं देखा था, उसे बजाती हुई गा रही हैं—

सावित्रीबाई संग बात जोतिराव फुले कह गए,
विद्या बिना मति गई,
मति बिना नीति गई।
नीति बिना गति गई,
गति बिना धन गया।
धन बिना शूद गए,
इतने अनर्थ, एक अविद्या ने किये।

मेरी उम्र के बच्चे इधर से उधर आ-जा रहे हैं। एक जगह ज़्यादा बैठ नहीं पा रहे। किसी को चिन्ता नहीं हो रही कि उनके बच्चे कहाँ जा रहे हैं। बरात निकालने की माँग के बीच कबीर के दोहों के साथ अब रैदास, वामन दादा के अलावा जो गाया जा रहा है, वो किसने लिखा? यह पता नहीं। सबको पता है कि अब सुबह होने तक जागना है।

प्रशान्त काका अपनी बुलन्द आवाज़ और ढपले के साथ मराठी के भीमगीत को हिन्दी में गा रहे हैं। मराठी को हिन्दी बनाने में लगे हुए काका भजन, पोवाड़ा और क़व्वाली के मिले-जुले रूप में पूरे जोश, जुनून से गा रहे हैं, "भले ही संकट की कालरात्र थी फिर भी भीमराया तुम्हारा साथ था...हमारी गिनती ग़ुलामों में होती थी...तोड़ी उस ग़ुलामी की बेड़ी...ऐसी जूझने वाली तुम्हारी जात थी..."

प्रशान्त काका बैठकर गाने के बजाय खड़े होकर काकू के साथ गा रहे हैं। काकू के उस छोटे-से ढोल का नाम पिता ने बताया...है। पूरे जोश जुनून से उनके भीतर कम्पन-सा हो रहा है। पूरी भीड़ में जहाँ पैर रखने की जगह नहीं है, वहाँ अपने पैर के लिए जगह बनाते हुए आगे बढ़ते, पीछे आते। इस तरह घूम-घूमकर गा रहे हैं। वे लगातार बजाते जा रहे हैं। लोग उनका साथ दे रहे हैं।

जैसे वो अपना पैर ज़मीन पर रखने के लिए जगह निकाल रहे हैं वैसे ही गाते हुए लोगों के दिल-दिमाग़ में अपने गाने और उसकी भावना के लिए जगह बना रहे हैं। बोलता हुआ इतिहास सामने रख रहे हैं कि वो बोल, शब्द लोगों की धड़कन के साथ एक रूप हो जाए।

प्रशान्त काका गाते हुए अपने भीतर की रोशनी निकाल रहे हैं। उनके अन्दर के शब्द गीत बनकर तेज़ी से निकल रहे हैं। जनता को सोचने-समझने और आगे की दिशा तय करने के लिए गा रहे हैं ताकि उन्हें खड़ा किया जा सके। प्रशान्त काका का गाना और काकू का इस तरह भीड़ में होना उत्साह बढ़ा रहा है। जबकि उन दोनों को लोग नहीं जानते। वे प्रशान्त काका काकू की आवाज़ से अपनी उम्मीद और सपने को जानते हैं।

पिता ने प्रशान्त काका से कहा, "इस भीड़ को नियंत्रण में रखना है। कुछ लोग आग लगाने, तोड़फोड़ करने की बात कर रहे हैं। लोग ग़ुस्से में ऐसी-वैसी हरकत न कर बैठें इसलिए तू बीच-बीच में शान्ति से रहने का बोला कर।"

प्रशान्त काका ने पिता को सुना। वे लोगों से कहने लगे, "ये देश हमारा है। यह ज़मीन और सरकारी सम्पत्ति हमारी है। हम हर हाल में इसका नुक़सान नहीं होने देंगे। भले ही मेरी जान चली जाए लेकिन मेरे रहते हुए न आग लगाने देंगे न तोड़फोड़ होने देंगे हम अपनी बात शान्ति से, धैर्य से करेंगे।"

पिता को तसल्ली हुई। पिता ने कहा, "भले ही गाँव के लोग हमें अपना न मानें और पुलिस सपोर्ट न करे तो भी हमें शान्ति से संविधान का, कानून का सहारा लेना पड़ेगा।"

लोग बैठे हुए हैं। लोग इन्तज़ार में हैं कि प्रशासन का कोई कलपुर्ज़ा, पाने की तरह ज़ंग से जाम हो चुके नट को खोल देगा। ज़ंग लगे हुए उस नट को खोलने के लिए पिता की तरफ़ देखता हूँ। पिता इस पंचर व्यवस्था को देख रहे हैं।

इस सिस्टम में तो तीन से ज़्यादा पंचर हैं। उन्हें लग रहा है कि पंचर ही पंचर हैं तो नया ट्यूब डालना पड़ेगा।

नया ट्यूब कहाँ मिलेगा?

पिता जानते हैं।

प्रशान्त काका जानते हैं।

काकू को मालूम है।

श्यामलाल काका जानते हैं और वो रास्ता बनाने में लग गए हैं।

मंत्री जानते हैं।

जानती है पुलिस लेकिन उसकी नज़र भीड़ के बजाय गाड़ियाँ देख रही है।

पता है प्रशासन को। फिर भी वो इस मामले के हल के 'लापता' होने का पोस्टर बनवाने में लगे हुए हैं।

मुझे लगने लगा है कि न जाने कितनी सदियों से ये लोग बैठे हैं। चुप हो चुके लोग। अब सड़क पर आने के लिए अनुमति माँग रहे हैं कि सड़क सबकी है। वो सफ़ेद दाढ़ीवाला बूढ़ा याद आया जो बोलता है कि रास्ते पर सबका अधिकार है। बूढ़े के बाल पक गए लेकिन इरादे और संघर्ष जैसे थे वे अभी भी वैसे के वैसे ही हैं।

वो बूढ़ा सड़क के अधिकार की बात क्यों कहता है?

पिता और उनके दोस्त भीमगीत किताब में क्यों लाना चाहते थे?

प्रशान्त काका क्यों गाना चाहते हैं?

मैं सड़क और सड़क के किनारे पर चल रहा हूँ कि लगा अगर मैं इसी तरह खंडवा रोड वाली सड़क पर पहुँच गया तो कहीं न कहीं पहुँच जाऊँगा।

अगर प्रशान्त काका के साथ रहा तो दूसरे रास्ते से महू पहुँच जाऊँगा।

महू।

महू।

≈

बीड़ी के बंडल के साथ माचिस की डिब्बी ढेर सारे हाथ में, जेब में दिख रही है। अगर सभी एक साथ माचिस के डिब्बे में से तीली निकालकर जलाएँगे,

तो बचा-खुचा अँधेरा भी चला जाएगा। तीली की आग से रोशनी बनाने की उम्मीद हैरान कर देने वाली है। इनसान इतना बड़ा होकर भी रोशन नहीं हो पाता है कि ख़ुद मिटना नहीं चाहता है। जबकि हर हाथ में जलती हुई तीली रोशनी का नया रास्ता दिखा सकती है। हर हाथ ज्ञान की रोशनी से जगमगा सकता है।

मेरी आँखों में चमक आ गई है। जलती हुई माचिस की तीलियों के दृश्य के बीच हज़ारों-हज़ार चमकती आँखों और चलते हुए लोगों को देखता हूँ कि उन आँखों में आसमान दिखता है। हर आँख में एक आसमान है। बड़ा, विशाल और उसमें चमकता हुआ चाँद है।

पुलिस प्रशासन के अफ़सर अब थाने के पीछे वाले दरवाज़े से आ-जा रहे हैं। वे भीड़ के सामने से जाने की हिम्मत जुटाने में लगे हुए हैं। उन्हें अभी भी भरोसा है कि बराती मान जाएँगे। घोड़ी से बरात निकालने की ज़िद छोड़ देंगे। वे अपने अनुभव से मानते हैं कि जनता एक समय के बाद निराश हो जाती है। उसका उत्साह समाप्त हो जाता है। वक़्त की मार से माँग मर जाती है। ज़िद का स्वर ठंडा पड़ जाता है। जीवन इस तरह से उलझा हुआ है कि दाल-रोटी, बेटा-बेटी और रिश्तेदार के बीच अनिर्णय के दलदल में उलझ जाता है। अपने सपने-संकल्प को जिस जगह रखता है उस जगह को भूल जाता है। वो कहीं का नहीं रहता है।

अनुभव के राजमार्ग पर दिन-रात दौड़ने और जीने वाले अफ़सरों को भरोसा है कि धैर्य रखने और समय व्यतीत करने के बाद सब ठीक हो जाएगा। वे अपनी सुबह के इन्तज़ार में सब्र के साथ हैं।

इधर सब ठीक होने के बजाय आसपास के गाँव के लोगों के सतत आने से माहौल गर्म बना हुआ है। आसपास के गाँव के लोग रोटी, चटनी के साथ ढेर सारा सेव-परमल-चने ला रहे हैं।

सेव-परमल में कटे हुए प्याज़ और आम की कैरी के छोटे-छोटे टुकड़ों को मिलाया जा रहा है। अपने दाँतों को धारदार बनाने के लिए सेव-परमल चबा-चबाकर सब खा रहे हैं।

जिधर देखो उधर सेव-परमल अख़बारों के पन्नों पर छाए हुए हैं। अख़बार की तमाम ख़बरें सेव-परमल के नीचे दब गईं। देश-दुनिया के समाचार इस अँधेरी रात में नहीं दिख रहे। सफ़ेद चमचमाते हुए परमल के संग अधूरे पीले रंग के सेव,

समाचारों पर क़ाबिज़ हैं। सेव-परमल और उनको उठाते हुए हाथ अब अख़बारों के समाचार बन गए। 'नई दुनिया' और 'नवभारत' अख़बार के पन्नों पर अब सिर्फ़ हाथ दिख रहे हैं। हाथ उठ रहे हैं। चावल के सफ़ेद परमल के साथ चमक रहे हैं दाँत और उम्मीद से भरी हुई हैं आँखें।

अग्निबाण अख़बार पढ़ा जा रहा है। सभी अख़बारों को पढ़ने और पढ़वाने का एक सिलसिला चल रहा है।

ज़बान पर अब भीमगीत, कबीर, फुले, रैदास जैसे सन्तों की विचार वाणी हैं।

थाने से दूर आते-जाते हुए कुछ लोग यह भी कह रहे हैं कि यहाँ टाइम खोटी नी करना चाहिए। एक दिन हो गया है। अब यहाँ बैठने का कोई मतलब नहीं है।

सुबह होनी शुरू हो गई है। सूरज आने वाला है उसके पहले उसकी रोशनी आ रही है, दिख रही है। पुलिसवालों की और गाँव वालों की चहल-पहल शुरू हो गई है। गाँव से बाहर है थाना। थाने से दिख रहा है कि गाँव के लोग जाग गए हैं।

सुबह हो गई है।

अब सड़क पर अख़बार बिछाकर उस पर बैठ जाना चाहिए। इस विचार का प्रसार तेज़ी से हुआ। सब सहमत होने लगे। गाते और सुनते हुए लोगों ने सड़क पर बैठने के ख़याल को दिमाग़ और ज़बान पर विचार के लिए रख लिया। वे एक स्वर में नारे लगाते, एक साथ गाते हुए पूरे माहौल को ज़िन्दा बनाए हुए हैं। सवाल-दर-सवाल करते हुए अब आसमान गूँजने लगा है।

"इन्तज़ार कब तक?"

"न्याय की उम्मीद कब तक?"

"आज़ादी के पहले भी घोड़ी पर बरात नहीं निकल सकती थी।"

"आज़ादी के बाद भी हमारा दूल्हा घोड़ी पर चढ़ नहीं सकता।"

"आज़ादी का क्या मतलब?"

"संविधान बना है तो संविधान लागू होना चाहिए।"

"कौन हैं जो संविधान को नहीं मान रहे हैं?"

"वे कौन हैं जो समता के अधिकार को हमारा अधिकार नहीं मानते।"

"वे कौन हैं जो समता का अधिकार लागू नहीं होने देना चाहते।"

"वो कौन हैं?"

—वो कौन हैं?

—वो हैं कौन?

—कौन हैं वो?

—कौन?

—कौन?

—कौन?

—कौन हैं वो?

समवेत स्वर में सवाल आसमान के साथ दिमाग़ में गूँज रहे हैं। जवाब की तलाश करते-करते अब कार्रवाई करना चाहते हैं।

≈

सुबह के नौ बज गए। बरात को सुबह निकालने का वादा करने वाले अफ़सर अभी दिख नहीं रहे। वे नींद की तलाश में पता नहीं कहाँ चले गए थे। पुलिसवाले गाली और सीटी से ट्रक-बस जैसी गाड़ियों को कंट्रोल कर रहे हैं। वे जानते हैं कि वो ऐसा प्रयोग इन लोगों पर करेंगे तो बुरी तरह से असफल हो जाएँगे। इसलिए कोई भी अफ़सर सामने आना नहीं चाहता।

सड़क से आवाज़ आसमान में जा रही है—

"वादा किया था। अब वादे को निभाओ।"

"पुलिस प्रशासन होश में आओ।"

"होश में आओ।"

भीड़ अब सड़क पर आने लग गई।

सड़क पर गाड़ियों के पहिये थमने लग गए हैं।

बजते हुए हॉर्न और पुलिस की सीटियों की आवाज़ पर नारे और गाने हावी होने लगे।

अब यह भीड़ नहीं रही। अब वे सड़क पर चल रहे हैं। अब सड़क पर चलने के अधिकार की बात करने वाले उस बुज़ुर्ग के विचार को हक़ीक़त कर रहे हैं। उस बूढ़े आदमी की बात समझ में आ रही है। हर आदमी की ज़बान पर उस बूढ़े के

शब्द सुनाई दे रहे हैं। आगे प्रशान्त काका—काकू के साथ महिलाओं और पुरुषों के साथ गाते-बजाते हुए चल रहे हैं। ढोलक, मजीरा, थाली बजने लगी हैं। पता नहीं इतने सारे लोग कहाँ-कहाँ से चले आए।

पिता ने मुझसे कहा, "हम लोग डॉ. बाबासाहेब आम्बेडकर की जन्म-स्थली जा रहे हैं। यहाँ से बीस किलोमीटर दूर है। यह पैदल मार्ग है। हम लोग वहाँ जाकर वापस आएँगे और इसके बाद सब लोग बरात में शामिल होंगे।"

मैंने पूछा, "क्या संजय भिया घोड़ी पर बैठेंगे?"

पिता उल्लसित होकर बोले, "आज शाम को उसी रास्ते से बरात जाएगी। घोड़ी और बैंड बाजे के साथ जाकर शादी होगी।"

10

मिल मज़दूरों की छँटनी बहुत समय पहले से शुरू हो गई थी। मिल वालों ने जिन मज़दूरों को काम से नहीं हटाया था उनके काम के दिन कम कर दिये थे। जब जितने मज़दूरों की ज़रूरत होती थी, उतनों को ही बुलाते थे। धीरे-धीरे ज़रूरत कम होने लगी। पिता को मिल में कभी-कभार ही काम मिलता।

बड़ा भाई साइकिलों के पहियों में हवा भरता। पंचर पकाता और काम में सहभागी बनता। भाई की मूँछ के साथ तय हो गया कि अब उसकी शादी करवा दी जानी चाहिए। शादी की बात ज़बान से निकलकर घर से बाहर निकली। कुछ दिन बाद ही वो बात रिश्ता लेकर वापस आ गई। पिता मामा के घर गए। लौटकर आने के बाद कहा कि अगले महीने की दस तारीख़ को सगाई के साथ ही शादी होगी। बड़े भाई की शादी मामा की बेटी से पक्की कर आए। यह सब इतना झटपट हुआ कि मुझे लगा सब पहले से ही तय था। सिर्फ़ मिलना और बोलना बाक़ी था।

भाई की शादी से सबसे ज़्यादा नुक़सान मेरा हुआ। वह कोना जिसे मैं अपना मानता था, वो चला गया। वहाँ रात को सोता ख़ुद से बात करता था।

वहाँ जाकर अपने मन की बात, दुख और ग़ुस्से के साथ बेआवाज़ सुनता था अब उसे दो तरफ़ से करने की बात घर में होने लगी मतलब अब वहाँ शाम ढलने के बाद मैं नहीं जा सकता।

दिन में इस तिकोने की दीवारों से बात करने की छूट थी लेकिन दिन का वक़्त मैं अपने घर के भीतर बर्बाद नहीं करता।

11

ठंड के दिन नवम्बर में आकर थक गए। कैलेंडर के कारण लग रहा है कि ठंड आ गई है लेकिन वो ठंड, ठंड नहीं लग रही। उस शाम के धुँधलके वक़्त में प्रकाश ने अपनी हथेली रगड़ी।

"क्या कर रहा है बे तू।" रमेश ने कहा तो हँसते हुए प्रकाश बोला, "गर्मी ला रिया हूँ।"

"गर्मी नहीं है क्या तेरे में?" रमेश ने अपनी पलक इस तरह झपकाई कि आँख बन्द-सी लग रही थी। आँखें नशीली-सी लगें क्योंकि रमेश कुछ और अर्थ इस भाव-भंगिमा में से निकालना चाहता है।

"अपने में गर्मी तो भोत है भिड़ु।" उसी अन्दाज़ में प्रकाश ने दहकते हुए कहा।

रमेश तपाक से बोल उठा, "अबे ये तो बता तू गर्मी निकालता कैसे है?"

सब चुप हो गए। यह विषय एक बार नहीं कई बार निकलता ज़रूर है। लेकिन आज शुरुआत में ही गुप्तज्ञान का दरवाज़ा खुल गया।

गुप्तज्ञान देने और इलाज करवाने के लिए सड़क किनारे की दीवारों पर लिखा जा रहा है। डॉ. से मिलने का लिखा हुआ है। इस तरह का लिखने का काम बड़ी तेज़ी से होते हुए हम सब देख रहे हैं। लिखने वाले पता नहीं कब चूना पोतकर लिख देते हैं। चूना लगाने के दौर में अभी यहाँ हड़बड़ाहट से भरी हुई चुप्पी है। दिमाग़ अपर्याप्त तैयारी के कारण उत्तेजित नहीं है। बात सुनने के लिए तैयार नहीं हैं जबकि इस बैठने वाली जगह के कोने में अँधेरा दाख़िल हो चुका है।

यहीं पर अनिल के साथ पढ़ने वाले प्रकाश, उसी स्कूल में पढ़ने वाले दिनेश, छोटू और कहीं नहीं पढ़ने वाला चन्दन, बाबुलकर, संजय धीरे-धीरे बैठने लग गए। किशोर उम्र जो युवावस्था की तरफ़ जाने वाली है, उनकी उम्र बढ़ने के साथ शहर का आकार बढ़ने लगा है। हम सब अपने शरीर के परिवर्तन के साथ शहर को बदलते हुए देख रहे हैं। नये मकान और दुकानें बनने लग गईं। दुकानों का समूह शॉपिंग कॉम्प्लेक्स बनने लग गया है। घर को दुकान और शहर को बाज़ार बनाने का यह काम शुरू हो गया है। देखते ही देखते शहर में शॉपिंग कॉम्प्लेक्स बनते हुए दिखने लग गए हैं।

मेनरोड से भीतर जाने वाले कच्चे रास्ते के किनारे दुकानें बन गईं। दुकान से आर्थिक फ़ायदा होगा। मकान से ज़्यादा पैसे किराए से मिलेंगे। वैसे ही मकान मतलब चार लोग, दस बर्तन की आवाज़, खींच-खींच, रोना-गाना, नहाना-धोना, गन्दगी होती है। दुकान इन सबसे निजात दिलाती है।

"तीन गुना ज़्यादा पैसे की चाह नहीं है।" दुकानदार से अनिल के पिता बात-बेबात हज़ार बार कहते हैं। सब दुकानदार सुनते हैं। असहमत होकर भी कुछ नहीं कहते। दुकान मतलब पगड़ी, किराएदार से मोटी रक़म जो कई महीने के किराए की रक़म होती है। इस एकमुश्त रक़म के साथ दो महीने का एडवांस किराया फ़िक्स डिपॉज़िट की तरह होता है।

इस बिल्डिंग में दुकानें तो बन गई हैं लेकिन सभी दुकानों को ख़रीदार नहीं मिल रहे। रोड की दुकानें बिकने के इन्तज़ार में हैं। अनिल के पिता कमाई के इन्तज़ार में हैं। उनके पास पैसा है। उसमें से थोड़े से पैसे से दुकान बन गई थी। चिन्ता थी कि बिल्डिंग का विस्तार नहीं किया तो इस ज़मीन पर अतिक्रमण हो जाएगा। लोग कहने लग गए कि अतिक्रमण तेज़ी से बढ़ने लगा है। शहर की सड़कों के किनारे और खुली जगह पर पक्की दुकान और घर बनने लगे। नाले के पास झोंपड़ियाँ बढ़ने लगी हैं। झोंपड़ियों का, हाथठेलों का अतिक्रमण दिखाई देता है और ज़माने भर को खटकता है जो गालियों-गुस्से का कारण बनता है। बाक़ी पक्के निर्माण के अतिक्रमण को अतिक्रमण मानते ही नहीं। जिसके पास पैसा है, शक्ति है, उसके अतिक्रमण पर सवाल नहीं उठते। यह मान लिया गया है कि कौन से लोग अतिक्रमण कर सकते हैं? सवाल उठने लगे कि गाँव से रिश्तेदारों की संख्या

अचानक बढ़ने से अपराध बढ़ेंगे। इसी समय में नगर में व्यक्तियों और सम्पत्ति के बढ़ने का दौर हमारी आँखों के सामने घटित होने लगा।

कभी-कभार कोई गुमटी लाकर खड़ी कर देता है। ठेले को गुमटी बनाने का यह तरीक़ा है। हाथठेले पर दुकान बनाने जैसा है। लोहे के पतले चद्दर से घेरकर बारिश, हवा, धूप से सामान बचाने का यह रूप है। धन्नालाल के घर के सामने इतनी जगह नहीं है कि वह गुमटी रख सकें। इस बिल्डिंग के पास धन्नालाल अपनी चलित गुमटी के पहियों में लोहे की साँकल बाँधकर ताला लगाकर अपने घर चला जाता था।

उम्मीद और रोशनी की तलाश में टकटकी लगाकर हमारी बस्ती बैठी हुई है। सड़क के किनारे जब दुकानें नीचे और मकान ऊपर बनाए गए तो इस बिल्डिंग के पीछे हमारी बस्ती छिप गई। बस्ती का अस्तित्व सिर्फ़ उसमें साँस लेने वाले, सोने वाले जानते हैं। बस्ती की गलियाँ अंग्रेज़ी के करसिव अक्षरों की तरह हैं, एक-दूसरे से जुड़े हुईं लेकिन उसमें जाने और बाहर निकलने के ही रास्ते अचानक से फूटते हैं। हर जगह के रास्ते से बाहर नहीं निकला जा सकता। इन्हीं गलियों में से निकले हैं मोहन, संजय, छोटू जबकि सड़क पार से रमेश और चन्दन। अनिल इस बिल्डिंग के कई हिस्सेदारों में से किसी एक हिस्सेदार का हिस्सा है। किसका? प्रकाश को छोड़कर कोई नहीं जानता। जानने की इच्छा किसी को भी नहीं। इसे जानकर क्या कर लेंगे? इतना काफ़ी है। सब जानते हैं अनिल इस बिल्डिंग के मालिक का पोता है। जो सबसे सक्षम है और रहेगा। अनिल हमारी बस्ती और खंडवा रोड के बीच वाली इस बिल्डिंग में रहता है। जो हमारी बस्ती से दूर है। हम लोगों के बैठने-मिलने का यही ठिकाना है।

गलियों में से निकले लड़कों को बहुत कुछ लगने लगा है। सपने आकार लेने लगे हैं। तिराहे के एक कोने पर खड़ा रहता था मोहन। बिना किसी वजह के जैसे दुकान पर संजय। अनिल बिल्डिंग पर चढ़ता-उतरता और छत से आने-जाने वाली लड़कियों को देखता रहता। अनिल की आँख कभी प्रकाश से तो कभी संजय से टकराती। इस तरह सड़क, सड़क पर आती-जाती साइकिलें, लूना, हाथठेला, रिक्शा के साथ आदमी, औरत, बच्चे, जवान होती लड़कियों को देखते हुए कब सब एक साथ बड़े होने लगे, खड़े होने लगे, इसका पता नहीं चला।

बातें करने के लिए जगह तो यही हो सकती है। अनिल को लगने लगा कि ज़्यादा देर तक खड़े-खड़े बात करने से उसके पैर दुखते हैं। रमेश को भी यही लगता है। बाक़ियों को फ़र्क़ नहीं पड़ता क्योंकि वे जब चाहते हैं तब ज़मीन पर बैठ जाते हैं। बिल्डिंग के मालिक का बेटा होने के कारण अनिल को रमेश ने आइडिया दिया। कम से कम पाँच दुकानें ख़ाली हैं। उनकी चाबी अनिल के घर में थी। दो दुकानों के बन्द होते ही उसमें रखे हुए मुड्डे लाए जाएँ। जाते वक़्त एक दुकान में मुड्डे रखकर ताला लगा दिया जाता। इसलिए मुड्डे के चोरी होने का डर नहीं था।

मुड्डा अर्थात बैठने का आसन, जैसे कुर्सी। अन्तर इतना है कि मुड्डे में न हत्थे होते हैं न पीठ के लिए कोई सहारा। यह एक गोलाकार सतह वाला है जो कि घास की पतली गोल लकड़ियों से बुनकर बना होता है। बड़ी आसानी से उठाकर, यहाँ-वहाँ लाकर रखा जा सकता है।

दिन-महीनों के साथ साल लगातार बदलते जा रहे हैं। वर्ष के आँकड़ों में बढ़ोतरी तेज़ी से हो रही है।

दुकानों के साइनबोर्ड आकर्षक बनने लग गए हैं। दुकानों के नाम में सजावट के साथ उनका रूप बड़ा होने लग गया। ख़रीदार को दुकान में आने के लिए कैसे आकर्षित किया जाए? इसमें दिमाग़ चलने लग गए। जिनके पास पैसे नहीं हैं वे दुकान के आसपास भी न आएँ। उन लोगों में डर के साथ उनकी हैसियत बताने का काम इस सजावट ने, इस भव्यता के माध्यम से बड़े दुकानदारों ने करना शुरू कर दिया।

इन्हीं दिनों अरुण इस टोली में शामिल हुआ। मिथुन चकवर्ती की हेयर स्टाइल वाला। वो सबसे अलग दिखता। अपने बाल बनाने में बहुत वक़्त लगाता। वो नये फ़ैशन के लम्बे और चौड़ी मोरी वाले पैंट पहनकर आता। बाक़ियों की हेयर स्टाइल किसी की नक़ल नहीं है। अरुण उस हीरो के चलने, बोलने की भी नक़ल करता है। सबको हँसी आती है। अरुण, मिथुन चक्रवर्ती की तरह मुस्कराने, चलने, बोलने की एक्टिंग करता। सब उसे चिढ़ाते कि मिथुन का वक़्त ढल गया है फिर भी तू उसकी नक़ल क्यों करता है?"

अनिल बोला, "ये डांसर तो डिस्को करता रहेगा। ज़रा नाच के दिखा तो।" सब हँसने लगे और मुझे न जाने क्यों वह याद आया जो कल शाम को पिता कह रहे थे। "साल भर पहले खाड़ी में युद्ध हुआ, इसके बाद उदारीकरण आया।

हम लोगों के हिस्से में क्या आया?" इस डिस्को डांस में उदास होते पिता का भविष्य का झुर्रीदार चेहरा दिखने लग गया।

चमकती नक़ल अब सब जगह दिखने लगी है। उसका असर दुकान और घर के भीतर दिखने लगा है। इसे उदारवाद और सुधार का नाम दिया गया है। जिसे उधार मिल सकता था, उन लोगों का यह मामला लगा। यह देश की सीमा पार वाले देशों का दिमाग़ लगा। पान की दुकान पर लिखा हुआ है, 'उधार प्रेम की कैंची है।'

किराना दुकान पर लिख दिया गया है, 'उधार माँगकर शर्मिन्दा न करें।' किसी दुकानदार ने लिखवाया, 'आज नगद कल उधार।'

जिस दिन आज आता है उस दिन कल कभी नहीं आता। कल उधार नहीं चलेगा। पिता की बातें याद आ रही हैं। उदार बताकर कल को विकास वाला बताया जा रहा है। छोटा-मोटा दुकानदार उधार नहीं चाहता। उसके ग्राहक को वो जानता है। वो बड़े दुकानदार, फ़ैक्ट्री वाले उधार चाहते हैं। वे बड़े थे इसलिए उनको उधार चल जाता है। वे उधार लेकर उदार बनने के रास्ते पर हैं। उन्हें उधार देने के लिए बैंक हैं, साहूकार हैं। व्यवस्था है। रिश्तेदार हैं। उनके अपने वाले हैं। हमारा कोई नहीं है जिससे हम उधार ले सकें। बस्ती से बाहर वाले दुकानदारों ने लिखकर ये एलान कर दिया कि वे उधारी नहीं देंगे। सरकार और वित्तीय संस्थाओं ने हम लोगों के लिए कोई नीति नहीं बनाई। कहाँ जाएँ? मुझे उदार, सुधार, परम्परा, रीति-रिवाज और कर्मकांड करवाने वाले शब्द एक जैसे दिखने लग गए।

अगले दिन की दोपहर में गोपाल के घर आकर सुरेश बोला, "तेरे घर में खटमल ही खटमल दिखते हैं। कपड़ों को धूप में क्यों नहीं निकालते बे? तेरे कारण खटमल हमारे घर में आ गए।"

"अबे खटमल के, दुनिया के खटमल मरते हैं क्या कभी?" प्रकाश हँसते हुए बोला।

"खटमल को ग्यारह देशों की पुलिस क्या, सौ देशों की सरकार भी ख़त्म करना चाहे तो कर नहीं सकती। ये खटमल हमेशा ज़िन्दा रहेंगे।" अरुण ने गाते-नाचते हुए कहा।

"ये ख़ून चूसते रहेंगे। देख ये...ये..." गोपाल ने घर में से चादर निकालकर चादर पर खटमल दिखाते हुए कहा।

चादर जिस कोने से मुड़ी हुई थी, वो खटमलों का घर है। जहाँ खटमलों का ढेर है। एक-दूसरे से चिपके हुए खटमल। उनको एक-एक कर निकालना पड़ता है या बिस्तर, कपड़े को धूप में रखना पड़ता है। खटमल बस्ती के हर घर में, हर व्यक्ति के कपड़ों में रहता। जहाँ-जहाँ इनसान जाएगा, वहाँ खटमल साथ रहेगा। उसके कपड़े के किसी हिस्से में दो-चार खटमल तो होते ही हैं।

ख़ून चूसने वाला खटमल जी रहा है। उसे ख़त्म करना इतना मुश्किल लग रहा है कि अब उसे ख़त्म करने की बात ही नहीं होती। बस यह सोचा जाता है कि खटमल ख़ून चूसे बिना नहीं रह सकता है। उसे ख़ून चूसने दिया जा रहा है।

खटमल दिखता नहीं है। वो छिप जाता है। उसकी तलाश करने पर वो दिख जाता है। कई बार उसका पूरा ख़ानदान दिख जाता तो चप्पलों से खटमलों को मारा जाता।

उदारीकरण हमारी बस्ती में दिख नहीं रहा है। उदारीकरण होता कैसा है? हम लोगों को यह भले ही आँखों से दिख नहीं सकता। लेकिन पिता यह जान गए कि अगर खटमल चारों तरफ़ से हमला करेगा तो उसे वैश्विक उदारीकरण कहा जाएगा जो हमारे यहाँ की धार्मिक जातिगत आधार वाली शोषक, भेदभाव की परम्परा है।

अगर हमारे घर में चूहे, खटमल और मच्छर नहीं होते तो घरवाले मुर्दों की तरह होते। चुप और किसी जगह बैठे या लेटे हुए। वैसे ही पड़े रहते लेकिन मच्छर हाथ चलाने के लिए विवश करता है, तो खटमल के कारण कपड़े उतारकर, खटमल की तलाश की जाती है। जैसे ही वो मिल जाता है, उसे इस तरह से कुचल दिया जाता है कि सारा ग़ुस्सा उस पर निकल जाता है।

दिनोदिन चूहे, खटमल और मच्छर बढ़ते हुए दिख रहे हैं। इनसे बचना मुश्किल हो गया है। मुश्किल हो गया है महँगाई से बचना। बहुत मुश्किल है घर चलाना। बहुत मुश्किल हो गया कमाना। मुश्किल से मुश्किल बनता जा रहा है जीवन। बड़ी-बड़ी कम्पनियों का आना और बढ़ते जाना, यही सुन रहे हैं, पढ़ रहे हैं। हमारी बस्ती के लिए स्कूल-कॉलेज में पढ़ना तो बहुत दूर होता जा रहा है। हम लोग पढ़ाई और कमाई से दूर होते जा रहे हैं।

बढ़ती हुई चमक-दमक वाली दुकानों, बड़े होते जा रहे मकानों के सामने हमारे घर और मज़दूरी को सम्मान देना तो दूर उन्हें कुछ भी नहीं माना जाता। हमें समझाया जा रहा है कि हमारी दुनिया अलग है, हम अलग हैं। हम इनके मज़दूर हैं, काम वाले हैं।

हमारे बिना ये अपने काम-धन्धे क्या, अपना जीवन भी नहीं चला सकते हैं फिर भी हमारा हर जगह ख़ून निकाला जा रहा है। ख़ून चूसा जा रहा है। ख़ून चूसने वाले अदृश्य लगते हैं लेकिन दिमाग़ के कपड़े उतार दिये जाएँ तो सबके सब सामने नंगे दिखने लग जाएँगे।

12

वह हर बार हँसता हुआ चला जाता है।

इस बार भी इस हँसी पर रमेश को ग़ुस्सा आया। रमेश ने तमतमाते हुए कहा, "ये साला जब देखो तब हँसता ही रहता है, कितनी भी सीरियस बात हो, ये हीही...होहो...करके बड़ी से बड़ी बात को पंचर कर देता है।"

किसी ने कुछ नहीं कहा। इस ग़ुस्से और महेश की हँसी के बीच सब अटक गए। हँसें या ग़ुस्सा दिखाएँ? किस तरफ़ जाना है? जब यह तय नहीं होता तो चेहरा अपने-आप दिमाग़ बन जाता है। तब वह कहीं का नहीं रह जाता। सबके चेहरे इन्तज़ार में हैं। किसी को कुछ समझ नहीं आया तो रमेश ने फिर कहा, "ये साला हर बात पे क्यों हँसता है रे?" इस सवाल पर महेश फिर हँसा। महेश की इस खिलखिलाती हँसी के सुर सभी के चेहरे पर बजने लगे लेकिन कोई भी अपनी आवाज़ को सुर न दे सका। रमेश की बात का जवाब देने के बजाय महेश हँसता चला गया।

उस जाते हुए वक़्त में भी कोई कुछ नहीं बोला। मैं अभी भी उदास हूँ। अभी भी मेरे मन-दिमाग़ में घर की बात है। मैं चुप हूँ। ख़ामोशी अँधेरे में चमक रही है। महेश के हँसते हुए दाँतों की तरह, तो रमेश बोला, "ये स्साला सरक तो नहीं गया? ये भी कोई बात है हँसने की? अरे मज़ाक़ पर हँसे, ताने पर हँसे तो बात समझ में आती है, लेकिन ये तो हर बात पर हँसता रहता है। यह भी कोई बात है भला? बताओ?" बिना बोले भी किसी की खिल्ली उड़ाई जा सकती है। यह सोचा न था कि एक हँसी इतना नुकीला हथियार हो सकती है, जो किसी के सिर को धड़ से अलग कर सकती है। मन को तन से अलग कर सकती है।

रमेश संजीदा हो गया। कहना चाहिए, अपमानित हो गया। अब भी सहमति में कोई आवाज़ नहीं आई न गरदन हिली किसी की। इससे रमेश और चिढ़ गया तो बाक़ियों के चेहरों से मुस्कराहट तत्काल दिमाग़ के पिछले हिस्से में जाकर खड़ी हो गई। सब इन्तज़ार में हैं कि अब रमेश हँसने की बात पर क्या बात करेगा?

आज रमेश का ग़ुस्सा बड़ी देर तक रहा। वरना इस तरह की घटना के बाद हल्की-सी हँसी निकल आती है, पीपल की पतली-सी जड़ की तरह और बाक़ियों के चेहरों पर फैल जाती है। जैसे किसी पाइप के भीतर दाख़िल हो जाती है। जैसे किसी दीवार में घुस जाती है, तमाम अवरोधों के बावजूद।

अपने-अपने हिस्से की दिन भर की थकान, तनाव, ऊब, ग़ुस्सा, आवारागर्दी, काम की तलाश, निरुद्देश्य दिन का सार लेकर सब एक साथ बैठते हैं। तब रमेश का ग़ुस्सा और महेश की हँसी ये दो अनिवार्य तत्त्व होते हैं। रमेश और महेश की उम्र में क़रीब साल-तीन साल का फ़र्क़ होगा। जितना बड़ा रमेश उतना बड़ा ग़ुस्सा। महेश की हँसी अपनी उम्र से बड़ी होती है। आज ग़ुस्से के बढ़ते आकार के कारण बाक़ियों ने हल्की-सी हँसी की ख़्वाहिश को स्थगित किया, चन्द दूसरी ख़्वाहिशों की तरह। तब माहौल और मूड बदलने के लिए बोला संजय, "अरे आज छोटू नहीं दिख रहा?"

"वो ऑर्डर लेने गया है।" प्रकाश ने छोटा सा जवाब देकर सवाल को क़िस्सा बनने से पहले ही ख़त्म कर दिया। रमेश फिर बोला, "छोटू नहीं आया तो क्या नाचें गाएँ...अरे नहीं दिख रहा तो नहीं दिख रहा। ये भी कोई बात है, सवाल है? हद है...। इन स्सालों के साथ बैठने का कोई मतलब नहीं। एक बेमतलब हँसता है तो दूसरा फ़िज़ूल सवाल करता है। बाक़ी घुन्ने हैं स्साले। चुप। बोलते ही नहीं। ऐसे मौक़े पर जान-बूझकर चुप रहते हैं। अपना ख़ून जलाओ तो तापते हैं, मज़े लेते हैं।"

जितना अँधेरा है उतनी ही ठंड। हवा चलती तो ठंड चिपकने लगती है। उससे बचने की कोशिश में मुड्डे दीवार के क़रीब आते। थोड़ा सा गोल, थोड़ा सा तिकोना घेरा दो लाइन में तब्दील होकर सबको पास लाता। अँधेरे के विस्तार के साथ सड़क पर आवाजाही कम होने लगी। दुकानें एक-एक कर बन्द हो रही हैं। उसी वक़्त अपनी दुकान बन्द कर चन्दन आया। आते से ही थूका। ढेर सारा थूक गुटखे का। अँधेरे से भरी ख़ामोशी में, ख़ामोशी पर चन्दन नहीं थूकता। वह तो बस अपनी उपस्थिति दर्ज करवाने के लिए बहुत देर से जमा हुआ थूक ज़ोर से निकालता है।

"स्साले, मुँह में गुटखा रखने के बाद थोड़ी-थोड़ी देर बाद थूका कर...हम भी गुटखा खाते हैं और थूकते हैं।" संजय बोला तो लगा थूकने से दीवार आहत हो गई और गवाही देने के लिए बेचैन। चन्दन कुछ नहीं बोला फिर दूसरी दफ़े थूका तो प्रकाश ने कहा, "भोत देर तक गुटखा रखने से गाल सड़ जाते हैं भड़वे और गुटखा अन्दर भी जाता है। तेरे गाल पिचकते जा रहे हैं गायकवाड़ के गाल जैसे।"

"ये गुटखे से थोड़े ही होता है।" चन्दन ने बोलते-बोलते नया पाउच निकालकर दाँत से फाड़ा। गरदन ऊपर की और धीरे-धीरे पाउच को मुँह में उड़ेलता रहा। चन्दन को लगा थोड़ा सा बच गया है तो उसने पाउच आगे बढ़ाया। प्रकाश ने झपटते हुए कहा, "स्साले थोड़ी देर के लिए तो मुँह को ख़ाली रखा कर।" फिर रुककर प्रकाश बोला, "निकाला और डाला।"

"मज़ा तो इसी में आता है। निकालो और डालो।" संजय बोला तो देर से सहमी हुई हँसी सबके चेहरे पर आ गई।

"धीरे-धीरे में मज़ा आता है। तू क्या समझेगा।" प्रकाश ने बचे हुए गुटखे के पाउच को ख़ाली करते हुए कहा तो रमेश बोला, "इस भड़वे को तो सब मालूम है, पता नहीं क्या-क्या पढ़ता रहता है?"

"पढ़ता नहीं ये स्साला। ये तो करता रहता है।" संजय ने कहा तो सबकी हँसी फूट पड़ी।

सब जानते हैं ऊँचे लोगों की ऊँची पसन्द के नाम पर गुटखा चन्दन को सड़ा रहा है। बीमार कर रहा है। एकाध बार चन्दन को टोकते हैं और भूल जाते हैं। जैसे ऊँचे लोगों की कारस्तानी सदियों से भुलाई जा रही है। वे गुटखा बनाते हैं, वे बेचते हैं, वे खिलाते हैं, वे ही कमाते हैं और बाक़ियों को धन-तन से बर्बाद करते हैं।

सवाल करता है अनिल, "स्साले तू उसे सिखा रहा है और ख़ुद खा रहा है?"

"खा रहा है? अरे ज़बान भी गीली नहीं हुई इससे? बचा-खुचा कभी-कभार डाल लेता हूँ।" प्रकाश ग़ुस्से में बोला। उसे गुटखा थोड़ा सा ही मिला है।

"दिन में नी खाता है रे तू।" अनिल ने प्रकाश से कहा। उसे लगा प्रकाश भी ज़्यादा गुटखा खाने लगा है।

"अब एक-दो पाउच से क्या होता है? चन्दन नहीं हूँ यार।" प्रकाश ने सफ़ाई दी। उसे लगा कि गुटखा जिस तरह से चन्दन और संजय खाते हैं उतना तो क्या, उसका दस परसेंट भी नहीं खाता हूँ फिर भी बदनाम हो रहा हूँ।

चन्दन का बाप मर चुका था। उसे बाप की दुकान मिल गई थी। चन्दन ने दुकान सँभाल ली। बिना किसी मेहनत के विरासत से सम्पत्ति हासिल करनेवाला चन्दन दुकान का मालिक बन गया, यह बात प्रकाश को चुभती थी। उसे हमेशा लगता कि जो भी कुछ करना है, ख़ुद को करना है। प्रकाश के पिता किराने की छोटी सी दुकान चलाते हैं। बाप के साथ प्रकाश का बड़ा भाई काम करता है। एक मझला भाई भी है। बहन तीसरे नम्बर पर है, मतलब पिता मर गए तो भी उसके हिस्से में कुछ नहीं आना। इस सात बाई सात फ़ीट की दुकान के अन्दर एक वक़्त में दो आदमी भी मुश्किल से खड़े हो पाते हैं। दुकान में तीन भाइयों के लिए जगह नहीं है। उसके लिए तो बिलकुल नहीं। उसको न छत दिखती है न ख़ुद के पैर रखने के लिए जगह। भविष्य के डर के साथ मुफ़्त में मिला हुआ गुटखे का हिस्सा इतना कम था कि ज़बान पर भी पसर न सका। इसलिए प्रकाश ने कहा, "चन्दन नहीं हूँ..." उसे अनसुना किया गया।

"चमन के चम्मच जगन्नाथ तो है न। अपना हाथ जगन्नाथ।" रमेश ने अपना हाथ अश्लील तरीक़े से आगे-पीछे करते हुए कहा तो सबको हँसी आ गई।

"प्रकाश के पास तो हाथ भी है और साथ भी है।" अनिल ने इस तरह कहा कि ये रहस्य किसी को मालूम नहीं है। नई बात है। इससे अनजान सभी उत्सुकता से, फटी हुई आँखों से देखने लग गए।

"बोल भाई। कौन पटी?" रमेश ने प्रकाश की आँखों में देखते हुए कहा।

"कोई नहीं यार। ये तो बेमतलब बात करता है।" प्रकाश बोल रहा है लेकिन उसकी ज़बान उसका साथ नहीं दे रही।

"अनिल ऐसे ही नहीं बोलता। उसकी बातों में दम होता है।" संजय ने कहा। अनिल के चेहरे से लग रहा है कि वो यह राज़ नहीं खोलने वाला। चुप है। अनिल के हाव-भाव से साफ़ हो गया कि उसने सच कहा है। अनिल कम बोलता है। सच बोलता है।

"बता दे भाभी का नाम।" रमेश ने शरारत से कहा।

"कोई नी है बे।" प्रकाश बोलते हुए झेंप रहा है। छिपा रहा है। कुछ चक्कर चल रहा है। भले ही वो दोनों तरफ़ से न हो।

"स्साले भाव मत खा। बता...बताने से यह फ़ायदा होता है कि इन्हीं में से कोई दूसरा भाभी पे लाइन नहीं मारेगा।" रमेश के भीतर हल्का-सा ग़ुस्सा और अपनत्व है।

प्रकाश फँस गया है। अब बाक़ी निगाहें प्रकाश के बजाय अनिल पर केन्द्रित हो गई हैं। सब जानते हैं कि प्रकाश इतनी देर से नहीं बोला तो अब नहीं बोलेगा। अनिल और प्रकाश दोनों एक-दूसरे के साथ ज़्यादा रहते हैं।

अनिल ने कहा, "वक़्त आने पर बता दिया जाएगा।" एक हँसी थी जो बाहर नहीं आ सकी। एक घोषणा थी। एक हक़ीक़त थी। इस मुद्दे को यही स्थगित करने का फ़रमान।

सबके अपने दिमाग़ में 'वो कौन हो सकती है' के सवाल के साथ गली बस्ती की तमाम लड़कियों के चेहरे याद किये जा रहे हैं। उन चेहरों के साथ प्रकाश को रखकर देख रहे हैं। इन ख़यालों में खोए हुए थे कि चन्दन ने गुटखा थूकते हुए कहा, "फ़ालतू बातों में टाइम वेस्ट करते हो स्सालों। कभी दुकान पर भी बैठा करो। कुछ काम वाम भी किया करो।"

किसी ने कुछ नहीं कहा। किसी ने कुछ सोचा भी नहीं। अनसुना कर दिया गया क्योंकि यह सलाह घरवालों की थी। घरवालों का ताना अब घर से बाहर नहीं सुना जा सकता। किसी ने भी पढ़ाई-लिखाई पर बात नहीं की। कोई भी नहीं कहता है कि जा थोड़ा पढ़-लिख।

पढ़ने-लिखने की बात को छोड़कर सारी बातें होती हैं। पढ़ाई-लिखाई की बात करना क्या गुनाह है?

13

न पढ़ने की इच्छा हो रही है न किसी से बात करने का मन। लगा धीरे-धीरे सिर में दर्द हो रहा है। कुछ समझ में नहीं आ रहा है कि क्या किया जाए। कल पेट खराब हो गया था। दस्त लगे थे तो किराने की दुकान से छोटी सी, पीले रंग की एक गोली खा ली थी। कल का लक्ष्य था कि दस्त बन्द हो जाए। दस्त तो बन्द हो गए लेकिन पेट में अजीब-सा लग रहा है। गोली ख़रीदते वक़्त दिमाग़ में चल रहा था कि इस पीले रंग की गोली की बिक्री पर रोक है लेकिन किराने की दुकान

पर धड़ल्ले से बेची जा रही है। किराने की दुकान में दवा के नाम पर सबसे ज़्यादा बेची जाने वाली दवा है पीली गोली। नन्ही-सी स्वादहीन दस्त रोकने वाली टैबलेट। हमारी बस्ती में सबसे ज़्यादा ख़रीदी और खाई जाने वाली गोली।

स्वादहीन हो गया हूँ। दस्त रुक गए लेकिन बेचैनी छा गई। सुकून की तलाश करने का मन नहीं हो रहा। ठहर गया है, ठिठक गया है लेकिन गर्म हवा आकर बेचैनी को अपने साथ ले जाने के लिए ज़ोर लगाती है। बेचैनी गर्म हवा से झगड़ बैठती है। लगने लगा कि आँखें दुःख रही हैं। आँखों में लालपन चुपके से आकर अपना बसेरा बनाने में लग गया है। पता नहीं नींद कहाँ चली गई है। बाहर गर्म हवा चल रही है। बिना हवा के यहाँ बैठना मुहाल हो रहा है। गर्म सही लेकिन थोड़ी सी हवा आती रहे। इतनी ही गति सीने में चलती रहे है।

अँधेरा है, घना है अँधेरा। अँधेरा किसी ज़िद्दी बच्चे-सा अड़ा खड़ा है जो न बोलना चाहता है न खेलना। न मिलने पर नाराज़गी से भरा उदासी और अहंकार में डूबा हुआ है, लाख मनाओ न मानने वाला। वह है कि मानता ही नहीं। उसे दूर करना असम्भव है। वो हमारे चारों तरफ़ बड़ी-बड़ी दीवारों और कँटीले तारों जैसा खड़ा बना रहता है।

दीया, ढिबरी, चिमनी, मोमबत्ती में से किसी में भी आग लगा नहीं पाए। आग को प्रकाश में तब्दील नहीं कर पाए। तलाश में हैं घर के भीतर लोग। जब माचिस ढूँढ़ रहे हैं तब अँधेरे के साथ रमेश जा रहा है। उसे पता है कितने क़दमों के बाद मुड़ना है, कितनी देर के बाद नाली के पड़ोस वाले गड्ढे को आना है, कहाँ ज़मीन पर पत्थर ही पत्थर हैं। मैं भी घर की तरफ़ जा रहा हूँ कि आवाज़ें अलग-अलग घरों के भीतर से बाहर आने लगीं। घर आते ही एक तीखी आवाज़ सुनी, "एक माचिस की तीली नहीं मिल रही।" पिता झल्लाते हुए ज़ोर से बोल रहे हैं, "ये भी समझाना पड़ता है कि ख़त्म होने से पहले घासलेट लाकर रख देना चाहिए। स्साले खा-खाकर मुटिया रहे, ऐसा नहीं कि माचिस एक ठिकाने पर रखें।"

नियत जगह पर नहीं है माचिस। माचिस की तीली से निकलने वाली आग को प्रकाश बनाने वाली कोई चीज़ अभी घर में नहीं है। इसलिए रोशनी के लिए धागे से बनी हुई बत्ती को खड़ा नहीं किया जा सकता है। यह फ़ैसला सुना दिया गया है कि माचिस अपनी नियत जगह पर नहीं रखी जाती। रोशनी के लिए इस सफ़र में चलते

हुए मुझे अहसास हो रहा है कि मुझे ही जलना होगा। कोई सुनना नहीं चाहता है कि तीली की तरह मेरा मन गीला है, नमी है। मोमबत्ती, कैरोसिन नहीं है। फिर कैसे जले, फिर कैसे रोशन हो चिमनी। कि कैसे उजाला हो मन के भीतर।

घर के भीतर मचे कोहराम के बीच में याद आया। मैंने कल सुबह ढिबरी और माचिस को अपनी निर्धारित जगह से हटाकर रखा था। तब जाते हुए अँधेरे में सब घरवाले सो रहे थे, तब मैं पढ़ रहा था। तब ढिबरी मेरे पास थी। सुबह हुई तो रोशनी के साथ सब जाग गए थे। तब उस रोशनी की ज़रूरत नहीं थी। इसलिए ढिबरी कहाँ रखना है? इस तरह मैंने सोचा नहीं था। इस गम्भीर चूक पर पिता सुना रहे हैं माँ को, घरवालों को, सबको...हद है ज़िन्दगानी की, यही कहा होगा पिता ने माँ को।

माचिस ढूँढ़कर देने के बाद ग़ुस्से से भरकर वापस घर से बाहर निकला। ज़मीन से ध्यान हटने का नतीजा पैरों ने महसूस किया। बाएँ पैर के अँगूठे से नाख़ून के अगले हिस्से का दायाँ कोना उखड़ गया है। ख़ून निकलना शुरू हो चुका है। आह! थोड़ी सी देर में दिमाग़ में झुनझुनी पैदा हुई कि सारी 'सोच', सपने और डर ग़ायब हो गए। सामने आया दर्द जो ख़ून से सना हुआ है।

अब कहाँ जाऊँ? रोशनी आगे भी नहीं मिलेगी। इलाज का तो सवाल नहीं उठता है। जब कुछ समझ में नहीं आया तो फिर वापस घर की तरफ़ मुड़ गया।

≈

घर के पीछे एक छोटी सी ख़ाली जगह थी। यह खुली भूमि धीरे-धीरे कम होने लगी। पूरी लाइन में अपने-अपने घर के पीछे वाली जगह पर नहाने-धोने के लिए मोरी बनाने लगे थे। अपने-अपने घर का विस्तार करने के लिए लकड़ियों से जगह को घेर लिया। हमारे घर के पीछे दो घर हैं। बची हुई जगह सर्पाकार है, उस खुली जगह को हमारे घर में शामिल कर लिया गया। यह घर का हिस्सा होकर भी एक गलियारा बन गया, जिसे दीवारों ने घेर लिया। यह बिल है जिसमें एक बार कोई घुस गया तो बाक़ी लोगों को नहीं दिखता। घरवालों से छिपने वाली जगह बन गई है वो कोना।

कोना अर्थात एकान्त। अँधेरा मतलब कोना, कोने में जाकर बैठना अर्थात, "कुछ तो गड़बड़ है," मान लिया गया। कोने में जाते ही पिता ने कहा, "कोने में क्यों घुस रिया? तेरा क्या रखा है रे वहाँ पे? जब देखो तब अँधेरे कोने में घुसा रहता है?"

घर के इस कोने पर हर कोई क़ब्ज़ा कर विजय पाना चाहता है। इसी कोने में हर कोई जाकर दुबक जाना चाहता है। ग़ुस्सा आते-आते मुझे लगने लगा, हर कोई इस कोने में जाकर ख़ुद से बात करना चाहता है। इस अँधेरे में अकेले रोना चाहता है। तसल्ली से रोना चाहता है। रोकर सुकून चाहता है। अपने आँसुओं से सब कुछ पोंछ देना चाहता है। दु:ख उदासी अकेलेपन और तमाम नाराज़गी को धोना चाहता है। मैं पूरे जी-जान से रोना चाहता हूँ। जब तक मन करे तब तक रोना चाहता हूँ। इसलिए मैं रोने के लिए एक कोना चाहता हूँ। मेरे मन को समझे बिना ही मुझसे होने वाले सवाल तीखे होते हुए, जिज्ञासा से ज़्यादा सन्देह में तब्दील हुए तो कोई जवाब नहीं दिया मैंने।

"ये तो बता क्या ढूँढ़ रहा है तू?" पिता की आवाज़ बोलते-बोलते फट गई।

"कोना ढूँढ़ रहा हूँ।" मैंने बिना देखे सपाटपन से कहा तो फटी आँख से बोले पिता, "क्यों?"

"किताब रखने के लिए।" मुझे लगा मैं कह रहा हूँ ख़ुद को रखने के लिए एक कोना ढूँढ़ रहा हूँ। ख़ुद को सुरक्षित रखकर चला जाऊँ बाहर, दूर दुनिया में। जब थककर लौट आऊँ तो उस कोने में जाकर ख़ुद को निकालकर देखूँ और अपने-आप को पढ़ूँ।

"पेले ख़ुद के लिए कोना ढूँढ़ ले, कुछ काम-धन्धा कर, पैसा कमा फिर फिकर करना किताबों की।" पिता ने कहा। मुझसे काम कर पैसा कमाने के लिए बोला गया यह पहला वाक्य है जो सीधे चुभाते हुए कहा गया।

"पेले किताबें रख लूँ, फिर ख़ुद के लिए ढूँढ़ लूँगा कोना।" दिमाग़ के भीतर किताब और मैं के बीच में लटकते हुए मैंने कहा। थोड़ी देर तक जब कुछ नहीं बोले पिता तो मैंने कहा, "मेरा क्या? किताबों के लिए ज़रूरी है कोना। वे किसी एक जगह रह लें।"

"सड़ने के लिए?" चुप हो चुके पिता ने फिर थोड़ी देर बाद ताना कसते हुए मुझे बिना देखे हुए कहा।

"पढ़ने के लिए।" मैंने खड़े-खड़े ही कहा। जैसे अपनी बात को मज़बूती देने के लिए ज़रूरी हो गया हो खड़ा रहना। ज़रूरी हो गया बोलना। अभी मेरी आवाज़ में मुझे ग़ुस्सा लग नहीं रहा था लेकिन यह ग़ुस्सा ही निकल रहा है।

"पहले अपने क्लास की कोर्स की किताबें पढ़ ले। फिर दूसरी किताबों को पढ़ना, पूरी ज़िन्दगी है पढ़ने के लिए।" पिता को लगा शायद ये वो किताबें हैं जो प्रतिबन्धित होती हैं। वे किताबें जिसे पढ़ने की ख़्वाहिश, नग्न चित्रों को देखने का मन इस उम्र में होता है। पिता उन किताबों को ही किताब समझ रहे थे। पिता के इशारे पर कुछ बोल न सका। चुप रहा, जवाब नहीं दिया। उन्हें ताकने लगा तो ग़ुस्से में बोले, "अबे घुन्ना बनेगा क्या? पढ़-लिख के क्या करेगा? कुछ सोचा? बोलता क्यों नी? बाप मर गया है क्या तेरा?"

जवाब देने के बजाय घर से बाहर निकलना मुनासिब समझा। बाहर जाने लगा कि पिता, जिनके सवाल का जवाब नहीं दिया, वे क्रोधित हुए। अपमानित हुए। आहत हुए। मान लिये गए अपमान की आवाज़ के तीखेपन से कहा, "रुक, जाता कहाँ है?"

"कहीं नी।" मैंने गरदन झुकाकर, रुककर कहा। जबकि इस वक़्त मैं जवाब नहीं देना चाह रहा हूँ। ग़ुस्से से भरा हुआ हूँ, फिर भी उदास होती आवाज़ में से उदासी हटाने की कोशिश करते हुए कहा।

"तो बैठ, कुछ पढ़ ले।" क्रोध चरम पर जाकर इस तरह से हल्का होता है पिता का। शब्दों की धार कुन्द होने के बजाय अपनत्व के साथ निकलती है।

"आता हूँ थोड़ी देर में।" घर से बाहर जाने का फ़ैसला कर लिया था। उसका पालन करने के लिए आँखों में गीलेपन के साथ मैं गली में से ग़ायब हो गया। पीछे पिता की तेज़ आवाज़ घर के भीतर गूँज रही है। मेरा मन बाहर आकर साँकल बजाने लग गया है। दरवाज़ा बजने लगा हो कि पिता दरवाज़ा खोलो। आपने अपने दिमाग़ का दरवाज़ा बन्द कर लिया है। जो अश्लील किताबों का डर है, वह घर के भीतर नहीं है। उनको नहीं ला सकता घर में। अभी उन्हें पढ़ना शुरू नहीं किया है। हाँ, यह सच है कि उन्हें एक बार देखने की जिज्ञासा है मन में। लेकिन अभी नहीं। अभी नहीं, कहने के लिए ज़बान नहीं चली। क़दम घर से बाहर निकल गए। अँधेरे वक़्त में घर से बाहर ग़ुस्से में निकल गया।

कहाँ जाऊँगा?

यह पता नहीं।

यह पता है कि अभी घर में नहीं रह सकता। हर बार घर से भागने के लिए मन दौड़ता है और अँधेरी गली के ऊबड़-खाबड़ रास्ते पर चोट खाता जाता है।

14

गली में हमारा घर इकलौता है, जिसमें साल भर से बिजली का बल्ब जलता है। हमारे घर की दीवार पर बिजली का मीटर लटक गया है। मीटर के पास लकड़ी के बोर्ड पर एक बक्सा है जिसके भीतर 'कटआउट' लगा हुआ है। बिजली हर बार जाती है। फिर भी पहली शंका यह होती है कि फ़्यूज़ उड़ गया होगा इसलिए सबसे पहले कटआउट चेक करो।

कटआउट निकालने के लिए मेहनत करनी पड़ती है। वो आसानी से नहीं निकलता। अभी लाइट चली गई तो कटआउट निकालने की जद्दोजहद हो रही है। कटआउट जैसे किसी जबड़े के भीतर फँसा हुआ लगता है। जो निकल ही नहीं रहा। तब पिता की आवाज़ आई, "हाथ-पैर में जान होना चाहिए। ताक़त, ताक़त की ज़रूरत होती है। निठल्ले बैठने से ताक़त नहीं आती। कसरत करनी पड़ती है। कसरत...लाइट को क्या हो गया है?"

"तार जल गया है।" बड़े भाई की आवाज़ निकलती है। बिजली जाने के बाद सबसे पहले बड़ा भाई उठता है। कटआउट के सामने खड़ा हो जाता है। बड़ा भाई जानता है कि बिजली के वापस आने का रास्ता यहीं से होकर जाता है। कटआउट को निकालने की क़वायद बड़ा भाई ही शुरू करता है।

"अब मोटा तार लगाओगे तो जलेगा ही न। पतले तार लगाने पड़ते हैं, पतले। ढूँढ़ो अब तार को। एक ठिकाने पे तो नी रखा होगा कोई भी चीज़ सही ठिकाने पे नी रखते। जब ज़रूरत पड़े तब पूरा घर छान मारो। स्साले सबके सब एक जैसे हो गए।" पिता को अपना गुस्सा निकालने के लिए बस मौक़ा चाहिए। अवसर मिलते ही झपट पड़ते हैं। पिता का गुस्सा पूरे घर में करंट की तरह फैल जाता है। अँधेरे में परिवार के सभी लोग उस करंट में हैं। कब किस बात पर पिता भड़क जाएँगे यह जानना ज़रूरी नहीं रह गया।

फ़्यूज़ उड़ गया था। तार बदलकर कटआउट लगाया और बिजली आ गई।

खाना खाते वक़्त आजी ने पिता से कहा, "ज़रा डॉक्टर को तो दिखा दे बड़े वाले को।"

"क्या हुआ इसे?" खाना खाते वक़्त पिता का हाथ रुका। रोशन वक़्त में आजी की सलाह पिता को नागवार लगी।

"नी पता, डॉक्टर से बात करे तो मालूम पड़े न।" आजी की आवाज़ में आशंका और डर आ गया। आजी को बड़े भाई का चेहरा निस्तेज लगने लगा। लगा आजी ने जान लिया कि भाई को कोई बीमारी है।

"तू तो मन में जो आए सो बोले। कुछ तो सोच, बोलने से पहले। जवान लड़का है। अच्छा-अच्छा बोल।" पिता शब्द और खाना चबाते जा रहे थे। लगा कि वे आजी को चबाना चाहते हैं।

बुरा लगा पिता को। बहुत बुरा। पिता को बड़े भाई की अज्ञात बीमारी की बात नागवार लगी। वे तिलमिला गए। बीमारी की बात किस आधार पर आजी ने कही, यह बात पिता को आजी समझा नहीं पा रही। पिता का इस तरह आजी को हिक़ारत से देखना और ग़ुस्से से भरकर बोलना आजी को अच्छा नहीं लगा। मैंने अपने-आप को अपमानित समझा। फिर भी आजी बोली, "देख तो उसका चेहरा कैसा लटका हुआ है। कोई बात खाए जा रही है इसे। अन्दर ही अन्दर घुलता जा रहा है। कब बोलता है वो? हमेशा चुप रहता है। मेरको तो वो बीमार ही लगे है। बीमार।"

"हद हो गई, अनाप-शनाप बकने की। कुछ भी तो बोलना।" पिता खाते-खाते थाली में खाना छोड़कर तमतमाते हुए उठे। हाथ धो लिये। गीले हाथ पोंछने के लिए निगाह घुमाई तो सामने भाई दिखाई दिया। बेटे का चेहरा, गीले हाथ सुखाने की चाह पर भारी पड़ी। देखूँ क्या हुआ है मेरे बच्चे को? पिता का यह ख़याल आँखों में उतर चुका। दिल के भीतर उनका बच्चा आ गया।

पिता ने बेटे की शादी के दिन उसका दमकता चेहरा पहली बार देखा था। शादी के दिन से पहले भाई का चेहरा कभी ग़ौर से नहीं देखा था, वो तो शादी के मंडप में जब भाई बैठा तो पिता का जी भर आया था। जी भरकर चेहरा 'देखना' कभी नहीं होता। तमाम वक़्त साथ रहने के बाद भी इस तरह कहाँ देख पाते हैं अपनों के चेहरे। कब निहारकर देखते हैं अपनों को, अपने बच्चों को? उसकी आँखों की चमक और उम्मीदों, परेशानियों को पढ़ने के लिए चेहरा पढ़ नहीं पाते। नहीं पढ़ पाते उनके भीतर के सुख, दुःख, सपने, उदासी और परेशानियों को। जिसे हम मन ही मन अपना समझते हैं उसे कभी जी भरकर नहीं देख पाते।

भाई का चेहरा, भाई की आँखों को याद करते हुए, आजी की बात मानने के लिए तैयार नहीं हैं पिता। पिता ने यह माना कि बेटा दिन भर का थका-माँदा है, निढाल तो होगा ही। चेहरे पर वो तेज़ अब कहाँ होगा जो सुबह होता है। दिन भर का काम, टेंशन, भाग-दौड़ होती है। इसकी सबसे पहली मार दिमाग़ पर पड़ती है। उसका असर चेहरे पर दिखता है। ये चेहरा दिन भर की परेशानी का आईना बन जाता है। जब धुलेगा और पेट में खाना जाएगा तो चेहरा खिल उठेगा। बुढ़िया तो कुछ भी बोलती रहती है। उनकी उम्र हो गई है। 80 साल से ज़्यादा की उम्र में इनसे और क्या उम्मीद की जा सकती है? यही सोचा पिता ने अपनी माँ के बारे में। उम्र हो गई है तो दिमाग़ भी ढंग से नहीं चलता होगा। दिमाग़ भी कहाँ तक ज़ोर मारे लेकिन ज़बान? कुछ तो कंट्रोल में रखना चाहिए, यह सब बोलना चाहते हैं पिता लेकिन खड़े होकर, बँधी हुई रस्सी पर लटके हुए कपड़े से हाथ पोंछते हुए उन्हें लगा कि रस्सी ढीली हो गई है। रस्सी पर ज़रूरत से ज़्यादा कपड़े लटकते हुए दिखे तो पिता माँ से बोले, "कभी थोड़ी सी फ़ुरसत मिले तो रस्सी टाइट कर देना।"

इन शब्दो में ताना था। शब्दों में बेटे की बीमारी पर भरोसा न करने का साहस इस तरह गरम होकर उतरा माँ पर। माँ से उस वक़्त बोलने की उम्मीद पिता को थी। यह इशारा था कि बात करे माँ पिता से। पिता माँ से बात करना चाहते हैं। कई दिन गुज़र गए लेकिन सीधी बात नहीं कर पाए, अब कर ले, यह आग्रह चुभता हुआ निकला। माँ ने निगाह नहीं उठाई और धीमे से बोली, "हव..."

माँ नर्म मुलायम आटे से रोटी बनती हुई दिखी जो गर्म तवे पर अचानक डाल दी गई हो। आटे का अस्तित्व मिटने और अपने पुराने स्वरूप को परिवर्तित देखने की बेला में है। माँ की भरी हुई आँखों के भीतर का खौलता हुआ सच, उसी तरह से निकला जैसे पिता की ज़बान से ताना। लगा पिता पलटकर कहेंगे, शाब्दिक आदान-प्रदान अभी यहीं इसी वक़्त हो जाएगा लेकिन रुक गए पिता। उस 'हव' में नाराज़गी है, ग़ुस्सा है, अकेलापन है और सबसे बढ़कर बड़े बेटे की बीमारी की बात से आहत होना है। विचलित है मन। विचलित हो गई है माँ। पूरा घर उनके पीछे-पीछे विचलित और ख़ामोश हो गया।

सब जानते हैं यह रस्सी इसी तरह से लटकी हुई है। लटकी हुई रस्सी को कई बरस हो गए। इस घर में घर की चीज़ और घरवालों पर पिता का ध्यान पहली बार गया। मुझे लगा पिता के दिमाग़ में भाई का चेहरा, आजी की बातें आपस में टकरा रही हैं। वे आजी की बात को झूठ, सरके हुए दिमाग़ का फ़ितूर मानने के लिए ख़ुद को तैयार कर रहे हैं। आज अभी उनका न हाथ चला, न ज़बान। रुक गया उनका दिमाग़, डर उनके सिर पर सवार हो गया है। पिता यह भी जानते हैं कि आजी इतनी बड़ी बात अपने पोते के बारे में यूँ ही नहीं बोल सकती। यह एक सलाह थी, एक चेतावनी थी। एक आशंका और ममत्व से भरी हुई चिन्ता है।

पिता को लगा कि चिन्तातुर माँ को इस तरह से नहीं बोलना चाहिए। मुझे लगा पिता पश्चात्ताप में हैं। बड़ा भाई न कभी किसी से बात करे न बहस। वो पिछली बार अपने मन से कब बोला? याद नहीं। कौन कभी बोल पाया अपने मन की।

माँ, आजी, पिता के अलावा चौथा चेहरा भाभी का है। जिनका चेहरा अभी नहीं दिख रहा है। पीठ दिख रही है। पता नहीं भाभी क्या सोच रही हैं इस वक़्त?

ऐसा लगा चार दिशाओं में खड़े घरवालों की अपनी-अपनी पीठ दिख रही है। बीच में भाई खड़ा है उससे कोई न पूछ रहा है, न वह बोल रहा है। उन चारों के साथ आजी कहाँ हैं? कौन है उनके साथ? कोई नहीं दिख रहा है। मैं आजी की बात को पूरी तरह से सच मानता हूँ।

बीमारी क्या हो सकती है? बड़ा भाई भरी हुई जवानी में है। शादी में थे तो उल्लास और उमंग के दिन थे, वे दिन हैं जिसका इन्तज़ार रहता है। उन दिनों में चेहरे का निस्तेज होना, मुझे भी अब समझ में नहीं आ रहा।

कहीं भाभी से कुछ खटपट? भाभी से कोई रोग तो लग नहीं गया? इस ख़याल के आते ही मुझे लगा मैं भी पिता की तरह सोचने लगा हूँ जबकि मेरा मन कहता है कि हमारे घर का सबसे ममतामयी और मेहनती चेहरा भाभी का है। वह माँ का विस्तार रूप है। भाभी माँ के तनाव और काम के दबाव को मुक्त कर रही है जिसे पिता को छोड़कर सब जान गए।

15

हम सब देख रहे हैं बड़े भाई का दिनोंदिन कमज़ोर होना, भूख न लगना और उदासी की दीवार पर चढ़ना। भाई उस निराशा की दीवार से नीचे उतरने का नाम ही नहीं ले रहा। भाई खड़ा है निराशा के मुहाने पर। बड़े भाई के सिर के बालों का लगातार झड़ना, किसी रोग का लक्षण लग रहा है, लेकिन रोग मालूम नहीं पड़ रहा है। भाई का इलाज डॉक्टर कहे जाने वाला पटेल कर रहा है। पटेल शटर उठाकर अपना क्लिनिक खोलता है। दीवार का पीला रंग पीलेपन को छोड़ने के लिए दौड़ लगा रहा है। उस क्लीनिक में काले रंग की कुर्सी पर सफ़ेद टॉवल पर बैठता है पटेल।

पटेल डॉक्टर ने किराये की दुकान लेकर क्लीनिक बनाया। अपने क्लीनिक में दीवार पर फ़ोटो फ्रेम लटकाए हुए है। देवी-देवता के साथ तीसरा फ़ोटो उसके बाप का है बाप की पहचान इसलिए हो गई कि बेटे में उसका चेहरा चिपक गया था।

पटेल डॉक्टर काँच और प्लास्टिक की बोतल में टैबलेट रखता है। शीशी में से टैबलेट निकालकर देने वाले पटेल ने अब इंजेक्शन लगाना शुरू किया। ख़ून की जाँच, पेशाब की जाँच के बाद एक्सरे, सोनोग्राफ़ी करवाई। टेस्ट से कुछ नहीं छूट रहा है। रोग पकड़ में नहीं आ रहा। ख़ून की जाँच के लिए जो इंजेक्शन नस के भीतर डॉक्टर डालता, डॉक्टर वहाँ से ख़ून नहीं हमारे सपनों को इकट्ठा करता। हमारे सारे सपनों की जाँच हो गई है। जो रिज़ल्ट आया उसमें सपने नेगेटिव और ख़ून पॉजिटिव आया। दरअसल जो रिज़ल्ट आए थे वे किस रोग को बता रहे? यह जान नहीं पा रहा था डॉक्टर पटेल। पिता उसके पास घंटों गुज़ारते थे। पटेल दिलासा देता, सब ठीक हो जाएगा। बस थोड़ी और दवा खानी पड़ेगी। इस बहाने घर के रोग बीमारी के इतिहास की जाँच हो गई। किसको कौन सी बीमारी थी? आबाजी, उनके भाई-बहन, पिता-माता कैसे मरे? कौन सा रोग था? वे किस उम्र में मरे? जब इस बात की चर्चा होती थी कि कौन किस रोग से किस उम्र में मरा था, तो लगता था कि घर में निराशा ही निराशा है। मौत के सम्भावित आगमन के साथ यह लगता है कि मौत के प्रकार पूछे और कहे जा रहे हैं।

रोग और मौत की चर्चा सुनता हूँ। मैं कोई सवाल नहीं करता। बस ग्रहण करते रहना है। घर के तंगहाल माहौल में मौत आ रही है। यह स्वीकार करने के लिए ही बोलता होगा डॉक्टर पटेल। इतना जानता हूँ कि डॉक्टर पटेल को यह नहीं मालूम कि बड़े भाई की बीमारी क्या है। इलाज के रूप में वह भाई पर प्रयोग कर रहा है। गोलियाँ बदल-बदल कर टेस्ट करता है कि कौन सी गोली का असर कितना हो रहा है।

सुबह की चाय पीने के बाद आबाजी की मौत के कारण का विश्लेषण हो रहा है। मैंने कहा, "डॉक्टर बदल लेना चाहिए, भाई को बड़े सरकारी अस्पताल में दिखाना चाहिए।"

पिता ने ग़ुस्से से कहा, "तुझे क्या मालूम? क्या जानता है तू डॉक सॉब के बारे में...?" मेरी सलाह के प्रत्युत्तर में शक्तिहीन होते पिता आदमख़ोर होने लग गए। मैंने सलाह देकर कोई बड़ा गुनाह किया हो जैसे।

इसका जवाब नहीं है मेरे पास। मेरी तो एक सलाह है कि अगर भाई ठीक नहीं हो रहा है तो डॉक्टर बदलो। मैंने कहा, "वैसे भी पटेल के पास डॉक्टर की डिग्री नहीं है।"

पिता ने ज़ोर से चिल्लाकर कहा, "डिग्री ही सब कुछ नहीं होती। डिग्री लेने से कोई बड़ा डॉक्टर नहीं बनता। वो गेला डॉक्टर है न गेला। उसे आता है कुछ? डिग्री तो है उसके पास। क्या नाम है रे उसका? हाँ, वो डॉक्टर त्रिवेदी। वो चन्द्रभागा के पास हनुमान मन्दिर वाली गली वाला। उस झाँट की औलाद को कुछ आता है? बुख़ार हो तो खाँसी की गोली देता, सर्दी हो तो बदन दर्द की। पैसा खाने के अलावा आता है क्या उसे कुछ?"

पिता ने अन्ततः उन तमाम डॉक्टरों के नाम-काम गिना दिये जो डिग्रीधारी हैं फिर भी उन्हें कुछ आता-जाता नहीं। जिन्होंने सिर्फ़ पैसे के बल पर डिग्री ली। जिसके पास पैसा हो वह सारी डिग्री ले सकता है भले ही उसके पास अक़्ल हो न हो।

पिता लगातार बोलते जा रहे, "डॉक्टरों के क्लीनिक मार्केट में इतनी महँगी जगह पर क्यों होते हैं? उनके बाप-दादा के बदौलत। और इनके बाप-दादा ने इतनी कमाई कैसे की? उन्होंने मेहनत और ईमानदारी से इतनी बड़ी इमारत खड़ी की? किनका ख़ून पिया? किसका गला काटा?"

पिता ने तमाम उदाहरण देकर सिद्ध किया। पिता का डिग्री पर भरोसा नहीं। डिग्री और क़ाबिलियत का आपस में कोई रिश्ता नहीं है। योग्यता डिग्री के भीतर से नहीं आती। डिग्री हासिल करने वाले सब ज्ञानी नहीं होते, इसलिए डिग्री के नाम पर डराते हैं। जिनके पास ज्ञान नहीं, बस डिग्री होती है, वे लगातार माहौल बनाए रखते हैं कि डिग्री ही सब कुछ है। हर डिग्री का अर्थ बड़ा ज्ञान नहीं हो सकता।

सब चुप हो गए।

बिजली गई तो घंटों तक नहीं आई। बिजली खम्भे से और दूर कहीं से गई है। इसलिए अगले दिन बिजली के केन्द्र पर पिता शिकायत करने गए। वहाँ पर उस बिजली केन्द्र के काउंटर वाले ने कहा, "दिखवाते हैं।" इतना सुनकर पिता वापस घर लौटे।

कोई नहीं आया तो किसी ने सलाह दी बिजली ऑफ़िस के काउंटर पर झक मारने के बजाय सीधे लाइनमैन को पकड़ो। ये काम तो उसी को करना है। फिर इधर-उधर हाथ-पैर कायको मारना? लाइनमैन ही काम करेगा...पिता ने इस सलाह को माना और लाइनमैन को ढूँढ़कर बोला। अब इन्तज़ार किया जा रहा है।

दिन अँधेरे वक़्त की तरह धीरे-धीरे जाने लगे लेकिन लाइनमैन नहीं आया। फिर बड़े भाई को भेजा गया। बड़े भाई को दूसरा लाइनमैन मिला। उसे पता नोट कराया गया लेकिन दूसरा लाइनमैन भी नहीं आया। इस तरह केन्द्र और लाइनमैन के चक्कर काटते हुए पाँच दिन हो गए।

लाइनमैन रात में आया। गली में अँधेरा है। तब ज़ोर से पुकारा लाइनमैन ने, "ओ ताड़े...ताड़े...दगड़...दगड़...दग डु...दगड़ू तायड़े।" लाइनमैन, पिता के नाम, सरनेम को बेरहमी से तोड़-मरोड़ चिल्लाते हुए लगातार बोल रहा है। घरवालों को लगा चिल्लाने वाला, सरनेम और पिता के नाम को नहीं, पिता को सशरीर घसीट रहा है। पिता को लगा भरे बाज़ार में उनको घसीटते हुए ले जा रहे हैं। तब घर से बाहर निकलकर बड़े भाई ने ज़ोर से ग़ुस्से में कहा, "क्या हुआ?"

"बिजली गई है न तुम्हारी।" लाइनमैन की आवाज़ टॉर्च की रोशनी के साथ भाई के चेहरे से होते हुए घर में आने लगी।

"हाँ, हमारी लाइन गई है।" बड़े भाई ने उसी ग़ुस्से में जवाब दिया। भाई इस तरह अँधेरी रात में दिखाई नहीं देने वाले चेहरे से बोला।

पिता सहित घरवालों को लगा कि आधा-अधूरा नाम, सरनेम लेकर लाइनमैन बेइज़्ज़ती कर रहा है। दगड़ का अर्थ पत्थर होता है। दगड़ का अर्थ गली वाले जानते हैं। वो पिता को भी जानते हैं। हम भी जानते हैं पिता को। सच तो यह है कि इन दिनों पिता पत्थर हो गए हैं। अपने नाम की तरह, लेकिन वे इस बात को नहीं मानेंगे।

लाइनमैन के टॉर्च की रोशनी सीधे पड़ी बड़े भाई के चेहरे पर। जैसे निशाना लगाया गया हो। फिर टॉर्च की रोशनी घर पर, दीवार पर से होती हुई खम्भे पर जा पहुँची। खम्भे से वापस घर की तरफ़ जाती हुई दरवाज़े पर अटक गई।

"तुम्हारा डंडा कहाँ है?" जवाब किसी को सूझ नहीं पड़ा। क्योंकि सवाल समझ में नहीं आया। "अरे कनेक्शन वाला पाइप कहाँ है?"

"इधर...ये पीछे।" इस बार मैंने कहा।

"मीटर?" लाइनमैन तीखेपन से सवाल दनादन दागता जा रहा है।

"पाइप इधर, मीटर उधर...अजीब तरह के लोग हो।" उसके भीतर का ग़ुस्सा देर रात तक काम करने की थकान, तनाव से भरा हुआ है। भाई के ग़ुस्से से बोलने के कारण वो अब सहज होकर बात नहीं कर रहा है।

सभी को लग रहा है कि बस्ती के सबसे बड़े इज़्ज़तदार आदमी की बेइज़्ज़ती अँधेरे में हो रही है। सबके सामने बेइज़्ज़त होते पिता दरवाज़े के पास खड़े हैं। लगा गली वाले तमाशा देख रहे हैं। अँधेरे में रात भयावह दिख रही है। लाइनमैन पिता को बजा रहा है। पिता को सज़ा भोगते हुए हम देख रहे हैं। गली वाले गली में अपने घर से बाहर नहीं हैं। वे बाहर होते तो भी पिता का चेहरा अँधेरे में दिखाई नहीं देता। चेहरे से दिमाग़ के भीतर का करंट जलता हुआ नहीं दिखता। पिता खड़े होकर सुनते रहे। हम सुन रहे हैं। गली सुन रही है। हम सब चुप हैं। हम सब पत्थर हो गए।

गली वालों को तो सुनना ही था। वे सुन रहे होंगे। लेकिन पिता को, बड़े भाई को, भाभी को, मुझे, माँ को, मेरी आजी को सुनना नहीं था लेकिन हमें सुनाया जा रहा है।

पिता को, भाई को बिजली के दफ़्तर में, केन्द्र पर नहीं सुना गया था। उन्होंने किसी को नहीं सुनाया फिर ये लाइनमैन इतना क्यों सुना रहा है? इसके बाप का क़र्ज़ा लेकर बैठे तो नहीं हैं फिर...फिर क्यों सुना रहा है? यह सोचा गया।

तभी अपमान से पूरी तरह से उबले हुए पिता बोले, "कौन है बे तू? है कौन?" यह संचित ग़ुस्सा है जो जानता है कि सामने वाला कौन है फिर भी उसके मुँह से सुनने की हसरत क्रूरता के साथ दौड़ लगाती है। इतना सुनने के बाद आवाज़ आई, "लाइनमैन।"

लाइनमैन की आवाज़ में नमी आ गई जैसे गरम लोहे पर हथौड़ा पड़ गया हो। लाइनमैन अब सुनने की दिशा में आगे बढ़ते हुए तार देखता हुआ मीटर के पड़ोस में लगे 'कटआउट' के डिब्बे को खोल रहा है।

"हमने देख लिया है, सब ठीक है।" पिता ने कहा। वे अभी भी अपमान से भरे हुए हैं।

"खम्भे पर चढ़ना पड़ेगा...अरे सीढ़ी लाना इधर। ओ...सीढ़ी चीये...खम्भे पे चढ़ना पड़ेगा। खम्भा कहाँ पे है?" लाइनमैन झुँझला रहा है। बिजली का खम्भा और हमारे घर की लम्बी घुमावदार गली की दूरी भी उसे परेशान कर रही है।

लाइनमैन ने अपने साथी को आवाज़ दी। पीले रंग के बाँस वाली सीढ़ी को घसीटता हुआ दूसरा आदमी आया। लम्बी सीढ़ी...इतनी लम्बी सीढ़ी मैंने कभी नहीं देखी थी। सीढ़ी के हर पड़ाव को तारों से बाँधा गया है। बिजली के खम्भे पर सीढ़ी लगवाने के लिए लाइनमैन के बोलने से पहले ही बड़ा भाई और पिता आगे आए। सीढ़ीवाले का साथ देकर, दोनों गली से बाहर बिजली के लोहे वाले खम्भे तक सीढ़ी ले गए। सीढ़ी को खम्भे से टिकाया गया। उस पर लाइनमैन चढ़ने लगा। उनके साथी टॉर्च से अगली सीढ़ी दिखाते जाते, वह आगे क़दम बढ़ाते जाता। लाइनमैन जब एकदम ऊपर चढ़कर रुक गया तब लगा कि बस यह आसमान छू लेगा।

ये लाइनमैन रोज़ दिन-रात आसमान छूने की ख़्वाहिश से सीढ़ियाँ चढ़ते होंगे? चढ़ने के लिए संकल्प या विवशता? क्या होती होगी? उनके चिड़चिड़ाहट से भरे हुए चेहरे में पिता याद आने लगे।

लाइनमैन ने तारों को हिलाया। तीन-चार गलियों में अलग-अलग दिशा में जाने वाले बिजली कनेक्शन के पाँचेक तारों में से हमारे घरवाले तार को ढूँढ़ा। तार को काटा। काले तारों को एक-दूसरे में जकड़ा। टेप लगाने के बाद लाइनमैन ऊपर से ही चिल्लाया, "अब चैक करो।"

मैं घर की तरफ़ दौड़ने लगा। अँधेरी रात में इस तरह भाग रहा हूँ कि मुझे अँधेरा दिख नहीं रहा। अँधेरे में घर तक जाने वाले रास्ते को किसी रोशनी की ज़रूरत नहीं होती है।

कटआउट लगाने के बाद 'खटका' उठाया। दोनों बल्ब जल उठे। रोशनी पीले बल्ब में से बाहर आ गई।

पिता के चेहरे पर अपमान की लम्बी लकीर हम सबने देखी। पिता ने कुछ देर बाद कहा, "हद है। बटन बन्द करके नहीं रख सकते? चालू थे सब...अगर बल्ब फ़्यूज़ हो जाता तो?"

तो का जवाब किसी के पास नहीं है। सोने से पहले बल्ब बन्द किया जाना घर का क़ायदा है। लेकिन जब बिजली गई थी तो स्विच को बन्द करने का विचार किसी के पास नहीं आया था। उस विचार से पहले सबके सामने अँधेरा आ गया था।

बाहर लाइनमैन खम्भे से उतरकर दरवाज़े पर आकर बोला, "साइन कर दो।" एक लिस्ट है। कई नाम हैं। मतलब इतने सारे लोगों की बिजली गई हुई है। एक अकेले हम ही नहीं हैं इसलिए लाइनमैन इतने ग़ुस्से में है। वो लगातार काम कर रहा है। यह सोचते हुए पिता का अपमान से भरा ग़ुस्सा चेहरे से उतरने लगा। तब पिता सहित हमें लगा कि अँधेरे में काग़ज़ पर नाम पढ़ते हुए उससे कुछ शब्द छूट गए होंगे। पिता ने उनके काग़ज़ पर साइन करने के लिए बड़े भाई को बोला।

"ख़रचा?" लाइनमैन काग़ज़ वापस लेते हुए बोला तो घरवाले इसका अर्थ समझ नहीं पाए। लाइनमैन फिर बोला, "चाय-पानी का ख़रचा।" पिता समझ गए और बोले, "ख़रचा? कायका?"

"अरे इतनी दूर से आए हैं, भिया। रात के दस बज गए...वरना हम अगले दिन आते।" लाइनमैन को ख़रचा लेना था और पिता को नहीं देना था।

पाँच दिन बाद आने के लिए ख़रचा दूँ? इसे? जो गली में तायड़े के बजाय ओ ताड़े...ताड़े और दगड़ (पत्थर) बोल-बोलकर चिल्ला रहा था...। आदमी न हो कोई खिलौना हो, जिसे जो चाहे वैसा उठा ले खेल ले। जो चाहे वो नाम ले, बिगाड़ दे, इसे तो नी दूँ ख़रचा, यह सोचते और ग़ुस्सा करते रहे पिता। पिता का मन हो रहा है इसका गला पकड़ें और यहीं पर दबा दें।

"अब तुम्हारी मरजी भिया। देना हो तो दो।" लाइनमैन ने जान-बूझकर नम्रता से भरकर वाक्य को अधूरा छोड़ा।

"दे दे रे, इतनी रात आया है...। दे दे।" आजी बोली।

"हव, देता हूँ अच्छा हुआ तू बोली।" पिता ने पाजामे की जेब से पाँच रुपये निकालकर दिये। लाइनमैन ने पाँच के नोट को देखे बिना ही जेब में रखा।

पैसा देना नहीं चाहते थे पिता लेकिन इतनी रात बहस करते, हंगामा होता और हो सकता है पिता का हाथ उठ जाता, तब गली क्या, बस्ती के सबसे बड़े इज़्ज़तदार आदमी के बारे में क्या सोचते लोग? यह सोचा...सोचा तो बहुत कुछ। यहाँ तक कि पिता ने अपने इस काम के लिए 'जेल' जाने तक का सोच लिया था।

16

ये वे दिन हैं जब कपड़ा मिलें धड़ाधड़ बन्द होने लगी हैं।

अभी तक तो हम घर में यह सुनते आ रहे थे कि मिल बन्द हो सकती है क्योंकि छँटनी ज़्यादा होना शुरू हो चुकी थी। दूसरे मिलों के बन्द होने के समाचार से चिन्ता, घबराहट में बदल गई। वैश्वीकरण का दौर आया है, साथ में उदारीकरण के कारण बाज़ार में तेज़ी आई है, यह अख़बार बताता है। देश में कारोबार बढ़ने और विश्व में अपने देश का नाम चमकने के साथ शक्तिमान बनने की बातें सुन रहे हैं। अर्थव्यवस्था जब तक पटरी पर नहीं आएगी तब तक देश सुधर नहीं सकता। सुधार की नीति का जिसको नाम दिया गया, उस समय कपड़ा मिल के धड़ाधड़ बन्द हो जाने की हक़ीक़त समझ में नहीं आ रही। इसके तर्क और समीकरण समझ नहीं पाया। मेरे लिए एक लटका हुआ सवाल होकर रह गया—वैश्वीकरण उदारीकरण।

सुन रहे थे प्रगति हो रही है। इस दौर में हमारे घर में तंगी तेज़ी से पसर रही है। मिल में तालाबन्दी के नोटिस की अवधि बीतने के साथ घर की बची-खुची ख़ुशियों पर एक-एक कर ताले लगने लग गए। चाबियाँ जिस जगह रखी गई थीं वह जगह घरवाले भूल चुके हैं। अब हम सब एक-दूसरे के चेहरे देखने से बचते। सामने वाले के चेहरे आईने बन गए। ख़ुद के चेहरे को देखना डरावना लगने लगा।

घर में कम रहने का यह बड़ा कारण बन गया कि डरना नहीं चाहता हूँ। मैंने अपने एकान्त की तलाश शुरू की।

घर के भीतर आपस में बातें निरन्तर कम होती जा रही हैं। बातों में रोग लग गया है। बोलचाल काम चलाने लायक़ होती। आपस में सब समझ जाते हैं बिना बोले। बातों का चेहरों पर असर पड़ा या चेहरे का बातों पर कि दोनों सिकुड़ते जा रहे हैं। घर के भीतर क़दम रखने से पहले दिमाग़ दिल को, बदन को हिदायत देता है, तलाशी लेता है कि अपने साथ कोई हँसी-ख़ुशी हो तो उसे बाहर निकालकर रख दो। ऐसा घर में सभी करते होंगे। सब हँसी-ख़ुशी को घर से बाहर रखकर घर के भीतर ख़ाली मन से प्रवेश करते हैं। सब जानते हैं उनके पास, उनके साथ हँसी-ख़ुशी नहीं रहती है इसलिए घर के बाहर की हँसी-ख़ुशी, घर आते-आते यहीं रखी जाती जो तत्काल खो जाती।

घर के भीतर क़दम रखने के समय पता चलता है कि अब चुप रहना है, जो सुनने को मिले वो बिना सवाल किये चुपचाप सुनना है।

अब बिजली जाती है तो घंटों आती ही नहीं। घर के भीतर बस अँधेरा रहता है। एक मद्धम-सी ढिबरी घासलेट के चन्द टुकड़े के दम पर घर के भीतर धुएँ की परत जमाने का काम करती रहती है। बिना नागा किये वह काली परत जमाती। चिमनी से रोशनी इतनी निकलती है कि एल्युमिनियम की सफ़ेद तपेली दिख जाए वरना घर के भीतर उस रोशनी की कोई ज़रूरत नहीं है। अब उस पिद्दी भर ज़रूरत का दाम ढिबरी, काली परत बिछा-बिछाकर लेती है। सब बेबस, असहाय होकर परत चढ़ने देते हैं। काली परत छत पर अपना काम पूरा करने के बाद दीवारों को काला करने लगी है।

"कित्ती बार समझाया, इन जरमन के बरतनों के बजाय लोहे की कड़ाही में सब्ज़ी बनाया करो लेकिन कोई सुने तब ना।" पिता ने कोने में बैठकर कहा। वो चूल्हे के पास वाला कोना है, चूल्हे की आग से रोशन रहता है। पिता की बात सब सुनते हैं। लेकिन कोई जवाब नहीं देता। लाख टके का सवाल हफ़्ते में एकाध बार सबके सामने ज़रूर पटका जाता है। ये सवाल खाते-खाते ही बोला जाता है। ये संयोग ही होता है कि लोहे की उस कड़ाही में उस दिन की दोपहर की बची हुई सब्ज़ी का इतना सा भाग होता है कि चार कौर भी नहीं खाए जा सकते।

इतनी सी सब्ज़ी का बचना ही खटकता है पिता को। बची हुई सब्ज़ी-सा ही जीवन बचा हो पिता का। क्या पिता इस तरह सोचकर बोलते होंगे? वे सीधा नहीं कहते कि सब्ज़ी बची क्यों? उनका दूसरा सवाल निकलता है, "इतना टाइम हो जाने के बाद भी समझ में ही नहीं आता कि कितना क्या बने...कोई समझना ही नहीं चाहता।"

हक़ीक़त तो यह है कि पिता की बात को कोई समझना तो दूर सुनना भी नहीं चाहता। उस वक़्त सिर्फ़ आजी ही बातचीत को बनाए और जीवन को बचाने के लिए पुल बन जाती है।

"पेले खा ले रे फिर बोल।" आजी घर के भीतर दिखाई नहीं देती लेकिन उनकी आवाज़ सुनाई देती है।

"तू तो चुप कर।" पिता ग़ुस्से में पलटवार करते हैं। फिर चुप्पी छा जाती है। लगता है पिता ने सभी को कहा, चुप। और सब चुप हो जाते हैं। चुप होने के बाद भी ख़ुद को टटोलते रहते हैं कि कुछ बोला तो नहीं।

खाना खाने के बाद सबसे पहले पिता उठते हैं कि हाथ धोना सबसे बड़ा काम है जिसे पूरा करने में रत्ती भर की देर नहीं होनी चाहिए। इस विचार को हक़ीक़त करने के लिए उठते हुए बहुत कुछ सोचते हुए पिता अँधेरे में दो क़दम भी नहीं चले होंगे कि उनका पैर पानी से भरे गिलास से टकरा गया। जितनी तेज़ी से पानी फैलता नहीं उससे कई गुना ज़्यादा उनका ग़ुस्सा ज़बान पर सवार होकर दौड़ने लगता है।

पिता ग़ुस्से से चिल्लाते हैं, "बोलना तो चिये कि गिलास रखा है।" गिलास का पानी ज़मीन पर पसरते हुए गोबर से सने हुए भाग पर भागने लगता है। कोई रोके मतलब कुछ और गिरेगा तो सब चुप हैं। माँ पता नहीं कहाँ से एक कपड़ा निकालती है। बहने के लिए बेताब पानी को रोक देती है। पानी चूल्हे के भीतर न घुसे, यह चिन्ता भी सवार हो जाती है। यह इतना अचानक होता है कि समझ में नहीं आता। जादू इसे ही कहते होंगे।

पिता फिर कहते हैं, "अच्छे कपड़े की ऐसी-तैसी करनी हो तो कोई तेरे से सीखे। हद है। अब कीचड़ को इस कपड़े से पोंछना कोई अक़्ल की बात है?"

पिता को छोड़कर सभी का मन कहता है कि उनसे सवाल किया जाए कि फिर क्या करना चाहिए? कौन सा काम ऐसा है जो अक़्ल का है?

इस सवाल को ज़बान पर कोई नहीं लाता। अलबत्ता सब अपनी-अपनी जगह से उठ खड़े होते हैं। ताकि लगे कि इस वक़्त वे कुछ करना चाहते हैं लेकिन क्या करें? यह समझ में नहीं आता है। कोई बताता भी नहीं है कि क्या करना चाहिए? इसलिए आगे चलने के लिए हिलते-डुलते हैं कि फिर अँधेरे की तरफ़ लौटते हैं। माँ उस गिरे हुए गिलास को उठाकर दूसरे गिलास को मटके के भीतर डालकर हाथ में देती है। पिता का बायाँ हाथ उनके दाएँ हाथ को धुलाता है, उसी एल्युमिनियम की प्लेट में। प्लेट में पानी ज़्यादा हो जाता है। प्लेट से पानी बाहर गिरने से पहले बोलते हैं, "भाजी में मनमाना तेल मत डाला कर।"

तभी आजी की तरफ़ से सूचनात्मक वाक्य आता है, पिता के बोल को अनसुना करने के लिए, "बाहर रखोड़ी है।" राख की तरफ़ इशारा करते हुए आजी पिता को अहसास दिलाना चाहती है कि बस अब चुप कर।

"सब पता है। मैं कोई पाहुना तो हूँ नी जो बताए जा रही है," पिता विवशता से भरकर गुस्से में कहते हैं।

"वो बात नी है रे...हाथ धो रहा है, तो वही गीले पे गीला हो रिया होगा।" आजी की बातों में अपने बच्चे के लिए सलाह है। बेटे को समझाने के लिए बेचैन ममता है।

"हाँ इतना तो मैं भी जानूँ।" पिता जानते हैं कि वो ख़ुद ही मुखिया हैं। वो सब जानते हैं। वे सारा ज्ञान रखते हैं।

भाभी पिता की प्लेट उठा लेती है। तभी आजी भाभी से कहती है, "सँभल के हो...बाहर रास्ते में देखी ले कोई नी हो।" भाभी भरी हुई प्लेट को ख़ाली करने के लिए प्लेट में भरे पानी को फेंकने जा रही है।

"हव...सारी दुनिया की चिन्ता मत कर...अपने घर की ही चिन्ता भोत है।" बोलते-बोलते पिता घर से बाहर क़दम रखते हैं, लगता है वे लड़खड़ा गए हैं। सब सतर्क हो गए। क्या कहा जाएगा...गाली...ताना...लेकिन कुछ नहीं निकलता उनकी ज़बान से गोया किसी ने रोक लिया हो बोलने से।

इसके बाद आजी, माँ, भाई, भाभी साथ-साथ खाना खाने के लिए चूल्हे के पास वाले कोने में चले आते हैं, बिना कुछ कहे। हम सब साथ-साथ हो जाते हैं। पिता अकेले रह जाते हैं। उनके साथ कोई नहीं बैठता। वो किसी के साथ नहीं बैठते। अकेले खाना खाते हैं।

रात में कितने भी बजे हों उसी वक़्त बर्तन माँजकर धोए जाते हैं। उसी तरह आज भी भाभी रात में बर्तन माँज रही है। माँ बर्तनों को पानी से भरी लोहे की बड़ी तगारी में घुमाकर धुलाती है। धुले हुए बर्तनों का पानी जो तगारी में हैं, उस पानी को गली की छोटी नाली में बहाया जाता है। नाली से बाहर निकलकर पानी गली में फैल जाता है। इसके बाद तगारी में नये सिरे से भाभी छोटे ड्रम में से निकालकर छोटी बाल्टी से पानी भरती है।

गली में सब सो चुके हैं। जागती है माँ। जागती है भाभी। वहीं पीले रंग के पत्थर पर बर्तन जमाए जाते हैं ताकि पानी निथरकर बह जाए। पानी बह जाता है। बर्तन सूख जाते हैं लेकिन हम जान नहीं पाते हैं कि माँ, भाभी या आजी उदास हैं कि उनके भीतर का पानी सूख रहा है। वे रोती हैं? आँखों में पानी भरा है। अँधेरे में कुछ भी नहीं दिखता है। अँधेरा ढक लेता है। आवाज़ नहीं निकलती। आवाज़ से भी उदासी का पता चलता है इसलिए वे बन्द रखती हैं अपना मुँह। बोलती है आजी जिसे अनसुना किये जाने का रिवाज है। शायद माँ यही सोचती होगी कि अनसुना किये जाने से बेहतर है ख़ामोश रहना, न बोलना। सबसे बेहतर है चुप हो जाना। सबसे भली चुप।

अनसुना किये जाने के डर से न जाने कितने लोग चुप रहते हैं? कब चुप रहना, कब बोलना, कितना बोलना और क्या, क्यों बोलना? यह जानते हैं। वे इतना ही बोलते हैं कि जमाने को पता रहे कि वे अभी भी इसी दुनिया में हैं लेकिन वे नहीं जानते कि ऐसे चुप लोगों की दुनिया को ज़रूरत नहीं है। उनका होना न होने जैसा है। उनका होना मुर्दा मान लिया गया है। वे अपने-आप को ज़िन्दा मानने के भ्रम में बने रहते हैं।

चुप रहना अब धीरे-धीरे घर का क़ायदा बनता जा रहा है। रात में पिता नहीं बोलते। बोलते हैं उनके खर्राटे। उनकी आवाज़ घर में उनके जाने के बाद भी बनी रहती। फैली रहती, पसरी रहती। उसकी परत दिखती है इसलिए कोई कुछ नहीं बोलता।

एक बार मैंने आजी से पूछा था, "मेरी माँ इतना चुप क्यों रहती है?" आजी ने बताया था कि एक बार पैसेंजर से जा रहे थे। तुम पाँच थे। तेरे बाप के साथ तुम तीन बच्चे थे। तू छे महीने का था। तेरा बड़ा भाई और तेरी एक बड़ी बहन थी।

रेलगाड़ी के डिब्बे में बैठने के लिए जगह नहीं थी तो वहीं दरवाज़े के पास तुम सब बैठे हुए थे। भुसावल के पास अचानक ट्रेन में ब्रेक लगा। कोई सँभल पाता कि इतने में तेरी बहन रेलगाड़ी से नीचे गिर गई। गिरते ही वो मर गई। उसकी मौत के बाद तेरी माँ ने बोलना ही बन्द कर दिया वरना एक ज़माना था जब तेरी माँ...बहुत बड़ी लीडर जैसा बोलती थी। भोत अलग थी तेरी माँ।"

बदन ठंड से भरा हुआ है। ठंड दिमाग़ पर, नींद पर हावी रही रात भर। रात भर सो न सका। बदन के साथ आँखें दुःख रही हैं कि चुप दिखने वाली माँ के भीतर एक अपराधबोध है। माँ की उदासी में वो बहन है जिसकी कोई स्मृति मेरे भीतर नहीं है। उसकी याद के साथ करवट बदलता रहा।

आज सुबह गली में चहल-पहल रोज़ की तरह नहीं है। घरों के भीतर से बाहर निकल चुके थे लोग। उदास गली में इस वक़्त कौन आता है? कौन जाता है? आज गली में कौन नहीं है? किसके बिना सूनी लग रही है गली? किसका चेहरा देखने की तमन्ना ठंड से अकड़ गई, सिकुड़ गई, छिप गई? हवा बह रही है कि वह कोसों दूर पड़ी बर्फ़ से निकलकर आई है। हवा किसी के सीने से लगकर ठंड को भगाकर गरमाहट लाना चाहती है। लाल रंग के आधी बाँह के स्वेटर ने उसे सीने से लगाने से इनकार कर दिया है। स्वेटर भी ठंड से भरा हुआ है। इतना डूबा हुआ है कि ऊपर से हाथ लगाएँ तो ठंड का अहसास दिलाता है।

घर से बाहर निकलता हूँ। गली पार करने के बाद लगता है कि कहीं कुछ कमी है, के साथ नज़र कुछ तलाश कर रही है। सुबह हमारी गली से दूर जिस जगह धूप का पहला टुकड़ा आता है, उस जगह खड़े नीम के पेड़ की पत्तियाँ अपनी-अपनी जगह से विदा हो चुकी हैं।

अरे...। कब...कब चली गईं हरी पत्तियाँ नीम के पेड़ से? सवाल धीमे से आकर दिमाग़ पर हावी हो गया है। आख़िर कब चली गईं...। कब...? अभी अक्टूबर के आख़िरी में जब कुछ लोग इस पेड़ के पास खड़े थे। तब तो थीं हरी पत्तियाँ। हरा-भरा था नीम का पेड़। डेढ़-दो महीने के भीतर सारा हरापन चला गया। किसी का हरापन कब कितनी तेज़ी से ख़त्म हो जाता है कि आसपास वालों को भी पता नहीं चलता। पिता का हरापन कब चला गया? किसी को नहीं पता। कोई जान न सका।

एक-दो महीने भर से क्या नीम का पेड़ नहीं देख पाया? मैंने पेड़ की पत्तियों को नहीं देखा?

कब से नहीं देखी जी भरकर पेड़ की पत्तियाँ?

दो महीने से?

फिर दो महीने भर क्या देखता रहा हूँ?

रुक गया हूँ। ठिठक गया हूँ।

धूप अच्छी लगने लगी है। लेकिन दिमाग़ महीने भर का हिसाब माँग रहा है। महीने भर क्या किया मैंने? एक पूरा महीना निकल गया या फिर इससे ज़्यादा वक़्त चला गया? क्या देखा? क्या किया मैंने? क्या-क्या छूट गया है मुझसे? हँसी, ख़ुशी, बातें या उम्र? सोचता रहा कि एक-एक कर सब देखने की कोशिश कर रहा हूँ कि क्या-क्या बदल गया है?

क्या-क्या देखता हूँ जब घर से बाहर निकलता हूँ। जब घर के अन्दर रहता हूँ, तब दीवार देखता हूँ या तब घरवालों के चेहरे देखता हूँ? तब उन चेहरों को कितने ध्यान से देखता हूँ कि पता कर सकूँ क्या-क्या बदल गया है। क्या-क्या बन गया। क्या-क्या छूट गया है। कितना कुछ टूट गया है। मन या पेड़ की पत्तियों को देख न सका। वो पत्तियाँ चली गईं लेकिन ख़बर न हो सकी मन को।

आँखें क्या देख रही हैं आजकल? किसकी तलाश में हूँ कि सब कुछ देखना छोड़ दिया? क्या-क्या छूट गया मुझसे? इसका हिसाब-किताब कहीं दर्ज नहीं कर सका। अपने छूटे, टूटे हुए मन के अहसासों को। स्पर्श को, चाहत को, सपनों को? कौन कहता है, कौन लिखता है? कौन बोलता है अपने मन की?

अपने मन के पत्ते क्या अभी भी हरे हैं? या झड़ गए कि मिट्टी में मिल गए कि मिट्टी में मिल जाना है मुझको?

नीम की पत्तियों वाली जगह देखने लगा। नन्ही सी कोंपल फूट रही है। वह न हरी है। न पीली। न सुनहरे रंग की।

सूरज को देखना चाहिए, इतना सोचते ही लगा कि इस अँधेरे मन से उठना चाहिए और निकल जाना चाहिए दूर, घर से, गली से, बस्ती से।

लेकिन जाऊँगा कहाँ?

17

अचानक पिटाई की आवाज़ सुनी। शरीर के चमड़े पर पड़ती मार की आवाज़। एक चमड़े से दूसरे चमड़े पर प्रहार की आवाज़। चमड़े के कारण चमड़ी पर पड़ने वाली आवाज़ इतनी तेज़ थी कि पिटाई के अलावा दूसरा शब्द याद नहीं आ रहा। हम सब घरवाले जानते हैं कि पिता ने यह अपने साथ ही किया होगा। इस आवाज़ को सुनते वक़्त हम घर के भीतर नहीं रह जाते। आवाज़ सुनते हुए हम अपने ही घरवाले नहीं रह गए। घर में हम उस जगह खड़े हैं। वहाँ हम दर्शक हैं। इसलिए इस अचानक हुए प्रहार में हम कहीं के नहीं रहे। न इस घर के न उस जगह, उस वक़्त के। हम कहीं के भी नहीं रहे।

यह सब जानते हैं कि पिता जब मच्छर मारते हैं, तब उनका हाथ बहुत ज़ोर से चलता है। हवा में एक हाथ दूसरे हाथ को सहारा नहीं देता। दूसरा हाथ दाएँ हाथ के लिए आगे नहीं आता। दायाँ हाथ जब मच्छर मारने के लिए निकलता है तो अपने ही शरीर, ख़ासकर पैरों पर पड़ता है। किसी दीवार या दीवार पर लटकी हुई चीज़ों पर चिपके हुए मच्छर पर हाथ चलता है। पिता इतनी ज़ोर से मारते हैं कि अगर मच्छर चपेट में आ जाए तो उसका वजूद नज़र नहीं आता। यह जानना मुश्किल होता है कि जिसे मारा गया है, वह कहाँ है?

ख़ून की चन्द बूँदें इतनी फैल जाती हैं कि ख़ून-ख़ून की तरह लाल बूँदों में पसरा, फैला हुआ नहीं दिखता। ख़ून बूँदों के समूह में ख़ून लगता है। पसरा हुआ, बहता हुआ, गाढ़े लाल रंग को ही ख़ून कहते हैं। वैसा ख़ून यहाँ नहीं दिखता लेकिन ख़ून हो जाता है। ख़ून होने के बाद ख़ून का वास्तविक रंग फ़िल्मों में वैसा नहीं दिखता।

यहाँ हम ख़ून का रंग, ख़ून के धब्बे, ख़ून का अस्तित्व नहीं देखते, देखना नहीं चाहते। जानना नहीं चाहते हैं कि मच्छर के शरीर के कितने हिस्से हुए? कौन-सा अंग कहाँ है? हम तो बस पिता को देखते रह जाते हैं।

हमारे लिए यह समझना मुश्किल बना रहा कि इतनी ज़ोर से मच्छर को मारने के क्या कारण हो सकते हैं? मच्छर मारते वक़्त किसकी हत्या करने का विचार पिता को इतना हिंसक बना देता है? पिता किसकी हत्या करना चाहते हैं? किससे इस क़दर नाराज़ हैं कि सारा गुस्सा मच्छर पर उतार देते हैं? क्या हत्या उनका सपना है?

मच्छर की हत्या के बाद उनका चेहरा हिंसक बना रहता है। धीरे-धीरे उनके भीतर सन्तुष्टि, सफलता के भाव आते-जाते दिखते हैं। चेहरा गवाही देता है। उनके सन्तुष्टि भाव से पूरा घर डर से भर जाता है। उस वक़्त आजी हस्तक्षेप करती है, "अब इतनी ज़ोर से मत मारा कर। उमर हो गई है तेरी।"

वे आजी को अनसुना कर रहे हैं। फिर भी आजी ने बोलना बन्द नहीं किया। वो समझाती रही, सुनाती रही लेकिन पिता पर कोई असर नहीं हो रहा है। वे चुप हैं।

चुपचाप गुज़र जाती है ज़िन्दगी और पता ही नहीं चलता कब और कैसे ज़िन्दगी ख़त्म हो चुकी है। ज़िन्दगी के नाम पर जो कुछ बचा है, क्या वो ज़िन्दगी है? अगर वो जीवन है तो उसके बाद उसमें कितनी ज़िन्दगी बाक़ी है? उस बची-खुची टूटी-फूटी ज़िन्दगी को फिर भी ज़िन्दा साबुत जीवन के नाम पर घसीटा जाता है। पिता को क्या यह अहसास हो रहा है कि उनकी ज़िन्दगी जी जा चुकी है? अब उनके पास ज़िन्दगी के नाम पर सिर्फ़ चलता-फिरता शरीर है। वो अहसास दिलाने के लिए बोलते हैं कि ज़िन्दा हूँ मैं।

मच्छर मारने के इस तरीक़े पर सवाल उठे लेकिन जवाब हासिल नहीं हुआ।

जीवन जीने के तरीक़े पर सवाल उठे लेकिन जवाब नहीं मिला। आज नहीं तो कल जवाब मिलेगा। सोचता हूँ क्या माँ ने पिता से कभी कहा होगा? टोका होगा? मुझे याद नहीं आता। जब उनकी शादी हुई होगी, जब पहली बार इस तरीक़े से मच्छर मारते हुए देखा होगा तो क्या माँ ने मना किया होगा? हर बार लगता है कि माँ से अकेले में पूछूँगा। लेकिन घर के भीतर माँ अकेली नहीं होती। जब अकेली होती है, तो मेरे पास ऐसे सवाल नहीं होते। कभी ऐसा भी सोचा जब डॉक्टर मुझसे पूछेगा कि तुम्हारे बाप को इस तरह से मच्छर मारने की आदत कब से है? तब मेरे पास जवाब नहीं होगा। यह भी हो सकता है इस सवाल का सामना हमारी अगली पीढ़ी करे? जब जवाब नहीं मिलेगा तब मेरी अगली पीढ़ी किससे सवाल करेगी?

तब जवाब के लिए कोई नहीं होगा। इसलिए लगता है जवाब हासिल कर अगली पीढ़ी को सौंप जाऊँ। सवालों को बिना जवाब के अकेले छोड़कर नहीं जाना चाहिए। हमारे भीतर कोई सवाल दाख़िल हुआ है, तो वह तब तक बना रहेगा जब तक उसे जवाब नहीं मिल जाता। जवाब नहीं मिला तो सवाल अगली पीढ़ी के पास चला जाता है। इसलिए लोग सवाल को अपने दिमाग़ में आने नहीं देते।

सवाल करने नहीं दिया जाता। सवाल सुने नहीं जाते। सवाल हो तो चुप किया जाता है। सवाल इतनी बार अनसुना किया जाता है कि वो विवश अपमानित होकर चुप रहना बेहतर समझता होगा, माँ की तरह।

यह भी कोई सवाल है?

हिंसक मुस्कान से पूछा जाने वाला यह सवाल सबसे ख़तरनाक़ होता है। सवाल में हिंसक हँसी के साथ सवाल की हत्या कर दी जाती है। मेरे पास बहुत सारे सवाल हैं। सवाल का जवाब आता है, "पता नहीं। तू यह सब जानकर क्या करेगा? अपना काम देख और चुप रे। भोत ज़्यादा फोकट टाइम है तो पढ़ ले या घर के काम में हाथ बँटा ले।"

जवाब बनाने होंगे। जवाब बन जाते हैं। जवाब को समाधानकारक बनाने के लिए क्या-क्या नहीं किया जाता। कितनी ही ऊटपटाँग लगने वाली कथाओं के भीतर कोई बात, ज्ञान नहीं होता, लेकिन उन्हें सार्वजनिक रूप से सुनाया जा रहा है। सामूहिक पाठ किया जा रहा है। पढ़ाया जा रहा है। कोई सवाल नहीं करता। जो सवाल करता है उसे चुप करा दिया जाता है।

यह तय है कि मैं अपना जीवन अनुत्तरित सवाल के साथ नहीं बिताऊँगा।

18

बिजली का कनेक्शन हमारे घर की सबसे बड़ी विलासिता है। प्रतिष्ठा का प्रतीक। सम्पन्नता का निशान। ख़ुद का बिजली कनेक्शन। अपना मीटर ख़ुद के नाम होना न केवल हमारे परिवार, रिश्तेदारों में बल्कि पूरी बस्ती में बहुत बड़ी बात है। बिजली के लिए घर की दूसरी ज़रूरतों की कटौती होती रही है। बिल भरना जीवन का सबसे कठिन काम है जो धीरे-धीरे बोझ बनने लग गया है। बिल की राशि में निरन्तर बढ़ोतरी हो रही है। इधर घर में आमदनी लगातार कम होती जा रही है। उस पर कई घंटों तक बिजली नहीं रहती। अगर अँधेरी रात में ही जीवन गुज़ारना है तो फिर बिजली का कनेक्शन किस काम का?

आख़िरकार बिजली कनेक्शन कटवाने का फ़ैसला ले लिया गया। दुःख हुआ।

बड़े भाई की तबीयत ख़राब है। वो घर पर ही है। मैं दुकान की तरफ़ जा रहा हूँ। मैंने देखा, पिता चाय-पोहे-समोसा वाली दुकान पर खड़े हैं। उनके हाथ में न पोहा है न समोसा। वे सेव, चने खा रहे हैं। पिता को समोसा ही पसन्द है। वे समोसा खाकर चाय पीते थे। 50 ग्राम सेव की क़ीमत से पाँच गुना महँगा होता है समोसा। पिता अपनी पसन्द का समोसा नहीं खा रहे है।

वे परेशान दिख रहे हैं। उनका चेहरा निराशा से भरा हुआ है। वे अपने पेट को तसल्ली देने के लिए खाना खाने के बजाय इस तरह सेव-चने खा रहे हैं। वो भी इतना कम है कि बस यह अहसास हो जाए कि कुछ खाया हुआ है।

अधिकांश लोगों के समूह का हिस्सा हैं पिता। काम-धन्धे की तलाश में निकले हुए आदमी के लिए यहाँ खड़े-खड़े सेव-चने खाना स्वाद के लिए नहीं होता। यह पेट भरने का न्यूनतम ज़रिया होता है। कट (आधा कप चाय) पीकर लोग मज़दूरी करने लायक़ हो जाते हैं। पौष्टिक पोषण आहार यही है, इसके बाद वे अपना शोषण करवाने के लिए निकल पड़ते हैं। उनका शोषण पूर्णतया पौष्टिक होता है।

पिता बिजली के केन्द्र पर जाने वाले हैं, घर पर यही कहकर गए थे। उनमें ग़ुस्सा था, खीज थी कि घर में रोटी-सब्ज़ी का इन्तज़ार किये बिना निकल गए। खाना खाने में अगर वक़्त लग गया तो वहाँ बिजली केन्द्र पहुँचने में देर न हो जाए। बिजली कनेक्शन कटवाने का काम सर्वोच्च प्राथमिकता का हो गया है।

घर से निकलकर पिता को याद आया हो कि चाय पी लेनी चाहिए। चाय पीने से पहले कुछ खा लेना चाहिए। शायद इसलिए पिता इस दुकान पर रुक गए हों। सेव मुझे भी खाना है लेकिन मेरी जेब में कुछ नहीं है। घर से जाते हुए पिता की मनःस्थिति को देखकर लगता नहीं है कि उनसे कहूँ कि मुझे भी सेव खिला दो।

बोल न सका। बोलने के लिए ख़ुद को तैयार न कर सका। नज़र मिल न जाए इसलिए आगे बढ़ने के बजाय नाले की तरफ़ बढ़ गया। जानता हूँ, उधर बदबू है लेकिन इसके अलावा मेरे पास कोई दूसरा रास्ता नहीं है।

पिता के पास भी दूसरा रास्ता नहीं है।

≈

डॉक्टर ने बड़े भाई की जाँच की। बात की, फिर बड़ा भाई चला गया। पिता दवाख़ाने के अन्दर खड़े रहे। मैं क्लीनिक के शटर वाले हिस्से के पास पीठ टिकाकर खड़े-खड़े सुन रहा हूँ। पिता को पता नहीं है कि आबाजी की मौत किस रोग से हुई थी। डॉक्टर पटेल ने पिता से पूछा तो पिता जवाब नहीं दे पाए। पिता डॉक्टर पटेल का चेहरा देखते रह गए। भीतर धँसते रहे कि उन्हें अपने पिता की मौत का कारण और रोग का नाम नहीं पता। पिता को यह भी नहीं मालूम कि उस रोग के लक्षण क्या थे। पिता याद करने लग गए। यादों में साल दर साल पीछे जाकर सोचने लग गए। वे अपने पिता की देह के मरने से पहले के वक़्त तक चले गए। उस समय के दृश्य, बातें उन्हें याद नहीं आ रहीं। वे खो गए। भटक गए।

डॉक्टर पटेल बोलने के बाद पिता की आँखों में आँख डाल चुके थे, "बोलो...।"

और उस वक़्त बोल नहीं पा रहे हैं पिता। जब कोई उनकी आँखों में आँखें डालकर बात करता है, उस वक़्त तो वे सब भूल जाते हैं। पिता आँख मिलाकर बात नहीं कर पा रहे। डॉ. पटेल बोला, "एक्सीडेंट हुआ था?"

"नी पता।" अपने होंठों को दाँतों से दबाया कि मूँछों की चुभन की वजह से दूसरे तरीक़े से होंठ दबाने लग गए।

"कैसे मरे यह भी पता नहीं तो..." पर्चे पर पेन चलाते हुए पटेल ने कहा, "कोई बात नहीं। पता चल जाए तो बताना।"

मतलब रोग का पता लगाना ज़रूरी है। आबाजी की मौत का कारण बड़े भाई के इलाज के लिए ज़रूरी क्यों हुआ, यह सवाल मेरे दिमाग़ में अटक गया।

रात में पिता ने आजी से आबाजी के रोग का नाम पूछा, तब आजी भड़क गई। आजी बोली, "तेरेको इतना भी मालूम नी।"

"मेरको मालूम होता तो पूछता?" बोलते-बोलते आँखें तरेरीं पिता ने। मुझे लगा माँ कुछ बोलना चाहती है लेकिन बोलने से पहले ही चुप हो गई।

क्लीनिक में डॉक्टर की आँखों में आँखें डालते समय पिता घबराहट में थे लेकिन अब पूरे साहस-शक्ति के साथ घर में ग़ुस्से में हैं। मौत की बात से घर तनाव से भर गया। मौत की बात क्यों पूछ रहे हैं पिता? सवाल आजी और माँ को समझ में नहीं आया। बिना सन्दर्भ के सीधा सवाल किया था पिता ने। वे कारण नहीं बताते, उन्हें लगता है, आप जवाब दो, बाक़ी बातें जानना सबके लिए ज़रूरी नहीं है।

तनावग्रस्त, अपराधबोध से भरे हुए पिता ने अपने-आप को बहुत उलझाया कि उन्हें रोग का नाम नहीं मिल पा रहा। उम्मीद से भरी हुई आख़िरी रोशनी की तलाश में आजी से पूछा तो आजी ने इस तरह ताना दिया कि वे आहत हो गए। आहत इसलिए भी हुए कि बेटे के सामने पिता की माँ पूछती है, बेटे को पिता की मौत का रोग नहीं मालूम। कैसे हुई मौत, यह पता नहीं है।

कैसा बेटा हूँ। यह सोचते हुए पिता दूर जहान में ग़ायब हो चुके थे। बचपन की तलाश में निकल गए। कोई सिरा पकड़ में नहीं आ रहा। बचपन की यादों में मौत का एक भी कारण याद नहीं आ रहा। बचपन की कोई एक घटना याद नहीं आ रही। किसी और के साथ कुछ हुआ। वह याद आए। यह तो पता चले कि वे ख़ुद बचपन में कैसे दिखते थे। पिता के बचपन की कोई फ़ोटो नहीं है। आबाजी की भी कोई फ़ोटो नहीं है। उस समय फ़ोटो खिंचवाई नहीं गई थी।

बचपन की कोई तस्वीर जो दिमाग़ के किसी फ्रेम में मढ़ी हुई हो वह दिख जाए, लेकिन तस्वीर होती तो दिखती। बचपन के चेहरे की तलाश में उलझ गए पिता। यादों के इस सफ़र में घर, गली, दुकान की धुँधली अधूरी यादों में चेहरे याद नहीं आ रहे। जैसे कोई धूल भरी आँधी चल रही है। उस पार कुछ नहीं दिख रहा है। कोई भाग रहा है। बदहवास हैं लोग। उन लोगों को कुछ बचाना है। वो बचा नहीं पा रहे लेकिन आगे कहीं नहीं जा पा रहे हैं। भागते जा रहे हैं फिर भी कहीं भी पहुँच नहीं पा रहे हैं।

बचपन इतनी तेज़ी से कैसे ग़ायब हो सकता है? बचपन कब याद आया था। पिछली बार कब सोचा था बचपन के बारे में। आख़िरी बार खिलखिलाता हुआ चेहरा कब याद आया था? क्यों याद आया था बचपन और हँसी? यह भी याद नहीं आ रहा है कि बचपन का चेहरा शरारत से भरा था?

पिता बचपन के किसी भी एक हिस्से को, घटना को पकड़ना चाह रहे हैं लेकिन लगातार असफल होते जा रहे हैं। पिता को अपना बचपन याद नहीं आ रहा।

अपना बचपन याद करना अब उनके जीवन का मक़सद बन गया। पिता ने अपनी माँ से मतलब आजी से सवाल किया, मैं बचपन में कैसा दिखता था?

पिता को आबाजी की मौत का कारण जानने के बजाय अपने बचपन को याद करने वाली बात, कैसे याद आई? यह अब हम लोग समझ नहीं पा रहे हैं।

आबाजी की मौत के वक़्त पिता की उम्र 8-10 साल थी। किसी बच्चे को अपने वक़्त की बातें तो याद रहती होंगी। फिर अपने पिता की बीमारी की बात पिता को याद क्यों नहीं। क्या पिता ने अपने पिता को भूलना चाहा था। क्या रोग बीमारी को याद रखने का उनका बिलकुल मन नहीं था? वो आख़िर क्या था कि वे भूल चुके हैं पिता की मौत को। उनका चेहरा उतर गया।

ग़ुस्से का ताप उतर गया।

और अपने अकेलेपन में पिता अकेले ही, चुपचाप चले गए।

आजी ने दो दिन के बाद वाली रात में पिता से कहा, "सुन, बैठ बताती हूँ।" पिता के चेहरे को देखकर मुझे लगा, परेशान और हारे हुए आदमी की शक्ल ऐसी ही होती है।

पिता बोले, "बोल, सुन रिया हूँ। तू तो बोल।" यह झुँझलाहट है। ग़ुस्सा है। अगर बताना था तो तभी बता देती। अब दो दिन बाद क्यों बता रही है? तमाम सवालों से पिटे हुए पिता विवश दिख रहे हैं।

"बैठ जा।" स्नेह से भरी है आजी। उसी स्नेह के भीतर बचपन की याद के किसी छेद की तलाश में दिखे पिता ताकि उस छेद में से वह अपने बचपन में दाख़िल हो सकें। पिता की मौत जानने के बहाने अपना बचपन जानने के लिए खड़े पिता बैठे नहीं।

"तू कब माना रे। बचपन से अपनी मनमानी की तूने अपने बाप की तरह। अब मान जा। बैठ।" बोलते-बोलते आजी का गला सूखने लगा। "तू सुन।" आजी की आवाज़ के भीतर अपना छोटा-सा बच्चा उतर आया। आजी अब माँ की भूमिका में आ गई। उन्हें याद है पिता का बचपन। बेटे के बचपन के भीतर ममता दाख़िल हुई।

माँ मेरे बचपन में पहुँच गई है, यह अहसास पिता को हुआ और वे सामने बैठ गए। वे अपना बचपन जानना चाहते हैं। इसे उन्होंने अपना सवाल नहीं बनाया लेकिन इसका जवाब सुनना था। बूढ़े होते जा रहे पिता अपने बचपन से मिलना चाहते हैं। बचपन कैसे खो गया? क्या-क्या याद रह गया?

यादों के इस तेज़ अन्धड़ में नहीं गिरेंगे, यह अहसास पिता को हो गया। मज़बूत सहारे से वे अपने बचपन की गली में आ गए लेकिन दरवाज़ा नहीं दिख रहा है। उनके बचपन का घर तस्वीरों में बनाई जाने वाली आकृति जैसा नहीं है।

उनके घर का आकार भी तस्वीरों से ग़ायब है। घर, मकान जैसे दिखाए या बनाए जाते हैं, वैसा उनका घर नहीं था। अभी भी हमारा घर वैसा नहीं है। घरों की दीवारें सीधी खड़ी नहीं हैं। दरवाज़ा? दरवाज़ा नहीं है। किवाड़ नहीं है तो साँकल हो ही नहीं सकती। इसलिए ताले की याद उनको घर के बजाय बाज़ार ले गई।

दुकान, जहाँ ताला बिकता है वहाँ लोहे के रंगीन तालों का ढेर है। हर ताला अपनी चाबी से बन्द है। तालों को बन्द कर उनके ही गले में चाबी टाँग दी गई है। ताले के संग चाबी है। चाबी होकर भी ताला बन्द है। बन्द है दिमाग़। चाबी है लेकिन ताला अपने-आप को ख़ुद को खोल नहीं सकता।

तालों की जगह अब इनसान दिखने लग गए हैं। बाज़ार में खड़े हैं लोग। चुप हैं। उनके दोनों होंठों पर ताला लगा है। लाल, काले, पीले दूसरे रंगों के धागे से बँधी हुई चाबी लटकी हुई है। चाबी को दूसरे हाथ से पकड़कर ताला नहीं खोला जा सकता।

आँखों के सामने चाबी होकर भी उसका उपयोग नहीं कर पाने की विवशता से भरे हुए पिता को किसी के हाथ की ज़रूरत है। इस दौरान पिता को बड़ी देर तक आती रही ख़ामोश हँसी। पिता की इस वक़्त की हँसी में कई सालों तक मुस्कराया जा सकता है। जीवन को जीवन की तरह जिया जा सकता है। लगा, हँसी के तमाम रूप, प्रकार और आवाज़ से भरी रहे दुनिया कि हँसी के अलावा ज़िन्दगी और कुछ भी नहीं है।

हँसी से याद आया कि घरवालों के तमाम कोशिशों से रटाने, समझाने के बावजूद कुछ चीज़ों का नाम, पहचान अबोध कहलाने वाला बच्चा ख़ुद ईजाद कर लेता है। यह उसका अपना योगदान होता है, शब्द से अलग आवाज़ की दुनिया में। समाज को शब्दों की दुनिया मान ली गई जो कि है ही नहीं। शिशु के अर्थहीन कहे जाने वाले शब्दों को लिपिबद्ध कर एक नया शब्दकोश बनाया जाना चाहिए।

शिशु की बोली को 'तोतली बोली' कहा जाता है। शिशु धीरे-धीरे माँ की भाषा बोली से दूर होता जाता है। बढ़ती हुई उम्र बचपन को जैसे दूर कर देती है वैसे ही वो हँसी, मुस्कराहट, स्नेह और आँसू दूर होते जाते हैं। वो ज़माने की, पिता की भाषा बोलने में अपना वक़्त और उम्र लगा देता है। माँ की बोली से अलग होते-होते दुनिया से भी अलग-थलग पड़ने लगता है।

आजी से पूछना चाहता हूँ, जिस चीज़ को पिता, बचपन में जिस 'नाम' से जानते थे वो शब्द बताया जाए। जब मैं शिशु था, तब एक ही चीज़ या ज़रूरत के लिए उसी एक ही शब्द का उपयोग करता था जिसे पिता अपने बचपन में बोलते थे? पिता के शब्दों की विरासत वैसी ही उन शब्दों के साथ चली आई? या माँ के शब्द के साथ बोलना सीखा?

आजी से पूछना है कि मैं 'पानी' के लिए क्या बोलता था? पिता ने पानी को कौन सा नाम दिया था? क्या आजी को, माँ को पता है, वो ख़ुद 'पानी' को किस नाम से जानती थीं, बोलती थीं? 'आग' को क्या कहते थे पिता? क्या आग के लिए उसी शब्द का इस्तेमाल मैंने किया था? आग से पिता डरते थे? मैंने सुना था कि मैंने आग पकड़ने में अपना हाथ जला लिया था।

मेरा बड़ा मन हो रहा है कि रोककर पूछ लूँ आजी से लेकिन आजी अभी मेरी आजी नहीं, पिता की माँ हैं। बेटे का हक़ पहला।

पता नहीं क्या-क्या सोचने लगा हूँ। लिखने वालों ने लिखने-बोलने के लिए अपनी भाषा बनाई। अपने-आप को श्रेष्ठ, ज्ञानी माना। सर्वश्रेष्ठ मनवाने के लिए डर, घृणा, हिकारत को अपने गले में लटका लिया। उन्होंने बोली बोलने वाले को कमतर घोषित किया। उन्हें अपने देस-बस्ती गाँव से बाहर कर दिया। जो था, यहाँ का, उसे बाहर करने के लिए किताबें बनाईं। ऐसे शब्दों को बनाया गया जो लोग बोलते नहीं थे। उन शब्दों को जीते नहीं थे। उनके समाज जीवन में वे शब्द किताबों में नहीं थे। जो शब्द जीवन में थे, वो धड़कन थी, ख़ुशी और दुःख, प्रेम और शान्ति थी, उन शब्दों को शब्दकोश में जगह नहीं दी गई। समूचे समाज और जीवन के ख़िलाफ़ रचा गया षड्यंत्र है शब्दकोश। अगर जन के, जान के शब्द, शब्दकोश में होते, तो यह दुनिया होती बेहद ख़ूबसूरत। तब इस दुनिया में होती मोहब्बत, प्रेम, दोस्ती और उल्लास के साथ समता, समझ, एक साझा घुला-मिला जीवन और समाज।

मनुष्य की गरिमा को खंडित करने के लिए उन्होंने अपनी भाषा को औज़ार की तरह इस्तेमाल किया। औज़ार जीवन देते थे लेकिन भाषा बनाने वालों ने औज़ार से जान लेना शुरू कर दिया। अब औज़ार से लकड़ी नहीं कटती थी, मनुष्य काटे जाते। उस कटी हुई लकड़ी से भोजन बनता था अब उन्होंने हिक़ारत और नफ़रत को पकाना शुरू कर दिया।

श्रेष्ठ बताते-बताते किताबों में भगवान, धर्म का घालमेल कर दिया। किताबें सुख दे सकती थीं, सपने रच सकती थीं। किताबों से दुनिया बेहतर बनाई जा सकती थी लेकिन उन्होंने किताबों से बनाए मंत्र, तंत्र, व्यवस्था, ओहदे, पद, पदवी, ऊँच-नीच, पाप-पुण्य, पवित्र-अपवित्र, नैतिक-अनैतिक चरित्र। मनुष्य और मनुष्यता को किताबों से बाहर कर दिया गया।

इन्हीं किताबों से दूरियाँ बढ़ती गईं। इन्हीं किताबों में नफ़रत, हिंसा को आश्रय दिया गया। इन्हीं किताबों के सहारे समाज को बाँट दिया। इन्हीं में से निकली श्रेष्ठता की ग्रन्थि। श्रेष्ठता ग्रन्थि को पाला-पोसा गया। इतना बड़ा किया कि वे मनुष्य नहीं रह गए। वे मनुष्य रहना नहीं चाहते थे। वे मनुष्य के बजाय देवता बनना चाहते थे। वो देवता जो जन्म लेता है, उस पुरुष के माध्यम से जो ख़ुद को श्रेष्ठ मानता था, जो ख़ुद को मनुष्य कहलाना नहीं चाहता था।

वे चाहते हैं शब्दकोश के भीतर बन्द शब्द ही बोले जाएँ और सुने जाएँ। शब्दकोश बनाने वालों में क्या हमारे पूर्वज शामिल थे? वे कौन-कौन थे जिन्होंने शब्दकोश को इतना बड़ा मोटा और जटिल बना दिया? क्या बेहतर जीवन जीने के लिए इतने शब्दों की आवश्यकता है? ख़ुश, खिलखिलाहट भरे, स्वस्थ जीवन को जीने के लिए कितने शब्द ज़रूरी हैं? अगर यह पूरे समाज का शब्दकोश है, तो मेरे घरवाले, गली वालों के शब्द इसमें शामिल क्यों नहीं हैं? गाँव शहर से बाहर कर दी गई हमारी बस्ती की तरह हमारे शब्दों को बेदख़ल कर दिया गया है। जहाँ समतामूलक समाज बनाया जा सकता है, वहाँ विभाजनकारी विरासत के साथ समाज को बाँट दिया।

श्रेष्ठता का राग अलापते हुए उन्होंने बोली को हिक़ारत और कमतरता के ज़हर से मारना शुरू कर बोली-भाषा की मौत का इन्तज़ाम किया। बोली-भाषा मर जाएगी तो मनुष्य कैसे जीवित रह सकता है?

बोली का संकट, मनुष्य और मनुष्यता का संकट है।

≈

आजी पिता को बता रही है, "जब तू छोटा बच्चा था दो-ढाई महीने का, तब मैं मजूरी करने के लिए जाती थी। वो पत्थर वाला पुल है न, उसका कई साल से बन्द काम फिर से शुरू हुआ था। कहते थे लोग सरकार के लिए यह काम ज़रूरी नहीं है तो कोई बोलता था अब गोरों की सरकार के ख़िलाफ़ लोग बोल रहे हैं। उनको देश छोड़ने का बोल रहे हैं। यह सब सुनकर इंजेनेर (इंजीनियर) विलायत चला गया। वो वाला इंजेनेर ही इधर से उधर दौड़ता, बताता था, क्या करना है। कब करना है। सब उसी की सुनते थे। वो जो बोलता, वो बोल-भाषा हमको समझ नी आती। उसका बोलना भोत सारे की समझ में नी आता लेकिन सब जानते थे कि वो क्या चाहता था। उसको बोलते देखकर सब जान जाते थे। उस गोरे आदमी को पसीने में देखते तो सब काम से जुट जाते थे जी-जान से। सुबे से रात तक वो वहीं दिखता। उसको ही देखा। जब वो विलायत जाने लगा तो दुखी हो गया था। उसको दुख किस बात का था? यह तब पता नी चलता। वह जब आया तो ख़ुश नहीं दिखता था। धीरे-धीरे वह हँसता और बच्चों की तरह उछलता। उस आदमी के पास से ख़ुशी धीरे-धीरे जाती हुई दिखती। लगता था बस वो चाहता था कि पुल बन जाए। हमें लगता कि पुल बनाने का काम कभी ख़त्म न हो। पुल बनते जाएँ, एक के बाद दूसरा पुल। हमारे देश में भोत सारे पुल ज़रूरी हैं। जब सब जगे पुल बन जाएँगे, तब सब सुखी और ख़ुश हो जाएँगे। पुल तो बनने ही चाहिए।"

कौन-कौन से पुल, आजी?

आजी सीमेंट-पत्थर के पुल के अलावा कौन से पुल बनवाना चाहती है?

आजी की बातों से पता चला कि हमारे घर तक कोई नहीं आता क्योंकि आने वालों के लिए 'पुल' नहीं बनाया गया है। उनको हमारी बस्ती का सँकरा, कच्चा रास्ता नहीं दिखता। उनको तो बस हमारी बस्ती में काम करने वाले लोग दिखते हैं जिनसे उनको अपना काम करवाना है। इसके अलावा उनको क्या दिखता है? रहने वाली जगह का ढाँचा, जैसी जगह वैसे शरीर, अनाज और पानी? यह सब नहीं दिखता। इनको तो बस हमारी जाति दिखती। इसलिए वो बस्ती के कोने पर खड़े होकर बच्चों से काम करने वालों को बुलवाते। वो ख़ुद बस्ती में नहीं आते। उनके सन्देश आते। क्योंकि हम तो यही सुनते आए कि हमारी जाति बड़ी नहीं है। ये इनसान को नहीं उसकी जाति को देखते हैं।

खड़बड़ी पुल और इंजीनियर के अलावा सिर पर बोझा ढोती आजी दिखने लग गई जो अपने दो-ढाई महीने के बच्चे को छोड़कर काम कर रही थी। इसमें 'जाति' की बात क्यों आई? 'पुल' की बात पर इतनी देर तक आजी क्यों अटक गई कि किसी खाई में गिर गई। पुल नहीं था, इसलिए खाई में गिरी आजी?

कौन सा पुल?

पिता की रुचि अपने बचपन को जानने में है। यहाँ वो 'अकेले' हैं। उस एक-दो महीने के बच्चे की तरह जिसकी 'देखभाल' की जाती है, देखा जाता कि कोई उसे अपना शिकार न बना ले। एक कोने में सुरक्षित मानकर छोड़े हुए हर उस बच्चे में अपना चेहरा ढूँढ़ने में लगे हैं पिता। पिता को उनका चेहरा नहीं दिख रहा। उन्हें अभी इन्तज़ार करना है अगली बात का। जबकि मैं 'पुल' बनाने की बात का इन्तज़ार करने लगा हूँ।

मटके से मैंने पानी लिया। आजी को देने के बाद पिता को पानी दिया। आजी का गला सूख रहा है। आजी ने गिलास को अपने सामने रखा। वो पानी को देखते-देखते खो गई। उनका चेहरा बता रहा है कि यादों के किसी पथरीले सफ़र पर निकल गई है कि किसी नुकीले पत्थर से टकरा गई है। लहूलुहान आजी, पानी को तरस रही है।

आजी ने अपने गले को सबसे आख़िर में गीला किया। पानी का किफ़ायती उपयोग करती हुई आजी बोली, "भूख-प्यास से हम लोग घामाघुम होते। बदन से पानी निकलता लेकिन गले में रखने के लिए पानी नहीं मिलता। इंजेनेर की नज़र जैसे ही हम लोगों पे पड़ती तो वो ग़ुस्सा होता, पैंट-बुशर्ट वाले पर। वो सुपरवाइज़र बाद में नाराज़ होता हम पर। एकाध घंटे बाद बिना बोले, पानी आता तो मैं काम-धाम छोड़-छाड़कर तेरको दूध पिलाती।

थोड़ी देर में ही सकू आती। पानी मेरेको देती। बस इत्ती सी देर में तो आवाज़ आती, "चलो काम करो। बिना पानी के मर नहीं जाओगे। चलो हटो, उठो ओ उठ... बे...भोत हो गया आराम। ओ बाई चल फिर घर जाकर पीना...पेले काम कर, काम।"

ऐसी बात हमारे कान में पड़ती, कभी बच्चे को देखती तो कभी आवाज़ को सुनती। तब्बी वो सुपरवाइज़र पैंट-बुशर्ट वाला हमारे पास आता। बोलता, "चल, कब तक पिलाएगी। भोत टेम हो गया। बच्चे के बहाने काम नी करती।

दूध है भी तेरे में। नाटक करती है नाटक। तेरी छाती में दूध नहीं और...चल बता दूध पिला रही या...

वो वातरट आदमी ऐसा ही बोलता। हमारे बदन पे आँख...। वो तब तक खड़ा रहता जब तक कि दूध से बच्चे को अलग न कर दे। वो भड़वा बेशरम...उसने कभी माँ को दूध पिलाते हुए नहीं देखा हो, वो मेरे को ऐसे देखता। वो देखता था कि दूध कैसे निकलता...हलकट मानूस..." आजी बोलते-बोलते आँसू के साथ ग़ुस्से में भर गई। आजी बोलते-बोलते अपने समय में चली गई है। आजी उस सुपरवाइज़र से लड़ना चाहती है। आजी को वो सब भी बोलना है जो उस वक़्त बोल न सकी थी। आजी उस विवशता के कँटीले तार से घिरी हुई दिख रही है कि लड़ना पड़ा तो 'बच्चे' को कहाँ रखूँगी। उसे जीवन कैसे दूँगी। अगर इस आदमी से लड़ नहीं पाई तो कैसे जी पाएगी? अगला वक़्त कैसे निकाल पाएगी? उस अन्तर्द्वन्द्व में नफ़रत, आक्रोश और ममत्व एक साथ था। किधर जाऊँ? क्या करूँ? कुछ समझ नहीं आ रहा था आजी को। आजी उस वक़्त की वह युवा महिला थी जो जीवन जीने के लिए काम कर रही थी। जो सतत मेहनत करती हुई मज़दूरी कर रही थी। पसीने में डूबी हुई थी। जिसके गले में प्यास ही प्यास थी। बच्चे के लिए जीवन था। उस वक़्त बच्चे की तरफ़ देखे या इस सुपरवाइज़र से लड़े।

मैंने जाना था कि आजी को लगता है, बिना लड़े नहीं जी सकते हैं। अकेले भी लड़ा जा सकता था।

जब देर तक सब चुप रहे तब मैंने आजी से कहा, "उस सुपरवाइज़र को सबक़ सिखाया?" इस वक़्त पिता को यह सवाल ठीक नहीं लगा। वे तमतमाते हुए बोले, "तेरको देख रहा हूँ हर टेम सबक, लड़ाई जैसी ही बातें करता रहता है। क्या चाहता है तू?"

मुझे सवाल समझ में नहीं आया। मैं उन्हें देखता रहा चुपचाप। तभी आजी बोली, "बोलने दे उसे। बोलने से मत रोका कर। जो बोलना चाहता है उसे बोलने दो। वरना पूरी जिनगी बोल नहीं पाता आदमी।"

पिता कुछ नहीं बोले। मैं भी नहीं बोला तो आजी बोली, "उस दिन तो मैंने आँख दिखाई थी उसे।" उसी पे वो बोला था, "इस तरह क्या देख रही है। खा जाएगी क्या डाकन?"

वो खड़ा नहीं रह सका। चला गया था।

हम सब औरतें काम ख़त्म कर घर वापस जाते हुए रास्ते में बातें करती। सुपरवाइज़र की भाषा ख़राब थी। उसे लगा हमें ख़राब कर देगा तो हमने सोचा इसे ढंग-ढाँग से बताया जाए। हम रोज़ ऐसी बातें करते थे। रोज़ की थकान को ग़ुस्से में इकट्ठा करते थे।

रात का अँधेरा बढ़ता जा रहा है। आजी की आँखों की चमक भी। पिता की आँखों में ललक थी कि उनके मूल सवालों के जवाब पहले मिल जाएँ फिर आजी की बातें हों। इस कामकश में पिता को अस्थिर होते देख आजी बोली, "उस गन्दे आदमी की बात बाद में बताऊँगी।" मैंने कहा, "मेरको बताओ न आजी।"

पिता बोले, "पेले इसकी सुन। मेरको क्या? कुछ काम-वाम तो है नी। इसने नी सुना तो इसकी रेलगाड़ी चली जाएगी।" पिता ने नाराज़गी से भरकर हार मानते हुए कहा। आजी मुस्कराते हुए बोली, "थोड़ी देर सबर कर। तेरको भी बताती हूँ।"

"हव। चल तू इसे सुना...तब तक मैं खाना खा लेता हूँ।" पिता ने इतने ज़ोर से बोला कि उनकी बात आजी के अलावा माँ तक पहुँच जाए। उनकी आवाज़ गली में चली गई।

आजी बोलने लगी, "फिर एक कोने में तेरे बाप को रोते हुए छोड़-छाड़ के निकलती थी।" आजी फिर पिता से कहने लगी, "एक कोने की तलाश करती। वो कोना जहाँ पे तेरेको रख सकूँ। काम करते-करते तेरेको देख सकूँ। इसका बन्दोबस्त करती। फिर पानी के लिए दौड़ती। पानी पिला दो। ओ भाउ पानी दे न जरा... बोलती लेकिन किसी के पास भी सुनने का बखत नहीं होता। अपने हाथ से पानी लेके पी नहीं सकते। हमारे छूने से पानी भ्रष्ट हो जाएगा। पानी पिए बिना काम कर नहीं सकते। करें तो क्या करें और तब्बी वो ही भड़वा हलकट सुपरवाइज़र आता, बोलता, पानी पिएगी, बोल...पानी, पानी..." बोल-बोल के गला सूख जाता। उसे देख के उसके थोबड़े पर थूकने का मन होता लेकिन मैं थूक मुँह में ही रखती। थूकती नी थी। थूक को गटकती थी। और वो हमारे बिना जवाब के बाल्टी में से पानी निकालता। बोलता झुक...। ऊपर से पानी डालता, थोड़ा-थोड़ा पानी देता। हम लोग अपने हाथ को होंठ से लगाके पानी पीते। वो अचानक पानी देना बन्द कर देता। उसको देखती तो वो हलकट मेरे बदन को...रुकता फिर देना शुरू करता पानी।"

आजी चुप हो गई। मैंने देखा उनकी आँखों में पानी आ गया है। गले में कुछ अटक गया है। मैंने फिर उठकर पानी लाकर आजी को दिया। पानी पीने के बाद चुप रही आजी कि गला दगा न दे दे। आजी ने थोड़ी देर बाद फिर बोलना शुरू किया, ''वामन दादा गाते हैं न," पानी वाढ गं माय...(पानी परोस दे माँ) यह पोवाड़ा अपना प्रशान्त भी कितने मन से गाता है।"

आजी कुछ और कहना चाहती है या करना...ख़ामोशी डरावनी हो जाती है कि सब सोचते हैं, आगे क्या? अगला क़दम क्या...कोई बोलता नहीं। जबकि कोई डर नहीं है। आजी पूरी बात बताते-बताते रुक जाती है तो लगता है कि अपने भीतर के ग़ुस्सा, दु:ख निकालने से ख़ुद को रोकती है। वामन दादा के पोवाड़े का ज़िक्र कर विषयान्तर कर दिया।

आजी अपने दु:ख को छोड़कर सदियों पुराने दु:ख-तकलीफ़ को बयान करती हुई लगी। कष्टमय जीवन की एक परम्परा, हमारे हिस्से का यह क़िस्सा है। यह गीत है। यही कविता है, जो पोवाड़े में से बहना चाहती है लेकिन रुक जाती है कि रोका जाता है जैसे सुपरवाइज़र आजी को पानी पिलाते-पिलाते रुक गया था। प्यास बुझने से पहले ही वो धार बन्द कर देता, पानी की धारा को, तालाब को, नल को जहाँ भी हो वहाँ रोक दिया जाता है।

आजी की आँखों में पानी नहीं है। कोई नदी उदास होकर रुक गई। नदी ने बहना स्थगित कर दिया। यह इनकार था, यह असहमति थी, यह विरोध था, जो दर्ज होने से रह गया। आजी लिख नहीं सकती, पढ़ नहीं सकती। उनको पढ़ने-लिखने का हक़ नहीं था। जो बोलना चाहते थे, उन्हें बोलने से वंचित कर दिया था। वे गाँव से बाहर कर दिये गए थे, उस गाँव बाहर की आजी, वामन दादा के पानी परोस दे माँ कहते हुए, माँ, माँ कहती हुई बरसते हुए मौसम में किसी अधखुले दरवाज़े की देहरी से दूर खड़ी थी। न पानी छू सकती थी, न दहलीज़ पर पैर रख सकती थी। पतित पावन दहलीज़, पानी, मनुष्य, रास्ते, वे सब छूने से, जाने से अपवित्र हो जाएँगे। बरसती आग के मौसम में आजी वहाँ कैसे खड़े रहती होगी? जिस ज़माने में नल नहीं थे जब कुएँ भी सबके लिए नहीं थे तब पानी कैसे लाते होंगे?

आज भी हमारे लिए न कुएँ हैं न नल, न पीने का साफ़ पानी है। आज भी पानी से वंचित है हमारी बस्ती। क्यों?

आजी उस वक़्त दिखाई देने वाली और आज छिपाई हुई तमाम पवित्रताओं पर थूकना चाहती है। आजी के साथ मैं भी थूकना चाहता हूँ, आजी ने थूक इकट्ठा कर रखा है। क्या आजी चाहती है कि इस विचार को उसकी अगली पीढ़ी इकट्ठा कर ले?

आजी मेरे मन-विचार समझ गई थी। आजी, अपनी ज़िन्दगी के पूरी सदी के सफ़र के आख़िरी पड़ाव पर आ गई थी। आजी ने कहा, अब वामन दादा को नया गाना, नया पोवाड़ा लिखना चाहिए।"

मुझे लगा आजी के साथ, माँ की गोद से उतरकर, उँगली थामने के लिए पिता मचल रहे हैं। इस वक़्त मैं अपने-आप को सँभाल नहीं पा रहा। इस वक़्त बहती नदी के नाम पर नाला बहता हुआ दिख रहा है, जिसमें गन्दगी उफनती हुई जा रही है। उस असहनीय गन्ध वाले नाले के किनारे अरुण का घर दिख रहा है।

कहाँ जाऊँ मैं?

कहाँ गई थी आजी?

कहाँ खड़ी थी आजी की माँ?

कहाँ पर हैं पिता?

वो जगह नज़र नहीं आ रही। कलकल करती हुई नदी को रोक दिया है। नदी अगर रुक गई थी तो अरुण के घर के पास बहता हुआ नाला क्यों उफ़ान पर था? क्या यही वो नदी है जो विदर्भ के गाँवों से होती हुई, सतपुड़ा के जंगल से पहाड़ लाँघकर पगडंडी, सड़क, राजमार्ग से होते हुए हमारी बस्ती तक आ गई।

अपने-आप से उलझ गया हूँ कि आजी की बातें सुनाई नहीं दे रहीं। मुझे एक तालाब दिख रहा है जिसमें पानी ही पानी है। हम सब प्यासे खड़े हैं कि प्यास से मर जाएँगे, फिर भी उस तालाब का पानी पीना तो दूर, छू तक नहीं पा रहे हैं।

मेरी आँखों में आँसुओं के साथ गुस्सा है। अँधेरी रात में उस तालाब के भीतर हमारा घर, घर के लोग खड़े हैं।

इस तनाव और संकट में माँ बोली, "पहले खाना खा लो फिर बात करना।"

"तेरको तो हरटेम खाने की पड़ी रहती है।" पिता गुस्से में हैं। सब जानते हैं पिता को ही सबसे ज़रूरी काम लगता है खाना खाना। वे खाए बिना रह नहीं सकते। थोड़ी सी देर उनको सहन नहीं होती। वो ही अब ऐसा बोल रहे हैं।

मैं पिता को तौल रहा हूँ अपने मन के तराजू पर। पिता का वज़न इतना कम लगा कि लगा इन्हें बाद में तौलूँगा। पहले आजी से बोलूँगा।

बोलने के लिए ज़बान खुलने ही वाली थी कि पिता को लगा वे अकेले पड़ गए। खाना खाने को वो पहले बोल चुके थे लेकिन शायद उन्हें याद नहीं रहा तो पिता उस भूलने से पैदा हुई खीज के साथ नाराज़गी से बोले, "चल, लगा थाली। पहले खा लेते हैं, वरना खाना भाग जाएगा।" और वे उठ खड़े हुए। हाथ धोने के लिए आगे बढ़ गए। उस सिरपटक ग़ुस्से के बीच आजी ने चुप रहना बेहतर समझा। आजी कितना कुछ बोलना चाहती है लेकिन अभी चुप हो गई।

कितनी ही बातें हमारे भीतर समाई हुई हैं कि सही वक़्त आने पर बोलने का इन्तज़ार करते हैं। बोलने के लिए इन्तज़ार करते-करते उम्र गुज़र जाती है लेकिन वो वक़्त नहीं आता। कितना और क्या-क्या रह गया है बोलने के लिए? वो क्या है जो हमें बोलने से रोकता है?

चुप होकर आजी क्या सोचती होगी? यह किसी को पता नहीं और अभी हम सब चुप हो गए हैं।

पिता के खाना खाने के बाद मैं भाई के साथ खाना खाने बैठ गया।

खाना खाते वक़्त सुनने का मन है। आजी को बोलूँ या खाना खाता रहूँ? पिता क्या कहेंगे? इस आशंका और उलझन में उलझते हुए खाना ख़त्म कर दिया। जलता हुआ चूल्हा, तवे को, रोटी को जलाना चाहता होगा? तवा या रोटी ख़ुद जलना चाहती होगी? वो कौन है, जो ख़ुद जलना चाहता है? पिता की तरफ़ देखते-देखते आजी से मैंने पूछा, "फिर क्या हुआ?"

आजी ने जैसे सुना ही नहीं। मैंने महसूस किया कि घर में किसी ने भी यह सुना नहीं। अपने-अपने काम में लगे हुए लोग चुप हैं। "आजी, उस सुपरवाइज़र का क्या किया?" बिस्तर पर पैर रखते हुए मैंने फिर नये सिरे से कहा।

आजी कुछ देर बाद बोली, "हम सबने सोच लिया था उसको ऐसा सबक़ सिखाएँगे कि वो किसी के साथ ऐसी-वैसी हरकत कर न सके। एक दिन जब काम ख़त्म हुआ। पानी पिलाने के नाम पर उस हलकट आदमी ने वैसी ही हरकत करने की कोशिश की। उस टेम पे हम पाँच औरतें थीं। सकु और कनी ने उसके हाथ पकड़े। जना बाई ने उसके बुशर्ट को फाड़ दिया। सुपरवाइज़र को कुछ भी समझ में नहीं आया। वो चिल्लाया, एक-एक को देख लूँगा, किसी को काम पे नी रखूँगा।"

वो बड़बड़ाता जा रिया था। अनाप-शनाप बोलता तब तक तो हम सबने उसके सारे कपड़े फाड़ दिये। वो अब हाथ जोड़ने लगा। वो बोलने लगा, घरवालों को कैसे मु दिखाऊँगा...कपड़े के बिना नहीं जा सकता...तभी सकु बोली इसके थोबड़े को काला करते हैं तो तब्बी जना बोली, सीमेंट लगाते हैं...और फिर सबने उसके थोबड़े पे सीमेंट लगाना शुरू किया। उसके बदन पर रेत डाल दी फिर उसको वहीं छोड़कर हम सब अपने-अपने घर आए। दो दिन बाद जब हम काम पे आए तो पता चला कि सुपरवाइज़र ने काम छोड़ दिया।" तनाव और कुछ कर गुज़रने के अहसास से भरी हुई आजी कुछ देर बाद बोली, "वो बिल्डिंग है न राजवाड़े के पास वाली जिसमें दुकान ही दुकान हैं, वो सुपरवाइज़र वातरट उसका मालिक है, मर गया। बोलते हैं पागल हो गया था। इन्दिरा गांधी के मरने के बाद जब राजवाड़ा को लोग जलाने लगे तो उसे लगा उसकी दुकान-बिल्डिंग जल न जाए, यही सोचकर उसके दिमाग़ की नस फट गई। दो-एक महीने बाद मर गया।"

19

"मेरे को तेरे और दूसरों के पार्टी से कुछ भी लेना-देना नी भिया। कौन किस पार्टी का, किस विचार का है, इससे भी मेरे को फ़र्क़ नी पड़ता। जिसको जिसमें जाना हो, काम करना हो करे। मैं तो बस इतना चाहता हूँ कि समाज की सोच-व्यवहार बदल जाए। सब मनुष्य एक समान समझे जाएँ। सबके साथ एक जैसा बर्ताव किया जाए। इसे करने के लिए समझने-समझाने का काम करें..." पिता उल्लसित होकर बोल रहे हैं। पिता अपने सपनों के सफ़र पर हैं।

प्रशान्त काका ने ज़मीन पर इस तरह उँगलियाँ चलाईं कि लगा वो ढपली बजा रहे हों। आख़िरी उँगली चलाई कि लगा कि उन्होंने ढपली बजाना बन्द कर दिया हो। फिर शान्त भाव से कहा, "भाऊ हम भी मज़दूरों को एक करना चाहते हैं, उन्हें पूँजीपतियों के शोषण से बचाना चाहते हैं, हमारा भी तो यही रास्ता है।"

पिता ने कहा, "उस रास्ते की किताब को पढ़ने, समझने के बजाय वे उन किताबों को सिर पर रखकर चलते हैं। उनको हमारी दिक़्क़त क्यों नहीं दिखती? क्यों नहीं समझना चाह रहे हैं कि हम लोग गाँव से निकलने के लिए मजबूर हुए थे, उसका पहला और बड़ा कारण जाति है। हम सबको इधर झोंपड़पट्टी में रहने, शहर से बाहर रहने के लिए जिसने मजबूर किया वो जाति ही है।"

बहुत देर से हो रही इस बातचीत में यशवन्त धनोरा, पिता की बात ख़त्म होने से पहले ही बीच में बोले, "भाऊ तेरे को हर जगह जाति ही नज़र आती है। तुम लोगों का पलायन और झोंपड़पट्टी में रहना यह सब जाति ने मजबूर नहीं किया। यह तो शुद्ध आर्थिक मामला है, आर्थिक। यह सब हुआ है पूँजीवाद के कारण। अगर तुम्हारे-हमारे पास पैसे होते तो हमारे-तुम्हारे अपने घर होते। पक्का मकान होता। स्थायी रोज़गार होता, तो चैन से खा-पी लेते। अच्छे से जी लेते। बच्चों को पढ़ा लेते।"

"जिनके पास अपने बड़े घर हैं, काम-व्यापार हैं क्या वो शोषण मुक्त समाज चाहते हैं? उनके दिमाग़ में, व्यवहार में, उनकी परम्परा में क्या यह है कि सब मनुष्य एक समान हैं? क्या वे अपने दिल से चाहते हैं कि सबके साथ एक समान व्यवहार करना चाहिए?" पिता ने प्रशान्त काका से पूछा। जब प्रशान्त काका कुछ नहीं बोले तो फिर पिता बोलने लगे, "ये जो समाज में दूसरे को नीचा दिखाना, अपने-आप को श्रेष्ठ समझना, छुआछूत, अन्धविश्वास वाली परम्परा से चलना, बरात निकलने नहीं देना, आरक्षण का विरोध करने का कारण क्या आर्थिक है? सामने वाले का सम्मान न करते हुए उनके भीतर परम्परा से भेदभाव करने की जो आदत दिमाग़ के भीतर भर दी जाती है, उस विचार और तरीक़े को ठीक करने की ज़रूरत है। सच कहूँ तो सबसे बड़ी ज़रूरत सक्षम मानी जाने वाली जाति के आधार पर अपने-आप को ऊँचा समझने वाले लोगों को सुधारने की है। ये लोग इक्कीसवीं सदी में भी जाति के आधार पर अपने-आप को श्रेष्ठ मानकर पूरा जीवन जी रहे हैं। जन्म से लेकर मौत तक के सारे काम जाति को केन्द्रित करके करते रहते हैं। उन्हें जो करना है वो करें लेकिन वे अन्याय क्यों करते हैं। ये जो भेदभाव करते हैं। दोहरा व्यवहार करते हैं, इनको इसका अहसास करना होगा। वरना इन लोगों का साथ देकर संगठित होकर किसका विरोध करूँ? जो मैं महसूस करता हूँ। जो हमें अपमानित करते हैं, प्रताड़ित करते हैं, क्या उसका विरोध न करूँ?"

"भाऊ, पूँजीवाद का विरोध करना ही पड़ेगा?" प्रशान्त काका ने अपनत्व से भरकर निर्णायक तरीक़े से कहा।

"जो मेरे सामने है, जो दिख रहा है, पहले उसका विरोध करूँ या न करूँ? जो हमारे साथ भेदभाव करता है, अन्याय करता है, जीने नहीं देता है, सिर उठाने नहीं देता है, सड़ी-गली परम्परा को, उस ऊँच-नीच की मानसिकता को जीता है, क्या उसके ख़िलाफ़ आवाज़ नहीं उठनी चाहिए?" पिता रुककर फिर बोले, पूँजीवाद का विरोध करता हूँ, लेकिन किसके साथ...? क्या उसका यह फ़र्ज़ नहीं है कि वो ख़ुद में बदलाव लाए। जाति मुक्त हो और अपनी जाति, समाज को बदलने के लिए क़दम उठाए।" पिता अडिग दिखे। उनके भीतर की पीड़ा निकल रही है।

"तो पूँजीवादी क्या तुम्हारे हितैषी हैं? वे हमारा शोषण नहीं करते?" यशवन्त धनोरा फिर तीखेपन के साथ बोले। वे बोलते-बोलते उठ खड़े हुए।

"पैर पर हमला करता है। पूँजीवाद पैर काटता है पैर।" अपने पैरों की तरफ़ इशारा करते हुए, अपने ग़ुस्से को क़ाबू में रखते हुए, पिता बोलते हुए खड़े हुए। वे थोड़ी देर देखते रहे कि इनसे बात करना चाहिए या नहीं।

कुछ देर सोचते हुए पिता फिर बोले, "इसमें कोई शक नहीं है कि वो पूँजीवादी व्यवस्था हमारी दुश्मन है। उससे लड़ने की ज़रूरत है लेकिन सबसे पहले जाति व्यवस्था, वर्ण व्यवस्था के ख़िलाफ़ लड़ना पड़ेगा। इसे ख़त्म करना है। पहले सामाजिक, फिर आर्थिक सवाल। ऐसे चलना पड़ेगा।" पिता ने अपनी प्राथमिकता बताई।

"इसमें ग़लत तो कुछ नहीं लग रहा भाऊ। वो पैर का क्या मतलब?" प्रशान्त काका सहमत होते हुए जिज्ञासा के साथ सवाल करते हुए बोले।

"जाति व्यवस्था ने, इस भेदभाव ने इनसान को इनसान नहीं माना है। यह हमारी गरदन काटता है, जबकि पूँजीवाद हमारे पैर काटने के लिए मीठी छुरी चलाता है, पंगु बनाता है पंगु।" सहज होकर समझाते हुए पिता ने कहा।

यशवन्त धनोरा ने कहा, "फिर तो कई पीढ़ियाँ पूँजीवादी शोषण चक्र में पिसती रहेंगी। ग़रीबी बनी रहेगी। भुखमरी बनी रहेगी। पूँजीपति ऐश से जीते रहेंगे। उनका शोषण तंत्र चलता रहेगा।"

"यह बताओ, प्राथमिकता तय करेंगे कि नी। अगर तुम्हारे सामने दो हत्यारे खड़े हैं एक गरदन काटना चाहता है, दूसरा पैर काटना चाहता है, तो पहले किसे रोकेंगे? गरदन सलामत रही तो फिर पैर काटने वाले से लड़ेंगे कि पहले गरदन कटवाएँगे? बताओ, क्या करोगे यशवन्त?" पिता ने उनकी आँखों की तरफ़ देखा।

यशवन्त धनोरा और प्रशान्त काका को लगा अभी चुप रहना चाहिए तो पिता बोले, "जनता को जागरूक करना होगा। उसका दिमाग़, उसका विचार, उसका जीवन जीने का तरीक़ा सिस्टेमेटिक होगा, वो सबको एक समान समझेगा, तो फिर पूँजीवादी व्यवस्था को बदलने में सब लग जाएँगे। यशवन्त, यहाँ की परिस्थिति में इस देश में इस समाज में सबसे घातक जाति है। जाति। वर्ग नहीं वर्ण है। फिर से कह रहा हूँ सबसे ख़तरनाक जाति है। बड़े-छोटे की भावना है, ग़ैर बराबरी है। सबसे पहले इससे लड़ना पड़ेगा। जाति को मिटाना पड़ेगा।" लगा पिता गली-सड़क पर लोगों को समझाने के लिए निकल पड़े।

बोलें या न बोलें के संशय में घिरे हुए पिता ने लम्बी चुप्पी के बाद कहा, "धनोरा तुमने न मेरी जाति पूछी न मैंने तुमसे तुम्हारी जाति पूछा। फिर कैसे पता चल जाता है कि तुम या मैं किस जाति के हैं? वह क्या हिचक है कि जाति वाले मसले पर आन्दोलन पर तुम चुप हो जाते हो या कन्नी काट लेते हो? वो कौन सी बात है जो तुम्हें रोकती है? तब चुप रहने या उपेक्षित करने के लिए तुम्हें कौन मजबूर करता है? जाति मुक्ति की बात, बहस बढ़-चढ़कर कर लेते हो, कहना चाहिए बात करने में सबसे आगे तुम ही रहते हो लेकिन प्रतिरोध के वक़्त, आन्दोलन के समय किसी अन्याय या घटना के वक़्त तुम, तुम नहीं रहते हो? या तुम, तुम ही हो जाते हो? ओरिजनल...तब तुम्हें क्या हो जाता है? चुप्पी ओढ़ लेते हो। ऐसा क्यों करते हो यशवन्त? इस बारे में कभी अपने भीतर के जाति पुरुष से बात करना। उससे पूछना कि वो जाति को कब-कब नहीं मानता? तब-तब, क्यों नहीं मानता।"

ऐसा लगा कि बरसों का बोझ दबाव उतार दिया हो कि अपने मन को खोलकर सबके सामने रख दिया। पिता ने धनोरा के साथ, दोस्ती की या कुछ और समझ लेने की परवाह नहीं की। वे सतत बोलते रहे कि चुप रहना अब गुनाह है। यह मनुष्यता के ख़िलाफ़ हो गया हो। इस वक़्त मैंने यह सीख लिया कि अपनी बात रख लेना चाहिए, आवाज़ उठा ही लेनी चाहिए।

धनोरा उदास होकर बोले, "भाऊ तुम्हारे साथ खाता-पिता उठता-बैठता हूँ, जबकि मेरे घरवाले मना करते हैं। फिर भी तेरेको भरोसा नहीं होता। क्या-क्या नहीं किया मैंने तुम लोगों के लिए और उसका सिला यह मिला मुझे? मेरे काम, आन्दोलन और विचार पर सवाल खड़े कर रहे हो?"

पिता ने बेहद सहजता से कहा, "सवाल तो करने होंगे। ख़ुद की जाँच-पड़ताल तो समय-समय पर करनी पड़ेगी। हर बार अपने-आप से पूछना पड़ेगा। सवाल से परे कोई नहीं हो सकता। मैं भी नहीं, तुम भी नहीं, कोई भी नहीं। एक बार ज़रा ठंडे दिमाग़ से सोचना, जो बोला है उस बारे में।

क्या ये सई बात नहीं है? सवाल करना, अपने विचार, रास्ते और लक्ष्य की जाँच लगातार करते रहना चाहिए। इसमें कुछ भी ग़लत नहीं। जिसने भी यह रास्ता चुना अपने मन से चुना। कोई किसी पर एहसान नहीं कर रहा है। इस-उस जाति के होने से कोई अलग से फ़ायदा नहीं दिया जा सकता है। माफ़ नहीं किया जा सकता है। यह आजकल की बात नहीं है। कई पीढ़ियों को बर्बाद करने वाली व्यवस्था का प्रश्न है। जो फ़ायदे लिये गए थे जिस कारण से तुम्हारे पूर्वजों ने मज़े लिये हैं उसके लिए भले ही तुम ज़िम्मेदार नहीं हो लेकिन यशवन्त जी यह समझना पड़ेगा कि इस अन्यायकारी अमानवीय जाति व्यवस्था को ख़त्म करने के लिए पूरे मन से आगे आना होगा। यह हमारी अकेले की लड़ाई नहीं है। यह हम सबको मिलकर कुछ करना है।"

यशवन्त काका के चेहरे पर आते-जाते भाव के बीच तनाव, कुछ न समझे जाने की पीड़ा दिखाई दे रही है। वे और प्रशान्त सोच रहे हैं। सब चुप हो गए हैं।

पिता के भीतर अभी भी बहुत कुछ बोलने और करने का रह गया है। वे देखते हैं कि कोई नहीं बोल रहा है, तो बोलने लगते हैं, "हाथ में हाथ लेकर चलना पड़ेगा। जुलूस में मंच पर हम पीछे खड़े नहीं रह सकते हैं। हमारी आवाज़ है, हमारी तकलीफ़ है। उसे बोलना है। आप लोगों को सुनना चाहिए। हमें समझना चाहिए कि हमारी सबसे बड़ी माँग क्या है? एक मनुष्य समझे जाने की माँग है। हमें सम्मान के साथ गरिमा के संग जीने की हसरत है। हमारा सपना है कि ऊँच-नीच ख़त्म हो। फिर दूसरी लड़ाई लड़ी जाएगी।"

"फिर मतलब कब?" यशवन्त बोले।

"अस्पृश्यता को संविधान ने ख़त्म कर दिया लेकिन क्या वो ख़त्म हुई? ऊँच-नीच के बीच छुआछूत अभी भी ज़िन्दा है, अभी भी इसी बड़ी दुनिया में सब चल रहा है।" बोलते-बोलते पिता को लगा कि उन्हें सब बोलना चाहिए।

प्रशान्त काका और यशवन्त धनोरा के साथ रहते हुए भी पिता के अलग रास्ते हैं। पिता का सपना अलग है। पिता की प्राथमिकता अलग है। पिता को धनोरा और प्रशान्त काका के साथ जाते हुए हमेशा देखा है, फिर भी पिता उनसे पूरी तरह से सहमत नहीं हैं।

पिता ने महसूस किया कि वे अकेले हैं, उनका सफ़र अपना सफ़र है। उस सफ़र पर नज़र रखकर उदास होते हुए पिता बोले, "यशवन्त धरना, हड़ताल, रैली में तेरे साथ हर जगह गया हूँ। तेरे साथ नारे लगाए हैं। लाठियाँ खाई हैं। तू जहाँ भी जाता है वहाँ मैं चला आता हूँ, बावजूद इसके कि मैं तुम्हारी पार्टी का मेम्बर नहीं हूँ। उस दिन श्यामलाल के बेटे की बरात में तू थाने पर नहीं आया। सब मालूम होने के बाद भी तू नहीं आया। मेरी आँखें तेरेको ढूँढ़ रही थीं। तेरे साथ वालों की तलाश कर रही थीं। मेरको लग रहा था कि तू साथ देगा। तेरे साथी आएँगे, लड़ेंगे, नारे लगाएँगे, लेकिन कोई नहीं आया रे। जब तक हम तुम्हारे पीछे-पीछे चलें, तब तक हम अच्छे हैं, मज़दूर हैं और जब हम कहते हैं कि हमारे साथ चलो, हमारे पीछे चलो, हमारे कन्धे से कन्धा मिलाकर चलो, तब तुम लोग ग़ायब हो जाते हो। बोलते भी नहीं हो, बताते भी नहीं। यह कैसी छुआछूत है भाई? यह आधुनिक छुआछूत है जो पूरी तरह से निभाते हो। जाति मुक्ति को हमारी लड़ाई मान ली जाती है। ऐसा क्यों?"

पिता को बोलते देखकर मुझे लगा कि वे पुराने वक़्त की तपती हुई काँटे वाली पगडंडी पर नंगे पैर चले जा रहे हैं। नारा लगा रहे हैं। सबसे दूर रहने की पीड़ा से भरे हुए पिता चुप हुए।

एक लम्बी ख़ामोशी इस दरम्यान सोचने-समझने के लिए खाद बन रही है। इस बदबू से बचा नहीं जा सकता है। सड़क पर आने-जाने वाले अपनी गति और मति से आ-जा रहे हैं। चलने वाला चल रहा है। वह क्यों चल रहा है, यह कोई जानना नहीं चाहता। शायद वह भी समझना नहीं चाहता। बस सब चले जा रहे या फिर सब चुप बैठे हुए हैं। संजय की शादी में वे लोग कह रहे थे कि हमको अपवित्र कर दिया।

उनके भीतर की छुआछूत ने उन्हें तलवार-लाठी चलाने के लिए उकसाया। वो क्या था? क्यों गाँव-शहर में अलग-अलग जाति समाज की बसाहट है? क्यों? क्या यह छुआछूत नहीं है?

एक लम्बे अन्तराल के बाद जब कोई नहीं बोला तो पिता बोले, "मिट्टी की तासीर, ताप को समझे बिना, ज़ाने बिना कोई पौधा कैसे लग सकता है? कैसे पनप सकता है? हर जगह की ज़मीन पर हर पौधा फल नहीं देता। फूल नहीं देता। उसके लिए माहौल चाहिए और मौसम भी। इस देश-समाज की ज़मीन को जानना होगा, इस मिट्टी पर जो काँटे उगे हुए हैं, बिछे हुए हैं, उन्हें साफ़ करने के साथ उसको जड़ से उखाड़ना पड़ेगा। और सबसे बड़ी बात यह कि लोकल को लीडर बनाना पड़ेगा तब जा के जाति और सम्पत्ति से लड़ सकते हैं। लीडरशिप देनी पड़ेगी और दाढ़ी वाले कार्ल मार्क्स से पहले डॉ. बाबासाहेब आम्बेडकर को समझना होगा।"

यशवन्त धनोरा अभी भी सहमत नहीं हो रहे हैं। उनके दिल-दिमाग़ में जो विचार, सपना और किताब है, उसके अलावा वे कुछ भी समझना नहीं चाह रहे हैं।

ऐसा लगा प्रशान्त काका सहमति के रास्ते पर चल चुके हैं। पिता कुछ देर सोचते रहे। जब बहुत देर हुई लेकिन कोई कुछ नहीं बोला तो पिता ने कहा, "यशवन्त भाई, यह बताओ जोतिराव फुले, सावित्रीबाई, डॉ. बाबासाहेब आम्बेडकर को कितना पढ़ा? क्या पढ़ा?"

"कमाने-धमाने से फ़ुरसत मिले तो पढ़ने-समझने का काम करूँ। घर-परिवार चलाने में ज़िन्दगी उलझकर रह गई। रोज़गार की कोई गारंटी नहीं। मिल बन्द हो गई हैं। सारे रास्ते बन्द हो गए। कभी वक़्त मिलता ही नहीं कि आराम से पढ़ सकूँ।" विवशता से भरे हुए यशवन्त धनोरा को समझ नहीं आ रहा है कि क्या कहें?

"काम-रोज़गार ने तो ज़िन्दगी के बारा बजा दिये हैं प्यारे।" पिता के चेहरे पर उदासी के साथ-साथ मुस्कराहट आ गई। वे बोलने लगे, "जोतिराव फुले, बाबासाहेब को पढ़े बिना ही उनकी बात को मानने से मना कर देते हो। ये कैसे चल सकता है कि इस धरती पर जिसने जिस क्षेत्र में आन्दोलन किये, लाठी खाई, अपमानित हुए, विरोध झेला और उन पुरखों को समझना ही नहीं चाहते हो? उन्हें पढ़ना ही नहीं चाहते हैं? एक बात बोलूँ? कड़वी लगेगी, किसको पढ़ना चाहिए और किसे छोड़ना चाहिए यह हमारा मन, विचार और वक़्त तय नहीं करता है।

यह हमारी सोच है, यह मानसिक विरासत की गन्दगी है जो पहले से ही तय कर देती है किसे पढ़ना-समझना चाहिए, किसे पढ़े-समझे बगैर छोड़ देना चाहिए। इसलिए डॉ. आम्बेडकर को न पढ़ने की और न ही समझने की मानसिकता बन गई। फिर न पढ़ने-समझने के लिए बहाना बनाते हैं भिया। उनके लेखन-विचार-सपने को समझो तो सई।"

सब चुप हो गए।

इस लम्बी चुप्पी को तोड़ते हुए पिता ने कहा, "हमें ही लड़ना है। ठीक है। हम लड़ेंगे। हमें जो करना है, करेंगे। अभी तो जा बेटा चार कट स्पेशल बनवा के ला। अभी दिमाग़ पर शायद चाय का ही कुछ असर हो।"

20

बिजली कटने वाला दिन अभी दूर है। बिजली का कनेक्शन काटने से पहले मीटर की आख़िरी रीडिंग के लिए जो आदमी आया है, उसने कहा, "कल ऑफ़िस आना। आख़िरी बिल बनेगा। पहले पैसा भरना फिर कटेगी लाइन।"

बिजली का कनेक्शन कटवाने के लिए कभी इस केन्द्र तो कभी उस ऑफ़िस में जाना, इन्तज़ार करना और टका-सा जवाब लेकर मुँह लटकाए घर लौटना। यह पिता की दिनचर्या बन गई। बिजली के छोटे-बड़े दफ़्तर में जा-जाकर पिता पूछते थे,

—कब काटने आएँगे कनेक्शन?

—अभी तक नहीं आया कोई काटने?

—बिल तो आ रहा है।

—घर पर नहीं जला रहे बिजली...

—जब से बोलने आया, उसी दिन से बिजली बन्द कर दी।

—अरे झूठ बोल रहा हूँ क्या?

—ये देखो कटआउट निकाला हुआ है। बिजली बन्द है।

पिता अपने पाजामे की जेब से कटआउट निकालकर केन्द्र के काउंटर पर बैठे हुए बिजली विभाग वालों को दिखाते हैं। उनकी जेब में कटआउट हमेशा रखा रहता है।

बिजली केन्द्र और ऑफ़िस के चक्कर लगा-लगाकर पिता परेशान हो गए हैं। दिन भर की रोज़ी-रोटी को छोड़कर बिजली दफ़्तर में खड़े रहते। दफ़्तर वाले उन्हें इधर से उधर टरकाते रहे, भटकाते रहे।

एक दिन कहा गया, "एप्लीकेशन देनी पड़ेगी।"

"अरे पेले बोल देते। इतना टाइम खोटी तो नहीं होता।" बड़े ऑफ़िस वाले ने जवाब नहीं दिया। इतने दिन बर्बाद करने के बाद एक टका-सा रास्ता बता दिया गया। अब इस पर चलते रहो या भटकते रहो।

एप्लीकेशन दे दी गई। फिर हफ़्ते भर बाद विभाग के काउंटर वाले ने कहा, "एप्लीकेशन की पावती बतानी पड़ेगी।"

अब पावती मिले तो दी जाए। ऑफ़िस वालों ने आवेदन की पावती दी ही नहीं थी। पिता को यह पता नहीं था कि पावती लेनी होती है। पावती सुबूत होती है कि आवेदन पत्र जमा किया है। इस सुबूत को दिखाकर बाद में कहा जाता है कि ये पावती देखो। हम आवेदन फलाने तारीख़ को दे चुके हैं। महीने भर से ज़्यादा हो गया, फिर भी बिल दे रहे हो लेकिन कनेक्शन काट नहीं रहे। अब बिजली जलाई ही नहीं तो काहे का बिल?

इस तरह की बातों के साथ अँधेरे में गुज़ारी गई कई रातें, जबकि जल सकता था बल्ब, जगमगा सकती थी ट्यूबलाइट लेकिन पिता अपनी जेब में रखे हुए 'कटआउट' के सफ़ेद पत्थर को लेकर दिन-रात एक ही धुन में रहते। वे बोलते रहते, "बिजली की कोई ज़रूरत नहीं। बिजली के बिना भी काम चल सकता है। बिजली नहीं थी पेले भी। अब बिजली है तो कौन सा निहाल कर दिया। बिजली की रोशनी से क्या जीवन बदल गया?"

पिता की बात का प्रतिवाद या संवाद कोई नहीं करता है। सब ख़ामोश हैं कि यह पिता का मन नहीं उनकी मजबूरी बोल रही है। वे घरवालों से नहीं ख़ुद से बात कर रहे हैं। ख़ुद को ताना और तसल्ली देना चाहते कि इसके अलावा कोई रास्ता नहीं है जबकि हमारी बस्ती में ज़िन्दगी का नाला चौड़ा और बदबूदार बनता जा रहा है।

अब नये सिरे से सफ़ाई अभियान चलाना होगा कि ज़िन्दगी, बस्ती और समाज को बेहतर बनाने में क्या किया जा सकता है? उतना सा कर लें। जी लें।

पता नहीं कब क्या हो जाता है कि पिता सच्चे और अच्छे लगते-लगते अचानक उखड़ जाते हैं, कि बड़बड़ाने लगते हैं। उस दिन उन्होंने कहा, "बिजली की ऐश नहीं कर सकते हम। सब ऐशोआराम अब बन्द।"

मेरे बचपन के दिनों के पिता, पिता थे। माँ और आजी के साथ घर के काम करते थे। माँ और आजी का कितना खयाल रखते थे। हम सबसे प्यार से, लाड़ से बात करते थे। जैसे-जैसे उनकी उम्र बढ़ती गई उनका व्यवहार बदलता गया। काम-धन्धा कम होता गया। और भी पता नहीं क्या हुआ?

घरवालों के लिए, ज़माने वालों के लिए पिता सफ़ेद 'कटआउट' बन गए हैं। उस कटआउट में दो लोहे के दाँतों को एक-दूसरे से जोड़ने वाले तार के जलने के निशान से भीतर वाला हिस्सा काला पड़ गया है। भीतर से जले हुए हैं पिता। अब बाहर से भी जले हुए लगने लगे हैं।

आख़िरी बिल लेकर पिता घर आए तो लगा उनकी सारी दौलत लूट ली गई हो। हारे हुए, लुटे हुए पिता के सामने थाली है, खाना है लेकिन उनसे खाना खाते नहीं बन रहा है। आज सुबह भी घर से ख़ाली पेट ही निकल गए थे। उन्हें भूख बहुत ज़ोर से लगती है लेकिन वह अब लुट चुकी है। खो चुकी है, कि उनके पास अपने पेट की भूख नहीं रही।

जेब में दबा हुआ आख़िरी बिल जब खुला, तो आँख फटती-सी लगी। बहुत बड़ा धोखा खाया हुआ, छला हुआ आदमी, बेज़बान हो गया है। गला सूखा हुआ है, कि शब्दों की आवाज़ की बिजली, बिजली के ऑफ़िस में जलकर ख़ाक हो गई है। आख़िरी बिल पेन से लिखा हुआ है। लाल रंग की स्याही से फ़ैसला लिखा हुआ है। इस लाल स्याही के मायने जले हुए सपनों का अन्धकारमय भविष्य है। इसने वर्तमान को भी कहीं का नहीं रखा। पिता बुरी तरह से थके और टूटे हुए लग रहे हैं। ऐसी हालत हो गई कि किसी के पास तसल्ली देने के लिए कुछ भी नहीं है। न शब्द न सान्त्वना, न कोई उन्हें गले लगाकर, अपने सीने से लगाकर कह सके कि ठीक है। यह वक़्त भी गुज़र जाएगा, कि नये सिरे से शुरू करेंगे, कि तुम बड़े मज़बूत हो। तुम कर लोगे।

जब कोई न कुछ बोला, न किसी ने आगे बढ़कर उनको स्पर्श किया तो बहुत देर से ख़ामोश, अपने-आप में खोए हुए पिता ने खड़े-खड़े ही कहा, "बिल एवरेज था...एवरेज क्या होता है स्साला। एवरेज क्या होता है भाई?" पिता के मुँह से रुकते, अटकते शब्द निकले तो चैन लौट आया घरवालों का।

"एवरेज मतलब...उसका औसत निकाला जाता है, कई महीनों का मिलाकर... औसत...एक जैसा।" बड़ा भाई उस अँधेरी रात में बोलते हुए अटक रहा है। ख़ामोश और सताए हुए आदमी की ज़बान से कुछ बोलने के बाद उसे डर लग रहा है। बोलते-बोलते भाई चुप हो गया। प्रत्युत्तर में पिता कुछ नहीं बोले तो बड़ा भाई बोला, "ये एवरेज किसने बताया?"

"ये बिल है ना। वो कहते हैं कि तुम्हारे घर एवरेज बिल आता था। अब आख़िरी में कम्पलीट रीडिंग ली, तब बिल बना। लेकिन घर के भीतर देखने तो कोई नी आता था। फिर एवरेज कैसे निकाला? एवरेज निकालने के लिए पहले वाले कुछ आँकड़े भी तो चाहिए न?" पिता ने भाई के सवाल का जवाब देने के बजाय अपनी बात कही।

लगने लगा कि वे एक-एक कर उन सबको याद कर रहे हों जो हमारे घर नहीं आता। हमारे घर न आने का क्या कारण होगा? क्यों नहीं आते हमारे घर? हमारा घर कोई जलता हुआ सवाल बन गया है। इस सवाल से बस्ती जल न जाए कि उसे बस्ती से बाहर फेंक दिया गया है। जलते रहो, कोई बचाने, बुझाने नहीं आएगा। जलते हुए अकेले सवाल करते रहो कि चुप रहो। किसी को कोई फ़र्क़ नहीं पड़ने वाला। गाँव शहर बाहर की बस्ती कौन देखता है कि वहाँ क्या होता है? कैसे जीते हैं वहाँ के लोग?

"हाँ, बिना आँकड़ों के तो एवरेज निकाला ही नहीं जा सकता। यह हो ही नहीं सकता। लेकिन एवरेज किस बेस पर?" बड़ा भाई उत्साहित है कि संवाद, सही दिशा में हो रहा है। वो उलझता भी जा रहा है कि मीटर की रीडिंग लेने के लिए तो कोई आता नहीं था तो फिर एवरेज निकालने के लिए किस सूत्र-सिद्धान्त को अपनाया गया होगा?

"कोई आता था क्या मीटर को देखने?" पिता बोले माँ से। जैसे वे फिर से सही तथ्यों की जाँच कर रहे हों।

"नी तो...कोई नी आता मीटर देखने वास्ते।" माँ ने बेहद सहजता से कहा।

"याद कर ले, कोई आया हो, किसी ने बाहर से ही पूछा हो।" पिता असम्भव उम्मीद में हैं। वे फिर से पूछ रहे हैं कि निष्कर्ष से पहले सारी परिस्थिति और तथ्यों को जान-समझ लें। बेटे और माँ के विश्वास से लबालब भरे जवाब सुनकर पिता खो गए। समझ में नहीं आ रहा 'एवरेज' निकलने वाला बिल बनता कैसे होगा? जब उनके पास जानकारी नहीं है, आँकड़े नहीं हैं तो फिर कैसे वो अपना फ़ैसला ले सकते हैं?

"हमारे घर बिल देने भी कभी नहीं आया कोई, क्यों?" पिता ने सवाल किया तो जवाब किसी को सूझा नहीं। इस क्यों के भीतर पीड़ा है या हताशा? आख़िर क्यों नहीं आता था बिल देने वाला बिल देने। रीडिंग लेने वाले रीडिंग लेने...क्यों नहीं आते थे हमारे घर? बुरी तरह से आहत, अपमानित पिता ग़ुस्से से भर गए।

तीन साल से मीटर रीडिंग के लिए कोई नहीं आया था। बिल देने भी कोई नहीं आया। कोई बिजली का बिल किराने की दुकान पर रख जाता था। घरवाले उस किराना दुकान से बिल ले आते थे। उस बिल को बिना देरी किये भर दिया जाता था।

लगा पिता बुरी तरह से सताए गए हैं। ख़ामोश पिता, उलझन को खाने की थाली की तरह लेकर बैठ गए। चूल्हा जल रहा है। आग रोटी को पका रही है। धुआँ घर से निकलना नहीं चाहता। धुआँ दीवारों से चिपकता, सरकता, रुकता और घूमता जा रहा है कि वह पिता के दिमाग़ के भीतर घुसना चाह रहा हो। मुझे भी समझ में नहीं आ रहा है कि कोई बिना जाने, बिना देखे बिल कैसे बना सकता है? एवरेज बनाने के लिए उसके पास पहले के आँकड़े होने चाहिए या मीटर के घूमते चक्र से बने हुए आँकड़े लिखे हुए होने चाहिए। कोई भी, कभी भी हमारे घर आया नहीं। किसी को देखा नहीं गया तो फिर कैसे मान लिया गया कि हमारे घर की बिजली का बिल कितना होना चाहिए? आख़िर वो कौन सा पैमाना है, वो कौन सा औज़ार या मशीन है, जिसके आधार पर हर कोई हमारे बारे में पहले से ही सब कुछ जान लेता है? समझ लेता है। हमारे बारे में बोलता है। और तो और लिखता भी है। जबकि उसे हमारा घर दिखता भी नहीं। वो हमें जानता नहीं। वो हमें न जानना चाहते हैं, न देखना चाहते हैं, फिर भी उसकी कलम चलने लगती है। वो मान लेता है कि हमें समझ लिया गया है। उसके आधार पर हमारे साथ व्यवहार किया जाता है, बातें और बहसें की जाती हैं। लाल स्याही वाला फ़ैसले जैसा बिल थमा दिया जाता है।

रात का वक़्त गुज़रता जा रहा है। तमाम सवाल रोशन होकर मेरी आँखों में चुभ रहे हैं।

आख़िर वो कौन सी बात है जिसके आधार पर बिना देखे, जाने और समझे बिना हमारे बारे में फ़ैसला लिया जाता है। हमारी पूरी ज़िन्दगी को 'एवरेज' के मानदंड पर तौला जाता है। बोला जाता है।

सुबह पिता को देखा तो लगा कि उन्होंने जैसे-तैसे रात काटी हो। उनको बड़ा बुरा लग रहा है। ठगा हुआ, अपमानित। उनसे ढेर सारे रुपये बिल भरवाने के लिए माँगे गए हैं। मैंने पिता से पूछा, "इतने रुपयों का इन्तज़ाम कैसे करेंगे? आपको इतने रुपये कौन उधार देगा?" इस वक़्त यह सवाल पिता को नागवार लगा।

खाना खाते-खाते पिता ने कहा, "तू पढ़ता भी है या ख़ाली मु ही चलाता रहता है?"

मुँह में ज़्यादा रोटी ठूँस ली। मैंने पिता को सिर्फ़ देखा, कुछ बोला नहीं।

चूल्हे में आग सुलग रही है। तवे को आग गरम कर रही है। तवे पर सिंकती रोटियाँ मोटी-मोटी हैं। ज़रूरत से ज़्यादा मुँह में भर लेने के बाद भला रोटी कैसे बोलने देगी? मैं चुप हूँ। पिता की आँखों में जो अंगारे दिखते थे वहाँ अभी राख पड़ी हुई है। मैं चूल्हे के भीतर की लकड़ी, आग को देखते हुए माँ को देखने लग गया। पिता के बजाय माँ के बारे में सोचने लग गया।

माँ कमज़ोर क्यों है? कमज़ोर दिखती है, होती नहीं। लकड़ी गीली हो तो जलती नहीं लेकिन उस गीली लकड़ी से किसी के सिर पर कसके मार दे तो मार खाने वाला मर सकता है। जलती लकड़ी चूल्हे से बाहर निकालकर इनसान की आँख में घुसा दे तो?

माँ अपने काम से काम रखती है। न बोलती है। न ही कसके वार करती है। ख़ुद को जानती क्यों नहीं हो माँ? अपना दीपक ख़ुद क्यों नहीं बनती?

मैं अभी खा रहा हूँ। अभी सोच रहा हूँ कि पिता ने मुझे देखा। लगा वे माफी माँगना चाहते हैं। कि वे अपने बोल-व्यवहार से भी दुखी हो गए लेकिन पिता चुपचाप घर से बाहर निकल गए। हाथ धोने के बाद उनके पीछे-पीछे चलने लगा हूँ। उनको पता नहीं चला कि मैं भी चल रहा हूँ।

वे परदेशीपुरा गए। सड़क के उतार पर देशी दारू की दुकान है। उसमें लोहे की खिड़की के सामने पहुँचकर उन्होंने गुलाबी रंग वाली दारू लेकर वहीं खड़े-खड़े पी। ज़िन्दगी में दारू न पीने वाले पिता ने आज दारू पी ली। वे सड़क किनारे खड़े इमली के झाड़ के नीचे उसके तने से सटकर बैठे रहे देर तक। देर तक उम्मीद में रहे कि कोई परिचित या दोस्त यहाँ मिलेगा लेकिन दो घंटे से ज़्यादा वक़्त हो गया। कोई नहीं दिखा।

उठकर पिता पोस्ट ऑफ़िस गए। लकड़ी की जालियों से बना हुआ है पूरा पोस्ट ऑफ़िस। हरे रंग की पुताई का रंग उतर गया है। उस पर हरेपन का अहसास दिलाने वाले रंग की पपड़ी है। पिता की पीड़ा का रंग इसी हरी पपड़ी-सा है, जिसे कोई खरोंचने के बजाय अगर उसे देखने के लिए छू भी ले तो वो गिर पड़ेगी। पोस्ट ऑफ़िस की खिड़की जैसी डिज़ाइन में लगी हुई इन लकड़ियों को कोई नहीं छूता। कोई नहीं पूछता पिता से कि आख़िर क्या हुआ? खंडित होते पोस्ट ऑफ़िस जैसे पिता लग रहे हैं। खंडित होते पिता फिर भी अपने मन की बात बोलने के लिए लिखना चाहते हैं। उन्हें लगता है लिखना है ताकि उन्हें समझा जा सके। ज़माने को समझाने के लिए लिखना-बोलना ज़रूरी है। बिना कहे कोई नहीं समझता, यह पिता समझते हैं।

तिकोने आकार का पोस्ट ऑफ़िस बौद्ध मठ की तरह लगता है। बाहर से काम-धन्धे के लिए आए हुए व्यक्तियों के लिए यह पोस्ट ऑफ़िस बड़े काम का होगा। यहीं से बात कहने और सुनने के सन्देश आते-जाते है। अपना हाल लिखा जाता है। घरवालों का हालचाल पढ़ने-सुनने के लिए यहाँ के लाल डिब्बे को देखा जाता होगा। लाल डिब्बे के भीतर कितने दिल धड़कते होंगे? इस धड़कन में ख़ुशी और आँसुओं की कितनी धाराएँ एक साथ बहती होंगी। इसमें से सुकून निकलता होगा। सुकून सन्देश लेकर जाता होगा। फ़िलहाल इस जगह भीड़ नहीं है। बहुत शान्ति से भीतर काम हो रहा है। कोई हड़बड़ाहट नहीं। पिता ने दस पोस्टकार्ड, दस अन्तर्देशीय पत्र और एक लिफ़ाफ़ा ख़रीद लिया है।

"इतने?" यह सवाल काउंटर से आया। शराब पिए हुए पिता को दारू चढ़कर नहीं बोल रही। मुँह खुलने से शराब की गन्ध निकल सकती है, यह बात जानते हैं, इस कारण उन्होंने बोलने के बजाय मुस्कराना पसन्द किया। इस तरह से जवाब दिया।

उनका मन है कि इस शान्ति वाली जगह बैठकर पत्र लिखूँ। लेकिन पोस्ट ऑफ़िस में ऐसी जगह, ऐसी सुविधा नहीं है। बैठने के लिए कुछ भी नहीं है। दीवारें भी नहीं जिनके सहारे लिखा जा सके। सभी जगह लकड़ी की खिड़कियाँ हैं। खिड़की के सहारे लिखा नहीं जा सकता। बस देखा जा सकता है, बाहरी दुनिया या अन्दर की दुनिया को। पिता अब किसी भी दुनिया को देखना नहीं चाहते हैं इसलिए वे पोस्ट ऑफ़िस से बाहर निकल आए।

पत्र लिखने के लिए पिता जगह की तलाश कर रहे हैं। कोई ऐसी जगह नहीं दिखी तो उनके पैर दौलतगंज की तरफ़ जाने लगे। पुल है। पुल पर चलते-चलते रुक गए। पानी किधर से आ रहा है? किधर जा रहा है? देखते रहे पानी की दिशा। वे बिजली को भूल गए। पानी याद आ रहा है। पानी को बहते हुए, देखते हुए वे न जाने क्या-क्या सोच रहे हैं। क्या-क्या याद आ रहा है?

दौलतगंज की झोंपड़पट्टी के पुराने दोस्त पिता के दिमाग़ में आ रहे हैं। वे दोस्त पानी की तरह थे। उनकी दोस्ती पानीदार थी, वे पुल थे। उनसे मिले हुए बहुत वक़्त हो गया है। सालों गुज़र गए। वे पुराने दोस्त पुरानी वाली बस्ती छोड़कर चले गए।

उन दोस्तों से मिलना है। उनके घर की तरफ़ जाते हुए पिता लोहा बेचने वाले की दुकान के सामने रुक गए। कभी इस दुकान पर इमरान काम करता था। दुकान के भीतर तक नज़र डाली, अभी सफ़ाई हो रही है। ख़रीदार बाज़ार में नहीं आए हैं। सड़क पर चहल-पहल नहीं है जबकि सुबह बड़ी हो चुकी है। यह ख़रीदारों की सड़क है।

बेचने वाले के नौकर सफ़ाई कर रहे हैं। दुकानदार ताला खुलवाकर चल दिया। अभी ग्राहक नहीं हैं तो रुपया नहीं। जब रुपया-पैसा नहीं है तो मालिक फिर क्यों रुकेगा? दुकानदार अभी धूल खाने के बजाय पोहे खाने चला गया। इस वक़्त इमरान के हाथ में झाड़ू रहती है। इमरान का सुबह का काम है। अभी जिसके हाथ में झाड़ू थी, वो इमरान नहीं है। इमरान से मिलने के लिए बस्ती के भीतर जाने का विचार धूल में मिल गया है। पिता अपने क़दम पीछे कर वापस जाने लगे।

बिजली ऑफ़िस खुल गया है, कुर्सियाँ ख़ाली हैं। झाड़ू लग रही है। धूल उड़ रही है। पिता के दिमाग़ में सवाल खड़े हैं। वे सवाल अपनी जगह बने हुए हैं। बिजली के इस ऑफ़िस के अन्दर नहीं जा सकते। बिजली केन्द्र का काउंटर है।

यहीं खड़े-खड़े बात कर सकते हैं। इन्तज़ार में बैठने के लिए कुछ नहीं है। काउंटर के पास चार-पाँच लोग खड़े हैं। उनकी अपनी शिकायतें होंगी। उनके चेहरे पर नाराज़गी और ग़ुस्से की परत है। उस परत से मोटी परत पिता के चेहरे पर है। वे चुप हैं। सब चेहरे चुप हैं कि ग़ुस्सा काउंटर पर ही निकालेंगे। अभी बात करके ग़ुस्से को कम करना ठीक नहीं है। ज़बान खुल जाएगी तो ग़ुस्सा ज़बान से बाहर निकलकर बिखर जाएगा। उसे इकट्ठा करना मुश्किल है। उसे बचाकर रखना होगा। ग़ुस्से को बचाकर सही जगह पर रखने की कशमकश में, बीड़ी निकालने के लिए मचल रहा है एक बूढ़ा, समझ नहीं पा रहा है कि बीड़ी जला लूँ या विचार छोड़ दूँ?

बिजली केन्द्र में बीड़ी जलाना चाहिए या नहीं? इसका जवाब ढूँढ़ने वाला बूढ़ा सवाल नहीं कर रहा है। उसकी निगाह देख रही है कि कोई और बीड़ी सुलगा ले तो उसकी जलती हुई तीली से अपनी बीड़ी सुलगा लेगा। पीछे चलने की आदत वाले बूढ़े आदमी ने बीड़ी का बंडल हाथ में रख लिया। उसे दोनों हथेलियों के बीच लेकर, बीड़ी के बंडल के भीतर की बीड़ियों की जकड़बन्दी को ढीला करने लग गया। जबकि उसका मन अभी भी जकड़ा हुआ है।

जब किसी ने भी माचिस नहीं जलाई तब बूढ़े ने अपने धारीदार पाजामे की जेब में से माचिस निकाली। माचिस की डिब्बी को खोला। तीलियाँ देखीं। माचिस की तीली के सिरे पर बारूद है जो एक रगड़ से आग बनने के लिए बेताब है। ग़ुस्से से भरे हुए चेहरों ने बारूद देखी। बारूद से आग बनने के लिए महज़ एक स्पर्श करना है। बस एक हाथ में तीली पकड़कर दूसरे हाथ में डिब्बी को खड़ा करना है कि दोनों को मिलाना है।

यहाँ चार से ज़्यादा हैं, वे मिलकर अपने भीतर के ग़ुस्से को आग बना सकते हैं। वे आग से रोशनी कर सकते हैं। वे चार सवाल खड़ा कर सकते हैं। वे चार सवाल पर क़ायम रह सकते हैं। वे चार सवाल के पूरे के पूरे हल लेकर यहाँ से जा सकते हैं। वे हल मिल जाएँगे तो सुकून मिलेगा। हल की तलाश में खड़े हैं पिता।

हल चलाते देखते हुए एक अरसा बीत गया। गाँव, खेत, दोस्त, रिश्तेदार, याद आने लगे, कहाँ खो गया हूँ कि दोस्तों से मिले हुए ज़माना हो गया है। इधर बरसों से गाँव गया नहीं।

कहाँ चला गया हूँ?

किधर जा रहा हूँ?

इधर कौन सी ज़िन्दगी जी रहा हूँ?

आख़िरकर क्या कर रहा हूँ?

तमाम सवाल, चिन्ता और सपनों के साथ निकल रहे हैं। पिता खो गए हैं। वे किसी सोच में गुम हो गए हैं। लगा, अपने-आप से बात कर रहे हैं।

काउंटर वाले ने पहले चाय बुलाई, कुछ तस्वीरों के सामने अगरबत्ती जलाई, हाथ जोड़े। फिर पूजा करने लग गया। इस दौरान सब चुप हैं। वक़्त बहुत धीमी गति से गुज़र रहा है। इसी दौरान चाय वाले ने काँच के गिलास में चाय भरकर रख दी। काउंटर वाले ने एक नज़र चाय पर डाली। गिलास में से भाप निकलते देखकर उसे तसल्ली हुई कि गर्म है चाय, फिर तस्वीर के सामने हाथ जोड़कर पूजा करने लग गया।

अब पीठ दिखाते हुए आराम से चाय पीने लगा। बाहर से उसका चेहरा नज़र नहीं आ रहा है।

काउंटर पर अपनी बारी आने के बाद काउंटर वाले से पिता बोले, "बिना रीडिंग लिये अन्दाज़न एवरेज बिल कैसे बना सकते हो?"

पिता का सवाल बड़ा बुरा लगा खिड़की वाले को लेकिन उसने अपने-आप को सँभाला। अभी चाय का स्वाद लेने तो दो, थोड़ी देर जीने तो दो, जैसी बातें, विचार, काउंटर वाले के चेहरे पर घूम रही हैं। उसने जवाब देने के बजाय चाय देखी। चाय की चुस्की ली। चाय के स्वाद को अपने जीभ पर लेने के लिए चाय को थोड़ी देर मुँह में घुमाया। फिर सन्तुष्टि के अहसास से भर गया। उसने कहा, "अब तुम्हारी बस्ती वालों के मकान होते ही कितने बड़े? एक या दो कमरे...दो बल्ब एक ट्यूबलाइट... बस इसके अलावा बिजली से करोगे क्या? भोत से भोत सिगड़ी जला लोगे और क्या? इससे हम लोग अन्दाज़ा लगाते हैं और इससे एवरेज बिल बना देते हैं। बिल देते रहते हैं लेकिन तुमने तो बहुत कुछ जलाया होगा। क्यों?" बोलते-बोलते उसने अपना मुँह अजीब-सा बनाया। उसे मज़े लेने हैं। आरोप लगाने हैं।

"भोत कुछ नी जलाया, दो गुलुप बस। जला तो तुम रहे हो, महीने भर से ज़्यादा चक्कर लगा-लगा के। ऊपर से इतना बड़ा बिल? जीते-जी जला दिया।" पिता की बेबसी, थोड़े से ग़ुस्से के साथ उभरकर आई।

"अब मैं क्या कर सकता हूँ। अब तो वास्तविक रीडिंग से बिल बनाया है। इसे कोई झुठला नहीं सकता? सरकार की पॉलिसी है, तभी तो दिया है ये बिल।" काउंटर वाला कुछ समझाते हुए बोला।

"ऐसे कैसे हो सकता है? इतना बड़ा धोखा? हम कितनी बिजली जलाते हैं? इसका तुम्हें पता नहीं है फिर भी बिल अपने मन से बनाते हो? अरे कभी तो जाँच करवाते कि ये एवरेज बिल सच्चा है कि नहीं...बिजली कटवाने नहीं आता तो पता ही नहीं चलता कि हमारे साथ इतना बड़ा धोखा हो रहा है? हमारे घर को देखे बिना, जाने बिना कैसे लिख सकते हो? कैसे? कैसे दावे से कह सकते हो कि हमने इतनी बिजली जलाई? इतनी रोशनी मिली? उस रोशनी की क़ीमत कैसे तय कर ली? कैसे? वह भी तब बता रहे हो जब हमें ज़रूरत नहीं रोशनी की लाइट की...। अरे ज़रूरत नहीं...पैसे नहीं हैं रे हमारे पास। समझते क्यों नहीं? इतने पैसे होते तो लाइट थोड़े कटवाते?" गुस्से से उबलते हुए पिता लगातार बोल रहे हैं। कुछ देर बाद संयम रखते हुए अपनी विवशता के अँधेरे में अगला क़दम कहाँ रखें, क्या बोलें की तलाश में हो।

बिल वापस करते हुए जाली के भीतर वाला हँसता हुआ बोला, "इतना नाराज़ मत हो भाई। भाषण लम्बा हो गया। ये देख बिल के नीचे लाल अक्षर में लिखा हुआ है, भूल-चूक लेनी-देनी।" इस भूल को इतना दिल पे लेने की ज़रूरत नहीं है।

उस तनावमुक्त आदमी के बोलने पर पिता ने ग़ुस्से में कहा, "भूल-चूक? जब भी बिल आया बिना नागा जमा किया। कहाँ चूके हम? हमने भूल-चूक नहीं की तो लेना-देना काहे का?"

तब काउंटर वाला बोला, "अरे वो चूक हमारी थी कि एवरेज बिल लगातार दिया, लेकिन तुम्हें भी तो चेक करना था, हर महीने एक जैसा बिल क्यों आ रहा है। यह तुम्हारी भूल है। वैसे भी तुम लोग बिजली का कनेक्शन लेके क्या कर लोगे? हेकड़ी डाली और लाइट खींची। वैसा ही करो, यह बिल का क़िस्सा ख़त्म करो।" अन्ततः काउंटर वाले ने पिता को एक मनुष्य, एक घर मानने के बजाय गाँव बाहर की बस्ती मान लिया।

तब पिता ने प्रतिवाद करते हुए कहा, "हेकड़ी डाल के लाइट लेनी होती तो कनेक्शन नहीं लेते। अब बिजली काटने के बाद भी चोरी नी करेंगे। चाहे अँधेरे में रह लें। वैसे भी पिछले दो महीने से रे रहे हैं। कनेक्शन लेके हमसे भूल तो हुई है।"

पिता की बेबसी चाहकर भी ग़ुस्से के शिखर पर उबलने में तब्दील नहीं हो रही। धोखा खाया हुआ आदमी ठगा हुआ महसूस करने लगा। आख़िरकार इस काउंटर वाले का क्या किया जा सकता है? यह नियम-क़ायदे की परम्परा का वाहक है, ये वही बोलेगा जो विरासत में ज्ञान में मिला है। इससे उम्मीद नहीं की जा सकती। इससे कुछ हासिल नहीं होगा।

पिता पूरा दिन ख़त्म होने के बाद वापस घर लौट आए। हताशा, अपमान, थकान और ढेर सारी गालियाँ हैं। 'भूल-चूक लेनी-देनी' वाली बात पर घर में कहने लगे, "ऐसे कैसे हो सकता है कि सरकारी दफ़्तर वाले भूल-चूक लेनी-देनी बोल के अपना पल्ला झाड़ लें। इतना बड़ा टेंशन देने वाला हँसते हुए कहे, तुमने भूल की है, चूक तुम्हारी है, भूल हमारी भी है, इसलिए भूल-चूक लेनी-देनी है। इसे एक छोटी सी चूक मानकर चुप रहने की बात कर रहा है। वो चुप है, लेकिन मैं चुप कैसे रह सकता हूँ।"

सब चुप हैं। घर में मुर्दनी छा गई। घर-आँगन शोक परिसर में तब्दील हो गया है। दो महीने से ज़्यादा हो गया है। हमारे घर की बिजली नहीं जली लेकिन दो महीने का 'मीटर किराया और न्यूनतम शुल्क' के नाम से बिल में दर्ज है। जब तक कनेक्शन नहीं कटेगा, तब तक चलता रहेगा मीटर, फिर उसे गिनो चाहे मत गिनो। पिता के दिमाग़ का मीटर तेज़ गति से चलता जा रहा है।

इन दिनों बिल का पैसा जमा करना बूते से बाहर की बात है। पैसा जमा करना ही है। पिता सरकारी बक़ाया रख नहीं सकते, क़र्ज़ा उठाते नहीं। बिना क़र्ज़ा माँगे अब बिजली का बिल चुकाया नहीं जा सकता।

वे सोचने लगे, ये अगर हर महीने के बिल में जुड़ जाता तो इतनी परेशानी आती ही नहीं। लेकिन वक़्त को कैसे पीछे ले जाऊँ? क्या करूँ? कहाँ? किसके हाथ जोड़ूँ...क्यों? क्या गुनाह है मेरा। अभी तक किसी से रक़म उधार माँगी नहीं। जैसे-तैसे घर चलाया...अब गिड़गिड़ाऊँ...क्या करूँ?

पिता सोच-सोचकर भीतर ही भीतर मरे जा रहे हैं। अपने भीतर ही मरते रहते हैं लोग। ज़माने को पता ही नहीं चलता कि जो बोलता है, चलता है वो भीतर ही भीतर मर रहा है। ऐसे मरने वालों को मरा हुआ नहीं मानते लोग। लोगों को लगता है चल-बोल रहा है तो मरा हुआ मुर्दा कैसे मानें? मरे हुए और मरते हुए आदमी के लिए एक शब्द नहीं हो सकता है, मुर्दा।

मुर्दा कैसे कहें, कैसे मानें, जबकि निरन्तर मरता हुआ आदमी कब का मर चुका होता है।

21

पिताजी ने मुझे कहा, "श्मशान घाट चला जा।"

"मेरको पढ़ने जाना है अभी। श्मशान घाट जाना ज़रूरी है?" मेरे सवाल पर पिता नाराज़ हो गए।

"ज़रूरी है, इसी वास्ते बोला होगा न। पागल कुत्ते ने तो काट नहीं खाया मेरको जो अनाप-शनाप बकूँगा। जा भाई जा।" इतना बोलने के बाद पिता ने देखा भी नहीं कि मैं क्या सोचे जा रहा हूँ। मेरे भीतर क्या चल रहा है? पढ़ने-लिखने और ज़िन्दा आदमी के बजाय पिता को मुर्दे की चिन्ता हो रही है। उनका मन और लक्ष्य मेरी समझ में नहीं आ रहे हैं। मुझे मुर्दे के पास नहीं जाना है लेकिन जिस तरह से पिता बोले उसके बाद कुछ भी बोलना या उनकी बात को नहीं मानना मेरे बूते से बाहर का लगा तो मैं श्मशान घाट की तरफ़ चल पड़ा।

रास्ते भर वाकोड़े की मौत याद आती रही। मेरे जीवन की देखी और समझी हुई पहली मौत वाकोड़े की मौत थी। उस वक़्त मेरी उम्र आठ साल रही होगी। मैंने अपनी गली में पहली बार एक मुर्दा शरीर को देखा। गली में पाँचवाँ घर उनका था। उनसे कभी बात हुई हो, याद नहीं आता। मुझे देखकर वे कभी मुस्करा दिये हों ऐसा कभी नहीं लगा। उनका चेहरा सपाट, सूखा हुआ था। वे अपनी धुन में, अपने अन्दाज़ में आते-जाते दिखते थे। ख़ामोश। बिना ज़बान चलाए वे अपने बारे में बताते। वे लुंगी पहनते थे। उनके पास एक ही लुंगी थी। मेरी याद में वो मटमैली थी। रंग याद नहीं, यहाँ तक कि उसकी डिज़ाइन भी नहीं बता सकता। मेरी निगाह उनके चेहरे पर ही लगी रहती थी। धँसी हुई आँखों के भीतर एक चमक दिखती, चिपके हुए गाल के भीतर थूक होता। जहाँ उनका मन होता, वहीं थूकते।

उन्हें किस नाम से पुकारा जाता था? अभी याद नहीं आ रहा। हमेशा लगा कि उन्हें किसी ने पुकारा ही नहीं। उनको आवाज़ नहीं दी। उनका नाम किसी ने लिया ही नहीं। गली के भीतर उनके लिए कोई सम्बोधन, पुकार के लिए शब्द निकले ही नहीं। उनसे किसी को कोई काम नहीं, उन्हें किसी से कोई मतलब नहीं। वे अपने घर से निकलकर गली में से दिन भर के लिए निकल जाते थे। वापस अपने घर कब आते थे? उसका कोई हिसाब नहीं था। वे क्या करते थे? याद नहीं आ रहा।

श्मशान घाट के भीतर पहली बार जा रहा हूँ। इस पहले अनुभव का कोई रोमांच या डर नहीं है। मन नहीं है। अपने बचपन की पहली मौत को याद कर रहा हूँ। पुराने वक़्त में दाख़िल हो रहा हूँ। वक़्त जो अब नहीं है। वाकोड़े का मुर्दा शरीर शिद्दत से ना जाने कब का जलकर राख हो चुका है। उस राख के कण अभी धरती में समा चुके होंगे। लेकिन वाकोड़े का आख़िरी वक़्त अब मेरी याद के साथ मुझे दिखने लग गया।

वाकोड़े के मुर्दा शरीर को घर से निकालकर गली में लिटाया गया। उनका मुँह खुला हुआ था। आँखें बन्द। मुझे लगता था कि अब वे थूकेंगे, थूकने के लिए ही मुँह खोला होगा कि थूक निकला नहीं लेकिन उनकी जान निकल गई होगी।

बाँस के दो टुकड़े किये जा रहे थे। किसी के घर की दीवार से बाँस को निकाला गया था। काला पड़ गया था बाँस। जब कल्लू ने उसे अपने दोनों हाथों से चीरना चाहा तो एक आवाज़ आई, “अरे ज़्यादा ज़ोर से नी...बस हल्के से।”

फिर बाँस के एक हिस्से को अपने पैर से नीचे ज़मीन पर दबाकर, धीर-धीरे दो टुकड़ों में बदलने के लिए हल्की कोशिश होती रही। आवाज़ आती रही, बाँस के जोड़, टूटने की, बाँस दो फाँक में बदल रहे हैं कि ‘फच्च’ सा कुछ हुआ। खड़े लोगों के चेहरे पर मायूसी-सी छा गई। बाँस का वह हिस्सा टूट गया था। उसे अब दूसरे से बाँधना होगा।

अफ़सोस किया गया कि मरने के बाद भी वाकोड़े के लिए एक साबुत बाँस मिल न सका।

बीड़ी के धुएँ और तम्बाकू की पीक के साथ बातें हो रही थीं, “पता नी कौन सी बीमारी थी।”

"उसका मन उसे अन्दर ही अन्दर खा रहा था।"

"कभी डॉक्टर के पास जाते देखा नी पट्ठे को।"

"अरे पैसा हो तो जाए न डॉक्टर के पास। फूटी कौड़ी नी थी। अभी भी नी है। अब यही देखो ना। अर्थी के लिए भी बाँस और सामान का जुगाड़ माँग-मूँग के करना पड़ रहा है।"

बाँस के दोनों हिस्से की सीढ़ियाँ बनाई गई थीं। उस पर मुर्दे को लिटाया गया था। बाँधा और ले गए थे।

उस वक़्त आपस में बोलने-बतियाने वाले लोगों के नाम, शरीर याद नहीं मुझे। आज पढ़ने न जाने के मलाल के साथ मैं बचपन की उस मौत की यादों से बाहर निकला तो ख़ुद को श्मशान घाट में पाया।

श्मशान घाट के जलते हुए मुर्दे की तरफ़ न चाहते हुए नज़र जा रही है। अलग-अलग दो मुर्दे जल रहे हैं। इस मुर्दे के आसपास कोई परिचित चेहरा नहीं दिखा। आगे बढ़ा तो गली के लोग दिख गए। मुर्दे को नीचे देखकर तसल्ली हुई कि नियत वक़्त पर आ गया हूँ। देर हो जाती तो इसी बात पर डाँट सुननी पड़ती।

मुर्दे के आसपास कुछ लोग बहुत तेज़ी से अपना-अपना काम कर रहे हैं। कोई लकड़ी जमा रहा है। कोई कंडे रख रहा है तो किसी के पास सूखी हुई घास के बंडल हैं। हमारी गली के आवारा माने जाने वाले लड़के के हाथ में पानी की बाल्टी है। श्मशान घाट के उस हिस्से पर जहाँ मुर्दा जलाया जाना है, उस जगह को गोबर से लीपना शुरू कर दिया गया है। लकड़ी जमाते वक़्त लोगों ने आपस में खुसुर-फुसुर शुरू की। मैं पीछे खड़ा हो गया। सुनाई दिया, "इसे आता-जाता कुछ नी लेकिन यह हर जगह आगे-आगे सब कुछ करते रहता है। अरे जब आता नहीं तो काहे को मगजमारी करना?"

"कुछ लोगों की आदत होती है। अपने-आप को अच्छा दिखाना।"

बातें करने वालों में से किसी ने भी आगे बढ़कर हस्तक्षेप करना उचित नहीं समझा। वे बोलते रहे और लकड़ियों का ढेर आगे बढ़ता जमता गया। मुर्दे को बाँधा गया था अब उस बन्धन को हटाया जा रहा है।

मुर्दा शरीर को लकड़ियों के ढेर पर लिटा दिया गया। तभी मुर्दे की चिन्ता में मुँह लटकाकर बैठे आदमी ने बीड़ी का धुआँ उड़ाते हुए कहा, "घी लाया कि नहीं?"

"अरे जलाने के लिए घी कहाँ मिले भाऊ? किराने की दुकान से थोड़ा केरोसिन लेके आए हैं।" तम्बाकू मसलते हुए आदमी ने कहा।

"चलो ठीक है। जलाने से मतलब। घी हो या घासलेट सबका काम है जलाना।" बीड़ी का कश लेते हुए वह आदमी बोला।

मैं इन बातों को सुन रहा हूँ। तपती हुई धूप में दीवाल के सहारे एक लड़का खड़ा दिख रहा है। कुछ लोग छाया की तलाश में इधर-उधर हो गए हैं। कुछ छोटे समूह बन गए। तभी एक आवाज़ आई, अब दो मिनट का मौन रखते हैं।"

एक आवाज़ फुसफुसाहट के साथ आई, "इसे तो हर बात की जल्दी मची रहती है। अरे बाद में रख लेते।"

"बाद में, मुर्दा जलने के बाद कोई रुकता नहीं। सब चले जाते हैं। यह ठीक है।"

आग देने से पहले सबके हाथों में गेंदे के फूल की पंखुड़ियाँ दी गईं। लोग सावधान की मुद्रा में खड़े हो गए। दो मिनट का मौन रखकर श्रद्धांजलि के लिए पुकार लगाते ही लोगों ने चप्पल-जूते उतारकर अपने पैरों को नंगा किया। तत्काल खड़े होने लग गए। श्मशान घाट है, मुर्दों की जगह है इसलिए इतनी जल्दी बात मान ली गई।

इधर मौन शुरू हुआ, उधर अचानक धड़ाम की आवाज़ आई। वह लड़का जो दीवार के सहारे खड़ा था वह गिर गया है। लाल टीशर्ट पहने साँवले रंग का वह सवा पाँच फ़ीट ऊँचा लड़का 16-17 साल की उम्र का होगा। वह क्यों गिरा? जब तक लोग सोचते-समझते तब तक श्रद्धांजलि की रेलगाड़ी अपना स्टेशन छोड़ चुकी है। खड़े लोग मौन से भंग होकर, मान चुके हैं कि अब मौन में से वापस नहीं आ सकते। कुछ लोग जो मौन श्रद्धांजलि के दो मिनट की शुरुआत को पकड़ नहीं पाए थे कि अपने जूते, सैंडल को उतारने में लगे हुए थे। इस समय दो-तीन आवाज़ें एक साथ आईं। "पानी लाओ। पानी दो। हवा दो।" श्रद्धांजलि में शामिल अन्य लोग मौन की स्थिति में अब क्या करें वाली स्थिति में ठिठक गए हैं, लेकिन कुछ 'मौन' से अलग हो गए।

उसी वक़्त एक आदमी भागा। उसने किसी का इन्तज़ार नहीं किया कि कौन पानी लाएगा। किसी को आवाज़ देने के बजाय उसे लगा कि उसे पानी हर हाल में लाना है। उसे भागते हुए लोगों ने देखा जबकि अब, "हवा आने दो, आने दो, हटो, हटो," बोलने लगे। इन लोगों में से किसी ने कहा, "उसे छाँव में लाओ। हटो।"

बेहोश लड़के के मुँह पर पानी छिड़का गया। उसने आँखें खोलीं। लोगों ने राहत ली।

क्या फिर से श्रद्धांजलि के लिए दो मिनट का मौन के लिए कहा जाएगा? कोई रुकेगा? किसी ने बोलना चाहिए...। जो श्रद्धांजलि न दे सकें वो दें। वैसे भी दो बार श्रद्धांजलि देने से क्या नुक़सान हो सकता है?

इस बारे में विचार करने के बजाय आग देने के लिए गतिविधि शुरू हो गई।

किसी ने कहा, "अरे इस दिशा से आग नहीं देते। उलटा है।"

"दिशा? कोई सी भी हो। आग देने से मतलब। यह पाखंड अपने समाज में नहीं होना चाहिए।" यह आवाज़ तेज़ है। बहस के लिए कोई आगे नहीं आया।

थोड़ी देर के बाद एक आदमी ने कहा, अब आप सबसे निवेदन है कि मेरे साथ त्रिशरण, पंचशील बोलेंगे।

बुद्धं शरणं गच्छामि
धम्मं शरणं गच्छामि
संघं शरणं गच्छामि

इसमें 'द्वितीयम' आगे लगाकर फिर यथावत गाया जा रहा था। फिर...

ततीयमपी बुद्धं शरणं गच्छामि
ततीयमपी धम्मं शरणं गच्छामि
ततीयमपी संघं शरणं गच्छामि

पंचशील के बाद फूल की बिखरी हुई पंखुड़ियाँ चिता पर डाली गईं। आग लगाई गई।

मुर्दा जलने लगा।

श्मशान के भीतर जलता हुआ मुर्दा आग की घनी लपटों की वजह से दिख नहीं रहा। कुछेक लोग रह-रहकर उस तरफ़ भी देख रहे थे। अचानक चार-छह युवाओं के हाथों में कंडे दिखाई दिये। उन्हें देखते ही एक आदमी, जिसने सफ़ेद कुरता-पाजामा पहना था, डपटते हुए बोला, "ये किसने बोला? फ़ालतू का ख़रचा... अरे हो गया काम। अब वापस करो।"

एकबारगी लगा कि तीसरे नम्बर का लड़का, जिसके हाथ में गोबर के कंडे हैं, यह बोलना चाह रहा है कि पहले क्यों नहीं बोला? लेकिन वह नहीं बोला। बिना रुके, सोचे वे वापस चले गए। पानी से भरा स्टील का लोटा लेकर एक आदमी आया। उसने दो-तीन दिन से दाढ़ी नहीं बनाई है। वह जलते हुए मुर्दे, चलती हुई चर्चा और होश में आए लड़के के बीच किसी एक जगह पर अपने-आप को स्थिर करना चाह रहा है। कहाँ खड़ा हो जाऊँ, यह तय नहीं कर पा रहा है। वो अपने लिए एक जगह चाह रहा है जहाँ वो अपने मन मुताबिक़ खड़ा हो सके, लेकिन उसे ऐसी कोई जगह नहीं मिल रही है।

लकड़ियाँ पूरी तरह से जल गईं। जल गया मुर्दा।

लोग धीरे-धीरे पीछे मुड़ने और वापस जाने लगे।

रुकूँ या जाऊँ के द्वन्द्व में मैं सरकने लगा। इस वक़्त मुझे लग रहा था कि मैं आख़िरी तक रुक जाऊँ। यह देखूँ कि जलने के बाद मुर्दा कैसा दिखता है? उसे देखने के बाद, मन को कैसा लगता है।

अपने-आपकी सुन न सका। चला आया। उस जलते हुए मुर्दे को अकेला छोड़कर।

22

तमाम नफ़े-नुक़सान के बारे में बहस, बात करने के बाद आख़िरकार एक गुमटी किराये से ली गई। गुमटी से बीमार भाई के मन बहलाव होने के साथ ही अतिरिक्त पैसा मिलने की चाह है। यह सबने मान लिया कि बड़ा भाई शरीर से कमज़ोर होता जा रहा है। घरवाले चाहते हैं, बड़ा भाई अपने पैरों पर खड़ा हो जाए।

हाथठेले पर बनाई हुई गुमटी अर्थात दुकान पर बड़ा भाई बैठने लग गया। मुझे गुमटी पर बैठने नहीं दिया जाता। मेरी बड़ी इच्छा होती है कि मैं भी दुकान पर बैठूँ। बैठने की ख़्वाहिश इसलिए है कि आते-जाते लोगों को देखूँ।

चलती-भागती साइकिल को देखूँ। गली में चलती हुई साइकिल नहीं दिखती तो लगता है कि गली चलती नहीं है। गली में साइकिल नहीं चल सकती इसलिए गली में कुछ नहीं चल सकता। गली में से कोई आगे नहीं जा सकता। पहिये चल नहीं सकते। जिस जगह साइकिल नहीं चल पाती। वहाँ गति नहीं होती, वहाँ प्रगति हो नहीं पाती। गली में कोई भी बच्चा या आदमी सीधी गति से चल नहीं सकता, दौड़ना तो बहुत दूर की बात है। यह उतनी दूर है, जितनी दूर है देश की राजधानी। वहाँ तक सीधे चलकर नहीं पहुँच सकते। यहीं, इन्हीं गलियों में उलझकर, ठोकर खाते हुए अपने पैर लहूलुहान हो जाते हैं। वो ख़ून नहीं कहलाती, वो चोट है जिसके लिए ख़ुद आदमी को ही ज़िम्मेदार घोषित किया जाता है। इसे लापरवाह और सँभलकर नहीं चलने वाले आदमी के रूप में परिभाषित किया जा सकता है। यह चलने वाले की ग़लती मान ली जाती है। उसको अपराधी माना जाता है कि उसका दिमाग़ नहीं चलता, चलता है तो समझता नहीं, अगर समझता, तो चोट नहीं लगती। ख़ून नहीं निकलता।

ख़ून।

ख़ून सिर्फ़ हत्या के बाद नहीं निकलता। अगर ख़ून टपकता है, तो मिट्टी को मसलकर, मिट्टी के बारीक कणों को उस पर डाला जाता है। ख़ून को रोकने के लिए मिट्टी की ज़रूरत होती है। मिट्टी को गली का पानी सूखने नहीं देता। सूखी और साबुत मिट्टी की तलाश में ख़ून बहता जाता है।

यहाँ इस गली में हर किसी के पैर से ख़ून निकलता है। ख़ून निकल रहा है लेकिन उसे कोई रोक नहीं पा रहा। हर किसी को चोट लगती है लेकिन इसकी चर्चा नहीं होती। न सलाह दी जाती है इलाज करने की।

ऐसा तो होता ही रहता है, इसे सहज मान लिया गया है।

अगर एक साथ सबका ख़ून निकलने लग जाएगा तो पूरी गली में ख़ून ही ख़ून दिखेगा। गली की मिट्टी अब पानी के बजाय ख़ून से भरी हुई होगी...ख़ून...। ख़ून।

पता नहीं क्या-क्या सोचता रहा।

जो भी यहाँ रहते हैं वो सड़क से जाते तो हैं लेकिन उनके पैर उनके सपने इसी गली में बँधे हुए होते हैं। लौटकर वापस इसी गली में आना होता है। जब वापस आते हैं तो अपने साथ अँधेरा लाते हैं। अँधेरे में उनकी शक्ल नहीं दिखती। बस आवाज़ और चलने के अन्दाज़ से पता चलता है कि कौन किस घर में दाख़िल हुआ है।

फिर गली के घरों के चूल्हों से धुआँ निकलता है। बर्तन की आवाज़ आती है। सब्र करने के लिए डाँट दौड़ती है। हिदायत के साथ इन आवाज़ों के बीच बच्चे मचलते हैं। भूख पर अब क़ाबू नहीं रखा जा सकता। अब भूख को कुछ-न-कुछ चाहिए?

भूख और बच्चों के बीच की यह जंग गली के हर घर में लड़ी जाती।

चूल्हे की आग मशाल का काम करती।

मशाल के लिए काग़ज़ जलते या केरोसिन का भभका उठता। काग़ज़ से जलने वाली आग देर से लगती। इस समय काग़ज़ जलता है। सब्र चाहता है। इस आग के इन्तज़ार में उस वक़्त बोला नहीं जाता। उसी वक़्त बोला जाना चाहिए। उसी वक़्त की ख़ामोशी इरादे बदल देती है।

चाँटे और बच्चों के रोने की आवाज़ के बीच बहुत सारी आवाज़ जलने लगती है। आग को आग बनाए रखने की जद्दोजहद में आँसू निकलते हैं। आँसुओं को धुएँ की वजह से मानकर अनदेखा किया जाता है। रोने के लिए यह वक़्त सबसे मुफ़ीद माना गया। गली की न जाने कितनी महिलाएँ रोती हैं। रोटी बनती है। सब्ज़ी में उबाल आता है। धीरे-धीरे बच्चों की आवाज़ घर से बाहर नहीं आती। वे चुप हो जाते हैं कि बस अब उनकी ज़बान दाँत के साथ चलेगी।

मुझे अँधेरे में अपनी आँखों में सड़क चलती हुई दिखती। सड़क की दौड़ बहुत अच्छी लगती। सड़क कहाँ जाती होगी? सड़क के आख़िरी सिरे की तलाश में मन बेचैन हो उठता। पैदल जाऊँगा तो पैर दुखेंगे, पैर दुखे तो नींद नहीं आएगी। नींद नहीं आई तो अँधेरी रात दिखेगी। अँधेरी रात में हाथ को हाथ नहीं दिखता है। रात में भूख लगती है। उस वक़्त सब सोते हैं, उस वक़्त खाने के लिए कुछ नहीं होता। सोने से पहले बनाई हुई रोटी-सब्ज़ी समाप्त हो जाती है। उस अँधेरे वक़्त में भूख को क़ाबू में नहीं रखा जा सकता। भूख के कारण बेसब्र हो जाता हूँ या कोई सपना सोने नहीं देता?

इस ख़याल या सवाल को एकाएक बाहर का रास्ता नहीं दिखता। दिखती है तो बस उदास अँधेरी रात।

अँधेरे में जुगनू की रोशनी से रोशन होता है ज़माना, ऐसा मैंने सुना तो मुझे जुगनू के बारे में जिज्ञासा हुई। जुगनू किसे कहते हैं? मैंने नहीं देखे जुगनू।

यह भी सुना कि जब बच्चे जुगनू पकड़ते हैं तो बिजली जलती है। तो मुझे लगता है मेरे घर में जुगनू की ज़रूरत है। जब ढेर सारे जुगनू आ जाएँगे तो घर में रोशनी ही रोशनी होगी।

जुगनू कैसे दिखते हैं? रात को ऐसे ख़यालों के बीच जुगनू के सपने देखता और सोचता। याद आया, मैंने यही सवाल जब पाँचवीं कक्षा में किया था तो मेरी खिल्ली उड़ाई गई थी। दीपक ने कहा था, "इतनी उमर हो गई और जुगनू नहीं देखा?" तो मैं बोला था, "हाँ भई। नहीं देखा जुगनू। जुगनू मेरे घर पर नहीं है। मेरे बस्ती में नहीं है। तो जुगनू कैसे देख सकता हूँ?" लेकिन किसी ने भी मेरी इस बात को नहीं सुना, न समझा। वे सब मेरी खिल्ली उड़ाने में लगे रहे।

जुगनू नहीं देखा मैंने अब तक। जुगनू नहीं देखा था तब भी, फिर भी मुझे अज्ञानी माना गया था। मुझे जुगनू की तलाश है लेकिन जुगनू का चेहरा पता मालूम नहीं।

इस याद घटना के बरसों बाद शाम को जब हम इस उम्र में बैठे। तब अनिल बोला, "जुगनू छोटे-छोटे होते हैं। जैसे छोटे बल्ब को मच्छर की कमर पर बाँधकर मच्छर उड़े तो कैसा दिखेगा? बस वैसे होते हैं जुगनू। मच्छर को देखो और समझ जाओ कि वही है जुगनू। समझा?"

पता नहीं क्या-क्या सोचता रहा। जुगनू कैसा होता है, की कल्पना करने लगा।

"तो मच्छर, बल्ब के वज़न से जब मर जाएगा तब बल्ब जल जाएगा।" एक हँसी के साथ मदन बोला। उस हँसी में वज़न था कि मेरी कल्पना का ध्यान भंग हो गया। उस हँसी में अनिल ने कहा, "यार अगर मच्छर के बजाय मक्खी के कमर में बाँधें तो पंखा भी चलने लगेगा।" सब हँसने लगे तो उस हँसी के मायने समझने के लिए मैंने कहा, "क्या हुआ?"

"बधाई हो। जुगनू हुआ है।" गुटका थूकते हुआ चन्दन बोला। संजय ने रोते हुए छोटे बच्चे की आवाज़ निकाली।

गोद में जैसे अबोध बच्चे को लिया-दिया जाता है उस अन्दाज़ से हाथ बढ़ाते हुए चन्दन ने कहा। "ले जुगनू।"

"अरे ये जुगनू की औलाद है। सँभलकर ले।" संजय बोला। फिर ज़ोर से हँसा। उस हँसी में मैं शामिल नहीं हो पाया। मैं उनमें सबसे छोटा हूँ।

"जब छोटा गुलुप (बल्ब) का छोटा बच्चा उड़ता दिखे तो समझ ले वह है जुगनू।" अनिल ने आसानी से समझने के लिए कहा। उसके चेहरे पर उस वक़्त की हँसी नहीं है। जुगनू के रूप, रंग, बदन के बारे में कल्पना करने के लिए कोई आधार नहीं मिल रहा। आधार मिला तो मच्छर और मक्खी। उनकी कमर और उस पर बँधा हुआ बल्ब, यह सोचते हुए न हँस पा रहा हूँ न यक़ीन हो रहा है। बोलते और हँसते हुए सच कब झूठ बन जाए और उसको खिल्ली में उड़ाकर कब भुला दिया जाए, यह समझना मुश्किल होता जा रहा है।

अधकचरे ज्ञान का यह केन्द्र है, यह मानने लगा हूँ। लेकिन जानकारी कहाँ मिलेगी? हक़ीक़त से किस जगह मिलूँ? सच कहाँ पूरा साबुत मिलेगा? यह भीतर लगातार चल रहा है। सोचते-सोचते घर चला आया। लगा कोई जुगनू मेरे साथ चल रहा है लेकिन दिख नहीं रहा।

नींद उड़ गई। शाम की इस हँसी के बीच मैं जुगनू को देखने के लिए कहाँ जाऊँ?

सोचने लगा कि अगर जुगनू रोशनी लेकर उड़ता है, रोशनी फैलाता है तो रोशनी बड़ी-बड़ी इमारतों के ऊपर क्यों उड़ती है। जब अंग्रेज़ गए तो आजी और उस ज़माने के लोग सोचते थे कि रोशनी, इमारतों के साथ हमारे घर, हमारे बस्ती में भी आएगी। रोशनी और ख़ुशहाली के साथ आज़ादी आएगी। रोशनी नहीं आई। क्या रोशनी आज़ाद नहीं हुई थी? वो ग़ुलाम होती है? क्या वह अपनी मर्ज़ी की मालिक नहीं है। रोशनी पर दया आई, उसकी नाकामयाबी पर। किसके इशारों से चलती है रोशनी?

मुझे लगा रोशनी वहाँ नहीं आती जहाँ जुगनू नहीं होते। मेरे घर में, घर से बाहर, गली में, पूरे बस्ती में बरसों से वो रोशनी नहीं आई। वो रोशनी नहीं आती तो न आए, लेकिन कम से कम एक जुगनू तो आए।

जुगनू को देखने-मिलने के लिए कहाँ जाऊँ? अभी इसी सवाल ने बेचैन कर दिया। नींद जुगनू ले गई।

शाम की उन बातों, बहस से मैंने यह मान लिया कि भूत नहीं होते। जुगनू होते हैं। मूर्ख बनाने वाले जानते हैं कि डर बड़ी चीज़ होती है। डर हमेशा क़ायम रहे। डरा रहे इनसान। भूत से, डाकन से, भगवानों से, बाबाओं से, पिताओं से।

डर की सूई बचपन में ही दिमाग़ में घुसा दी जाती है। वह भूत से डरना बन्द कर दे तो भगवान खड़ा कर दिया जाता है। डर, डर और डर में ही ज़िन्दगी जी जाने लगती है। क्यों डराते हो भई?

धीरे-धीरे मेरे डर का दायरा कम होता जा रहा है। भगवान के अस्तित्व पर सवाल उठने लग गए।

23

अँधेरे में पिता किससे कहते हैं? किस पर अपना ग़ुस्सा उतारते हैं? इस तरह के सवालों से मेरी मुठभेड़ होने लगी। घर लौटकर पिता अपने साथ ग़ुस्सा लाते और सबके सामने उसे रख देते। हम नाहक ही डरते। होना तो यह चाहिए कि हम भी सहभागी बनते। उनका अनुसमर्थन करते लेकिन पिता निरन्तर अकेले होते गए। एकदम अकेले। पिता घर के भीतर एकालाप करने लगे हैं। घर के भीतर ग़ुस्सा छोड़ देते हैं। जो चाहे वो ले ले। जितना चाहे उतना। पिता को हर हाल में बोलना ही है। किससे बोलें, यह सवाल बना रहता होगा, वरना वे घरवालों को सुनाने के बहाने दीवारों की तरफ़ देखकर बात नहीं करते।

कपड़ा मिल की तालाबन्दी के बाद पिता अपनी ज़बान पर ताला लगाना भूल गए। चाबी की तलाश में घरवाले भटक रहे हैं। पिता घर आते तो एक-एक कर हम सब ग़ायब होने लगते। अपने अस्तित्व को भूलने की इस कशमकश में पिता के क़दमों की आहट के साथ बौखलाहट की आशंका पूरे घर में इकट्ठा हो जाती। बोलना अर्थात शब्दों के प्रसारण पर पाबन्दी लगा दी गई। ऐसी सेंसरशिप जो ख़ुद के द्वारा ख़ुद पर थोपी गई है। बेरोज़गार बनाने की इस दौर में अधेड़ आदमी को, उनके सपनों को ध्वस्त कर दिया गया। चिन्ता की आग से झुलसते हुए वे घर की तलाश में लौटते हैं। उन्हें घर में घर नहीं दिखता। घर में उनको मिल दिखाई देती है। जिसकी मशीनों ने रोज़गार और सपनों का उत्पादन बन्द कर दिया। मिल के मज़दूरों की छँटनी के बाद पिता के पंचर पकाने का काम-रोज़गार के लिए पर्याप्त नहीं था।

पंचर का काम हवा भरने जैसे मन बहलाव के साथ समय व्यतीत करने का स्थान लगता। पंचर की दुकान से घर चलाने की बात बेमानी है, अपने-आप को धोखा देना है। पिता धोखा नहीं देना चाहते थे। वे सबको ख़ुश देखना चाहते थे, जब यह उम्मीद टूटने लगी तो वे अपने-आप से नाख़ुश रहने लगे।

मैंने सपने में देखा, सड़क और बस्ती के बीच में बहने वाले नाले के गन्दे पानी को बहाने के लिए बड़े-बड़े पाइप लाए गए। बड़े पाइप के होल (वो पाइप और होल इतना बड़ा था कि मुझ जैसे चार लड़के घुसकर बाहर निकल सकते थे) में पिता अकेले खड़े दिखे। नाले का सारा गन्दा पानी उनके बदन के ऊपर से जा रहा है। बहने वाली तमाम गन्दगी उनके शरीर के ऊपर लगती, चिपकती जा रही है। गन्दगी उनकी आँखों से शरीर के भीतर जा रही है। कान, नाक और मुँह से गन्दगी अन्दर जाती। वे तमाम गन्दगी लेकर घर में आते। पूरे घर में उल्टियाँ करने लगते। खाँसते-खाँसते इतनी खाँसी बढ़ने लगती कि लगता हमारे कान फट न जाएँ, इस मन:स्थिति के बीच गन्दगी के इस ढेर में हम हतप्रभ बन्द कोठरी में खड़े हो जाते। घर से बाहर जा नहीं सकते और अन्दर रह नहीं सकते। बड़े-बड़े पाइप की तरह हमारे घर में होल बन गए। छेद का आकार बढ़ता जा रहा है।

ऐसी गन्दगी और शोर के बीच मुझे परीक्षा की तैयारी करनी है। परीक्षा देने जाना है। किताब और कॉपियों पर लिखे हुए अक्षरों पर गन्दगी थककर सो गई।

हमें पिता की कमियाँ व ख़ामियाँ न जाने क्यों बड़ी, बहुत बड़ी लगने लगीं। डर था जो कि अवज्ञा में बदल गया। एक समय के बाद डर कितना बेबस हो जाता है। बेदम शक्तिहीन। यह हमारी आँखों के सामने घटित हो रहा है।

कमज़ोर बेबस होते पिता का पुत्र अपनी पढ़ाई और ज़िन्दगी जारी रखने की कशमकश में उस गन्दे नाले में खड़ा दिखने लगा, लगा कि पिता उस नाले से निकलकर अपनी ड्यूटी पूरी कर आ चुके हैं, अब बेटे को गन्दे नाले में खड़ा होना ही है। इसी में जीना है।

ज़िन्दगी जीने के लिए क्या चाहिए?

मेरे पास अधमरा-सा जवाब है जिस पर यक़ीन करने के लिए मन तैयार नहीं है।

24

स्कूल से घर की तरफ़ लौट रहा हूँ। विजयवर्गीय मैडम के शब्दों ने मेरे भीतर कोहराम मचा रखा है। रास्ता, मकान, दुकान देखते-देखते अपनी बस्ती को जाँचने-परखने के लिहाज़ से देख रहा हूँ। घर और यहाँ के लोगों के हावभाव को समझने के हिसाब से देखते हुए चला जा रहा हूँ। मैडम की आवाज़ कानों में लगातार गूँज रही है। उन्होंने आज क्लास में बोला, "गन्दी बस्ती में अपराधी रहते हैं। लूट, डकैती, बलात्कार करने वालों की शरणस्थली है, गन्दी बस्ती। समाज का सबसे ख़राब रूप अगर कहीं है, तो यहीं है। ये गन्दी बस्तियाँ अवैध कॉलोनी होती हैं। अवैध...समझ रहे हो, अवैध?"

चलते-चलते ठिठक जाता हूँ। रह-रहकर मैडम का चेहरा दिखाई देता है। याद आ रहा है कि मैडम ने कहा था, "स्वर्ग कहीं है तो वो कश्मीर में है और नरक कहीं है तो वो गन्दी बस्ती में।"

मैडम के चेहरे पर एक अजीब-सी मुस्कराहट देखी थी। उस मुस्कराहट में विजयवर्गीय मैडम को देखकर मुझे घृणा होने लगी। उनके बोलते हुए चेहरे को याद कर सोच रहा हूँ कि कोई इतना क्रूर कैसे हो सकता है?

स्वर्ग-नरक जैसे शब्दों के बीच में हमारी बस्ती में कौन-कौन गुंडा है? अपराधी है? कहाँ पर अपराधी रहते होंगे? उनकी तलाश करती हुई मेरी आँखों में ग़ुस्सा है। गन्दी बस्ती के इतिहास के बारे में सोचने लगा। गन्दी बस्ती क्यों बसाई गई? क्यों? यहाँ हमें क्यों बसाया गया होगा? हम क्यों बस गए होंगे? क्यों...क्यों? लगातार सवालों के रूप बनते हुए बढ़ते जा रहे हैं। हर सवाल मुझे परेशान करता जा रहा है। दिमाग़ चकराता हुआ लग रहा है।

सबसे ज़्यादा परेशानी का कारण यह है कि मैडम जब पढ़ा रही थीं तब वह क्यों मुस्करा रही थीं? उनका चेहरा विजयी मुद्रा में क्यों लग रहा था? क्यों लगा कि उनकी आवाज़ में जीत और घृणा का अजीब-सा तालमेल है। किस बात से ख़ुश थीं मैडम? उनका टोन, उनका अन्दाज़, हाव-भाव, उनकी हर एक जगह से क्रूर गन्दगी की सड़न निकल रही थी। मैडम को लग रहा था कि किसी को पता नहीं चल रहा है लेकिन मैं उस घृणा को जान रहा था। विषैली सड़न सहन करता हुआ मरता जा रहा था। तड़फड़ा रहा था।

मैडम के हाथों में 'कैला सरल अध्ययन माला' की कुंजी थी। वह उसमें से एक-एक लाइन पढ़ते हुए, रुकती जातीं, उदाहरण देतीं। वे लिखवा रही थीं, बोल रही थीं, मुस्करा रही थीं।

उस अजीब ख़ामोशी से भरी हुई क्लास में मेरे भीतर मची हुई उथल-पुथल अभी भी मुझे बेचैन कर रही है। सीधे घर पहुँचने के बजाय पूरी बस्ती का चक्कर काट रहा हूँ। बस्ती में स्कूल जाने वाले दो और छात्र हैं जो मेरी क्लास के नहीं हैं। इनसे रात में बहुत कुछ पूछना है लेकिन अभी देखना है, कौन कहाँ रहता है? एक उम्र जिस गली में, जिस बस्ती में गुज़र जाए उस गली में फिर से लोगों को, घरों को देखने लगा हूँ। लगा नये सिरे से सब कुछ समझना होगा।

हाँ, मुझे पता है पुलिस, कल्लू को गुंडा कहती है। जबकि पूरी बस्ती कल्लू को पहलवान कहकर पुकारती है। कल्लू को पुलिस जब चाहे तब पकड़ लेती है। हमने आज तक यह नहीं सुना कि कल्लू ने कौन सा जुर्म किया? हम नहीं जानते हैं कि कल्लू और उसके दोस्त ऐसा कौन सा अपराध करते हैं कि हर बार चार-छह महीने में उनको पकड़ा जाता है। वे कुछ दिन जेल में रहते हैं। फिर छूट जाते हैं। उनका अपराध कौन सा है? यह जानना है, यह पूछना है। कल्लू पहलवान को देखते हुए मैं मुस्करा देता था। वह भी मुस्कराता था लेकिन कभी हमने बात नहीं की। एक-दूसरे से न कुछ पूछा न बताया। जीवन में न जाने कितने लोग हैं जिनसे सिर्फ़ हल्की-सी मुस्कराहट में ही बात की जाती है। ख़ामोश ज़बान पर शब्द आते नहीं लेकिन बातें हो जाती हैं। चेहरा बोलता है आँखें हालचाल बता देती हैं। आँखों से बातें करना बहुत ज़रूरी है।

आज कल्लू पहलवान से बात करनी है। ज़बान से बात होगी। मेरे सवाल होंगे और उनसे जवाब चाहिए होगा। पुलिस की वर्दी याद आने लगी। उनके हाथ में डंडा दिखने लगा कि डर से भरी हुई तस्वीर बोलते-बोलते चुप हो गई। बस्ती के दाहिने हिस्से में भी पुलिस कभी-कभार आती दिखती। पुलिस, किशोर उम्र के कमल को भी ले जाती। मेरे दिमाग़ में पुलिस अब प्रधान हो गई। किस-किस के घर आती है पुलिस? किस-किस को पकड़ती है? क्यों इतनी जल्दी छोड़ देती है। लगातार यही लोग क्यों पकड़े जाते हैं? इनको लम्बी सज़ा क्यों नहीं मिलती? फ़िल्मों में तो फाँसी दिखाते हैं या उम्र भर की जेल हो जाती है लेकिन ये लोग चार-आठ दिन जेल में रहकर वापस घर आ जाते हैं। क्यों? कैसे?

"गन्दी बस्ती में अपराधी रहते हैं, यहीं से अपराध का जन्म होता है, जन्मजात अपराधी।" मैडम के इन शब्दों ने मुझे विचलित कर रखा है। जो इस बस्ती में जन्म लेगा, वह अपराधी होगा। तो इसका मतलब यह है कि मैं भी अपराधी हूँ। अपराधी... जन्मजात अपराधी...।

जन्म आधारित व्यवस्था को इस तरह बोलती हुई मैडम के दिमाग़ में कौन सी व्यवस्था है, जिसे बोलते हुए उन्हें लग रहा है कि वो व्यवस्था ठीक है?

मैडम जानती थीं कि वो सबके दिमाग़ में ऐसी गन्दगी भर रही हैं जो सड़ती जाएगी। जो दिमाग़ में से सब कुछ निकालकर खोपड़ी बना देगी। कंकाल की खोपड़ी। मुझे छोड़कर किसी को कोई फ़र्क़ नहीं पड़ेगा। मुझे लगा वो मेरे सोचने-समझने की, दिमाग़ की नस को काट रही थीं। मेरे दिमाग़ की नस फट न जाए का अहसास अभी भी होने के बावजूद इन विचारों के साथ कल्लू पहलवान के घर पहुँच गया हूँ।

घर के बन्द दरवाज़े को खटखटाने की हिम्मत नहीं हुई। इन्तज़ार करने लगा कि दरवाज़ा खुलेगा। कल्लू नहीं हो तो उसके साथ वाले कोई न कोई तो मिल जाएँगे। यही सोचकर वहीं खड़ा रहा। तभी कल्लू पहलवान की माँ सामने से आती हुई दिखीं। बूढ़ी होती महिला, न आजी कह सकता ना काकी। उनके चेहरे पर एक मुस्कान है। उस मुस्कान में अपनत्व झलक रहा है। इस अहसास ने भरोसा दिलाया, उनसे बात कर सकूँ। सवाल ग़लत ना हो, यह विचार लगातार मुझे सतर्क करता रहा।

कल्लू के घर के बाहर डामर का ख़ाली, बड़ा ड्रम है। उसमें पानी भरा हुआ है। उसमें से पानी निकालकर कल्लू की माँ ने अपना चेहरा धोया। पैर धोए। उन्हें सुकून मिला। अपनी साड़ी से मुँह पोंछते हुए बोलीं, "क्या करें भिया, अनाज साफ़ करने की मजूरी भी कम होने लगी। बहुत लोग हो गए हैं मज़दूरी के लिए। महँगाई बढ़ती जा रही है पर मजूरी ना बढ़े, तो फिर क्या होगा?"

उन्हें किसी की ज़रूरत थी कि वह अपना दर्द बाँट सकें। मैं चुप हूँ कि वह कोई बात कहें कि उस आधार पर कल्लू के अपराध के बारे में पूछने लग जाऊँ। कल्लू को पुलिस पकड़कर ले जाती तो उसकी माँ रोती थीं। पुलिस के हाथ जोड़ती थीं। ज़मीन पर गिर जाती थीं। जब पुलिस कल्लू को गली के बाहर ले जाती तो कल्लू

की माँ पुलिस को गालियाँ देती थीं। यह दृश्य कई बार हमने देखा है। मुझे नहीं पता कि कल्लू पहलवान काम क्या करता है? अपराध करना क्या उसका पेशा है?

कल्लू की माँ बैठ गईं। घर के सामने गली में। यही उनका आँगन है। उन्होंने अपने घर का दरवाज़ा नहीं खोला। घर के भीतर जाकर क्या करना? वो बोलने लगीं, "बड़ा ख़राब ज़माना आ गया है। इनसान को इनसान कुछ समझता ही नहीं। वह हमारा सेठ...उसे लगता है कि हम इनसान ही नहीं हैं। हमसे कुछ भी बोलो... कैसे भी बोलो...हमारे साथ कैसा भी बर्ताव करो...यह उसका हक़ है। हम पर क्या बीत रही है? यह बताने के लिए हमारा न मुँह खुल सके न हाथ चल सके। बोलो तो हटा देगा। हाथ चलाओ तो पुलिस पकड़ लेगी। जैसे कल्लू को पकड़ ले जाती है, बिना किसी क़ुसूर के।"

"बिना अपराध किये?"

"हाँ, वह कुछ नहीं करता, बस पुलिस घर आती है या उसे थाने पर बुलाती है। फिर सीधे जेल में डाल देती है। हम पूछते रह जाते हैं, मेरे बेटे ने क्या गुनाह किया है? यह तो बताओ? तो पुलिस बोलती है, "गुनाह किया नहीं, करने वाला है। उसका पुराना रिकॉर्ड ख़राब है इसलिए इसको जेल भेज रहे हैं।"

"पुराना रिकॉर्ड? क्या गुनाह किया था?" मेरा सवाल ज़बान पर आ गया। मुझे ख़ुशी इस बात की हो रही है कि जैसा सोचा था वैसी परिस्थिति आ गई। इसके साथ ताज्जुब हो रहा था कि उसकी माँ बिना रुके, बिना जाने बोलती जा रही हैं। अपने मन के भीतर जमा हो चुकी बात, भावना को, कोई चुपचाप सुन ले। न रोके न टोके बस सुनता जाए। मैं सुनता जा रहा हूँ।

कल्लू की माँ कहने लगीं, "आठ-दस साल पहले अनाज मंडी में पैसों के लेन-देन को लेकर झगड़ा हो गया था। कल्लू को हम्माली के पैसे नहीं दे रहे थे। इस बात पर गाली-गलौज हुई, फिर मारपीट। सामने वाला बड़ी नाली में गिर गया। उसका ख़ून निकल आया। पसली में फ्रैक्चर हो गया तो कल्लू को पुलिस ने पकड़ लिया। महीने भर जेल में रखा। पुलिस बोली, रंगदारी करता है, पैसे वसूल करता है, और गालियाँ देते हुए कल्लू को जेल में डाल दिया। वह केस कोर्ट में अभी भी चल रहा है। फ़ैसला हुआ नहीं है। बस यह फ़ैसला हो गया कि जब मन करे तब कल्लू को जेल में डाल दो।"

उनको सुनते हुए लगा कि इतिहास की किसी किताब को पढ़ और पलट रहा हूँ। माँ का दुःख इतना बड़ा है, तो कल्लू की तकलीफ़ कितनी बड़ी होगी?

कहते हैं कल्लू पहलवान हमारी बस्ती का सबसे बड़ा गुंडा है। सबसे बड़ा गुंडा इसलिए कहलाता है क्योंकि उसे हर बार पुलिस पकड़कर ले जाती है। मैंने हिम्मत करके पूछ ही लिया, "जो लूट-डकैती-मर्डर करते हैं, उनको जेल में डालते हैं?"

"वो भड़वे तो बाहर घूमते हैं। उनको जेल नहीं होती। जेल जाओ तो पता चलता है जेल के अन्दर बेक़सूर बन्द हैं। बेचारे ग़रीब हैं। उनको छुड़ाने वाला कोई नहीं। उनका क़ुसूर छोटी-मोटी मारपीट का है। जुआ खेलने, दारू बेचने के जुर्म में, चाकू रखने के इल्ज़ाम में...बस यही बोला जाता है कि ये अपराध करने वाला था, शान्ति भंग करने वाला था, इसलिए पुलिस पकड़ लेती है। जेल में सड़ा देती है। जेल में अपने रिश्तेदारों से मिलने के लिए खड़ी औरतों से पूछो, क्या गुनाह किया है उनके मर्दों ने? बच्चों ने? भाई ने? क्यों जेल में बन्द हैं?" बोलते-बोलते उनकी आँखों में आँसू आ गए।

साड़ी के पल्लू से आँसू पोंछते हुए फिर बोलने लगीं, "वकील के लिए पैसा नहीं है। ज़मानत के लिए कोई आदमी नहीं है। ज़मीन-जायदाद नहीं है। बस जेल है...न कोर्ट न कचहरी...एक बार तहसीलदार, एसडीएम के ऑफ़िस में ले जाते हैं फिर सीधा जेल।"

मैं चुप हूँ कि बस्ती के सबसे बड़े गुंडे की माँ की आँखों से आँसू लगातार बह रहे हैं। अपराधी की माँ में मुझे मेरी माँ दिखती है। मुझे आजी याद आने लगी है। कल्लू पहलवान की माँ से किसी ने अपने दर्द की गठरी को खोलने को नहीं कहा। यह सिरा खुल गया है। "कल्लू की माँ" बस्ती में यही शब्द चलता है। कल्लू की माँ का नाम-पता नहीं है। कल्लू के पिता को कभी देखा नहीं। वो कहाँ है? किसी को पता नहीं। जिसे पता है, वो सबके सामने बोलते नहीं। कल्लू की माँ अपने दो बेटों के साथ रहती है। एक बेटी की शादी हो गई है। वह बड़ी थी। कहते हैं लोग, कल्लू की शादी की उम्र निकल गई।

खड़ा रहूँ या घर जाऊँ, यह ख़याल आया। तभी विजयवर्गीय मैडम के दिमाग़ में गूँज रही आवाज़ ने मुझे रोक दिया। स्कूल के बाद अभी भी मैडम की आवाज़, अन्दाज़ मेरा पीछा कर रहे हैं। मेरे दिमाग़ में सवाल है कि उनकी जीभ,

होंठ को गीला करते वक़्त उनकी आँखों में चमक क्यों आ रही थी? वो मैडम परायी क्यों लग रही थीं? मुझे लग रहा था कि वो बोलना चाहती हैं कि जैसा मैं सोचती हूँ वैसा का वैसा ही किताबों में लिखा हुआ है। वो अपने भीतर की आवाज़ को ज़बान पर लाने के बजाय आँखों और हाव-भाव से बता रही थीं। मुझे वो मैडम सबसे बड़ी अपराधी लग रही थीं जिन्हें स्कूल के बजाय जेल में होना चाहिए। कल्लू पहलवान को जेल के बजाय स्कूल में, कॉलेज में होना चाहिए। जो जहाँ है, उसे एक बार देख लेना चाहिए कि वो वहाँ क्यों है? सिर्फ़ इसलिए कि उसका जन्म उस घर, मोहल्ले में हुआ? उसकी योग्यता का निर्धारण उसके किसी घर, मोहल्ले में जन्म लेने से होता है? उसके साथ कैसा व्यवहार किया जाएगा, यह उसके बाप का मोहल्ला, मकान तय करता है?

मेरे मन में चल रहा है कि पुलिस जिसे पकड़कर ले जाती है, उन सबके घर जाना चाहिए। पूछना चाहिए कि उनका कौन सा अपराध था? एक सूची बनाकर मैडम से बात, बहस करनी चाहिए।

अपने आसपास के झोंपड़ियों और लोगों को ग़ौर से देख रहा हूँ। मेरी बस्ती को अपराधियों का मोहल्ला माना जाता है, यह मुझे आज पता चला। इतना पढ़ने-लिखने के बाद यह ज्ञान मुझे मिला है कि मैं अपराधी हूँ। जन्मजात अपराधी। किताबों ने, पढ़ाने वालों ने बताया कि मेरी बस्ती अपराधियों की बस्ती है, उन्होंने अपनी कॉलोनी को स्वर्ग माना है, अपने-आप को, अपने रिश्तेदारों को दूसरी दुनिया का माना है। किसे क्या मानना, समझना है यह उनका मुँह, उनका दिमाग़, उनकी किताबें बताती हैं, बोलती हैं, तय करती हैं।

वे अपने-आप को जो मानना है वो मानें लेकिन जिन्हें जानते नहीं, जहाँ रहते नहीं...जहाँ आते-जाते नहीं...जहाँ खाते नहीं...उनके बारे में वे बोलते हैं, फ़ैसला देते हैं। किसने दिया उन्हें यह अधिकार? वे कहते हैं, यह बस्ती अपराधियों का बसेरा है। हर स्त्री-पुरुष अपराधी है। बच्चे अपराधी हैं। यह कैसे हो सकता है? कैसे कह सकते हैं?

मेरा मन विचलित है। मन कहीं का नहीं रहा। अपने घर की चौथी गली में अब न खड़ा रह सकता हूँ न सुन सकता हूँ। धीरे-धीरे कुछ भी बोले बिना चलने लगा हूँ। आज लगा कि मैं मनुष्य नहीं हूँ। एक अपराधी हूँ, जन्मजात।

पैदा होते से ही मेरे माथे पर लिख दिया गया है। आज मैडम ने, मेरी शिक्षिका ने उसे सबके सामने पढ़कर सुना दिया है।

अभी तक मैं अपने-आप को क्या समझता था? बस्ती का सबसे ज़्यादा पढ़ा-लिखा इनसान। अब क्या हो गया हूँ? पढ़ाने वालों ने मुझे इतनी रोशनी दी कि अपने-आप को और बस्ती वालों को अपराधी समझना शुरू कर दूँ। अब गली में सबके घर देख रहा हूँ। कोने वाला घर पक्का बन गया है। नाले के किनारे रहने वालों ने नाले की तरफ़ अपने घर की दीवार पक्की करनी शुरू कर दी है। दरवाज़े अलग-अलग दिख रहे हैं। लकड़ी, लोहे के अलावा जैसे-तैसे बनाए गए हैं दरवाज़े।

इन घरों को, इन घरों में रहने वालों को कुछ भी नहीं समझा जाता है, यह समझ में आने लगा। समझ के साथ दर्द बढ़ने लगा। भीतर कोहराम मचा हुआ है। विजयवर्गीय मैडम के शब्द, हाव-भाव, व्यवहार वे सब क्रूर हथियार लगने लगे हैं। जिससे मुझे काटा जा रहा है, ज़ख़्मी किया जा रहा है, उस ख़ून को रोकने के लिए मेरे पास कुछ नहीं है। गली की बारीक सूखी हुई मिट्टी भी नहीं है कि उससे बहता हुआ ख़ून रोक सकूँ।

दर्द बढ़ता जा रहा है। अपने घर नहीं जाना है। मुझे स्कूल नहीं जाना चाहिए था। मुझे कहाँ जाना चाहिए? कहाँ जाऊँ मैं?

पीपल का पेड़ दिखा। पीपल के पेड़ से सटकर बैठ गया।

पता नहीं कितना वक़्त गुज़र गया था। पता नहीं क्या-क्या सोच लिया।

घर आकर मटके में से पानी पिया और कोने में चला गया। आजी से पूछना है। पिता से जानना है। गन्दी बस्ती की विशेषताएँ बतानी हैं। इस बस्ती का जन्म कब, कैसे हुआ? क्यों बनी है यह कॉलोनी अवैध? अपने ही देश में, अपने देशवासियों की कोई बस्ती, बसाहट अवैध कैसे हो सकती है? अवैध कहने वाले ये कौन हैं? किस देश के हैं? किस समाज के हैं? कहाँ से आए हैं?

अगर ये यहीं के होते तो अपने भाई-बहन को अवैध कहते? अपने समाज के लोगों को उनके बस्ती को अवैध मानते?

क्या करूँ?

सुबह कोने से, घर में से निकलता हूँ। गली से सड़क पर आ जाता हूँ। बेचैनी में उलझता जा रहा हूँ। किसी एक जगह रुककर सोचने-समझने का मन नहीं कर रहा।

पिता पहिये का बल निकाल रहे हैं। साइकिल का पहिया टेढ़ा हो गया है। उसको ठीक करने की यह कसरत है। लोहे की तगारी में रखे हुए पानी के भीतर हाथ है। ट्यूब का एक-एक हिस्सा डुबाना...रुकना और कपड़े से साफ़ करते हुए फिर से देखना कि कहीं कोई छोटा सा छेद तो नहीं रह गया। इमरान चाचा 'नई दुनिया' में डूबे हुए हैं। उनसे अख़बार की कोई एक लाइन पढ़ने से बाक़ी नहीं रहती होगी। उनसे पूछता हूँ, "आप कहाँ तक पढ़े हैं?"

अचानक हमले की तरह मैंने सवाल फेंक दिया था कि वे हड़बड़ाए फिर बोले, "आपने क्या कहा जनाब?"

"आप किस क्लास तक पढ़े हैं?" वे मुझे देखते रहे। हँसते रहे कि पिता की नज़र भी मेरी तरफ़ गई। इमरान चाचा ने अख़बार को समेटा और कहा, "तीसरी क्लास तक। बस इतना सा पढ़ा हूँ।"

"आगे क्यों नहीं पढ़े?"

"थोड़ा कुछ घरवालों ने, बहुत कुछ टीचर ने, बचा-खुचा अपुन ने इस तरह का इन्तज़ाम किया कि हम पढ़ने के बजाय सड़क पर आ गए।" इमरान चाचा का शायराना अन्दाज़ है। उनकी आँखों में खो चुका बचपन दिख रहा है। वे बोले, "हमसे भी क्या पूछे हो? क्या बताएँ? क्या याद करें? अब तो कुछ भी समझ ना आए।"

"ओ शायर। चाय पिएगा?" पिता ने इमरान चाचा से पूछा। मुझसे कहा, "जा तो जरा। चार कड़क चाय लेकर आ।" इस मर्तबा पिता ने भाई के बजाय मुझे कहा। मैं कभी भाई को तो कभी इमरान चाचा को देखने लगा। मैं अभी इमरान चाचा से बात करना चाहता हूँ इसलिए कुछ देर रुका रहा। जब कोई नहीं बोला तो फिर चाय लेने के लिए चला गया।

पीछे वाली बस्ती में इमरान चाचा का घर है। दौलतगंज के पास से रास्ता है। उस गली से होकर हम अपनी गली में चक्कर लगाकर कभी-कभार चले जाते हैं। वहाँ क्या अपराधी रहते होंगे? इस सवाल के विचार के साथ ही इमरान चाचा का चेहरा दिखा। इस उम्र में भी कितना मासूम चेहरा है। हँसता हुआ खिलखिलाता नूरानी चेहरा...क्या उनके जैसे चेहरे अपराधियों के होंगे? उस बस्ती में फिर से जाने का विचार आया और लगा एक बार फिर सबको देख लूँ।

अपराधी कैसे दिखते होंगे?

किसी अपराधी से मिला नहीं। जाना नहीं। लेकिन यह जान गया हूँ कि विजयवर्गीय मैडम ने तो बोला है कि इस जैसी हर बस्ती का, जिसे गन्दी बस्ती कहते हैं, वहाँ का हर इनसान, फिर वह महिला हो या पुरुष, बड़े हों या बच्चे, सब अपराधी होते हैं। तो क्या इमरान चाचा अपराधी हैं? मेरे पिता अपराधी हैं? मेरा भाई, मेरी आजी, मेरी माँ और क्या मैं अपराधी हूँ?

क्या हम सब अपराधी हैं?

हमने कौन सा अपराध किया है?

कौन सा अपराध?

अपराध...।

जुर्म।

पढ़ने-पढ़ाने वालों ने कितनी सदियों से हमारे बारे में लोगों के दिमाग़ में न जाने क्या-क्या भर दिया?

चाय उबल रही है। आग तेज़ करते हुए दुकानदार चाय के बर्तन में बड़ा चम्मच डालकर हिला रहा है। ठेलेवाला दुकानदार चाय के खौलते हुए हिस्से को बर्तन से बाहर निकालने से पहले पतेली में चम्मच को इस तरह डालता है कि तपेली में से उबाल बाहर निकलने के बजाय बैठने लग जाता है। वो इसी तरह उबाल आने देता है फिर उसे नीचे बिठा देता है। मैं अभी उबल रहा हूँ। पता नहीं कब बाहर निकल जाऊँगा। क्या मैं गिर पड़ूँगा या फिर बैठ जाऊँगा? कब तक उबलता रहूँगा? मैडम मुझे कब तक उबालती रहेंगी?

दुकानदार तपेली को उठाता, हिलाता। उसकी कोशिश है कि आग तेज़ हो, चाय उबलती जाए और खौलते वक़्त बाहर न निकले, भीतर ही रहे। तपेली के भीतर ही रहे उबाल।

तपेली से गर्म चाय को सूती कपड़े में से छानने लग गया। सूती कपड़े को छन्नी बनाकर चाय को गिलास में डालते हुए दुकान वाला बोला, "अबे जा जल्दी, चाय ठंडी हो जाएगी तो तेरा बाप ग़ुस्सा करेगा। नखरे करेगा। जल्दी जा भाई।"

चाय लेकर आ गया हूँ। इमरान चाचा को जानने का मन है। उनके पास खड़ा होकर चाय पीने लगा हूँ। अपने आसपास के लोगों को हम कितना जानते हैं? यह सोच रहा हूँ कि अचानक मैंने सवाल किया, "आप किसी गुंडे को जानते हैं?"

इमरान चाचा को देखने के बजाय मैं अपने पिता को देखने लगा। जो ग़ुस्से और आश्चर्य से मुझे देख रहे हैं। इमरान चाचा समझ नहीं पाए। स्कूल में पढ़ने वाले एक लड़के का यह सवाल उन्हें डर की तरफ़ ले गया।

मैं स्थिर हूँ। मेरे दिमाग़ में विजयवर्गीय मैडम को जवाब देने के लिए कोई सूची बन रही है। जवाब की तैयारी हो रही है। मैं कहता हूँ, "बात ऐसी है, आज मैडम ने पढ़ाया कि गन्दी बस्ती में गुंडे-बदमाश रहते हैं। सारे झगड़े, लूटपाट करने वाले, ग़लत-सलत काम करने वाले, यहीं, अपनी जैसी बस्ती में रहते हैं। उसे वो अवैध कॉलोनी कहती हैं, इसलिए मैंने आपसे ऐसा पूछा।"

दोनों को राहत नहीं मिली। सवाल, जिज्ञासा और उलझन में है कि क्या कहा जाए कि किस तरह जवाब दें?

"गुंडे? हम नहीं जानते। बस्ती में ऐसी डकैती, मर्डर करने वाला कोई हत्यारा कोई भी नहीं है। न इधर है ना उधर।" इमरान चाचा ने सोचते हुए कहा। पिता अविश्वास के साथ देखते हुए बोले, "किताबों में ऐसा लिखा है?"

"हाँ, किताबों में ऐसा लिखा है। ऐसी किताबों को पढ़ाते हैं। पढ़ाने वाले सभी मान लेते हैं। वे इसे मनवा भी लेते हैं।" मैंने ज़ोर देकर कहा।

"किताबें?" पिता साइकिल के पहिये को घुमाने लग गए। पहिये का बल वहाँ से निकलकर पिता के माथे पर सवार हो गया है। कोई कुछ नहीं बोला। फिर पिता ने चाय की चुस्की ली। पहिये की गति कम करते हुए कहा, "25 दिसम्बर आ रहा है। इसी दिन किताब जलाई थी। इसमें कितना ग़लत-सलत लिखा हुआ है। फिर वो महिला हो या शूद्र हो, सबके ख़िलाफ़ अनाप-शनाप लिखा हुआ है। तेरी बातें सुनकर लगता है कि न जाने कितनी मनुस्मृतियाँ लिखी हुई हैं। अभी भी लिखी जा रही हैं। पढ़ाई जा रही हैं।"

"किताब जलाने से क्या होता है? किताब नहीं मरती।" मैंने कहा तो पिता बोले, "यह बिलकुल सही है। तभी तो बाबासाहेब ने नई किताब लिखी, संविधान। और यह भी बता दूँ कि किताब जलाना उनका मक़सद नहीं था। वह तो यह बताना चाह रहे थे कि सभी को पता चले कि इन जैसी किताबों में लिखने वालों के दिमाग़ में क्या-क्या लिखा हुआ है। जैसे भगत सिंह ने बोला था कि

बम इसलिए फोड़ा है कि बहरों को सुनाना है। इतने सालों बाद मुझे तो लगा था कि ज़माना बदल गया है।" वे साइकिल के घूमते पहिये को रोकने की कोशिश करने लगे। थोड़ी देर बाद पहिया रुक गया तो उसे निकालकर ज़मीन पर रखते हुए पिता चुप हो गए।

अब मेरी बातों वाला पहिया दिमाग़ में घूम रहा है। सब चाय पी रहे हैं। अब लगा, सभी हैरान, परेशान हो गए हैं। पिता और इमरान चाचा के चेहरे पर उदासी आ गई।

उन दोनों को लगा, ज़माने में हमें क्या समझा जाता है? जैसे उनको पहली बार पता चला कि उनके ऊपर न जाने कब से हमले हो रहे हैं। न जाने कब से उन पर भरोसा नहीं किया जा रहा। वे ज़माने को अपना कहते हैं और ज़माना उन्हें पराया, अपराधी समझता है। ऐसा कोई गुनाह नहीं किया है फिर भी इस तरह की धारणा किताबों से निकलकर बच्चों के दिमाग़ में डालकर कैसा देश बनाना चाह रहे हैं? बच्चे ही देश का भविष्य हैं तो बच्चों को क्या सिखा रहे हैं? क्या पढ़ा रहे हैं?

उदास सर्द दिसम्बर की शीतलहर चल रही है। उसका असर महसूस कर रहा हूँ। बर्फ़ कश्मीर में गिरती है और हज़ारों किलोमीटर दूर उसका एहसास होता है। वह गंगा-जमुना के मैदान पर सरपट दौड़ती हुई आ जाती है। यहाँ की आबोहवा का मिज़ाज बदल देती है। कश्मीर और उस पार दूर-दराज़ जगह के किसी कोने से कड़ाके की ठंड वाली हवा आ जाती है और पूरे देश में छा जाती है।

यह कोई ज़हरीली गैस है जो मैडम के दिमाग़ से होकर ज़बान से निकल रही है। जो भी इस समय सामने आएगा उसकी ज़हरीली गैस से मौत होगी या ऐसा हो जाएगा कि ज़िन्दा होते हुए भी जी नहीं पाएगा।

मौत के बाद की उदासी की तरह अँधेरा गहरा गाढ़ा होता हुआ लगातार आगे बढ़ता जा रहा है। सड़क की धूल पिता के कपड़ों पर दिखने लगी है। वो धूल नहीं ज़हरीली गैस है जो उनके आँखों में, दिल में, फेफड़ों में, दिमाग़ में चली गई है।

25

घासलेट से जलने वाली छोटी चिमनी रात भर जल नहीं सकती। और तो और घर से बाहर उसकी रोशनी जा नहीं सकती। गली में अँधेरा रहता है। गली के पास वाली गली से होते हुए पूरी बस्ती में अँधेरा ही अँधेरा आता-जाता और जीता रहता है। अँधेरे को अँधेरे वालों ने अपने जीवन का अनिवार्य हिस्सा मान लिया है। बाहर वालों ने घोषित कर दिया कि इनको ज़रूरत नहीं है रोशनी की। उनके अपने आँकड़े हैं। उनका अपना इतिहास है। उनकी अपनी परम्परा है, विरासत का ज्ञान है, समझ है। उनकी भविष्य की योजना है। क्या उनके भीतर जाति का अँधेरा है, उन्हें लगता है कि ज़माने को दिखता नहीं। दिखता सबको है लेकिन कोई नहीं कहता।

यह पता चल गया कि उनके भीतर हमारे घरों को उजाड़ने की योजना है। उनके पास हमारी बस्ती को मृत्युदंड देने का अधिकार है। बस्ती को फाँसी देने का आदेश बाहर आकर हमारे गली में डर बन गया है। जल्दी ही तारीख़ का फ़ैसला होने वाला है। फिर झोंपड़े तोड़े जाने हैं। इस ख़बर को शाम के अग्निबाण अख़बार ने भी बता दिया है।

ख़बर सड़क से होते हुई चौराहे पर घूमती हुई, आगे बढ़ती जा रही है। हर सुनने वाला नहीं बोलता। गली तक आते-आते ख़बर किसी घास-फूस या काग़ज़ के पुतले से ज़िन्दा इनसान में बदल जाती है। ख़बर बोलने लगती है। डराने लगती है।

उजाड़ने की ख़बर ने सबसे पहले नींद को उजाड़ रख दिया। सपनों को छीन लिया। थकान और डर के साथ सुबह ज़िन्दा होने का अहसास लेकर जागती नहीं। अब थकान, डर के साथ तनाव अनिश्चितता चक्रवृद्धि ब्याज की तरह बढ़ने लग गई। लगता है जैसे हमारी बस्ती अब एक ऐसा श्मशान बन गई है जहाँ मुर्दा जलता नहीं है बल्कि इनसान मुर्दा बनने लग गया है।

मुर्दे को जलाने के लिए गीली लकड़ियों पर पेट्रोल, केरोसिन डाला जाता है, वैसा ही कुछ-कुछ लगने लग गया है। अपने-आप को ज़िन्दा रखने के बजाय तकलीफ़ भुलाने के लिए, डरावने सपने भगाने के लिए बस्ती में दारू पीने की मात्रा बढ़ गई है।

दारू घर के भीतर संकट लेकर आ गई। चूल्हों की आग को ठंडा करने लग गई। घरवालों का जीना मुहाल हो गया। उस तनाव और दबाव के बीच का जीवन, जीवन नहीं रहा। अब उजड़ना ही है तो क्या जीना? किसके लिए जीना?

कहाँ जाएँगे अब?

आजी बताती थी कि जब वो गाँव से शहर आए थे आबाजी के साथ, तो बीच शहर में रहते थे। शहर बढ़ने लगा, लोग प्रगति करने लग गए। सड़क बनने लग गई। बड़ी-बड़ी इमारतें बननी शुरू हुईं। इसके बाद हमें उस जगह से हटा दिया गया।

फिर शहर से बाहर लालबाग वाले रास्ते की तरफ़, उस सुनसान जगह में झोंपड़ियाँ बाँधीं। कुछ साल ही गुज़रे थे फिर सभी की झोंपड़ियाँ तोड़ दी गईं। बोले, अब पट्टा देंगे। अब नहीं हटाएँगे। अब हमको अपनी झोंपड़ी वाली ज़मीन का मालिक बनाएँगे।

पट्टे नहीं दिये, उस पट्टेवाली जगह पर झोंपड़ी बनाने के लिए। सातेक साल के बाद ही वहाँ से हटा दिया क्योंकि कोर्ट ने फ़ैसला किया था कि यह प्राइवेट ज़मीन है। किसी सेठ-साहूकार की ज़मीन है। उसके पड़पोते ने रिकॉर्ड निकालकर फ़ैसला करवा लिया। फिर यहाँ आ गए। यहाँ पट्टा नहीं मिला। बोले, पक्का मकान बनाकर देंगे। यह शहर से बहुत दूर है। खंडवा रोड के किनारे, तब ये न शहर था न गाँव।

कहते हैं जंगल था उधर। जंगल दिखता नहीं हमें। बस सुनते हैं कि एक जंगल था। ख़ूब पेड़ थे। ख़ूब सारे पक्षी और जानवर रहते थे। उन्हें यहाँ से जाना पड़ा क्योंकि जंगल चला गया था यहाँ से। जंगल को काटा गया। चीरा गया और उजाड़ दिया।

उजाड़ दिया था हम लोगों को।

आबाजी ने गाँव छोड़ दिया था। शहर में आकर फिर आबाजी का शहर छूटने लग गया था। पिता के समय तो शहर पूरी तरह से छूट गया था। हम अब न शहर में हैं न गाँव में। हम प्रगतिवाले इस समय में हैं जिसमें गन्दी बस्ती के साथ अवैध कॉलोनी का नाम मिला था। रहने के लिए एक झोंपड़ी है, जो मकान बनना चाहती है।

बस इतना हुआ कि पिता, माँ और यहाँ के लोग नगर के मतदाता हैं। यह नगर निगम क्षेत्र में है, ऐसा मतदाता सूची बताती है। इस काग़ज़ के अलावा ऐसा कुछ भी नहीं बना जिससे लगे कि हमारी बस्ती नगर में है।

≈

दो-तीन महीने बाद, शाम के बाद आ रहे अँधेरे वक़्त में बातें हो रही हैं। कौन किससे क्या बोल रहा है, यह जानना-समझना ज़रूरी नहीं है। मेरा ध्यान उस तरफ़ नहीं है। एक ख़ामोश उपस्थिति है।

"वो सफ़ेद साड़ी में जो आई थी, उसने पहले पार्षद का चुनाव लड़ा था।"

"पार्षद का? नगर निगम का?"

"हाँ।"

"और पार्षद का चुनाव हार गई थी। अपने इसी वार्ड से।" रमेश बोला।

"हार गई थी?" संजय आश्चर्य से भर गया है।

"हार गई थी। और अब लोकसभा के चुनाव में खड़ी हो गई। नीचे से एकदम ऊपर छलाँग लगाई है।" रमेश के शब्दों में उत्तेजना बढ़ गई। चन्दन विवशता और उदासी से घिर गया।

"अपनी छलाँग क्यों नहीं लगती भिया?" आसमान में पतंग के सपनों के साथ संजय बोला।

"छलाँग लगाने के लिए पैरों के नीचे ज़मीन चाहिए और हम लोगों के पास ज़मीन नहीं है। न घर बनाने के लिए है, न काम-धन्धा करने के लिए और तो और खेती-बाड़ी के लिए भी ज़मीन नहीं है। फिर बिना ज़मीन के छलाँग कैसे लग सकती है?" रमेश उदासी के साथ बोला।

"बिना ज़मीन कुछ नहीं हो सकता। इतनी सारी सरकारी ज़मीन है, उस ज़मीन को हमारे नाम क्यों नहीं कर देते?" मैंने लम्बी साँस लेते हुए कहा।

"अबे, अगर ऐसा कर देते तो बड़े लोगों को फ़्री के दाम में नौकर-मज़दूर कैसे मिलते।"

शाम में अँधेरे का काला रंग उतर आया है। दुःख, बेबसी चुपचाप चले आए हैं। निराशा मेरे दिमाग़ पर हावी हो गई है। हमारी अपनी कोई ज़मीन नहीं है, तो फिर छलाँग लगाना तो दूर आसमान की बात हो गई। एक रास्ता तक नहीं दिखता जिस पर चला जा सके। ऐसी उदास, निराश बातों को आगे बढ़ाने के बजाय संजय ने कहा, "इस बार हारने की हवा है। अब मैदान में नया बड़ा नेता है।

उनकी आवाज़ का असर जिताने में भले न हो लेकिन हराने में ज़रूर रहेगा। इसका फ़ायदा सफ़ेद साड़ी वाली को ज़रूर होगा। देख लेना।"

"जीत जाएगी। अबकी बार हारने की हवा है। देख लेना। पक्का जीतेगी।"

"हवा...?"

"लगी?"

"लग गई। पक्का? एक बात बताऊँ, यह सरकार रिपीट नहीं हो सकती।" हार-जीत पर जुआ लग गया।

"अब कारण क्या बता रहा है? कुछ-कुछ मेरको भी लग रिया है। मेरे दिमाग़ में पिछला पार्षद का चुनाव है...।"

≈

घर के भीतर रात अँधेरी है। खाना खाने के बाद बिस्तर में सब घुस गए, ठंड ज़्यादा लगने लगी। गर्म कपड़े हार मान चुके। चूल्हे पर आग कब तक जला सकते हैं? इसलिए ठंड से बचने के लिए बिस्तर सबसे बेहतर है। पिता अपनी दोनों हथेलियों को आपस में घिस रहे हैं। यह गर्मी लाने का उनका अपना तरीक़ा है। पिता ने कहा, "बड़ी क्लास की किताबों में ऐसे कैसे लिखा हुआ हो सकता है?"

सवाल मुझसे है। उनके दिमाग़ में अभी भी मेरा कहा हुआ ही है। कई दिनों बाद वे मुझसे जानना चाह रहे हैं। मैंने कहा, "हमारी मैडम कुंजी में से एक-एक शब्द पढ़ती हैं। इसका मतलब यह है कि सब लिखा हुआ है। मैंने एक किताब पढ़ी है, उसमें भी तीन पॉइंट यही हैं।"

"यह लिखने वाले कौन हैं?" किसी ने हथियार से हमला कर दिया कि उस दर्द से ज़्यादा हमले से आहत स्वर पिता का है।

"गुप्ता शर्मा की किताब, कैला की कुंजी। अभी तो इनकी किताब पढ़ाई जा रही है।" मैं बोलकर चुप हो गया।

"ये लोग कभी किसी गन्दी बस्ती में एक-दो दिन के लिए रुके होंगे?" पिता के कहते ही आजी बोली, "बड़े लोग हैं। लिखने वाले बड़े लोग क्यों रहेंगे अपने जैसी बस्ती में। झोंपड़पट्टी में।"

"क्यों नहीं रहेंगे?" पिता का तनाव ग़ुस्से में उतर आया। फिर बोले, "जो हमारे बारे में लिखता है। ज़माने को बताता है कि हम कौन हैं, क्या उसका यह फ़र्ज़ नहीं कि यहाँ की ज़िन्दगी जिए, साथ रहे और फिर लिखे?"

ऐसा मैंने सोचा नहीं था। पिता का ग़ुस्सा जायज़ लगने लगा कि हम सब चुप हो गए। पिता अपने पैर को सीधा करते हुए बोलने लगे, "उसे यह हक़ कैसे दिया जा सकता है कि हमें जाने बिना हमारे बारे में ऐसा-वैसा लिख दें। हमको अपराधी घोषित कर दें? हमारी कौन सी परिस्थिति है, हम कैसे जी रहे हैं, यह उनको क्या पता? वह कौन से गुनाह हैं जो हम लोग कर रहे हैं?"

पिता लेटे हुए हैं। वे उठकर बोलने लगे, "स्कूल-कॉलेज में किताबों में ऐसे कैसे पढ़ा सकते हैं? ज़हर भरने का काम कैसे कर सकते हैं?" पिता के सवाल का जवाब हमारे पास नहीं है। हम चुप हैं कि पिता के लिए अब यह जीवन-मरण का सवाल हो गया है।

"जो हमारे घर नहीं आते, वे तय करते हैं हमारे बारे में...जिन्होंने अपनी पूरी ज़िन्दगी में कभी भी हमारे बस्ती में न झाँका, न महसूस किया, वे लिखते हैं और सबको बताते हैं हमारी बस्ती के बारे में, हमारे बारे में।"

पिता ने स्टील के हंडे से पानी लिया। पानी पीकर वे बोले, "मैं तो कहता हूँ कि स्कूल-कॉलेज में उसी आदमी की किताब पढ़ानी चाहिए जिसने जो जीवन जिया हो।"

मेरे दिमाग़ में हर किताब और लेखक के बारे में सन्देह और सवाल उठने लग गए।

हमारी विशेषताओं को बताने के लिए हम प्रामाणिक होंगे। फिर यह कौन है? इनकी किताब किस आधार पर पाठ्यक्रम में लग जाती है? इनके लिखे हुए को पढ़कर लगाते हैं? या फिर बिना पढ़े, रिश्तेदारी से या किसी और तरीक़े से इनके लिखे हुए को छापा जाता है? तभी पिता की आवाज़ सुनाई दी, "तूने क्लास में कुछ नहीं बोला?"

"मैं चुप था।" उस ख़ामोशी के दर्द का बोझ इतना है कि मेरी आवाज़ थक गई थी।

"क्यों?" पिता को मेरी आवाज़ ने समझने के लिए मजबूर कर दिया। दर्द को, मन को जब कोई सुनना चाहता है, यही सोचते ही मन हल्का हो जाता है। उस मन ने बोलने का मौक़ा दिया तो बोला, "पिछले महीने जब मंडल कमीशन के नाम, स्कूल बन्द करवाई थी वो कोई और नहीं हमारी मैडम और सर लोग थे। वो हमें बता रहे थे कि इससे देश, समाज के टुकड़े होंगे, तब मैंने पूछा था कैसे? ऐसे ही बात, बहस करने लगा था। अब और बहस करूँगा तो बदनाम हो जाऊँगा कि यह हर टीचर से बहस करता है। बात नहीं मानता है। उनको मेरा बोलना अखर जाता है। बुरा लगता है जबकि मैं सिर्फ़ सवाल करता हूँ। सब जानने का मन है इसलिए पूछ लेता हूँ, इसी पे वे नाराज़ हो जाते हैं।"

आजी ने कहा, "तो क्या फ़र्क़ पड़े? यहाँ घर में कौन सा चुप रहता है। यहाँ किसी से डरता नहीं तो वहाँ का टेंशन क्या लेना? जिसे जो बोलना हो बोले। मेरको तो लगता है हमारा बच्चा बड़ा होकर बाबासाहेब के रास्ते पर चलेगा और लड़ेगा।"

"मत करो बहस, लेकिन अपनी बात तो रखनी चाहिए। किसी जगह से हटाने के डर को अपने ऊपर इतना हावी होने नहीं देना चाहिए कि बाद में हमें अपने-आप से शर्म आने लगे।" पिता संयत होकर सोचते हुए बोले।

"उसी की तैयारी की है। बस्ती में घूम रहा हूँ। कई लोगों से बातें की हैं। कल भी कई लोगों से बात करूँगा कि यहाँ क्या-क्या होता है?" मैंने कहा। उस वक़्त मेरे दिमाग़ में चल रहा था कि अपने लोगों को, अपने आसपास को जानने-समझने के बाद तसल्ली से अपनी बस्ती के बारे में मैडम से बात करना है।

पिता ने कहा, "तू बोलेगा और बताएगा कि हक़ीक़त क्या है। फिर जो हो सो हो। देखा जाएगा।"

आजी बोली, "तू हमारे ख़ानदान का पहला बच्चा है, जो इतनी बड़ी क्लास में पढ़ रहा है इसलिए वहाँ पता चलना चाहिए कि हम भी हैं। हमारी बात हम ही करेंगे।"

अपनी आजी का यह रूप देखकर याद आया कि आजी और माँ शहर की सड़क पर इस जोश में बोलती थी कि आने-जाने वाले रुक-रुककर देखते थे। पसीने से नहाई हुई आजी, अपने साथ चलने वालों में ग़ज़ब का उत्साह भर देती थी। आजी के बुलन्द मन से मैं भी विजयवर्गीय मैडम को जवाब दूँगा, यह ठान लिया मैंने।

आजी और पिता के लिए यह इतना बड़ा मुद्दा हो जाएगा, यह सोचा न था। मेरे ग़ुस्से, मेरे अपमान को घरवालों ने अपना अपमान माना और उन्हें ग़ुस्सा भी आया। यही बात अगर बस्ती वालों को बताऊँ तो क्या उन्हें भी यह अपना अपमान लगेगा? क्या उन्हें भी पढ़ाने वाली मैडम पर ग़ुस्सा आएगा?

26

प्रशान्त काका पंचर की दुकान पर बदहवास से आए। उनके भीतर ग़ुस्सा, दर्द भरा हुआ दिखा। आते ही प्रशान्त काका बोले, "तुम्हारे नई दुनिया, नवभारत में बम्बई का समाचार आया क्या?"

"नहीं तो। बम्बई तो बहुत दूर है। क्या हुआ?" पिता ने प्रशान्त काका को देखे बिना पूछा। वे ज़ंग लगे पैडल को पाने से ढीला कर रहे हैं।

"इन अख़बारों के लिए बम्बई की ऐसी घटना हो या हमारी बस्ती की बात, या हो उस बरात का समाचार, सब दूर की लगती है? इनके पास क्या है? विज्ञापन, चटपटी ख़बरें?" इमरान चाचा ने अख़बार का रोल बनाते हुए कहा।

"आपको पता चल गया?" प्रशान्त ने इमरान चाचा से पूछा।

"रात को बम्बई के दोस्त से पता चला।" इमरान चाचा ने दुखी होते हुए कहा।

जुलाई के दूसरे हफ़्ते में बारिश थमी हुई है। आसमान में बादलों का रंग काला होना था लेकिन वो साफ़ है। नीला रंग है। हवा में उमस है। पसीना आ रहा है फिर भी चाय पी रहे हैं। पिता और इमरान चाचा ने मुझे कहा, "जा प्रशान्त काका के लिए चाय ला।" चाय लेने के लिए मैं आगे बढ़ा। प्रशान्त काका के चेहरे को देखकर रुक गया। अभी तक पंचर पकाने कोई नहीं आया था। हवा भरवाने वाले आ-जा रहे हैं।

प्रशान्त काका ने कहा, "बम्बई में चप्पलों की माला बाबासाहेब के पुतले पे डाल दी थी। इससे नाराज़ होकर लोग सड़क पर आ गए थे। इस तरह आन्दोलन शुरू हो गया।"

"इसमें कौन सी नई बात है? अभी कानपुर में भी बाबासाहेब की प्रतिमा को खंडित किया है। हर दूसरे-तीसरे महीने ऐसा होता है। वे डॉ. आम्बेडकर के पुतले का अपमान करते हैं।" बीच बात में विजय ने कहा।

प्रशान्त काका गुस्से में हैं। वो बोले, "डॉ. आम्बेडकर समता के प्रतीक हैं, ज्ञान अर्थात आम्बेडकर है। वे न्याय और गरिमा का जीवन हर किसी के लिए चाहते हैं, वे सबको एक जैसा मानने की बात करते हैं, यही बात लोगों को बुरी लग जाती है। जिनको भी डॉ. आम्बेडकर समझ नहीं आते, वे सारे गुंडे-बदमाश उनका अपमान करते हैं। उन कायरों को मालूम है कि अगर सामने आकर सीधे-सीधे अपमान करेंगे तो जेल जाएँगे इसलिए वो कायर गाली देकर, छुपकर मूर्ति का अपमान करते हैं। क्यों? इन लोगों के भीतर इतना ज़हर क्यों भरा हुआ है?"

सब चुप हो गए हैं क्योंकि प्रशान्त की जलती हुई आँखों में आज कुछ और है। उन्हें रोका जाना मुश्किल है। उन्हें ही बोलने दिया जाना चाहिए, यही सोचा गया। प्रशान्त काका की तेज़ और आक्रोश से भरी हुई़ आवाज़ सुनकर कुछ और लोग आकर खड़े हो गए।

मैंने नई दुनिया पढ़ा था। उसमें थाईलैंड की होटल में लगी आग से 90 लोगों की मौत का समाचार है लेकिन उस नई दुनिया, नवभारत में हमारा देश ग़ायब है। हमारे लोग नज़र नहीं आते। उन अख़बार वालों के लिए पुलिस फ़ायरिंग से ग्यारह निर्दोषों की मौत की ख़बर,अख़बार की ख़बर क्यों नहीं बनती है? मरने वाले रमाबाई नगर के निवासी थे इसलिए उनकी ज़िन्दगी की कोई क़ीमत नहीं कि उनको कैसे भी कहीं भी मारा जा सकता है?

तभी पंचर पकाने के लिए आए आदमी से पिता ने कहा, "पंचर पकाने के लिए घासलेट नहीं है। अगली किसी दुकान से पंचर का काम करवा लो।"

साइकिल वाले ने कहा, "अब पंचर चिपकाने का ज़माना आ गया है। पकाने का समय चला गया है। तुम्हारे पास चिपकाने वाली चिप्पी नहीं है?"

"मैं आज भी आग जलाता हूँ। हवा भरता हूँ कि तवा गरम हो जाए ताकि जहाँ-जहाँ छेद हैं उनको बन्द कर दूँ। लेकिन आज घासलेट नहीं है मेरे पास। मेरे पास आग नहीं है।" पिता दुखी हैं। मुझे चाय ज़रूरी नहीं लगी। उससे ज़्यादा ज़रूरी लगीं, उनकी आँखें और शब्द। वो आदमी अजीब-सी नज़र से पिता को

सुनते-देखते हुए चला गया। जाते-जाते उसने अपने साइकिल के हैंडिल में ढीली और लटकी हुई घंटी बजाई।

प्रशान्त काका ने कहा, "समाज में जातिगत भेदभाव के छेद ही छेद हैं, भाऊ। सबसे पहले इसे ठीक करना पड़ेगा। भाऊ, तू सच्ची कहता था पहले सामाजिक फिर आर्थिक मुद्दा।" प्रशान्त काका पिता से गले लगकर रोने लग गए।

पिता गीली आँखों के साथ प्रशान्त काका को ढाढ़स बँधाने के बजाय चुप हैं कि वे चाहते हैं प्रशान्त काका भरपूर रो लें। जितना चाहे, उतना रो लें। जब तक चाहें, तब तक गले से लगे रहें।

मैं भी पिता और प्रशान्त के साथ गले लगना चाहता हूँ।

मैं क्यों रोना चाहता हूँ? अचानक सवाल मेरे दिमाग़ में आया। मुझे लगा हर कोई रोना चाहता है। रोने के लिए गले लगाने वाला सीना नहीं मिलता। रोने के लिए बाँहों में भरने वाले हाथ नहीं मिलते। स्पर्श में मन नहीं मिलता। कोई अपना नहीं मिलता जो कहे कि आओ मुझसे लिपटकर रो लो। एक सच तो यह भी है कि रोने का मन रखने वाले डरते हैं, हिचकते हैं। वे सोच-सोचकर ही, न किसी से गले लगकर रो पाते हैं न अपनी मन की बात को ज़बान पर ला पाते हैं।

प्रशान्त काका फफक-फफक कर रो रहे हैं। मेरी आँखों से आँसू कब बहने लग गए, इसका मुझे पता नहीं चला। ये समझ में आ गया कि कोई बड़ा, बहुत बड़ा बाँध टूट गया है। कोई एक था जो पुल बनाना चाहता था, वो इनसान टूट गया है। आजी याद आने लगी। आजी किस पुल को बनाने की बात करती थी, वो समझ में आने लगा। आजी क्यों प्रशान्त काका से इतना प्यार करती थी, क्यों भरोसा था? मुझे ऐसा लग रहा है कि सब समझ में आ रहा है।

प्रशान्त काका ने रोते-रोते कहा, "भाऊ ये बड़ा ज़ालिम और हत्यारा समाज है। इन हत्यारों ने उस भीड़ पर गोली चला दी। अन्धाधुन्ध फ़ायर किये। लोगों को कोई मौक़ा नहीं दिया। लाइन से बन्दूक़ चलाने लग गए...क्या बताऊँ भाऊ? इस हत्याकांड में दस से ज़्यादा लोगों की जान चली गई है। न जाने कितने घायल हो गए। न जाने कितने निर्दोषों की जान ले ली इन हत्यारों ने..."

पिता के सख़्त, ग़ुस्सैल लगने वाले चेहरे पर आँसू ही आँसू हैं। इस उमस में पसीने से तरबतर होते हुए पिता और प्रशान्त काका का रोना थम नहीं रहा।

मैं समझ नहीं पा रहा हूँ कि अगले महीने आने वाले दिन, जिसे स्वतंत्रता दिवस कहा जाता है, को पिता लड्डू बाँटेंगे या नहीं। प्रशान्त काका अब हमारे साथ रहेंगे या नहीं। पिता कहाँ जाएँगे? प्रशान्त काका क्या करेंगे?

अभी तो ऐसा लग रहा है कि प्रशान्त काका अपने पूरे जीवन के आँसुओं को ख़त्म करना चाह रहे हों जैसे कि बस यह आख़िरी मुलाक़ात हो कि अब न तो इस समाज में रहना है न जीना।

इस रुलाई में दर्द है, कि उम्मीद का टूटना है, कि सपनों का बिखर जाना, उनका तहस-नहस हो जाना। क्या था कि प्रशान्त काका इस क़दर रो रहे हैं? ऐसा क्या हो गया है कि पिता प्रशान्त को छोड़ना नहीं चाह रहे। बिछड़ना नहीं चाह रहे।

क्या था जो बरसों से, महीनों से, दिनों से पल-पल क्षण-दर-क्षण जोड़ा, जमाया गया था, वो टूट गया। क्या यही सपना था जो 1950 की 26 जनवरी को देखा गया?

मैं नहीं जानता कि सपना 1891 की 14 अप्रैल से शुरू होता है या 1827 की 11 अप्रैल से या फिर 1831 की 3 जनवरी से या उसके पहले के किसी दिन, विचार से शुरू होता है? कबीर, कुछ बताओगे?

किससे बात करना चाहिए? किससे सवाल? मैं समझ नहीं पा रहा हूँ। मैं इतना समझ रहा हूँ कि मेरे भीतर अगर आँसू बचे हैं, तो वो इसी वक़्त बाहर निकल आएँ। मैं इस वक़्त पिता और काका के साथ होना चाहता हूँ। उनसे लिपटना चाह रहा हूँ।

मैं न चाय लेने गया न पिता से गले लगा।

सपनों की हत्या करते हुए, वक़्त को बहाते हुए ले गया।

लगने लगा, इस वक़्त सड़क पर अकेला हूँ।

वह सड़क रमाबाई नगर की है। बाबासाहेब की पत्नी के नाम वाली बस्ती में यह सब हो गया। उस बस्ती का नाम रमाबाई के नाम पर रखने वालों ने तब क्या सपना देखा था? उन उम्मीदों और जीवन के बीच में संविधान था? जिसकी प्रस्तावना में वे सपने और संकल्प हैं जो कहते हैं, हम भारत के लोग भारत को क्या बनाना चाहते हैं?

अब क्या बन रहा है देश?

प्रशान्त काका ने कहा, "अपने बाप के गले में कोई जूते-चप्पल का हार पहना दे तो उनके बच्चों के ऊपर क्या बीतती है? कैसा महसूस होता है बच्चों को?

इस असहनीय अपमान के ख़िलाफ़ आवाज़ उठाना इतना बड़ा गुनाह हो गया कि उन बच्चों की जान ले ली जाए? उनकी हत्या कर दी है, भाऊ। हत्या..."

प्रशान्त काका के आँसू आना बन्द हो गए। उनकी आवाज़ में अभी भी हत्या, ख़ून, अपमान जैसे शब्द उन पर बिजली बनकर गिर रहे हैं। किसी को समझ नहीं आ रहा है कि प्रशान्त काका को किस तरह से सान्त्वना दी जाए। इस हत्यारी ख़बर के असर से दूर किया जाए। यह साफ़ हो गया कि इस घटना ने प्रशान्त काका को पूरी तरह से बदलना शुरू कर दिया है।

≈

यशवन्त धनोरा के हाथ में चाय है। वे एक ट्रे में, प्लास्टिक के कप में चाय लेकर आए। देखते-देखते काँच के गिलास ग़ायब हो गए। देखते-देखते चाय के गिलास वाली जालीदार ट्रे ग़ायब हो गई। अपने आसपास कितना कुछ ग़ायब हो गया... होता जा रहा है, इसका पता नहीं चल रहा है। इतने सालों में क्या-क्या ग़ायब हुआ? जीवन से समाज? मनुष्य के भीतर से?

क्या पूरा का पूरा समाज ग़ायब हो गया है?

मनुष्य ही ग़ायब हो गया...? जीवन...?

इन दिनों क्या मनुष्य मौजूद है?

किस-किस की हत्या हुई? प्रेम, सद्भाव, समता, मनुष्यता...

क्या पिता, प्रशान्त काका और, यशवन्त काका के सपने ग़ायब हो गए?

या उनकी हत्या हो गई?

≈

सब चाय पी रहे हैं।

मैंने इन्तज़ार नहीं किया कि वे मुझे कहेंगे या मेरे हाथ में चाय देंगे। बहुत ज़्यादा नहीं सोचना चाहिए, यह सोचा और तत्काल आगे बढ़कर गर्म चाय का काग़ज़ वाला कप ले लिया।

मेरे पास भी एक ज़बान है। एक मन है। एक विचार है। एक सपना है।

27

“अबे सड़क से उतर। गाड़ियाँ आ-जा रही हैं। कुचल जाएगा। तेरा टें हो जाएगा।” एक बूढ़ा समझाते हुए बोला, जिसने अपने बालों में देसी मेहँदी पीसकर लगाई है।

सफ़ेद दाढ़ी वाले बूढ़े ने पलटकर विनम्रता से कहा, “भाई सड़क मेरी भी है। सड़क तेरी भी है। सड़क सबकी है फिर मैं सड़क से नीचे उतरकर क्यों चलूँ? गाड़ी वाले को सबका ध्यान रखना चाहिए। सड़क सिर्फ़ गाड़ी वालों के लिए नहीं है। सड़क इनसान, जानवर, साइकिल, मेटाडोर, बस, ट्रक सबके लिए है। सबके लिए हवा है। सबके लिए पानी है। सबके लिए सड़क है। तुम भी आओ सड़क पर, धूल में चलने से अच्छा है सड़क पर चलना।”

“तेरे से तो बात करना ही बेकार है। भंकस।” तांबई रंग वाले बूढ़े ने झल्लाते हुए कहा। और अपने क़दमों में तेज़ी लाने की कोशिश में आगे बढ़ना चाहा लेकिन क़दमों ने इनकार किया।

“क्यों भिया?” उसी मासूमियत से कहा उस बूढ़े ने, जिसके बाल सफ़ेद हैं। जिसने अपने सफ़ेद बालों पर और कोई रंग नहीं चढ़ाया हुआ है। वो स्थिर है, तन से, मन से, विचार से।

“कैसी बहकी-बहकी बातें कर रहा है बे तू?” समझ ही नहीं पा रहा तांबई बाल वाला बूढ़ा, कि ये सफ़ेद बाल वाला आदमी क्यों नहीं समझना चाहता।

“मेरको पता है मेरा हक़। मालूम है, मेरा दिमाग़ ठीक है। मैं ठीक हूँ। सड़क में गड्ढे हो गए हैं। सड़क सुधारने की बात होनी चाहिए। सड़क नहीं सुधरी तो सरकार को सुधारना चाहिए। ऐसी सरकार जो सड़क ठीक नहीं रख सकती, जो साइकिल वाले को और पैदल चलने वाले को सड़क का अपना-अपना हिस्सा नहीं दिलवा सकती, उस सरकार को क्यों बने रहना चाहिए? धिक्कार है। धिक्कार है।” कहते हुए सफ़ेद दाढ़ी वाला आदमी चला गया।

देखता रह गया बालों में तांबई रंग वाला आदमी, जिसे लगता है उस बूढ़े आदमी से बात करना बेकार है। वो उस बूढ़े से तेज़ चलने की हसरत को पूरा न कर सका। वो चुप है कि तेज़ी से आ रहे ट्रक के कारण धूल का गुबार फैल गया है। वह अपनी नाक दबाकर आँख बन्द कर रुक जाता है।

≈

इधर पिता हमें बताने लगे, "वो पहले वाली बस्ती में रहते थे उस वक़्त की बात है। दौलतगंज से निकलकर शेर हमारी गली में आते थे। उनके आगे-आगे दो-चार ढोलक बजाते हुए चलते थे। शेर के पीछे भीड़ लगी रहती। शेर बने हुए वे तीन-चार इनसान, कभी ज़मीन पर दोनों हाथ रखकर चलते थे कि चार पैर का शेर लगें। चलते-चलते अचानक खड़े हो जाते। किसी पर हमला करने की एक्टिंग करते थे। डरा देते थे। हमला होने के डर से डरे हुए लोगों को देखकर बाक़ी लोग हँसते थे। डरने वाला और डर जाता था। डर तो हँसने वालों के भीतर भी होता था लेकिन वो इतनी ज़ोर से हँसते थे कि अपने डर को छिपा सकें। डर को भगा न सका कोई। उस डर को दूर करने के लिए दूर तक हुजूम उनके साथ-साथ चलता रहता था। भीड़ बढ़ती जाती। आवाज़ तेज़ होती जाती।

शेर को डराने के लिए कोई ज़ोर से चिल्लाता कि ढोल की तेज़ आवाज़ में, शेर बने हुए इनसान अचानक दौड़ पड़ते। इन शेर बने इनसानों के शरीर पर ऑइलपेंट से पीले-काले रंग की धारियाँ होतीं। उनका चेहरा पेंट से लिपा हुआ रहता। उन्हें शेर बनाने के लिए पेंटर बहुत अच्छी तरह से पुताई करते।

वो पासवाली गली में से निकलते। शेर बने इनसानों की मन्नत का यह रूप होता। तरह-तरह की आवाज़ों के बीच, शेर देखने वालों में शामिल कोई खिल्ली उड़ाता, कोई हँसता तो वहीं गम्भीर चेहरों की संख्या सबसे ज़्यादा दिखती थी कि वे प्रार्थना कर रहे हों कि इनकी मन्नत पूरी हो जाए।

ईश्वर अल्लाह भगवान गॉड ने किसी की सुनी है जो इनकी सुनता।" बोलते-बोलते पिता लेट गए कि अब सोना है। तभी मैं सवाल करता हूँ कि क्या ईश्वर अल्लाह भगवान गॉड या इस तरह के नाम वाले होते हैं?"

पिता ने जम्हाई लेते हुए कहा, "अगर वे होते तो क्या हम यहाँ होते? ऐसे इस हालात में ज़िन्दगी गुज़ारते?"

मेरे पास जिज्ञासा से भरा कोई सवाल नहीं है। पिता के पास सोने के अलावा अब कुछ बचा नहीं।

इक्कीसवीं सदी, यह शब्द सुना। इतना सुना कि उसके सपने देखने का मन होने लगा। मन के भीतर अँधेरा ही अँधेरा और सवाल दर सवाल खड़े हैं। वे अड़े हैं कि पहले इस सदी में इस वक़्त में क्या करने वाले हैं, यह बताओ। इस समय की ज़रूरत कैसे पूरी होगी। गली में, बस्ती में कैसे दिखेगी इक्कीसवीं सदी?

इसको देखने के बजाय इस सदी के बाक़ी बचे हुए बरस में, क्या हमारी बची हुई ज़िन्दगी के बरस को बेहतर बनाने की कोई सड़क है? घर है? पानी है? और क्या मनमर्ज़ी से बरात निकालने और जीने की कोई नीति है? क्या पढ़ने, इलाज की कोई बात है? यह कोई नहीं बता रहा। इन सवालों के जवाब देने के बजाय यह सुन रहा हूँ, पढ़ रहा हूँ कि इक्कीसवीं सदी में ये तरक़्क़ी होगी, वो प्रगति होगी।

नाउम्मीदी के अँधेरे में किसी ख़बर के इन्तज़ार में है मन।

भाई भर्ती है सात मंज़िला अस्पताल में। सबसे बड़े सरकारी अस्पताल के गलियारे में बड़े भाई को लिटा दिया गया है। कमरे के अन्दर जगह नहीं है। गलियारे में भीड़ है। बीमार ही बीमार हैं। उन बीमारों के साथ दो-चार साथी और हैं। उस भीड़ में डॉक्टर ने पिता से कहा, "अब इसका इलाज नहीं हो सकता। इसको अपने घर ले जाओ।"

पिता नहीं माने। वे ज़िद पर अड़ गए हैं कि बेटे को अस्पताल में भरती रखो, इलाज करो।" डॉक्टर पिता को समझाते-समझाते धमकाने लग गया। पिता हाथ जोड़ते, पैर पड़ते रहे। वे गिड़गिड़ाते रहे कि मेरे बेटे को बचा लो। पिता ने डॉक्टर के हाथ पकड़े। डॉक्टर को जब कुछ समझ में नहीं आया तो उसने अचानक पिता को चाँटा मारा। गिड़गिड़ाते पिता ने फिर भी हाथ जोड़े। इस वक़्त इतनी भीड़ है कि कौन क्या कह रहा है, समझना मुश्किल है।

एक बार फिर से डॉक्टर ने पिता को चाँटा मारा। अब मुश्किल हो गया था इस वक़्त अपने-आप को क़ाबू में रखना, तो पिता ने पलटकर डॉक्टर को कसकर चाँटा मारा। मच्छर मारने वाला हाथ इतना मज़बूत है कि डॉक्टर समझ ही नहीं पाया। वो गिरते-गिरते बचा। फिर उसने पिता को मारने की कोशिश की लेकिन पिता के ग़ुस्से को देखकर वो कुछ नहीं कर सका। डॉक्टर भीड़ में तेज़ी से ग़ायब हो गया।

शाम होते-होते पक्की ख़बर आई कि भाई की मौत हो गई।

28

बचपन के तमाम सवालों के जवाब की तलाश में भटकते हुए पिता पीछे मुड़कर देखना चाहते हैं। यादें मनमानी करती हुई गुत्थमगुत्था हो जाती हैं। पिता पूरे मन से उसे सुलझाने, ठीक करने में लग जाते हैं। वे भाभी के लिए रिश्ते की तलाश में भी हैं। भाभी की शादी करवाना इस वक़्त का बड़ा लक्ष्य है। पिता की अधूरी ख़्वाहिश वक़्त के इन्तज़ार में स्थगित होकर कोने में रखी हुई है। उनके साथ चलने के लिए उनको किसी की आस थी। मुझे लगता है कि पिता ने माँ से उम्मीद पाल ली थी लेकिन बहन की मौत के बाद माँ ने घर के भीतर अपना सपना दफ़न कर दिया था। उनका मन भी मर गया था। दादी की उम्र और दोस्तों के रास्ते जीवन के उस मोड़ से अलग-अलग हो गए थे।

अकेले पड़ गए थे पिता।

अब भी पिता न जाने किस-किस जगह पर अकेले और बेबस हैं। अधूरेपन की विवशता उनके मन, दिमाग़ को पछाड़ती हुई शरीर को कमज़ोर करती जा रही है। यह चिन्ता या कुछ न कर पाने की विवशता है। अचानक वे बहुत बूढ़े लगने लगे हैं। उनको भीतर से अपने अकेले होने का अहसास दीमक की तरह खा रहा है।

कई महीनों के बाद आज रात पिता कहने लगे, "जब मैं छोटा था। तब हम लोग अपने गाँव जाते थे तो कला पथक सुनते थे। कला पथक में गाने गाए जाते थे। बाजे बजाते थे। कला पथक की मंडली कभी इस गाँव तो कभी उस गाँव जाती थी। उनको सुनने जाता था। कला पथक वाले जहाँ तक पैदल जाकर दूसरे गाँव जा सकते थे, जाते थे। उनको हम रात भर सुनते थे। यहाँ से गाँव जाकर, इतनी दूर जाने के बाद भी कला पथक न सुनना, ऐसा कैसे हो सकता है?"

"ये तो पागल हो जाता था। खाने-पीने की सुध ही नहीं रहती थी, ऊपर से इसको सुनना पड़ता था।" आजी ने हँसने की कोशिश करते हुए कहा।

पिता अपनी रौ में बोले जा रहे, "एक बार तो उमरीखेड़ी गाँव से वापस आते समय रास्ता भूल गया।" आजी की हँसी को परिवर्तित करते हुए पिता ने कहा तो आजी की हँसी उदासी में बदल गई। लगा, आजी कुछ और बोलना चाहती है लेकिन चुप हो गई। अँधेरे के गाढ़े होने का अहसास हुआ। गली में अँधेरा ही अँधेरा है।

उस अँधेरे में आजी खो गई। आजी इतना सुनने के बाद उस वक़्त के भीतर दाख़िल हो गई।

माँ ने गिलास में पानी भरकर पिता के पास रख दिया। पिता ने थोड़ी देर बाद बोलना शुरू किया, "हम सुबह होने तक वापस घर आ जाते थे। इस बार अकेला था। उस वक़्त मेरी उमर बारह-तेरह साल की होगी। उस गाँव में काला पथक देर तक चला। वे बहुत अच्छा गा रहे थे। वापसी में चलते वक़्त पीछे वाले रास्ते पे जाने के बजाय आगे बढ़ गया। मतलब उलटी दिशा में चलने लगा। सड़क नहीं मिली। कच्चे रास्ते मिलते गए। घर दिख नहीं रहे थे। जंगल में आ गया। अब माथा ठनका कि ऐसा जंगल तो देखा नहीं था। कहाँ आ गया? आगे-पीछे कोई दिख नहीं रहा था। आगे जाता था, पीछे आता था। इस तरह भटकने लग गया। जंगल ख़त्म नहीं हो रहा था।

अब यह अहसास नहीं हो रहा था कि मैं कितना चला हूँ। इतनी देर हो गई थी कि सूरज के निकलने का अहसास हुआ। फिर इसके बाद तो प्यास बढ़ने लगी थी। कुछ भी सूझ नहीं पड़ रहा था। धूप से बचने के लिए छाया में जाने लगा तो भी उधर कोई रास्ता नहीं दिख रहा था। बिना तकलीफ़ सहे रास्ते मिलते नहीं। उम्मीद के बिना सही रास्ता दिखता नहीं। आराम, बेफ़िक्री और रास्ते एक साथ चलते नहीं। मन तकलीफ़ सहना नहीं चाहता। इसी मन की सुन रहा था। भटक रहा था।

थक गया था। इतना थक गया था कि एक झाड़ के नीचे बैठ गया। बैठते ही मेरी आँख लग गई।

जंगल में से आवाज़ें आने लगीं। फिर पता नहीं कितने घंटे के बाद आँख खुली। फिर से चलने लगा। इस बार तय कर लिया कि अब पीछे की तरफ़ नहीं जाऊँगा। सोचा और चल दिया तो चल दिया। इस तरह सोचने के बाद अचानक मेरे चलने की स्पीड बढ़ गई।

"जैसे ही मेरेको लगा कि अब इस जंगल में घर जाने का रास्ता मिल नहीं सकता। भटक गया हूँ। तब रोना आया था। आँखें भर आई थीं। गला सूख गया था। चलता जा रहा था कि रुक गया और अचानक रोने लगा। ज़ोर-ज़ोर से रोने लगा।

माँ ओ माँ...

मैं रोता जा रहा था। आवाज़ देते हुए रो रहा था। लगने लगा कि मेरे गले में से आवाज़ नहीं निकल रही है।"

पिता चुप हो गए। उनकी आँख भर आई। आजी के आँसू निकलने लग गए। माँ की आँखों में पानी ठहर गया। माँ की आँखों में कोई दरिया है जो भीतर बहता है। घर में इस समय सामूहिक बेआवाज़ रोना हो रहा है। हम सब रो रहे हैं लेकिन हमारा रोना न दिख रहा है न उसकी आवाज़ आ रही है। रोने की आवाज़ ग़ायब हो गई है। अँधेरे के भीतर रोते हुए आँसू निकल रहे हैं। इस अँधेरे समय में कुछ पता नहीं चल रहा। पिता बोलते-बोलते चुप हो गए थे। अब रोते हुए बोला नहीं जा सकता। अब उनके गले से आवाज़ नहीं निकल रही है। वे बोल रहे हैं लेकिन अँधेरे में न चेहरा दिख रहा है न आवाज़ आ रही है। हमें लगा पिता बोलते-बोलते चुप हो गए।

हम सब चुप हैं। रोने की बात ने हम सबके भीतर की तमाम चीज़ों को एक गहरी चुप से भर दिया। इस बेहोशी से भरी हुई चुप में कुछ नहीं चलता। दिमाग़ चुप। मन चुप। शरीर चुप। मनुष्य के भीतर जो भी हो सकता है वो सब चुप हो गया।

बेसुध। बेहोश।

अब न आवाज़ निकल सकती है, न पैर चल सकते हैं न हाथ।

मैं बेचैन हो गया। उस जंगल में उसी जगह ख़ुद को खड़ा पा रहा हूँ। मन किसी की तलाश में है। किधर से निकला जा सकता है? पिता कहाँ रास्ता भूल गए थे? उस मोड़ पर वापस आकर नये सिरे से वापसी करना चाहता हूँ। उस जंगल में कौन-कौन से पक्षी उस वक़्त होंगे? वे पक्षी क्या कर रहे थे?

पेड़ पर कोई फल था? क्या उस फल में प्यास बुझाने के लिए पानी था? उस पानी की तलाश में लग गया हूँ। धीरे-धीरे मेरे भीतर जंगल की कल्पना में पेड़-पौधे, जानवर और बहती हुई नदी दिखने लगी। सोचने लगा, जंगली फल पत्तियों के नाम पर कितना डर बिठा दिया है हमारे भीतर।

जंगल के फल को ज़हरीला फल मानकर, ख़तरनाक जानलेवा कहने वाले इन लोगों ने इस बात को अफ़वाह की तरह फैलाया। इतना कहा-सुना गया कि हवा की तरह मेरे भीतर अपने-आप चला आया। यह जो ज़हरीली हवा के साथ वे लोग अपने विचार, अपने फ़ैसले, अपनी साज़िश, अपने इरादे, अपनी किताब, अपनी बात को इस तरह से छोड़ देते हैं कि हम उनकी चपेट में आ जाते हैं। बिना सवाल, बिना विचार किये उनको ढो लेते हैं, मान लेते हैं।

यह क्यों नहीं फैलाया गया कि जंगल के भीतर इस तरह का एक पेड़ भी होता है, उसके फल खाने से प्यास बुझ जाती है। पानी का भंडार जंगल की किस दिशा में किन पौधों के पास होता है? कोई दरिया, कोई झरना, कोई धार किस तरफ़ बहती है? उस तरफ़ कैसे जाना चाहिए?

उस तरफ़ प्यास बुझती है, उस प्यास की कथाओं को सुनाना, पढ़ाना चाहिए।

उस पानी के बारे में चुप्पी क्यों है? क्यों नहीं जाने देते जंगल के भीतर, जंगल के बारे में बनाए हुए क़िस्सों में, कथाओं में, कहावतों में।

मैं उन कथाओं में, बातों में चला गया कि अभी तक ऐसी कौन सी कहानी सुनी जिसमें पानी मिल जाता है? भटकते हुए आदमी को रास्ता मिल जाता है? मेरे मन के भीतर, डराने-धमकाने वाली कथाओं की लाइन लग गई। इन क़िस्सों में डर था। अकेलापन था। इनमें साहस कथा नहीं थी।

कौन बनाता है कथाओं को, कहावतों को, गालियों को?

किताबें? शिक्षक? पढ़े-लिखे? कथा वाचक...

कौन कहता है? किस वजह से सुन ली जाती हैं कथाएँ?

वर्चस्व...। किसका वर्चस्व है समाज में? कथाओं में, क़िस्सों में, गालियों में?

अब गाली लिखने पर जिन्हें शर्म आती है, ग़ुस्सा नहीं आता।

स्त्री को, किसी जाति को कमतर बताने के लिए अपमानित करने के लिए, प्रताड़ित करने के लिए बोली, लिखी गई गालियों, कहावतों का जन्मदाता कौन है? जिन्होंने कहा, लिखा और फैला दिया। वह कौन हैं? उनका मक़सद क्या था? किसलिए इतने सालों से इस तरह की गालियों को, बातों को बोला-सुना जा रहा है? आख़िर कैसा समाज, कैसा देश बनाने का उनका इरादा था? किसी आदमी को उसकी जाति के आधार पर जलील करना, उसे इतना विवश कर देना कि उसका अपना सम्मान समाप्त हो जाए। वह अपने बारे में कोई राय बनाने से पहले उन गालियों में, उन कहावतों के भीतर की अँधेरी गुफाओं में चला जाए। कोई रास्ता नहीं दिखे। ऐसे भटकाव की तरफ़ किसने भेजा?

वे कौन हैं?

मैं इनकी तलाश में चला आया।

इस भटकाव में बहुत दूर निकल गए थे पिता।

मुझे लगा था कि पिता सो गए होंगे लेकिन अचानक पिता कहने लगे, "आज का अँधेरा होने से पहले जंगल पार करना है, इस तरह से सोचता और चलता रहा था। चलते-चलते कुछ घंटों के बाद चरवाहे की आवाज़ सुनाई दी। वह कोई गाना गा रहा था। गाते हुए उसकी आवाज़, उस धुन ने जैसे मेरा रास्ता बना दिया। आवाज़ को पकड़ते हुए चलने लगा। मैं भी ज़ोर से बीच-बीच में चलते हुए गाने लगा। गाने में बहुत ताक़त होती है। जब कोई गाने लगता है, तो...।"

इस वक़्त हमारे गली की आवाज़ बन्द हो गई है। सब सो गए हैं। हमारा घर जंगल के भीतर भटकते हुए पिता, गाते हुए पिता को सुन रहा है। घर और जंगल के बीच आवाज़ का पुल बन गया। गाने हम सबको भटकने से बचा रहे हैं। गाना रास्ता दे रहा था। गाने के अहसास से चमकता हुआ पिता का चेहरा देखकर मेरा मन हुआ कि पूछ लूँ कि वह कौन सा गाना था जो उस भटकाव से बचते हुए, आगे बढ़ते हुए वे गा रहे थे? सवाल नहीं कर पाया। फिर मुझे लगने लगा कि उस गाने के बोल इतने मायने नहीं रखते जितना उस गाने का असर मन पर दिखता है। उम्मीद में, पुकार में, गाते हुए गाने में कितना डूबते हैं? यह सबसे ज़रूरी है।

पिता कहने लगे, "उस चरवाहे के साथ उसके घर रुक गया। उसका घर-गाँव दूर था। वहाँ चार झोंपड़ियाँ थीं..." बोलते-बोलते पिता चुप हो गए।

यह पता नहीं चला कि पिता चुप हैं या सो गए या उनकी आवाज़ खो गई? आजी की आँखों में डर है। माँ बिस्तर जमाने लगी। यह इस बात का एलान है कि कहानी के अगले हिस्से को अब नहीं सुनाया जाएगा। अब सब सो जाएँगे। मुझे लगा पिता नहीं मैं भटककर उस चरवाहे के घर में रुका हुआ हूँ। उस गाँव में गाय थीं, बकरियाँ थीं, उनके गले में बजते हुए घुँघरू थे।

सुबह पता चला कि पिता बुख़ार में हैं।

तेज़ बुख़ार है। उनके माथे पर गीला कपड़ा रखा जा रहा है। अपने बचपन की थकान, भटकाव और डर की वजह से उनको बुख़ार आया होगा? घर, एक अजीब-सी उदासी, डर से भर गया है। इतनी सुबह हमारी बस्ती से दूर वाला दवाख़ाना, जो सबसे पास है, वो नहीं खुलता। उस डॉक्टर के अलावा कोई डॉक्टर, अस्पताल भी नहीं है।

दवाख़ाना दूर है। बहुत-बहुत दूर है। दवाख़ाना अर्थात जहाँ डॉक्टर बैठता है। इलाज करता है।

पिता को पैदल चलना पड़ेगा। पिता को उठाकर नहीं ले जाया जा सकता। उनका वज़न ज़्यादा है। मैं अभी रात के क़िस्से में हूँ। सोच रहा हूँ कि जंगल में चलते हुए क्या पिता के पाँव में छाले पड़ गए होंगे? भूख-प्यास के कारण क्या वो बच्चा बीमार पड़ गया होगा? उस बच्चे के साथ क्या-क्या हुआ होगा?

चरवाहे के घर में पानी-खाना मिल गया होगा?

पिता के बुख़ार को उतारने में मेरी कोई भूमिका नहीं लग रही। मैं रात की कथा में गाते हुए पिता के भीतर के 'गाने' को समझना चाह रहा हूँ। आजी से पूछना है, लेकिन उनके चेहरे पर भी रात के अँधेरे की परत जम गई है। आजी इस घटना को, इसकी याद को भूल गई थी। वो शायद याद नहीं करना चाह रही थी। मुझे वह घटना अधूरी लग रही थी कि पिता सब नहीं बता रहे थे। कोई और घटना घटी थी कि उसे बताना नहीं चाह रहे थे कि कुछ और भी उनके साथ हुआ है। आजी भी उसका ज़िक्र नहीं कर रही थी। रात में बहुत देर हो गई थी। और सच तो यह है कि अगली कोई बात सुन नहीं पाया था। मैं सो गया था।

मुझे नहीं पता, रात में रोते हुए पिता के आँसू किसने पोंछे।

मुझे यह भी नहीं पता कि मुझे कब नींद आ गई।

अब पिता को डॉक्टर के पास ले जाने के लिए हमारा घर अपने-आप को असमर्थ घोषित कर चुका है। इसका कोई नतीजा नहीं निकल रहा था। उद्योगपति अपने-आप को दिवालिया घोषित कर देता है तो सरकार दौड़ी-दौड़ी आती है। यहाँ हमारी बस्ती में सरकार भटक गई है। हमारा घर बुख़ार में है। बुख़ार में तपते हुए पिता बड़बड़ा रहे हैं। उनके पैर पटकना बन्द नहीं हुए।

उदासी अब हर चेहरे पर छा गई। न जाने कितनी सुबहें उदास होकर इस घर में गली में आई हुई थीं। इस उदास सुबह में मुर्दानगी छाई हुई है।

पिता जब कह रहे थे तब सोने से पहले मैंने सुना था, "भटक गया था और लगातार चलते हुए वहीं पहुँच जाता था जहाँ से चलना शुरू किया था। जैसे अब लगता है कि इस समाज में, इस दुनिया में मैं कहीं नहीं पहुँच पाया हूँ। भटक गया हूँ। जो सोचा था वो कर ही नहीं पाया।"

क्या नहीं कर पाए पिता?

माँ बोली, पिता को बुख़ार बरसों बाद आया है।

मैं विवश, बेबस महसूस करता रहा। कुछ भी नहीं कर सका।

कुछ भी नहीं।

गली में धन्नालाल के पास हाथठेला है। किराये का हाथठेला चलाने वाले धन्नालाल सुबह होने से पहले काम पर चले जाते हैं। धन्नालाल और उनका हाथठेला नहीं मिला तो धन्नालाल की तलाश में कुछ लोग चले गए।

डॉक्टर पटेल बहुत दूर रहता है। वो 12 बजे क्लिनिक खोलता है। स्कूटर से आता-जाता है। आने-जाने में लगने वाले टाइम को लेकर वो हमेशा रोता-कलपता है। उससे उम्मीद करना बेमानी है, अब किसी और डॉक्टर के पास जाना होगा। पिता को हाथठेले से ले जाना होगा। हाथठेला के अलावा कुछ नहीं है। मेरे मन में सवाल आया, डॉक्टर को घर पर बुला सकते हैं? कुछ देर भीतर ही भीतर सवाल करने की ताक़त को बढ़ाता रहा कि माँ के कान में सवाल रख दिया, चुपके से। धीमी आवाज़ में। उदास माँ के पास जवाब नहीं है। घर में पैसे नहीं हैं। होते भी तो क्या डॉक्टर हमारे घर आता? हमारे बस्ती में आता? यह बात बढ़ने लगी कि मैंने आजी से पूछा, "अपनी बस्ती में कभी कोई डॉक्टर आया था?"

आजी से इतिहास पूछ रहा हूँ। वर्तमान, माँ जैसा उदास और ख़ामोश हो चुका है। इतिहास के भीतर कोई उदाहरण दबा-छिपा पड़ा हो तो उसकी तलाश में घर के भीतर झुककर ही जाना पड़ता है।

आजी बोली, "कभी नहीं आया डॉक्टर। बहुत बरस पहले की बात है। वो कमला है न। कमला वो...उसका ख़सम (पति) बीमार पड़ा। बहुत बीमार। उसे ले जा नहीं सकते। ठेला नहीं था। साइकिल नहीं थी। उसे उठाकर ले जाना कठिन था तब। वो गेला डॉक्टर है न उसके बाप के पास गए चार लोग। उन्होंने हाथ जोड़े कि देख लो। डॉक्टर बोला, उधर नहीं आता मैं। श्रीपाल ने कहा, "पैसा देंगे, डबल फ़ीस देंगे। एक बार देख लो।" तब भी डॉक्टर टस से मस नहीं हुआ तो श्रीपाल ने पूछ लिया, क्यों नहीं देखते बीमार को? हमारे बस्ती में आना नहीं चाहते हो कि बीमार को नहीं देखना है?

डॉक्टर बोला, "बीमार को तो देखता हूँ, यहाँ लाते तो दवा भी देता हूँ। परन्तु वहाँ तुम्हारे बस्ती में नहीं आता। न उधर से जाता।"

श्रीपाल ने ग़ुस्से से कहा, "क्यों नहीं आते? तुम नहीं आओगे तो एक बीमार आदमी मर जाएगा डॉक साब?"

लम्बी साँस लेते हुए आजी बोली, "डॉक्टर बोला, तुम लोग रहते हो न वहाँ इसलिए नहीं आता।"

श्रीपाल डॉक्टर से बोला, "हम लोगों के बदन पर काँटे हैं, जो तुमको चुभ जाएँगे? हमारे घर में, रास्ते में काँटे हैं क्या? इस पर चलने से ख़ून निकल आएगा।" श्रीपाल काँटे की बात करता रहा। बोलता रहा। फिर डॉक्टर बोला, "जा भई, पता नहीं कितने ही रोज़ मरते हैं। मरते हैं तो मरा करें, मेरे को क्या लेना-देना? एक बार बोल दिया कि तुम्हारे बस्ती में नहीं आ सकता, तो नहीं आ सकता।"

पता नहीं कितनी गालियाँ डॉक्टर ने दीं, उसे भगा दिया। इधर सबको पता था कि वो बीमार मर जाएगा। उसे बचाना था। मरने नहीं देना था, लेकिन डॉक्टर ने नहीं देखा। तो नहीं देखा।

"वो कमला का आदमी मर गया।"

आजी की बातें सुनकर लगा वो आदमी नहीं मैं मर गया था। मैं मर गया हूँ।

मर गया बाप मेरा। मर गया घर मेरा। मर गई मेरी बस्ती। हम सब मर गए।

हम सब मर गए हैं।

हम मर चुके लोग हैं। मृतक।

हम ज़िन्दा कहाँ हैं?

चार लोग डॉक्टर के घर की तरफ़ जाने के बजाय हाथठेले की तलाश में निकल गए। बरसों बाद क्या बदला? बरसों बाद यह पक्का हो गया कि हमारी बस्ती में डॉक्टर नहीं आ सकता। नहीं आएगा डॉक्टर, इसलिए उसको बुलाने के लिए क्यों जाना उसके पास? गिड़गड़ाने, हाथ जोड़ने के लिए? अब उम्मीद छोड़ चुके हैं लोग। एक बार अपमानित होने के बाद फिर से अपमानित नहीं होना चाहते हैं। अब उस रास्ते पर जाना ही नहीं।

श्रीपाल काका तब जवान थे। अब उम्र ढल गई है। वो बार-बार काँटों की बात कर रहे थे। जब उन्होंने बोला होगा, "हममें काँटे लगे हुए हैं क्या?" तब उनके दिमाग़ में काँटों का मतलब क्या रहा होगा? बबूल के पेड़ के काँटों के अलावा और किसी के काँटे नहीं सुने थे, न देखे थे।

कौन से काँटों की बात कर रहे होंगे श्रीपाल काका?

जिस पेड़ में काँटे ही काँटे हों उसे कोई छू नहीं सकता। जिस रास्ते पर काँटे पड़े हों वहाँ जा नहीं सकते, यह जानता हूँ, लेकिन श्रीपाल काका के कहने का क्या मलतब था?

फिर ये कौन से काँटे हैं जो बदन पर लगते हैं लेकिन हमको नहीं दिखते? डॉक्टर, विजयवर्गीय मैडम, सुपरवाइज़र...। किस-किसको दिखते हैं ये काँटे?

किस-किसको लगते हैं ये काँटे कि वे हमारे पास नहीं आते।

वे लोग हमें क्या समझते हैं?

काँटे?

हमको चुभाते हैं और ख़ुद डरते हैं। हमसे दूर भागते हैं।

तमाम भाग-दौड़ के बाद आख़िरकार धन्नालाल मिल गए। मिल गया हाथठेला।

पिता को हाथठेले पर लिटाकर डॉक्टर के पास ले गए।

पिता को देखने के बाद डॉक्टर ने एक इंजेक्शन लगा दिया। इंजेक्शन लगाने के बाद हाथ धोते हुए डॉक्टर बोला, "सूई बहुत महँगी है।"

कुछ देर बाद पिता को होश आया। फिर कुछ दवा खिलाई गई।

पिता की बीमार हालत के बारे में बताने के लिए डॉक्टर के पास वक़्त नहीं है। उसके सामने दूसरे मरीज़ हैं। फिर भी डॉक्टर से पूछा गया, "कब तक ठीक होंगे?"

डॉक्टर ने कहा, "अभी कुछ देर इनको सोने दो। नींद की गोली है। बदन दर्द और बुख़ार उतारने की।" इतना कहने के बाद डॉक्टर दूसरे मरीज़ को देखने, बोलने में लग गए। इसका मतलब हम समझ गए कि अब तुम लोग चले जाओ। बिना बोले सब समझ गए।

सब वापस घर आ गए।

शाम हो गई लेकिन पिता की आँख नहीं खुली। नींद की गोली का असर है या थकान। क्या हुआ था कि अब सुनाना नहीं चाहते हैं पिता। क्यों नहीं बोल रहे हैं पिता?

रात में रोने वाले पिता अब मुर्दा बन गए। ग़ुस्सा करने वाले पिता की ज़बान पर कोई हलचल नहीं है।

नींद मौत का दूसरा नाम है।

पिता की मौत का ख़याल पहली बार आया। इसके साथ उदासी चली आई। मौत का विचार अपने साथ डर और अनिश्चितता को लेकर चलती हुई ज़िन्दगी में बहुत कुछ तोड़-फोड़ कर देता है। परिवार कहीं का नई रहता है। एक व्यक्ति का जाना सिर्फ़ शरीर का जाना नहीं होता है।

लगातार इस विचार चक्र में उलझ गया हूँ कि अगर पिता मर गए तो...

पिता...

अगर मर गए तो...

क्या होगा?

अँधेरी रात में आते-जाते लोगों के घेरे में पिता हैं। कुछ भी समझ नहीं आ रहा। आँखों के भीतर अभी अँधेरा नहीं उतरा है। ज़बान चुप है कि ज़बान को लकवा मार गया हो। गली के भीतर का शोर सुनाई नहीं दे रहा। गली रुकी नहीं। जाती हुई तस्वीर निगाह में है। हड़बड़ाहट से भरे लोग कहाँ जा रहे हैं?

क्यों जा रहे हैं?

एक दिन इनको बुख़ार आएगा तो इन लोगों का क्या हाल होगा?

इनके आसपास न डॉक्टर है न अस्पताल। फिर कहाँ जाएँगे?

इनको ले जाने वाले कौन होंगे?

ले जाने वाले लोग अगर मिल भी गए तो डॉक्टर को देने के लिए कहाँ से रुपयों का इन्तज़ाम करेंगे? अगर ऐसा नहीं कर पाए, तो?

तो क्या एक-एक कर सब मर जाएँगे?

हम सब मर जाएँगे...

सब मारे जाएँगे बेमौत। बिना इलाज के?

सुना है प्रशान्त काका बम्बई में हैं। मैं ज़ोर से पुकारना चाहता हूँ। प्रशान्त काका को बुलाना चाहता हूँ। इस वक़्त प्रशान्त काका मुझे सबसे बड़ी दवा लग रहे हैं, जो आएँगे और पिता ठीक हो जाएँगे। मेरा मन कह रहा है, प्रशान्त काका चले आओ।

यह आवाज़ उन तक कब, कैसे पहुँचेगी?

पिता बीमार हैं, चले आओ। यह सन्देश तार से भेजना है। प्रशान्त काका का कोई एक ठिकाना नहीं है। अब किसी एक जगह रुकने वाले नहीं हैं। प्रशान्त काका का पता मेरे पास नहीं है। उनका पता किसी के पास नहीं है। जिससे जीवन और

रोशनी मिलने की उम्मीद है, वो बेपता हैं। उनकी तलाश कैसे की जाए? फिर प्रशान्त काका के पास तार कैसे पहुँचेगा?

उदास हो गया हूँ कि पिता के पास बैठ जाता हूँ। उनके बदन को छूने का मन है। पिता का स्पर्श याद नहीं। उन्होंने कभी भी मुझे गले नहीं लगाया। हाथ नहीं मिलाया। मेरे शरीर को छू नहीं पाए। गले लगाने का रिवाज नहीं।

मुझे कितना दूर कर दिया पिता ने।

अब, जब वे कुछ नहीं बोल सकते, नाराज़ नहीं हो सकते। ग़ुस्सा करने का तो सवाल ही नहीं है फिर भी उनको छूने की हिम्मत नहीं कर पा रहा हूँ।

बेहद कम दूरी है। बिलास भर की। आधे हाथ के बराबर एक बिलास होता है। इस आधे हाथ को बस सीधा करना है। कि छू लूँगा पिता को।

मेरा हाथ अभी मेरे अपने माथे पर जा रहा है। वो आधा हाथ आँखों को बन्द कर रहा है। वो आधा हाथ अपने चेहरे पर है। गाल पर है। बालों में जा रहा है। इस वक़्त दोनों हाथ अपनी हथेली को घिस रहे हैं।

मन ही मन मैं पिता की हथेली को घिस रहा हूँ। उनके माथे को सहला रहा हूँ। उनके पैर के तलुवे को छू रहा हूँ। कितने सख़्त हैं पैर। पैरों में चमड़ी होने या ख़ून के बहने का अहसास नहीं हो पाता होगा। पैर न हो कोई पत्थर हो जैसे...कोई लकड़ी हो या कोई ठूँठ...उसको छूने से मुझे कुछ नहीं हो पा रहा है। पिता नंगे पैर चलते थे। वे चप्पल को घिसने से बचाने के लिए चप्पल बहुत कम पहनते थे। चप्पल के बिना उनके पैर के तलुवे कठोर हो गए।

उनका मन किस कारण से इतना कठोर बना होगा?

वो क्या बात थी जो उन्हें खटकती थी। चैन नहीं लेने देती थी। वो कौन सा काम था जिसे पूरा करने का सपना था लेकिन हक़ीक़त नहीं हो पाया। उन खंडित अधूरे सपनों के कारण क्या पिता ऐसे हो गए? एक-एक-कर उनके सपने और साथी छूटने के कारण पिता इतने कठोर हो गए?

अपने हाथ को देखता हूँ। कहीं मेरे हाथ वैसे तो नहीं जैसे पिता के समझ रहा हूँ। कठोर सख़्त...

अपने हाथ को ग़ौर से देखने लगा...

अपनी ही एक उँगली को छुआ...

यह मेरी उँगली है?

आख़िरी बार मैंने अपनी उँगली को कब छुआ था? इसे इस तरह कब देखा था?

अपनी हथेली को देखकर लगा, यह किसी अजनबी का हाथ है।

यह हथेली मेरी है, यह समझा रहा हूँ ख़ुद को लेकिन मेरे अपने होने का अहसास नहीं हो रहा है। कितना मुश्किल हो जाता है कि यह शरीर जिसे मैं अपने नाम के साथ देखता हूँ, वो अजनबी लग रहा है। बार-बार देखता हूँ। समझाता हूँ कि यह मेरा ही तन है, मेरा ही मन है।

हथेली से ऊपर वाले हिस्से में नसें फूलने और दिखने लग गई हैं। नसें हैं। उनमें ख़ून दौड़ रहा है। उनको देखने लग जाता हूँ।

कुछ और हो जाता हूँ।

पिता का चेहरा, हथेली को देखने लग गया हूँ। जिस डॉक्टर पर पिता को भरोसा नहीं, क्या मैं उस डॉक्टर पर भरोसा करूँ?

लगता है बस, अब पिता बेहोशी से निकलकर होश में आ जाएँगे। पिता जाग जाएँगे। जागते ही सबसे पहले क्या माँगेंगे? सबसे पहले पानी पीना चाहेंगे। उन्हें पानी चाहिए। पानी जीने के लिए चाहिए। पानी कितना बचा है हंडे में? मेरा मन करता है कि घर के सभी बर्तनों को एक बार देख लूँ कि किसमें कितना पानी है। कितना पानी चाहिए पिता को? कब से प्यासे हैं? पानी और माँ को पुकारने वाला वो किशोर क्या मेरा दोस्त है? बचपन में जंगल में भटका हुआ वह लड़का कितना प्यासा होगा? जब वो बड़ा हुआ तब उसके हिस्से का पानी उन्हें मिला?

थोड़ा सा पानी ही पीने के लिए चाहिए लेकिन इतना पानी नहीं दिख रहा।

पिता के निढाल होते शरीर को देखकर लोगों के चेहरे संशयग्रस्त हैं। घरवाले चुप हैं। वे अपनी उम्मीद को हर हाल में हरा रखना चाहते हैं।

उदास दिनों की झड़ी लगी हुई है। हमारे घर की निराशा का बिस्तर उठाकर झटक दिया जाए तो ढेर सारे खटमल गली में दिखाई देने लगेंगे। लेकिन कोई ऐसा नहीं कर रहा। बातें बन्द हो गई हैं। ज़बान से उदास, हार जैसी कोई बात निकल न जाए। सब अपनी-अपनी हिदायत से बँधे हुए हैं। रिश्तेदार देखने आ रहे हैं। जिनका ज़िक्र बातों में होता था, उनको अब अपने सामने देख रहा हूँ। उनको सुन-समझ रहा हूँ।

पिता सुन रहे हैं लेकिन बोल नहीं पा रहे।

अप्रैल की धूप पसीने की गन्ध के साथ पसर रही है। धूप से बचने के लिए कोई कोशिश करता हुआ नज़र नहीं आ रहा। घरों के आमने-सामने के हिस्सों में छाँव इतनी सी है फिर भी गली की ज़मीन पर बैठ रहे हैं ताकि एक-दूसरे को देखकर बोला जा सके। जो थोड़ी सी दूर है उसे सुनाई दे, उससे ज़्यादा तेज़ आवाज़ में बातें हो रही हैं। आसपास बैठे हुए लोग भी बहुत ज़ोर-ज़ोर से बोल रहे हैं। चिन्ता में डूबने के बजाय पुरानी यादों में हँसी-ठहाके लग रहे हैं। बीड़ी और मलती हुई तम्बाकू की गन्ध पूरी गली में आवारा बनकर घूम रही है।

हवा के तीखेपन के अहसास को अपने ऊपर हावी होने के बजाय उपेक्षित कर दिया गया है। धूप के होने न होने का कोई असर नहीं, यह सबके चेहरों और बातों से समझ में आ रहा है लेकिन धूप तेज़ है। उसकी जलन है। उसके होने का असर इतना है कि हर कोई पसीने को अपनी गति से बहने दे रहा है। पसीना रुक नहीं रहा है लेकिन उससे कोई विचलित नहीं हो रहा। पसीने को भले ही कठोर जीवन की अनिवार्यता की तरह स्वीकार किया गया हो लेकिन पसीने की बहती हुई पतली-सी धार मन के भीतर दरार बढ़ा रही है। हर बार दरार और दुःख सबके सामने नहीं आते। दुःख होते हैं, उनका अस्तित्व होता है, वे उन्हें दिखते हैं लेकिन दुःख पर कोई बोलना नहीं चाहता। जबकि सब जानते हैं अपना दुःख अपने पास रखना बेहतर नहीं होता। बोल देना चाहिए, उसे बाँट देना चाहिए लेकिन कौन लेता है किसी का दुःख? अपना दुःख अपने साथ रहता है, उसे दूर करने के लिए रास्ता नहीं मिल रहा। मनुष्य को दुःख अन्दर ही अन्दर खाता हुआ खोखला करता है। ये लोग उससे निरन्तर लड़ रहे हैं। अपना इतिहास अपने साथ लेकर वे उसे जीते हुए लग रहे हैं। किसी वक़्त का इन्तज़ार कर रहे हैं। अपने-आप को तैयार कर रहे हैं।

मैं अपने-आप से लड़ रहा हूँ।

और आख़िरकार मेरी आँखों ने अपना इन्तज़ार ख़त्म किया।

काकू के एक हाथ में ढपला और दूसरे में बड़ी थैली है जो भारी लग रही है। प्रशान्त काका के कन्धे पर दो पोटलियाँ हैं। वे हम सबके जीवन जीने का सारा सामान लेकर आ गए हैं।

मुझे पूरा यक़ीन है कि अब जीवन शुरू होगा। अब आवाज़ आएगी। अब पिता बोलेंगे।

उनके आने से गली में हलचल इस तरह हुई कि आँखों में चमक और शरीर में रक्त प्रवाह अचानक बढ़ गया। उम्मीदों से धड़कन बढ़ गई। हाथ और गले मिलते-मिलते रुकते, बोलते हुए काका और काकू की आँखों में पानी आ गया। पिता को पानी ही चाहिए। पिता का इलाज पानी करेगा। ये पानी प्रशान्त काका की बानी है।

पिता को अपनी अधूरी कहानी सुनानी है। मुझे लग रहा है कि इस शोरगुल के बीच ये सब लोग पिता को सुनना चाहते हैं।

वक़्त तेज़ी से भाग रहा है। लेकिन हमारी गली में उसकी गति रुक जाती है। समय उलझ जाता है। ऐसे समय में पिता ने आँख खोली। प्रशान्त काका को देखा, उनके हाथ को पकड़ा। पिता उनको देखकर रोने लग गए। वे बोलने की कोशिश करने लगे। उनके मुँह में से शब्द और आवाज़ निकल नहीं रही है।

सबने मान लिया कि काका का आना पिता की आवाज़ का आना है। पिता के सपने फिर से सबके सामने आना है। उनका होना पिता के जीने के मक़सद का ज़िन्दा होना है। दोनों को देखकर पिता की आँखों में ख़ुशी दिखाई दे रही है। काका से बोलते नहीं बन रहा। प्रशान्त काका का गला भर आया। उनकी आवाज़ निकल नहीं पा रही है। काका इस स्थिति में देर तक बने रहे तो काकू बोली, "भाऊ, सब ठीक होएगा।"

काकू की बातों में उम्मीद है। रोशनी है, हक़ीक़त होने का भरोसा है। इन बातों में शामिल चेहरों पर हलचल हो रही है। धीरे-धीरे पिता की बीमारी के बजाय दूसरी बातें होने लगीं।

खाना खाने के बाद मैंने काका से कहा, "हमारी मैडम कहती थीं कि किताबों में लिखा हुआ है कि झोंपड़ियों में सुकून की नींद आती है। ऐसा तो मुझे नहीं लगता। मैडम सच बोलती हैं क्या?"

काका बोले, "ये झूठ है, बदमाशी है, चालाकी है, यह चतुर लोगों ने, षड्यंत्र करने वालों ने लिखा है। जो ऐसी झोंपड़ियों में नहीं रहते, वे इसे सच मान लेते हैं। अरे, यहाँ हमारे घर के अन्दर घुसकर तो देखो कि कितने लोग किस तरह से सोते हैं। सोने के लिए हमारे पास जगह नहीं है। फिर यहाँ पर कैसा सुकून, कैसा चैन और कैसी नींद आती है रे भाई।"

"मेरको पढ़ने के लिए जगह नहीं मिलती। कोई एक जगह नहीं जहाँ नीचे बैठकर तसल्ली से पढ़ने लग जाऊँ और वो मैडम कहती थी झोंपड़ियों में सुख रहता है," गली में पत्थर से चित्र बनाने की कोशिश करते हुए बोलता हूँ। कुछ लोग सुन रहे हैं, कुछ लोग हमें देखे बिना हमारी बातों को समझने में लगे हुए हैं।

"हमारी झोंपड़ियों में न सुख होता है न नींद आती है। इसमें चिन्ता, दु:ख और तकलीफ़ों का धुआँ ही धुआँ भरा रहता है। ये धुआँ हमारी आँखों में हमेशा के लिए बस न जाए इसलिए हम लोग आँखें बन्द कर लेते हैं। विवशता के कारण परेशानी से बचने के लिए जैसे-तैसे सो जाते हैं और लोगों को लगता है कि कितना सुख है, कितनी ख़ुशी है। अरे कभी एक बार आकर हमारे साथ रहकर कुछ रात गुज़ारो तो सही, सारी अक्ल ठिकाने आ जाएगी। सारे सोच-विचार तड़प-तड़पकर मर जाएँगे। बड़े आए, हमारी नींद, सुख-सपने और जीवन के बारे में लिखने-बोलने वाले।"

गली वालों के चेहरे पर यह अहसास साढ़े तीन बजे की कम हुई धूप में चमकने लगा था कि उनके पास कितनी कम ज़मीन है। कितनी छोटी-छोटी सी झोंपड़ियाँ हैं। जीवन को कितना छोटा बना लिया कि उसके बारे में इतना सोचा ही नहीं था।

पड़ोस में चाय सतत बन रही है। चाय पीने के लिए वक़्त की कोई पाबन्दी नहीं है। इतनी सारी चाय हमारे घर में किसी एक चूल्हे पर लगातार बनना मुश्किल है। इस मुश्किल वक़्त को गली वालों ने आसान कर दिया है। उनके घरों में चाय के अलावा खाना बन रहा है। काका-काकू के लिए वहीं से चाय लेने जा रहा हूँ।

इस वक़्त हवा में आस शामिल हुई। उसकी ख़ुशबू चेहरों की भाव, भाषा को बदल रही है। चलते-चलते मुझे लगा कि काका से कहना है कि वे गाना शुरू कर दें। अगर काकू गाने लगेगी तो बहुत कुछ बदलना शुरू होगा। जो लोग इधर-उधर की बातों में वक़्त को बर्बाद कर रहे हैं, वे भी सुनेंगे तो वे एक साथ हो जाएँगे। ये जो इधर-उधर बिखरे और बैठे हुए लोग एक साथ आ जाएँगे तो पिता जाग जाएँगे।

चूल्हे पर चाय उबल रही है। कमरे के भीतर का धुआँ वहीं का वहीं घूम रहा है। उसके पास कोई रास्ता नहीं है। बाहर निकलने के लिए कोई छेद भी नहीं है। मेरे लिए उस कमरे में थोड़ी-सी देर भी खड़ा रह पाना मुश्किल हो गया तो चाय लेने के बजाय अपने फेफड़ों में हवा भरने के लिए खाँसता हुआ मैं बाहर निकल आया।

चाय बनाने वाली महिला गाँव से आई है। वह हमारी रिश्तेदार है लेकिन उन्हें मैं नहीं जानता। इतना जानता हूँ कि जिस कमरे में धुआँ ही धुआँ है, उस जगह बैठकर चाय बनाना कितना मुश्किल होगा।

इस तपते हुए मौसम में, जलते हुए चूल्हों की आग को बचाने के अलावा धुएँ को दूर जहान में भगाने के लिए कुछ-न-कुछ करना चाहिए। चूल्हे की आग न जाने कितने दु:ख, तकलीफ़ और बीमारियों को धुएँ में बदलकर ज़िन्दगी बर्बाद कर देती है। जीवन बचाने के लिए ज़रूरी है धुएँ को दूर करना। यह बात मेरी समझ में आ गई, इसलिए जो आँखों को दिख रहा है, जो खटक रहा है, उसे बदलने की शुरुआत कर देनी चाहिए। सपने और विचार को भीतर ही भीतर बहुत दिनों तक, बहुत समय तक रखने से वे सड़ने लगते हैं। अपना रूप बदलने लगते हैं। उन्हें काग़ज़ पर, ज़मीन पर उतार देना चाहिए। धरती में बिना रोपे, बीज पौधा नहीं बन सकता। ज़बान मुँह के भीतर गलने लग जाती है और एक दिन पता चलता है कि अब ज़बान ज़िन्दा नहीं रही।

पता नहीं क्या-क्या सोच लिया। आगे और सोचने के बजाय घर आकर माँ से कहता हूँ, "घर के अन्दर चूल्हे से आँखें ख़राब होती हैं। फेफड़े ख़राब होते हैं। बहुत परेशानी होती है। चूल्हे के धुएँ से बचना ज़रूरी है। ज़रूरी है, धुएँ को घर से बाहर निकालना। इसलिए सबसे पहले तो यही करना चाहिए कि उस कमरे में चाय बनाना बन्द कर दो।"

"क्या हो गया?" चिन्तित होकर माँ ने पूछा तो मैंने उस कमरे और महिला की स्थिति बताई। माँ को मेरी बात सही लगी। फिर गली में आकर आजी से कहा। आजी कुछ कहें, उससे पहले ही मामा ने कहा, "चार कलास पढ़ने-लिखने से ज्ञान नहीं मिल जाता। अरे बरसों से चूल्हा जल रहा है। उसे बाहर जलाओ या अन्दर, धेले भर का भी कोई फ़र्क़ नहीं पड़ता।"

"भोत फ़र्क़ पड़े है। जिनकी आँख जलती है न उनसे पूछो। जिसकी तकलीफ़ होती है, उससे एक बार बात करके तो देख, फिर सब समझ में आ जाएगा कि कितना फ़र्क़ पड़े है?" आजी बोलते-बोलते मामा को देखने लगी। फिर बोलने लगी, "मिलिन्द ने ज़रूरी सवाल किये हैं। मिलिन्द की बात एक बार मानकर तो देखो।"

"अपने को क्या? अपन तो चार दिन के पाहुने हैं। आए हैं तो वापस चले जाएँगे अपने गाँव।" मामा सहमत नहीं हो रहे। यह ताना है जिसका वे राग गा रहे हैं।

आजी बोली, "गाँव में घर से बाहर, आँगन में चूल्हा जलता है कि नी? इधर जगे नी है, आँगन नी है, इसी में मर खपना पड़ता है। पूरी उमर निकाल दी। अब अगर यह बदलने का बोल रहा है तो बदलने दो। सबको घर से बाहर खाना बनाने दो। चूल्हा जलने दो।"

"अगर सभी घरों के चूल्हे से निकला हुआ धुआँ आसमान में जाएगा तो लोगों को भी समझ में आएगा। यह धुआँ लोगों को दिखाना पड़ेगा।" मैंने कहा।

"अगर ज़माने को धुआँ न दिखे तो उनकी आँखों में उतारना पड़ेगा।" प्रशान्त काका उत्साहित होकर मेरी तरफ़ देखते हुए बोले।

मामा ने ग़ुस्से से भरकर मुझे देखा। मुझे लगा मामा की आँखें जल रही हैं। जो उन्हें बेचैन कर रही हैं।

"लाओ लकड़ी। रखो पत्थर। चलो, बनाओ गली में चूल्हा।" आजी गली में ज़ोर से बोली। कुछ लोग आजी को देखने लगे कि अचानक ये क्या हुआ कि ऐसा बोल रही है। उनकी जिज्ञासा को जवाब देने के लहज़े में आजी फिर बोली, "कान खोलकर सब सुनो। आज से यहीं गली में आग जलेगी।"

काका और काकू के अलावा चार-छह महिला और पुरुष आपस में बात करने लग गए।

अब धुआँ उस महिला की आँखों के बजाय आसमान में बिखर जाएगा। तेज़ धूप से बचने के लिए धुएँ से बादल बनाने का सपना देखने लगा हूँ। अपने ही सपने की बात पर मुस्कराते हुए जा रहा हूँ। मेरी नज़र आकाश पर है। मेरे दिमाग़ को पता है कि पैर को ठोकर से बचाने के लिए किस जगह क़दम रखने हैं। न जाने कितनी बार इस ऊबड़-खाबड़ रास्ते से गुज़रा हूँ कि हर जगह के नुकीले पत्थर और गड्ढे-गुड्ढे को जानता हूँ। जब चलना शुरू करता हूँ तो यह समझता हूँ कि हमारी गली के लिए सड़क अभी आसमान सरीखा दूर का सपना है। जितनी दूर है आसमान, उतनी ही दूर है सड़क।

हम लोगों से क्या-क्या कितना दूर है?

घर के भीतर कब तक आग जलाते रहेंगे? घर के भीतर ही भीतर घूमते और आँखों में, फेफड़ों में घुसते धुएँ को आँखों में घुसने नहीं देने के इस सामूहिक प्रयास को हक़ीक़त बनाने के लिए कुछ देर के बाद गली में चूल्हा जलाने के लिए ईंट-पत्थर लाने का काम शुरू हो गया।

किसी एक को अपने विचार को, सपने को हक़ीक़त करने के लिए आगे आना पड़ता है। जीवन को जीने की हसरत से भरे हुए लोग अब समझ रहे थे। समझ गया था मैं कि सब अपने-आप ठीक नहीं होता है। सब कुछ ठीक करने के लिए घर से बाहर निकलना पड़ता है।